Pour retrouver Lucy

Enquête à risques

Collection : BLACK ROSE

Titre original :
BRAVO, TANGO, COWBOY

Ce roman a déjà été publié en 2016

HARPERCOLLINS FRANCE
83-85, boulevard Vincent-Auriol, 75646 PARIS CEDEX 13
Service Lectrices — Tél. : 01 45 82 47 47 - www.harlequin.fr
ISBN 978-2-2804-7723-9 — ISSN 1950-2753

Composé et édité par HarperCollins France.
Imprimé en juin 2022 par CPI Black Print (Barcelone)
en utilisant 100% d'électricité renouvelable.
Dépôt légal : juillet 2022.

FSC
www.fsc.org
MIXTE
Papier issu de
sources responsables
FSC® C159065

Pour limiter l'empreinte environnementale de ses livres, HarperCollins France s'engage à n'utiliser que du papier fabriqué à partir de bois provenant de forêts gérées durablement et de manière responsable.

1

La nuit était baignée par le clair de lune, romantique à souhait. Debout à l'écart des autres, Alonsa Salatoya regardait danser les jeunes mariés tout en luttant contre les larmes qui lui montaient aux yeux et menaçaient de faire couler son mascara. L'amour était une chose magnifique — tant qu'il durait.

L'hôtesse de la soirée, Linney Martin, apparut à côté d'elle.

— Dani et Marcus forment un couple superbe, n'est-ce pas ?

Alonsa acquiesça.

— C'est vrai, et ils semblent très épris l'un de l'autre.

— Oui. Ils étaient faits pour vivre ensemble.

— Quelque chose me dit que tes talents d'entremetteuse ont joué un rôle dans ce mariage.

— Pas cette fois. Ils se sont rencontrés par hasard au festival Renaissance. Je ne t'ai pas raconté l'histoire ?

— Seulement dans les grandes lignes.

Alonsa avait croisé les nouveaux mariés une ou deux fois, mais elle ne faisait pas vraiment partie de leur cercle d'amis. Malgré tout, Linney avait tenu à ce qu'elle assiste à cette réception organisée pour célébrer leur récent mariage. Sans doute parce que les événements aussi chics que celui-ci étaient rares à Dobbin, leur petite bourgade du Texas.

— Elle est fascinante. Je t'expliquerai tout par le menu quand nous irons à Monroe acheter ce tissu pour les fauteuils de la chambre d'amis. Mais en parlant de jouer les entremetteuses, il y a ici un ou deux cow-boys très sympathiques à qui je pourrais te présenter.

Voilà qui expliquait l'invitation, songea Alonsa.

— Je te rappelle que je suis venue avec quelqu'un. Un homme charmant.

— Ton patron ! Et comme par hasard, il est gay.

— Et très bon danseur, rétorqua Alonsa. C'est le cavalier idéal, en ce qui me concerne.

A vrai dire, Esteban n'était pas à proprement parler son cavalier. En homme d'affaires averti, celui-ci avait convié Keidra Shelton, une de ses nouvelles clientes, à l'accompagner. Ayant récemment emménagé dans le quartier de Woodlands, la jeune femme désirait transformer sa propriété de fond en comble afin d'obtenir un look qui soit à la fois cosmopolite et évocateur de la région. Esteban avait jugé qu'Alonsa était la personne idéale pour se charger de cette tâche et cette soirée lui avait paru être une excellente occasion pour une première prise de contact.

Par conséquent, Keidra et lui étaient venus chercher Alonsa chez elle et l'avaient emmenée à la réception. La cliente s'était montrée très bavarde et avait posé une foule de questions indiscrètes à Alonsa sur sa vie privée et les raisons qui l'avaient incitée à s'installer dans une petite ville perdue, loin de tout. Ce défaut mis à part, elle semblait sympathique et Alonsa avait hâte de relever le défi et de créer un intérieur qui lui plaise.

Linney secoua la tête, faisant tinter ses pendants d'oreilles en diamant.

— Je ne sais pas ce que tu en penses, mais à mon avis ces femmes en font un peu trop.

D'un geste discret, elle désigna le bar qui avait été aménagé dans un coin du vaste chapiteau. Alonsa repéra immédiatement les femmes qui avaient suscité sa réprobation. L'objet de leurs attentions, un grand brun vêtu d'un smoking noir et de bottes de cow-boy, se penchait justement vers la jolie rousse qui était officiellement la cavalière d'Esteban.

Alonsa ne reconnut pas ses deux compagnes, mais l'une ne devait pas avoir plus de dix-huit ans et la troisième approchait la soixantaine. Quant à Keidra, elle avait sans doute une trentaine d'années. Cet homme-là n'avait que l'embarras du choix.

— Romeo doit être un nouveau venu en ville, observa-t-elle. C'est la première fois que je le vois.

— Hawk vient d'arriver. C'est la dernière recrue de Cutter pour sa société, Double M Investigations et Protection rapprochée. Il habite au ranch, dans le chalet que Marcus a récemment libéré.

— Hawk ? C'est un nom curieux.

— Pas courant, en effet, répondit Linney en riant. Il a été pilote d'hélicoptère dans le civil avant d'entrer dans l'armée.

— Encore un ex-membre des forces spéciales ?

— Tout juste. Sa réputation le précède, apparemment. On lui a décerné plusieurs médailles. Cutter et Marcus jurent qu'il est non seulement capable de marcher sur l'eau mais aussi d'abattre un ennemi à huit cents mètres de là tout en le faisant.

— Et pourtant, il a tout du pur cow-boy.

— C'est exact. Un homme à éviter, à moins que tu veuilles seulement prendre du bon temps.

Ce qui était précisément ce que Linney lui avait conseillé de faire quelques jours plus tôt.

Comme s'il avait senti qu'on parlait de lui, Hawk se retourna et les vit qui l'observaient. Il sourit et leva son verre dans leur direction. Le regard d'Alonsa croisa le sien et elle éprouva un drôle de petit serrement au ventre. Elle détourna les yeux si vite qu'elle en eut le vertige.

C'était le champagne, se dit-elle. Cette coupe était la deuxième qu'elle buvait, et ce serait la dernière. Bon temps ou pas, elle n'avait pas besoin d'un cow-boy coureur de jupons.

— Je suis vraiment contente que tu sois venue ce soir, déclara Linney, la ramenant au présent. Il faut que tu sortes davantage.

— Tu me l'as déjà dit, mais je ne vis tout de même pas en ermite !

— Je sais. Tu vas au travail. Cela mis à part, tu passes presque tout ton temps dans ton ranch.

— La maison est énorme, et j'ai un fils de trois ans qui se charge de m'occuper. Mais tu as raison. Je devrais sortir plus souvent. Merci de m'avoir invitée.

— Ah, te voilà. Je te cherchais partout.

Cutter les rejoignit et enroula un bras autour des épaules de Linney.

— Alonsa et moi étions justement en train d'observer ton copain Hawk en pleine action. Il n'est ici que depuis une semaine et il a déjà réuni un harem d'admiratrices.

— Tant que tu n'en fais pas partie, ça m'est égal, commenta Cutter en se penchant pour déposer un baiser sur la nuque de sa femme.

— Aucun risque. J'ai mon propre cow-boy.

— Parfait. Ne l'oublie pas. Même si je suis reconnaissant que Hawk soit entré dans la compagnie.

— Tu as besoin d'un pilote ? demanda Alonsa.

— Disons que j'ai besoin d'un bon agent. Hawk Taylor est le meilleur que je connaisse. C'est aussi grâce à lui que je suis de retour sain et sauf sur le sol américain au lieu de manger des pissenlits par la racine à l'autre bout du monde. Moi et quelques autres, d'ailleurs.

Linney passa son bras autour de la taille de son mari.

— Tu ne m'as jamais dit qu'il t'avait sauvé la vie.

— Tu ne m'as jamais posé la question. Maintenant, sauf erreur de ma part, l'orchestre joue notre chanson. Veux-tu nous excuser, Alonsa, pendant que je danse avec ma ravissante épouse ?

— Bien sûr.

Alonsa les suivit du regard. Leur amour semblait briller d'un éclat plus vif encore que celui des guirlandes qui scintillaient au-dessus d'eux. Pour le moment, du moins, ils étaient au comble du bonheur. Alonsa avait connu cela, elle aussi.

Une éternité auparavant.

C'était une sacrée réception d'après-mariage. Un orchestre fantastique, de l'alcool à volonté, une foule de jolies femmes, et le tout dans le décor superbe du ranch du Double M. Mais le point le plus positif de l'affaire, c'était que Hawk n'était pas le pigeon qui venait de se faire rouler par cette promesse de bonheur conjugal.

Il était passé par là. Son âme et son compte en banque en portaient encore les cicatrices. Entre le mariage et une mission de reconnaissance en territoire ennemi, il n'aurait pas hésité une seconde. Au moins, on savait que des ennemis allaient vous tirer dessus. Non que le divorce n'ait pas été surtout de sa faute. Il était absent la plupart du temps, et même alors, il n'était qu'à moitié là. Seuls comptaient ses camarades des commandos.

— Vous dansez ?

La femme qui dardait sur lui ses magnifiques yeux bleus l'avait suivi de près ou de loin toute la soirée. Il l'avait rencontrée près de la fontaine à champagne, un peu plus tôt. C'était la secrétaire d'un député — ou sa fille. Enfin, quelque chose comme ça.

L'orchestre entama un nouvel air, un rythme latino-américain.

— J'en serais ravi, mais j'ai peur que cette danse ne figure pas dans mon répertoire. Par contre, venez me chercher pour un fox-trot, et je suis votre homme.

— Promis ?

— Sur une pile de romans de James Bond.

Un autre homme arriva et entraîna la jeune femme sur la piste, déjà occupée par quelques danseurs intrépides. Ils se débrouillaient plutôt bien. Un des couples avait à l'évidence suivi des cours de danse.

Les lèvres de l'homme remuaient alors qu'il comptait la mesure. La femme était raide comme un piquet.

Un homme d'âge moyen, aux cheveux poivre et sel et à l'air jovial, s'avança à son tour. Sa cavalière n'était autre que la superbe jeune femme brune que Hawk avait remarquée avec Linney un peu plus tôt.

La robe bleu saphir qu'elle portait lui allait à merveille. Sans être provocante, elle épousait suffisamment ses formes pour révéler son corps de rêve. De l'avis de Hawk, elle n'était pas tout à fait assez décolletée.

En revanche, elle mettait en valeur ses jolies jambes : des mollets galbés, des chevilles fines, et une paire de talons aiguille argentés qui soulignaient ses atouts. Quand elle commença à danser, Hawk ne put la quitter des yeux, fasciné.

Linney s'approcha de lui et glissa son bras sous le sien.

— Tu as besoin d'une serviette pour t'empêcher de baver, cow-boy ?

— Peut-être. Qui est-ce ?

— Ma décoratrice d'intérieur.

— Et moi qui songeais justement à faire quelques travaux. Ce type est son mari ?

— Non. Elle est veuve. Elle a un petit garçon.

Linney parut sur le point d'ajouter quelque chose, puis se ravisa.

— Qui est cet homme ? demanda Hawk. Son amant ?

— Son patron. Esteban. Il gère une société qui s'appelle Intérieurs Esteban.

— Et cette déesse a un nom ?

— Alonsa Salatoya. Elle a traversé des moments

difficiles ces dernières années, Hawk. Je ne veux pas la voir souffrir de nouveau, alors bas les pattes, d'accord ?

— Ne me dis pas que tu crois aux ragots que Cutter et Marcus colportent à mon sujet, si ?

— Je ne devrais pas ?

— C'est pure jalousie de leur part, la taquina-t-il.

— Et toutes ces femmes qui se pâment devant toi ce soir ?

— C'est à cause des bottes. Les femmes adorent ça.

— Au Texas, tous les hommes portent des bottes.

— Bon, alors, ça doit être ma lotion après-rasage.

— Collectionne tous les cœurs que tu voudras, Hawk. Mais laisse Alonsa tranquille. Cela dit, je ne pense pas que tu aies la moindre chance avec elle. A ma connaissance, elle n'est sortie avec personne depuis la mort de son mari.

— Elle est veuve depuis peu ?

— Plus de deux ans.

La musique se tut, et Esteban fit s'incliner sa partenaire si bas qu'ils se retrouvèrent presque au niveau du sol. En voyant la robe d'Alonsa remonter sur ses cuisses, Hawk éprouva une brusque bouffée de désir. Garder ses distances était probablement un bon conseil, même si ce n'était pas pour les raisons citées par Linney. Sortir avec une femme qui portait le deuil depuis deux ans, et qui, de plus, avait un enfant, apporterait forcément des complications émotionnelles dont il n'avait que faire.

Le duo se redressa. Comme les danseurs s'apprêtaient à quitter la piste, Linney leur fit signe d'approcher.

— Vous étiez magnifiques, dit-elle d'un ton enthousiaste. On se serait cru à la télévision.

— N'importe quel homme paraîtrait à son avantage avec Alonsa, commenta Esteban.

Celle-ci esquissa une fausse révérence.

— Merci du compliment, mais pour ce qui est de la danse, une femme dépend entièrement du talent de son partenaire.

Pour sa part, Hawk était certain qu'Alonsa serait superbe même entre les bras d'une grenouille à piles. L'espace d'une seconde, leurs regards se croisèrent et il fut captivé par les profondeurs sombres de ses yeux.

L'orchestre entonna un célèbre air de rock.

— J'adore cette chanson, lança Linney à l'adresse d'Esteban.

— Voulez-vous danser ?

— Avec plaisir.

Ils s'éloignèrent vers la piste, laissant Hawk seul avec Alonsa.

— Je crois qu'on nous a tendu un piège, déclara-t-elle.

Il n'allait pas s'en plaindre, et pourtant…

— A vrai dire, Linney m'a averti de garder mes distances avec vous.

— Elle m'a dit la même chose vous concernant. Je soupçonne que c'était pour attirer notre attention l'un sur l'autre.

— Ah ! La bonne vieille psychologie inversée.

— J'en ai peur. Linney est de retour à Dobbin depuis moins d'un an mais elle a déjà une solide réputation de marieuse. Enfin, je suppose que c'est compréhensible. Elle est si heureuse avec Cutter qu'elle voudrait que tout le monde le soit aussi.

— Dans ce cas, je suppose que nous devrions danser au moins une fois ensemble, suggéra Hawk. Pour ne pas décevoir notre hôtesse.

— Je crains qu'en ce qui me concerne elle ne soit condamnée à être déçue.

— Pourquoi ça ?

— N'y voyez rien de personnel, mais je me suis assez bien habituée à ne pas avoir d'homme dans ma vie.

— Une invitation à danser n'est pas une demande en mariage.

Elle rougit légèrement.

— Certes. J'accepte.

— Ne vous attendez pas à des exploits techniques, avertit-il. Contrairement à votre précédent partenaire, je suis un danseur de base, deux pas en avant, deux en arrière.

— Du moment que vous ne me marchez pas sur les pieds. Ces escarpins me font assez mal comme ça.

— Ils en valent la peine.

Hawk prit la main d'Alonsa et la guida vers la piste. Son parfum était enivrant, évocateur d'un matin d'été ensoleillé après une pluie nocturne.

Il l'enlaça. Même avec ses talons vertigineux, elle n'était pas plus grande que lui, et elle se nicha parfaitement au creux de ses bras. Ils étaient joue contre joue, hanche contre hanche, cuisse contre cuisse. Le désir noua l'estomac de Hawk.

— Vous êtes bien meilleur danseur que vous ne le prétendez, lui murmura Alonsa à l'oreille.

— Comme l'a dit votre patron, n'importe quel homme paraîtrait à son avantage avec vous.

— J'ai de l'entraînement, admit-elle. J'ai suivi des cours presque toute ma vie et j'ai dansé à Broadway pendant des années.

— De Broadway à Dobbin. C'est un sacré parcours.

— Ce sont des choses qui arrivent.

Elle n'en dit pas davantage et Hawk n'insista pas. Il n'avait pas l'intention de se laisser manipuler par Linney. Toutefois, cela ne voulait pas dire qu'il ne pouvait pas savourer le plaisir de tenir une femme séduisante et sensuelle dans ses bras.

Le petit sac en satin d'Alonsa vibrait sur la table lorsqu'ils revinrent. Elle plongea la main à l'intérieur et en sortit son téléphone portable. Hawk ne saisit qu'une partie de la conversation, assez cependant pour comprendre que l'appel concernait son fils.

— Il faut que je trouve Esteban, annonça-t-elle en mettant fin à la communication.

— Que se passe-t-il ?

— C'était ma baby-sitter. Mon fils est tombé et il s'est cogné la tête. Elle ne pense pas que ce soit grave, mais il saigne et il pleure. Il n'a que trois ans. Il faut que je rentre.

— Pas la peine d'aller chercher Esteban. Je peux vous raccompagner.

— Ce n'est pas nécessaire.

— Peut-être que si. La voiture d'Esteban risque d'être bloquée par d'autres. Pas la mienne.

Hawk avait veillé à se garer à l'écart, au cas où il voudrait s'éclipser discrètement. En règle générale, il ne s'attardait guère lors de réceptions comme celle-ci.

Alonsa scruta le champ qui servait de parking.

— Je suis sûre que le voiturier pourrait nous aider.

— Vous gagnerez du temps si vous acceptez mon offre, mais bon, c'est à vous de voir.

Sa remarque sembla produire un effet sur elle.

— Vous êtes sûr que cela ne vous ennuie pas ?

— Je ne vous l'aurais pas proposé si ça m'ennuyait.

— Dans ce cas, il faut seulement que je trouve Esteban pour lui dire de ne pas me chercher tout à l'heure.

— Cutter est là-bas.

Hawk désigna son ancien camarade des forces spéciales, récemment devenu son employeur. Ce dernier se tenait non loin de là, et discutait avec des ranchers du voisinage.

— Allons l'avertir. Il veillera à passer le message à Esteban.

Alonsa hocha la tête. Quelques minutes plus tard, ils étaient en route. Au bout d'une dizaine de kilomètres, Hawk comprit qu'avec l'aide d'un gamin blessé il avait foncé droit dans le guet-apens tendu par Linney.

Brandon Salatoya n'avait qu'une légère bosse et une petite coupure au-dessus de l'œil droit. Le petit garçon montait les marches en courant quand il avait trébuché sur son chien, un petit bâtard sans queue, affligé de grands yeux mélancoliques et d'un aboiement perçant.

A l'arrivée de sa mère, l'enfant s'était rapidement apaisé, et sirotait maintenant un cacao en promenant un dinosaure en plastique sur une montagne de coussins. Alonsa voulait s'assurer que le coup qu'il avait subi à la tête était sans conséquence avant de l'envoyer se coucher.

La baby-sitter, Ellen, une épouse de rancher aux cheveux grisonnants et au sourire chaleureux, était rentrée chez elle, soulagée que l'incident ait été sans conséquence.

Alonsa avait disparu en promettant de revenir tout de suite. Le chien, Carni — une abréviation de carnivore, avait expliqué le petit garçon —, était allongé devant le feu de cheminée, et surveillait Hawk d'un œil.

Si Linney avait pu les voir à cet instant, elle aurait sans doute été touchée par ce confortable tableau familial. Cependant, les apparences étaient trompeuses. Dès qu'Alonsa avait été rassurée sur l'état de son fils, la présence de Hawk avait semblé lui peser.

Il s'attendait à moitié à ce qu'elle le mette à la porte en même temps que la baby-sitter. Au lieu de quoi, elle lui avait proposé un café, d'un ton et d'une manière qui suggéraient qu'elle espérait un refus de sa part.

Evidemment, il avait accepté. Rien ne l'intriguait davantage qu'une femme qu'il laissait indifférente, surtout une femme aussi attirante qu'Alonsa. Quand elle marchait, il l'imaginait en train de danser sur une scène à Broadway, évoluant dans une chorégraphie délicieusement érotique.

Pourtant, elle était désormais à Dobbin, au fin fond du Texas. Elle vivait dans un ranch avec son jeune fils, décorait des intérieurs et jouait les reines de glace face à d'éventuels prétendants. Il se demanda comment était son mari et comment il était mort. Et si sa mort expliquait les ombres tapies dans les yeux noirs et tourmentés d'Alonsa.

Brandon fit avancer son dinosaure tout près de la jambe de Hawk mais sans aller jusqu'à le toucher.

— Pourquoi tu es là ?

— J'ai ramené ta maman de la fête.

— Pourquoi tu es encore là ?

Bonne question.

— Je vais boire un café avec ta maman.

— Pourquoi ?

— Parce qu'elle me l'a proposé.

— Pourquoi ?

Par chance, Alonsa choisit ce moment pour réapparaître.

— Ne vous laissez pas faire, conseilla-t-elle à Hawk. Les pourquoi sont des trous noirs d'où on ne peut jamais sortir.

Hawk se leva et accepta la tasse de café qu'elle lui tendait.

— J'ai ajouté un soupçon de Kahlua et un peu de crème fouettée, mais si vous le préférez noir, je peux vous en faire un autre.

Il but une gorgée.

— Non, merci. Celui-ci est délicieux.

— Je suis désolée de vous avoir fait quitter la soirée de si bonne heure. Non que je n'aie pas confiance en Ellen. Elle a élevé cinq enfants. C'est seulement que je m'inquiète.

— Inutile de vous excuser. Une fois qu'on a porté un toast aux mariés, la fête ne présente plus grand intérêt.

— Vous n'aviez pas l'air de souffrir tant que ça, le taquina-t-elle.

— J'ai appris à dissimuler ma souffrance, rétorqua-t-il.

Une repartie qui, au fond, n'était pas très éloignée de la vérité.

Alonsa portait toujours sa robe bleue, mais elle avait troqué ses escarpins argentés contre une paire de pantoufles crème. Elle avait aussi retiré son collier. En revanche, ses boucles d'oreilles se balançaient toujours à ses ravissants lobes. Son rouge était presque entièrement parti. Seule subsistait sur ses lèvres une trace de rose pâle et brillant.

Elle s'assit dans un fauteuil en face de lui et de Brandon, laissa tomber ses pantoufles et replia ses jambes sous elle.

— Eh bien, que pensez-vous de mes créations ?

C'était sans doute le seul aspect d'elle auquel il n'avait pas accordé la moindre pensée. Il n'avait d'ailleurs pas la moindre idée de ce à quoi elle faisait allusion.

— Je les trouve fantastiques, dit-il, optant pour un enthousiasme raisonnable.

— C'est en restaurant ce ranch que j'ai commencé à m'intéresser à la décoration d'intérieur, expliqua-t-elle. Après mon emménagement à Dobbin, j'ai décidé de suivre une formation.

— La maison est superbe.

En fait, elle ressemblait à l'idée qu'il se faisait d'un ranch, en plus douillet. Oui, c'était le mot qu'il cherchait. Le genre de maison où un homme pouvait s'installer confortablement avec un bon livre — ou une femme sexy.

— J'ai opté pour un style campagnard, mais hi-tech aussi, avec tout le confort moderne.

Il parcourut le salon du regard. Les murs étaient peints dans des tons de crème foncé et de beige clair. Le lustre, qui paraissait ancien, avait dû fonctionner au gaz autrefois. Le manteau de la cheminée était une grosse pièce de cyprès grossièrement taillée, tout comme les poutres.

Le plancher en bois semblait d'origine, mais les lames étaient cirées et en partie recouvertes d'un tapis assorti au canapé. Deux fauteuils à bascule en bambou placés au coin du feu invitaient à la détente.

— J'aime beaucoup la décoration, commenta-t-il. Et le canapé est très confortable.

— Merci. Quand mon mari en a hérité, le bâtiment tombait en ruines. Nous avons dû le retaper entièrement.

— Vous voulez dire que tout est neuf ?

— Tout sauf la carcasse.

— Dans ce cas, vous êtes très douée.

La question était de savoir pourquoi elle s'était donné tout ce mal pour vivre à Dobbin.

— Vous avez de la famille dans la région ?

— Non.

— Comment se fait-il que vous soyez venus vous installer ici ?

Mauvaise question. Il le comprit en voyant les traits d'Alonsa s'altérer brusquement. Elle frissonna, s'enveloppa de ses bras comme si la température venait de chuter de dix degrés et baissa les yeux.

— L'oncle de mon mari lui a légué ce ranch, dit-elle enfin. Todd adorait cet endroit et avait toujours rêvé de prendre sa retraite ici.

Pourtant son mari était mort et elle était restée. Elle avait dû être folle amoureuse de cet homme. Sans doute l'avait-elle placé sur un piédestal qu'aucun autre ne pourrait jamais atteindre.

— Voulez-vous visiter la maison ?

— Avec plaisir, mais surtout ne me testez pas sur mes connaissances en matière de déco quand nous aurons fini.

— Je n'en avais pas l'intention. En revanche, je ne peux pas vous promettre de ne pas vous ennuyer avec les détails des rénovations.

— Si vous le faites, je commencerai à vous réciter des extraits du manuel du bon soldat.

— C'est noté. Brandon, veux-tu montrer ta chambre à M. Taylor ?

Le petit garçon plissa le nez et planta le dinosaure sur le sommet de sa tête, calant le jouet dans ses épaisses boucles noires.

— Non. Je veux regarder un dessin animé.

— D'accord, mais quand je te dirai que c'est l'heure d'aller dormir, tu devras éteindre sans faire d'histoire.

Le visage éclairé d'un beau sourire, Brandon sauta à bas du canapé et courut récupérer un DVD dans un panier. Il le glissa dans le lecteur placé entre deux piles de livres pour enfants.

Hawk chercha en vain la télévision des yeux. Alonsa prit une télécommande et cliqua en direction du tableau accroché au-dessus des étagères en pin. Celui-ci coulissa, révélant un grand écran plat.

— Impressionnant.

— C'est ce que disent mes clients.

— Vous travaillez à domicile ?

— Autant que possible. Je n'aime pas faire garder Brandon plus souvent que nécessaire.

Alonsa se dirigea vers la porte d'entrée et vérifia qu'elle était bien fermée. Etonné, Hawk se souvint qu'il l'avait vue pousser le verrou dès qu'ils étaient entrés.

— Par ici, dit-elle, s'arrêtant pour jeter un coup d'œil par la fenêtre avant de le précéder dans le couloir.

Carni leur emboîta le pas. Il était clair que le chien ne voulait pas le laisser seul avec sa maîtresse. Il avait du flair.

La cuisine était à l'évidence le chef-d'œuvre d'Alonsa. Elle expliqua longuement à Hawk qu'elle avait essayé de créer un environnement moderne et fonctionnel sans pour autant sacrifier le charme d'une cuisine traditionnelle.

Elle avait accompli un travail remarquable, songea-t-il en observant les rideaux à carreaux rouge et blanc et les placards en pin recyclé qui dissimulaient les appareils électroménagers. Et son enthousiasme était communicatif. La gêne qui subsistait entre eux se dissipait peu à peu au fil de la conversation.

Le téléphone sonna et Alonsa décrocha l'antique combiné de la cuisine.

— C'est sans doute Linney, ou Esteban qui veut s'assurer que Brandon n'a rien de grave.

Elle porta l'écouteur à son oreille.

— Allô ? dit-elle d'un ton qui parut à Hawk légèrement hésitant.

Une seconde plus tard, elle devint pâle comme un linge et fut saisie de tremblements si violents que le téléphone lui échappa. Elle vacilla. Hawk la retint de justesse, et rattrapa l'appareil avant qu'il tombe sur le sol.

Elle parut se ressaisir et se hâta de le lui reprendre.

— Lucy ? Lucy, c'est toi ?

Sa voix frôlait l'hystérie.

Hawk se pencha pour entendre la réponse au cas où il y en aurait une. Il ne perçut que le déclic d'un récepteur et le bourdonnement de la tonalité.

Des larmes emplirent les yeux d'Alonsa.

— Qui était-ce ? demanda Hawk, tous ses sens en alerte.

Elle détourna la tête, évitant son regard.

— Personne.

— Ne me racontez pas d'histoires.

— Je vous assure que ce n'est rien.

— Vous êtes dans tous vos états. Si vous me dites ce qui se passe, je pourrai peut-être vous aider.

— Personne ne peut m'aider. Je vous en prie, Hawk, rentrez chez vous. Partez, c'est tout.

— Qui est Lucy ?

— Cela ne vous regarde pas.

Sa voix n'était plus qu'un murmure.

C'était vrai. Et il n'avait pas besoin de s'intéresser aux problèmes d'une femme qu'il ne connaissait pas. Alors pourquoi ne se précipitait-il pas vers la porte ?

Il captura les mains d'Alonsa et attendit que son regard se soude au sien.

— Qui est Lucy ?

— Ma fille. Elle a été enlevée il y a deux ans.

2

Alonsa se dégagea et s'approcha de la fenêtre de la cuisine, fixant l'obscurité sans rien voir, le cœur en lambeaux. Les appels avaient toujours cet effet-là sur elle.

Seul le son de la respiration de Hawk derrière elle indiquait qu'il n'avait pas quitté la pièce. Elle se reprit petit à petit, laissant à son esprit le temps de sortir du gouffre ténébreux où le coup de téléphone l'avait plongée.

Lorsqu'elle se retourna, Hawk n'était qu'à quelques pas d'elle et la dévisageait, une expression de sollicitude sur le visage.

Il s'adossa au plan de travail.

— Qu'est-ce que c'était que ce coup de fil ?

— Une plaisanterie cruelle. On dirait la voix de Lucy, mais ce n'est pas elle.

Il arqua les sourcils.

— Vous semblez très sûre de vous.

— Si c'est elle, c'est un enregistrement qui a été fait juste après son enlèvement. Elle dit toujours exactement la même chose.

— Vous recevez souvent ce genre d'appel ?

— C'est variable. Au début, cela arrivait une fois

par semaine ou par quinzaine, et puis ils se sont espacés. Mais ces deux derniers mois, ils ont repris avec la même fréquence qu'avant.

— Vous avez un traceur sur votre téléphone ?

— Oui, mais il ne sert à rien. Les appels ne durent que quelques secondes, et ceux qu'on a pu tracer correspondent à des téléphones portables prépayés qu'on a achetés à divers endroits, de la Floride à la Californie.

— Bizarre, commenta Hawk, songeur. Où l'enlèvement a-t-il eu lieu ?

— A Houston.

Il était rare à présent qu'Alonsa évoque le kidnapping avec quiconque, alors qu'elle en avait parlé constamment pendant la première année. Cependant, ce soir, les souvenirs lui revenaient avec le tranchant d'une lame de rasoir, et elle éprouvait un besoin irrépressible de s'en libérer.

— Donnez-moi une minute. Je vais vérifier que Brandon va bien et je vous raconterai.

Elle marqua une pause.

— Mais il faut que je vous avertisse. Je ne peux toujours pas en parler sans pleurer.

— Ne vous en faites pas. J'ai les épaules assez larges pour ça.

Pelotonné dans une couverture, Brandon riait aux éclats en regardant le DVD qu'il avait déjà vu des dizaines de fois. Apparemment, sa chute avait été sans conséquence.

Alonsa l'observa un instant, et son âme troublée s'apaisa peu à peu alors qu'elle le contemplait. Elle savait qu'elle surprotégeait son fils, mais comment ne pas le faire après ce qui s'était passé ?

Quand elle revint, Hawk s'était assis. Elle remplit leurs tasses de café et le rejoignit.

— Vous êtes sûr de vouloir entendre cette histoire, Hawk ? Ce n'est pas comme si en parler pouvait y changer quelque chose.

— On ne sait jamais, si les paroles mènent à une action appropriée.

Il était de cet avis parce qu'il ne connaissait pas les détails, songea-t-elle. D'ailleurs, elle non plus. Elle réfléchit, cherchant par où commencer.

— Lucy a disparu cinq semaines jour pour jour après que mon mari a été abattu à New York. Il a été enterré ici, à Dobbin, et j'ai décidé de passer l'hiver au ranch avec les enfants. Je me disais qu'un changement de décor nous ferait du bien à tous.

— C'est logique.

— Je le pensais à l'époque. Mais je me trompais. Tout le monde ici a été très gentil et s'est donné beaucoup de mal pour nous accueillir, mais la seule personne avec qui j'ai vraiment noué des liens est la tante de Cutter, Merlee. Elle m'a prise sous son aile. L'avez-vous rencontrée ?

— Non, mais j'ai entendu parler d'elle. Linney l'adore.

— Tout le monde l'adore. Bref, elle m'a invitée à passer un week-end chez elle à Houston avec les enfants pour que je puisse emmener Lucy au musée et au zoo sans avoir à faire le long trajet de retour jusqu'à Dobbin. Brandon n'avait qu'un an à l'époque. Ce jour-là, il était grognon, si bien que Merlee a proposé de le surveiller pendant que j'emmenais Lucy au zoo.

— Vous n'étiez que toutes les deux ?

— Oui. Lucy était ravie de ne pas avoir à me partager. Entre le traumatisme de la mort de Todd et notre déménagement à Dobbin, elle avait plus que jamais besoin de mon attention.

— Cela a dû être une épreuve terrible pour vous tous.

C'était toujours terrible, songea Alonsa, presque insupportable les soirs comme celui-ci, quand le son de cette voix au téléphone résonnait en elle.

Continue, Alonsa. Tu devrais pouvoir en parler sans t'effondrer complètement. Deux ans ont passé.

Elle s'obligea à se concentrer sur les événements de cette affreuse journée et puisa un semblant de réconfort au souvenir de l'enthousiasme et de la joie de sa fille.

— Lucy adorait tous les animaux, surtout les morses. Vers 14 heures, je lui ai dit qu'il était temps de rentrer chez Merlee, mais elle m'a suppliée de retourner les voir une dernière fois. J'ai cédé, bien sûr.

Si seulement elle avait refusé… Non. Inutile de réécrire le passé. Sa thérapeute avait mis des mois à la convaincre de dépasser ce stade et de cesser de s'accabler de reproches.

Alonsa prit une profonde inspiration et exhala lentement.

— Pendant que nous regardions les morses, un groupe d'écoliers est arrivé et nous nous sommes retrouvées perdues au milieu des enfants. Il y a eu une bousculade, un début de bagarre, et une petite fille est tombée et s'est mise à pleurer. Je suis allée la relever pendant que les professeurs séparaient les élèves qui se battaient. L'instant d'après, je me suis retournée vers Lucy, mais elle n'était plus là. D'abord, j'ai cru qu'elle était dans la foule, et puis les minutes ont passé et je ne la voyais toujours pas. J'ai été prise de panique.

La voix d'Alonsa se mit à trembler.

Hawk se leva, fit le tour de la table et posa les mains sur ses épaules.

— Ce n'est peut-être pas le meilleur moment pour me raconter tout cela. Si vous essayiez de vous reposer ? Je reviendrai demain matin.

— Ça va, affirma-t-elle, bien que troublée par son soutien et la chaleur de ses mains. Vous avez des enfants, Hawk ?

— Non. J'ai été marié pendant quelque temps, mais je n'ai pas eu d'enfants. Je ne peux pas imaginer ce que vous devez endurer.

Pourtant, il était là, et il savait écouter. A moins que ce ne soit la douleur, si forte ce soir-là, qui la pousse à se confier.

— Je n'ai pas revu ma fille depuis ce jour-là. Tout ce que j'ai, ce sont ces appels, sa voix tourmentée qui me réclame alors que je ne peux pas aller jusqu'à elle.

— L'enquête a bien dû déboucher sur quelques pistes ?

— Aucune qui ait donné des résultats.

— Qu'y a-t-il au juste sur cet enregistrement ?

— C'est la voix d'une petite fille. Elle dit seulement « maman », et puis on entend un déclic et l'appel est coupé. Craig n'est pas convaincu que ce soit Lucy.

Il pense qu'il s'agit probablement de l'œuvre d'un détraqué qui a entendu parler de l'affaire et qui prend plaisir à me torturer.

— Qui est Craig ?

— Craig Dalliers, l'agent du FBI qui dirige l'enquête. Il est sur l'affaire depuis le début.

— Qui a mené les premières recherches ? La police locale ou le FBI ?

— Les deux. La police a commencé, mais le FBI a pris la relève dès qu'on leur en a donné l'autorisation. Mon mari Todd était agent du FBI. Il a trouvé la mort au cours d'une opération.

— Je l'ignorais.

— Comment auriez-vous pu le savoir ? Nous venons à peine de nous rencontrer.

Et pourtant, elle mettait son âme à nu devant lui dans sa cuisine. Elle portait encore sa robe de soirée bleue, et lui son smoking. L'étrangeté de la situation la frappa subitement et elle se demanda ce qui l'avait incitée à inviter cet homme à entrer.

Néanmoins, elle reprit la parole, lui donnant brièvement les détails des recherches.

Hawk recula d'un pas et se mit à marcher de long en large.

— Où en est-on maintenant ?

— Le FBI m'a assuré que l'enquête était toujours en cours.

— Concrètement, qu'est-ce que cela signifie ?

— Je n'en suis pas sûre. Je n'ai pas eu de compte rendu depuis trois mois.

— Pensent-ils que l'enlèvement ait été une forme

de représailles de la part d'un individu que votre mari aurait arrêté ?

— C'est ce qu'ils ont cru au départ. Maintenant, Craig pense qu'il n'y a sans doute aucun rapport avec Todd.

— Et vous, qu'en pensez-vous ?

— Je me fie au jugement de Craig. Je n'ai aucune raison de ne pas le faire. Il travaillait avec Todd. Seulement…

Seulement, Craig et les agents en charge de l'affaire n'avaient pas retrouvé Lucy. Les doutes grandissants qu'elle avait essayé de refouler s'imposèrent à l'esprit d'Alonsa. Craig n'était pas exempt de défauts, notamment sur le plan moral, mais c'était un agent compétent. Todd lui-même l'avait reconnu.

Hawk cessa de faire les cent pas et s'installa à califourchon sur une chaise à côté d'elle.

— J'aimerais parler à l'agent qui dirige l'enquête.

— Pourquoi ?

— Parfois un regard neuf peut faire la différence.

— J'aimerais pouvoir le croire, mais il n'y a rien à voir.

— Personne ne disparaît sans laisser de traces, Alonsa.

Il se trompait. Lucy s'était volatilisée. S'il y avait une piste à trouver, le FBI l'aurait trouvée. Une conversation entre Hawk et Craig ne changerait rien. Au pire, elle risquait même de froisser celui-ci. Et Alonsa tenait à ce qu'il laisse ses meilleurs agents s'occuper de l'affaire.

— Je suis désolée, mais le FBI s'occupe de tout

et je ne vois pas en quoi cela nous aiderait que vous leur parliez.

— Cela ne peut pas nuire. Un nouveau venu est souvent à même de repérer des erreurs beaucoup plus vite que celui qui les a commises.

Cette remarque irrita Alonsa. De quel droit se permettait-il de juger ? Hawk ne savait rien d'autre que le peu qu'elle lui avait révélé. Il n'avait pas traversé des mois d'angoisse, n'avait pas connu les affres du désespoir à chaque fois qu'une piste minuscule aboutissait à une impasse. Il ne savait pas à quel point Craig et ses hommes s'étaient impliqués dans l'enquête.

Elle pianota nerveusement sur le rebord de la table.

— Pourquoi supposez-vous qu'ils ont commis des erreurs ?

— Ils n'ont pas retrouvé votre fille.

— Et vous croyez pouvoir y parvenir ?

— Oui. Je le crois.

Alonsa tressaillit. Cette conversation avait franchi certaines limites sans qu'elle voie rien venir. Cet homme qu'elle connaissait à peine s'attendait-il vraiment à ce qu'elle l'engage pour rechercher Lucy ? Une douleur lancinante naquit à la base de son crâne. Elle avait l'estomac retourné.

Tout cela était ridicule. Mais après tout, qu'avait-elle à perdre, hormis sa santé mentale, si elle s'autorisait une fois de plus à nourrir des espoirs qui finiraient par s'évanouir ? Risquait-elle de priver Brandon d'une vie normale parce qu'elle était absorbée dans une nouvelle enquête qui allait la déchirer un peu plus chaque jour ?

Et puis, il y avait l'aspect financier des choses.

Hawk travaillait pour Cutter et elle était certaine que les services de sa société n'étaient pas bon marché. Une enquête privée exigerait des fonds qu'elle n'avait pas : elle avait déjà dépensé une bonne partie de l'assurance-vie qu'elle avait touchée à la mort de Todd pour sillonner le pays, imprimer des tracts et apparaître sur toutes les chaînes de télévision qui avaient consenti à diffuser un appel au public à propos de sa fille disparue.

Pourtant, s'il y avait ne fût-ce que l'ombre d'une chance…

Elle leva la tête et croisa le regard pénétrant de Hawk. Quelque chose sembla céder au fond d'elle, comme si ses certitudes commençaient à s'effilocher.

— Que suggérez-vous au juste, Hawk ?

— Que je mène ma propre enquête sur la disparition de Lucy. Que vous m'accordiez un accès total à toutes les informations que vous possédez ou que vous pouvez obtenir du FBI. Que vous collaboriez avec moi et que vous répondiez à toutes mes questions honnêtement. Que vous ayez un minimum de confiance en mes compétences.

— Et si vous échouez ?

— Vous serez dans la même situation qu'aujourd'hui.

En revanche, s'il réussissait, Lucy reviendrait à la maison. A moins que… des idées cauchemardesques s'imposèrent à elle, et elle eut soudain l'impression d'inhaler de l'acide pur. On n'avait retrouvé aucune trace de Lucy, et c'est cela qui lui avait permis de garder l'espoir que sa fille était toujours en vie. Et si elle ne l'était pas ? Si elle était morte, assassinée par un délinquant sexuel ?

Alonsa pourrait-elle continuer à vivre avec cette certitude ?

Hawk combla l'espace entre eux et prit ses mains dans les siennes.

— Je sais que vous ignorez tout de moi, Alonsa. Vous n'avez aucune raison de vous fier à ce que je dis, mais vous pouvez parler à Cutter. Il confirmera que j'ai le don de trouver des indices là où il ne semble pas y en avoir. Ce n'est pas de la vantardise. C'est comme ça, voilà tout.

Pas de la vantardise. Pas de l'arrogance. Il était simplement sûr de lui. Cela allait de pair avec le fait d'avoir été membre des forces spéciales, se dit Alonsa. Ce qui lui échappait, c'était la raison pour laquelle il était si prêt à se lancer dans cette entreprise. Et restait la question du coût.

— Même si je voulais vous engager, je ne suis pas sûre d'en avoir les moyens.

— Vous n'aurez rien à payer hormis des frais raisonnables. Un vol en classe économique ici ou là, un hôtel bon marché si nécessaire. Les soldats ne sont pas des gens habitués au luxe.

— Vous ne pouvez pas travailler pour rien.

— Je peux faire ce que je veux dans l'immédiat. Quand j'aurai commencé ma mission avec Cutter, mon temps sera compté, mais en attendant, je peux y aller à fond. Alors, plus tôt nous démarrerons, mieux ce sera.

Il avait répondu à toutes ses questions sauf une.

— Pourquoi, Hawk ? Pourquoi faites-vous cela pour quelqu'un que vous connaissez à peine ?

— J'aime votre manière de danser. Et c'est une bonne cause.

Hawk prit son temps pour rentrer au Double M.

Des scènes du passé le taraudaient alors qu'il roulait sur les routes obscures qui serpentaient à travers des bosquets épars de pins. Il se souvenait d'avoir survolé un territoire ennemi à la recherche d'un camarade qui n'était pas revenu de mission. D'avoir nagé sous l'eau, le corps d'un ami tombé attaché à lui, collant à son corps comme une seconde peau.

On n'abandonnait personne.

Il avait vécu selon ce principe dans les montagnes déchiquetées d'Afghanistan et dans les déserts du Moyen-Orient, si brûlants qu'il avait eu l'impression que son sang bouillait dans ses veines. A présent, il était de retour en Amérique et il ne portait plus l'uniforme, mais la mission qui se présentait à lui n'en semblait pas moins importante. Une petite fille arrachée à sa mère, entraînée dans Dieu savait quoi. Alonsa ne méritait-elle pas de retrouver sa fille ou, au moins, de pouvoir faire son deuil ?

Il ne put s'empêcher de se demander dans quelle mesure il avait agi pour lui-même, pour assouvir ses propres besoins. Depuis qu'il avait quitté le service, plusieurs mois plus tôt, il était fébrile, incapable de se fixer. C'était pour cette raison qu'il avait accepté de se joindre à l'équipe de Cutter.

En entrant dans les commandos de la marine, il avait intégré une équipe prête à répondre à tous les défis qu'on lui présentait sans jamais envisager la possibilité d'un échec. Personne n'avait été plus surpris que lui de s'apercevoir que cette équipe lui manquait, tout comme le sentiment d'accomplir un devoir qui le dépassait.

Le seul inconvénient dans cette affaire était le désir intense qui l'avait envahi à l'instant où il avait vu Alonsa. Tout chez elle l'attirait. Sa manière de danser. Sa manière de s'asseoir, les jambes repliées sous elle. Même la manière dont elle lui avait servi son café.

Cependant, il était hors de question de la séduire. Une relation amoureuse le rendrait moins efficace et risquerait de compliquer leurs rapports au point qu'il leur serait impossible de travailler ensemble. Pire, cela reviendrait à profiter de sa vulnérabilité.

Il devrait garder sa libido sous contrôle, du moins jusqu'à ce que sa mission soit achevée. Cela exigerait qu'il la voie régulièrement sans la toucher et qu'il prenne une bonne douche glacée chaque soir avant de se glisser dans son lit vide.

Il avait connu des zones de guerre moins pénibles.

Alonsa mit le bol de Brandon dans le lave-vaisselle et se servit un jus d'orange. Elle avait à peine fermé l'œil de la nuit, se tournant et se retournant constamment, songeant à la proposition de Hawk, partagée entre l'enthousiasme et la terreur. Une terreur qui n'avait pas de sens.

Elle voulait retrouver sa fille, de toutes les fibres de son être. Elle priait sans relâche, consumée par ce désir au point qu'elle se reprochait de négliger son fils. Seule la conviction que Lucy était encore en vie et qu'un jour ils seraient tous réunis lui donnait la force de continuer.

Mais si Lucy était morte ?

— Maman, viens voir.

— J'arrive, mon chou.

Elle prit son verre de jus d'orange et suivit Brandon dans le salon où il avait empilé ses cubes en bois pour construire une tour qui lui arrivait jusqu'au menton.

— C'est un rate-ciel.

— Un gratte-ciel, corrigea-t-elle en souriant. Il est magnifique.

Avec un éclat de rire, il le renversa, et des cubes roulèrent dans tous les sens.

— Tout ce travail rien que pour le regarder tomber ?

— Oui. C'est rigolo.

Le grondement d'un moteur se fit entendre dans l'allée. Saisie d'une bouffée d'appréhension, Alonsa s'approcha de la fenêtre et regarda Hawk descendre du véhicule.

Aussi étonnant que cela paraisse, il avait l'air encore plus viril que la veille au soir. Il portait un jean usagé, et une chemise noire qui soulignait sa carrure et contrastait avec les modèles à carreaux habituels. En revanche, les bottes et le stetson lui donnaient bel et bien l'air d'un authentique cow-boy, masculin à souhait.

Pourtant, quelque chose le différenciait des autres hommes du coin. Peut-être sa démarche assurée, l'angle résolu de son menton. Soudain, Alonsa sut d'où venait son appréhension.

Hawk avait fait ses preuves sur le champ de bataille. S'il s'engageait dans une entreprise, il ne s'arrêterait pas avant d'avoir réussi. Cette fois, sa détermination serait au service de l'enquête qu'il allait mener sur la disparition de sa fille. Alonsa allait obtenir des réponses. Elle allait découvrir ce qui était arrivé à Lucy.

Et si la vérité était au-delà de ce qu'elle pouvait endurer ?

Les mains moites, la gorge nouée, elle alla ouvrir la porte.

3

Hawk n'avait presque pas dormi mais cela n'avait rien d'inhabituel chez lui. Quand il avait l'esprit occupé, son corps semblait se contenter d'adrénaline. La plupart de ses camarades de commando étaient pareils. Peut-être était-ce cette caractéristique qui faisait d'eux des êtres à part, capables d'affronter sans s'émouvoir les dangereuses missions qu'on leur confiait.

Debout à l'aube, il avait effectué des recherches en ligne sur Todd Salatoya. Les informations dont il disposait étaient suffisantes pour permettre à quelqu'un comme lui de manœuvrer dans le labyrinthe des sites internationaux. Ce que Hawk n'avait pu découvrir, le spécialiste en technologie de Cutter, Eduardo, l'avait déniché pour lui lorsqu'il l'avait contacté, vers 7 heures du matin.

Todd avait été un agent exemplaire, hautement respecté. Comme l'avait affirmé Alonsa, il avait été abattu au cours d'une opération, par un trafiquant de drogue armé d'un AK-47. Ç'avait été un affrontement sanglant, lors d'un raid que Todd avait préparé. Cette fois, il avait commis plusieurs erreurs de jugement et le cartel l'attendait.

Todd Salatoya était tombé par une froide nuit d'hiver et n'était jamais rentré chez lui retrouver sa séduisante épouse et leurs deux enfants. Quelques semaines plus tard, sa fille avait été enlevée au zoo de Houston.

Craig avait beau prétendre que les deux incidents n'étaient pas liés, il était fort possible qu'il se trompe. Il pouvait très bien s'agir d'une vengeance à l'encontre de la famille de Todd, voire d'un avertissement adressé aux collègues de ce dernier, afin de les dissuader d'attaquer le cartel. Si oui, Hawk était peut-être sur le point de s'attirer un tas d'ennuis, et pire, de mettre Alonsa en danger.

Il avait l'estomac noué en franchissant les quelques mètres qui le séparaient de la maison de la jeune femme. Lorsqu'il l'avait raccompagnée chez elle la veille au soir, il ne s'était pas attendu à se retrouver dans cette situation. A ce moment-là, il n'était qu'un homme obéissant à ses pulsions.

Non qu'il soit capable d'éliminer le désir qu'elle éveillait en lui. Ce qui se passait dans ce domaine échappait à son contrôle. En revanche, Hawk était champion dans l'art de se maîtriser en toutes circonstances. Il n'allait pas sauter sur Alonsa pour assouvir ses appétits sexuels.

De fait, il avait largement de quoi occuper son attention. S'il y avait la moindre possibilité pour que la fillette soit encore en vie, elle devait être rendue à sa mère. Il allait supposer que c'était le cas, et que toute fausse manœuvre risquait d'affecter ses chances de la retrouver.

Alonsa ouvrit la porte avant qu'il ait eu le temps

de frapper. Elle portait un jean et un pull turquoise qui lui fit penser à la mer des Caraïbes. Ses longs cheveux noirs étaient rassemblés en un chignon encadré de mèches soyeuses qui semblaient danser sur ses épaules. Elle n'arborait pas de maquillage, juste un peu de gloss brillant sur ses lèvres douces et pulpeuses. Ses cils bruns se recourbaient sur ses yeux ensorcelants.

Du calme, Hawk. Tu es là pour affaires.

Les circonstances de la mort de son mari n'avaient jamais cessé de hanter Alonsa, mais c'était la première fois depuis un an qu'elle était contrainte de les évoquer. Néanmoins, elle s'efforça de relater les événements avec autant de précision que possible.

Hawk l'écouta sans l'interrompre jusqu'à ce qu'elle se laisse aller contre le dossier de son fauteuil, comme vidée de toute émotion.

— Ce que je sais de ce soir-là vient de Craig. Avant la mort de Todd, j'ignorais ce qu'il faisait précisément, avoua-t-elle à regret.

— Parce que c'étaient des informations confidentielles ?

— En partie, mais après notre mariage nous avions décidé très vite qu'il valait mieux que j'en sache le moins possible sur les dangers qu'il courait.

— C'est compréhensible.

En réalité, durant les derniers mois, ils avaient pratiquement cessé de communiquer hormis pour ce qui concernait les enfants, mais il était inutile de révéler cela à Hawk.

— Je veux faire du tracteur, insista Brandon, en s'adressant à Hawk.

Quelques miettes de cookie tombèrent de sa bouche.

— Brandon, souviens-toi qu'on ne parle pas la bouche pleine, lui rappela Alonsa. Et je t'ai déjà dit que M. Taylor et moi avons à parler.

— Tu as un tracteur ? demanda Hawk. Génial.

— Et il va drôlement vite, s'exclama le petit garçon.

— J'aimerais bien voir ça.

Hawk jeta un coup d'œil à Alonsa.

— Si ta maman n'y voit pas d'inconvénient.

— Elle est d'accord, hein, maman ?

Sans attendre la réponse, Brandon détala vers la porte de derrière.

— Prends ton coupe-vent ! cria sa mère.

— Ooh !

Il attrapa au vol une veste rouge vif accrochée à une patère basse.

Alonsa prit son téléphone portable et le fixa à sa ceinture.

— Je suppose que nous pourrons parler dehors aussi bien qu'à l'intérieur, du moment que Brandon ne peut pas nous entendre.

— Bien sûr. J'aimerais bien prendre l'air, moi aussi.

Alonsa se demanda ce que Hawk voulait dire par là. Trouvait-il sa maison étouffante ? Ou toutes les maisons en général ? Enfin, peu importait. Elle fit un détour par le salon pour récupérer ses chaussures puis les suivit au-dehors, au soleil. Même au mois de janvier, dans cette région du Texas, la température atteignait déjà les quinze degrés en milieu de matinée.

— Il neige à New York, dit-elle, songeuse.

— Cela vous manque ?

— Pas souvent.

— Broadway ?

— Parfois. La ville en général.

Sa vie paisible à Dobbin semblait être à des années-lumière de celle qu'elle avait menée autrefois.

Brandon, en revanche, ne connaissait que cette existence. Il ne se souvenait ni de son père ni de sa sœur. Il ne les connaissait qu'à travers ce qu'Alonsa lui avait raconté, et les nombreuses photographies éparpillées dans la maison. Son père était mort en héros. Sa sœur était absente.

De temps à autre, il posait des questions au sujet de Lucy. Alonsa répondait qu'elle reviendrait bientôt et il semblait se contenter de cette explication. Mais un jour il faudrait bien qu'elle lui dise la vérité.

Plus tard.

L'enfant sauta sur son tracteur, tourna la clé et se mit à circuler sur l'allée goudronnée.

— Regardez comme je vais vite !

— Attention à la limitation de vitesse, plaisanta Hawk.

Brandon rit et se dirigea vers une petite bosse tandis que Carni le précédait en jappant.

— Ne va pas plus loin que le virage, avertit Alonsa. Reste là où je peux te voir.

— Vous ne le laissez jamais seul dehors ? demanda Hawk.

— Si, dans la cour, parce qu'elle est clôturée et que je peux le surveiller depuis la fenêtre de la cuisine.

— C'est tout ?

— Il n'a que trois ans, Hawk, lui fit remarquer

Alonsa. Et nous ne sommes pas très loin de la route. N'importe qui pourrait rôder par ici.

— Il y a au moins huit cents mètres. Les enfants de ranchers s'habituent très tôt aux grands espaces.

— Ce n'est pas comme s'il était en prison. Il a un toboggan, une balançoire, une cabane et un énorme tas de sable où jouer.

Elle s'éloigna et alla s'asseoir sur un vieux pneu suspendu à la branche basse d'un chêne sur le côté de la maison. Elle n'avait pas à se justifier auprès de Hawk Taylor. D'ailleurs, Brandon n'était pas un fils de rancher. Ils n'élevaient pas de bétail sur leurs terres.

Hank la suivit et s'adossa au tronc de l'arbre pendant qu'elle remuait la terre sous la balançoire du bout de ses chaussures. Des écureuils s'enfuirent dans les branches au-dessus d'eux. Une légère brise faisait trembler les feuilles mortes qui tapissaient le sol. Le bourdonnement du tracteur de Brandon s'élevait en arrière-fond, ponctué par les aboiements excités de Carni.

La vie continuait comme d'habitude, et pourtant rien ne semblait habituel ce jour-là. L'air entre Hawk et elle s'était chargé de tension. Ce n'était ni de la colère ni tout à fait de l'attirance, plutôt quelque chose d'étrange entre eux deux.

Hawk enroula ses doigts autour d'une branche. Ses muscles se bandèrent sous le tissu de sa chemise.

— Vous n'êtes pas convaincue que l'enlèvement de Lucy soit le fait du hasard, si ? demanda-t-il.

Alonsa poussa un long soupir.

— Je vous ai dit que c'est ce que Craig Dalliers affirme. D'après lui, le FBI a examiné tous les liens possibles avec le travail de Todd à l'agence et les a tous éliminés.

— C'est ce que vous m'avez dit. Ce n'est pas la question que je vous ai posée.

Ainsi, il avait lu en elle. Il avait compris qu'elle avait des doutes. Son attitude envers Brandon en était la preuve.

— Je n'ai rien exclu, admit-elle.

— Vous êtes restée ici, à Dobbin, à l'endroit où vous viviez avant l'enlèvement, au lieu de retourner à New York. Pourtant, vous avez reconnu que la grande ville vous manquait. Pourquoi ne pas être repartie ?

Il n'était pas le premier à lui poser cette question, même si la plupart des gens n'y avaient pas réfléchi autant que lui, à l'évidence. En général, Alonsa restait évasive. Avec Hawk, elle ne pourrait pas s'en tirer à si bon compte.

— Lucy connaissait son adresse et son numéro de téléphone. Si jamais elle s'en souvient, et si elle essaie de nous retrouver, je veux être ici. Je sais qu'au bout de deux ans c'est assez peu probable, mais c'est comme ça que je raisonnais au début.

— Et maintenant ?

— J'aime mon travail et la maison est payée.

Hawk chassa distraitement un taon qui s'était posé sur son bras.

— Avez-vous réfléchi à nouveau à la possibilité d'une rencontre entre Craig Dalliers et moi ?

— Je peux l'appeler plus tard et voir ce que je peux faire.

— Pourquoi pas tout de suite ? Ou alors donnez-moi son numéro et je lui téléphonerai moi-même.

— Je dois lui parler d'abord.

— Pour justifier le fait que je vais m'occuper de l'affaire ?

— Oui, admit-elle. Je ne veux pas qu'il pense que je mets ses capacités en doute. Il s'est beaucoup impliqué. Je ne voudrais pas paraître ingrate.

— Pas de problème. Gérez Craig comme bon vous semble. Du moment que vous lui dites que je m'attends à son entière coopération. Toute autre attitude serait du sabotage.

— Je veillerai à le lui faire comprendre.

— Ensuite, j'aimerais que nous allions ensemble au zoo, cet après-midi. Je veux voir l'endroit exact où vous vous trouviez quand Lucy a disparu.

Retourner au zoo. Retourner sur les lieux où ce cauchemar avait commencé. Alonsa sentit une sorte d'engourdissement s'emparer d'elle. Elle se leva, mais ses jambes se dérobèrent sous elle.

Hawk prit ses bras entre ses mains puissantes, l'empêchant ainsi de tomber.

— Je sais que ça va être une épreuve pour vous, Alonsa, mais c'est important. Et je serai là pour vous soutenir.

— Je ne vois pas en quoi cela vous aidera.

— J'ai besoin d'examiner les lieux. Cela me permettra de mieux comprendre comment quelqu'un a pu attirer une fillette à l'écart dans une foule de gens sans que personne ne se rende compte de rien.

De nouvelles peurs naquirent en elle.

— Je ne peux pas emmener Brandon là-bas.

— Vous ne me faites pas confiance pour le protéger ?

— J'ai peur de m'effondrer devant lui.

— J'y ai pensé. J'ai parlé à Linney ce matin. Et elle est d'accord pour le garder.

— Vous pensez toujours à tout ?

— On apprend ça dans les commandos.

— En même temps qu'on apprend à soutenir les femmes quand elles s'effondrent ?

— Seulement les plus jolies. Vous en faites partie, mais vous n'allez pas vous effondrer. Tenez bon.

Elle prit une profonde inspiration, s'efforçant d'être aussi forte qu'il se l'imaginait.

— Je suppose que je devrais aller appeler Craig, puisque vous êtes prêt à entamer votre enquête.

— Excellente idée. Je vais garder un œil sur votre fils.

A peine s'était-elle retournée qu'elle entendit Brandon crier à Hawk de le regarder.

Elle avait l'impression d'être montée dans un manège qui fonçait à toute allure, lui aussi. La différence entre Brandon et elle, c'est qu'il était en terrain familier, tandis qu'elle était entre les mains d'un inconnu, un soldat cow-boy qui possédait assez d'assurance pour s'attaquer au monde entier. La question était de savoir si Hawk Taylor était aussi efficace qu'il le prétendait.

Et si elle allait survivre à cette expédition au zoo de Houston.

Craig n'était pas disponible, aussi Alonsa avait-elle laissé un message le priant de la rappeler. Il ne l'avait pas encore fait lorsqu'ils arrivèrent au zoo, en tout début d'après-midi.

Alonsa avait l'impression d'avoir du plomb dans les

jambes. Ils se dirigeaient vers le bassin d'eau salée, non loin de la place centrale. L'endroit était calme, fréquenté surtout par des jeunes mamans et des nourrices qui profitaient d'une journée ensoleillée avec leurs bambins. Il était sans doute trop tôt après les vacances de Noël pour qu'il y ait des visites d'écoliers.

Elle remarqua un petit garçon qui devait avoir l'âge de Brandon. Devant lui, sa mère avançait avec une poussette où dormaient des jumeaux, et il s'obstinait à traîner en arrière en dépit de ses exhortations à la suivre. Alonsa dut se faire violence pour ne pas s'arrêter et mettre la femme en garde.

Elle avait fait cela plusieurs fois durant l'année qui avait suivi la disparition de Lucy. La plupart des gens réagissaient à son intrusion avec indifférence, voire une franche hostilité. En fin de compte, elle avait cessé d'essayer d'intervenir.

Son cœur cognait dans sa poitrine quand ils atteignirent l'endroit tant redouté. Elle eut l'impression que deux années s'envolaient et elle fut ramenée au jour fatidique où elle s'était tenue là, avec Lucy, qui gloussait de plaisir en regardant ces fascinantes créatures. Un frisson la parcourut des pieds à la tête.

Hawk captura sa main moite dans la sienne.

— Tenez bon, Alonsa. Cela ne prendra pas longtemps. Récapitulez pour moi. Où étiez-vous précisément ? Qu'avez-vous remarqué ?

— Eh bien…

Sa voix était étouffée, comme si elle parlait à travers une couverture en lainage.

— Nous étions devant la rambarde, là-bas. A côté du panneau qui décrit les animaux. Je l'ai lu à Lucy.

Elle n'avait que quatre ans mais elle commençait déjà à apprendre à lire et elle s'intéressait à tout.

Créatures extrêmement intelligentes. Capables de retenir leur respiration pendant de longues périodes.

Bizarrement, les faits, sinon les mots exacts, lui revenaient en mémoire, surnageant dans le brouillard de ses pensées.

— Il y avait une femme debout près de nous. Elle était avec son mari et plusieurs enfants. Ils habitaient dans l'Ohio et se trouvaient là en vacances. Nous avons un peu bavardé.

— Vous n'avez rien remarqué de suspect à son sujet ? A-t-elle posé des questions étranges ? Traité Lucy d'une manière très familière ?

— Non. C'étaient des gens ordinaires, sympathiques. Au début de l'enquête, Craig les a retrouvés et il a interrogé cette femme. Elle était très désireuse de nous aider mais elle n'avait pas vu Lucy s'éloigner.

— Vous souvenez-vous d'avoir vu quelqu'un d'autre dans les parages avant l'arrivée du groupe d'écoliers ?

— Il y avait d'autres gens, mais je n'ai pas fait attention à eux. Croyez-moi, j'ai essayé de me souvenir de tout et j'ai répondu à des centaines de questions, juste après la disparition de Lucy. Il n'y avait pas d'individus suspects.

— Avez-vous parlé à quelqu'un d'autre ce jour-là ? Ou vu les mêmes gens à divers moments de votre visite ?

— La seule personne avec qui j'ai eu une vraie conversation était une des employées. Nous étions près de l'enclos des pandas et elle a eu la gentillesse de répondre à toutes les questions de Lucy. C'était une étudiante qui travaillait au zoo pendant ses vacances.

— Vous rappelez-vous son nom ?

— Elle Carrigan. Craig et moi lui avons parlé tous les deux après l'enlèvement. Elle n'a pas revu Lucy après notre conversation.

Personne ne savait quoi que ce soit, et Alonsa commençait à penser qu'elle avait commis une erreur en laissant Hawk se mêler de l'affaire. Il n'y avait rien qu'il puisse faire, hormis marcher sur les traces de Craig, avec les mêmes résultats.

Hawk lui pressa la main comme s'il avait senti ses doutes. Sa force se communiqua à elle. Quand elle leva la tête, elle fut frappée par l'intensité avec laquelle il observait les environs. Il était résolu. Il faisait son travail. C'était elle qui le retardait.

— Ça va aller, Hawk. Je vais rester ici. Faites ce que vous devez faire. Examinez les lieux autant que vous voudrez.

— Vous êtes sûre que ça ira ?

— Certaine.

Elle resta accoudée à la rambarde, regardant les morses sans les voir. Ils étaient trois. Quand elle était venue avec Lucy, ils n'étaient que deux. Cali et Kamia, deux femelles. Lucy avait déclaré qu'elle allait rebaptiser une de ses poupées Cali. Elle ne les avait jamais revues.

— Madame Salatoya.

Alonsa tressaillit et se retourna. Elle reconnut Elle Carrigan immédiatement.

— Elle ! Je ne m'attendais pas à vous voir ici aujourd'hui.

— J'ai eu mon diplôme. Je travaille au zoo à plein-temps à présent.

— C'est fantastique.

— Je suis contente de vous rencontrer. Je songeais à essayer de trouver votre numéro de téléphone pour vous demander si la photo avait été utile à l'enquête.

Alonsa la regarda sans comprendre.

— Que voulez-vous dire ? Quelle photo ?

— Celle que j'ai envoyée au FBI.

— Personne ne m'en a parlé. Cela s'est passé récemment ?

— Il y a quelques mois. C'était très bizarre. Je regardais des photos qui appartiennent à ma sœur quand j'ai remarqué une petite fille qui ressemblait de manière frappante à Lucy. J'ai reconnu le T-shirt qu'elle portait le jour où je vous ai vues. Celui avec la petite tortue dessus. J'ai même fait une remarque à ce sujet, vous vous souvenez ?

— Oui, je m'en souviens, acquiesça Alonsa, le cœur battant. Parlez-moi de cette photo.

— Tonya — ma sœur cadette — était venue m'attendre à la sortie du zoo avec des amies ce jour-là. Elles se sont amusées à prendre des photos, et il y avait une femme et une petite fille à l'arrière-plan de l'une d'elles.

— Vous êtes sûre que c'était Lucy ?

— Presque certaine.

— Et vous dites qu'elle était avec une femme ?

— Oui. La femme tournait la tête, si bien qu'on

ne pouvait pas voir son visage, mais elle tenait Lucy par la main et l'emmenait vers la sortie.

La poitrine d'Alonsa se comprima. Une inconnue avait quitté le zoo avec Lucy. Pourquoi n'en avait-elle rien su ?

— Vous êtes sûre que le FBI a bien reçu le cliché ?

— Je l'ai envoyé à Craig Dalliers et il a téléphoné en personne pour me remercier.

— A-t-il confirmé que c'était Lucy sur la photo ?

— Je le lui ai demandé mais il a dit qu'il ne pouvait pas en parler.

Lucy était sortie du zoo avec une femme. Le FBI détenait une photo de la suspecte. Pourtant, Craig n'avait même pas daigné l'appeler. Pensait-il que la fillette n'était pas Lucy ? Etait-il toujours en train de suivre cette piste ?

— J'espère qu'on va retrouver Lucy bientôt, murmura Elle.

Alonsa ne put que hocher la tête. Incapable de parler, en proie à un torrent d'émotions, elle chercha Hawk du regard. Quand elle l'aperçut, elle lui fit signe de les rejoindre, puis se tourna vers la jeune fille.

— Je voudrais vous présenter à quelqu'un. Il mène une enquête privée sur la disparition de Lucy. C'est la raison pour laquelle je suis ici aujourd'hui.

Elle venait de s'acquitter des présentations et commençait à parler à Hawk de la photo quand son téléphone vibra dans sa poche. Elle jeta un coup d'œil au nom qui s'affichait sur l'écran.

Craig Dalliers.

Il n'aurait pas pu mieux tomber.

— Il faut que je prenne cet appel.

Elle s'éloigna de quelques pas. Elle ne voulait pas qu'ils entendent sa conversation avec Craig. Jamais elle n'avait été aussi furieuse. Comment avait-il osé lui cacher l'existence de ce cliché ?

4

— Pourquoi ne m'as-tu pas parlé de la photo ?

Les mots avaient jailli d'eux-mêmes de la bouche d'Alonsa, tant elle était au comble de la frustration.

— Quelle photo ?

— Celle où on voit quelqu'un faire sortir Lucy du zoo.

Un silence lui répondit.

— C'était bien Lucy, n'est-ce pas ?

— Oui, admit Craig. C'est Lucy, mais il faut que tu restes calme, Alonsa. Je peux tout expliquer.

— J'y compte bien. Pourquoi ne m'as-tu pas appelée ?

— J'attendais le moment opportun.

— Tu as reçu cette photo il y a des mois !

— Je ne voulais pas parler de cela par téléphone. J'avais prévu de venir au Texas dès que j'en aurais la possibilité et te la montrer en personne. Non que cela change quoi que ce soit.

— Comment peux-tu dire une chose pareille ? Cette photo signifie que Lucy a été enlevée par une femme et non par un pervers. Ça change tout pour moi. Je me nourris d'espoir, Craig. C'est la seule chose qui me soutient depuis deux ans. Que m'as-tu caché d'autre ?

— Rien. Comment as-tu découvert l'existence de la photo ?

— Par Elle Corrigan.

— Ne me dis pas que tu essaies de mener l'enquête toute seule.

— Non. Pas toute seule. J'ai engagé un détective privé.

L'amertume qu'elle éprouvait rendait cet aveu infiniment plus facile. Elle n'avait pas à se justifier.

— C'est un gaspillage d'argent ridicule et tu le sais, éructa Craig. Aucun investigateur privé n'a les ressources du FBI. Personne ne va consacrer autant d'attention que moi à cette enquête. Je la supervise personnellement et j'ai mis certains de mes meilleurs agents sur le coup.

— Et tous autant que vous êtes, vous avez ignoré cette photo de Lucy avec sa kidnappeuse.

— Je ne l'ai pas ignorée, Alonsa. La photo ne montre que la nuque de cette femme. Tout ce que nous savons à présent et que nous ignorions avant, c'est qu'une femme est impliquée.

— Tu aurais dû m'appeler, insista-t-elle. J'ai le droit de savoir.

— Je vérifie toutes les pistes, Alonsa, y compris celle de la photo. Tu sais ce que j'éprouve pour toi, ce que j'ai toujours éprouvé. J'étais à tes côtés pendant les pires moments. Tu as pleuré dans mes bras et j'ai pleuré avec toi. Tu crois qu'un enquêteur privé qui se fait payer une fortune va te soutenir comme moi, ou vous aimer, Lucy et toi, autant que je vous aime ?

La colère d'Alonsa s'apaisa un peu. Craig avait été présent dès le début et il avait travaillé dur. Pendant les premiers mois, il avait examiné tous les aspects de l'affaire, il était même resté plusieurs semaines à Houston. Peut-être avait-elle été trop prompte à engager Hawk.

Elle pivota. Hawk était directement dans sa ligne de mire. Elle étudia son profil, sa carrure d'athlète, son air sûr de lui. Elle Carrigan semblait suspendue à ses lèvres, visiblement fascinée par le magnétisme qui émanait de son physique et de sa personnalité, comme toutes les femmes qu'Alonsa avait vues en sa présence.

— Quel genre d'expertise possède ce nouvel enquêteur ? A moins que tu ne l'aies cru sur parole ? demanda Craig, mettant des mots sur les doutes d'Alonsa.

Hawk se tourna vers elle tandis qu'elle réfléchissait à la question, et ses yeux perçants se soudèrent aux siens. Une intensité impossible à décrire se lisait dans leurs profondeurs sombres. C'était cette intensité qui lui donnait de l'espoir, et non son physique.

— J'apprécie tout ce que tu as fait, Craig, mais j'ai pris ma décision. M. Taylor et moi aimerions te rencontrer pour que tu puisses le mettre au courant de ce qui a été fait et lui expliquer où vous en êtes.

— Je ne suis pas autorisé à divulguer des informations confidentielles.

— C'est de ma fille qu'il est question. Si tu as quelque chose qui peut m'aider à la retrouver, je devrais y avoir accès.

— Tu sais que je ferai tout ce qui est en mon

pouvoir pour t'aider, mais je t'assure que tu fais une grosse erreur.

— Tu l'as déjà dit.

— Je vais regarder mon agenda et essayer de réorganiser mon emploi du temps. Avec un peu de chance, je trouverai un vol pour Houston en fin de semaine.

— Un instant.

Elle s'approcha de Hawk et couvrit l'appareil de sa main.

— Je suis en train de parler à Craig. Il dit qu'il peut venir à Houston en fin de semaine. Cela vous convient ?

— Si nous prenions plutôt l'avion demain pour aller le voir à New York ?

— Il faudra que j'emmène Brandon ou que je trouve quelqu'un pour le garder.

— L'un ou l'autre. Plus tôt j'aurai les éléments en main, plus tôt nous pourrons mettre un plan d'action en place.

Un plan d'action pour retrouver sa fille. Ce n'étaient que des mots, mais ils déclenchèrent en elle une étincelle d'optimisme. Alonsa porta le téléphone à son oreille.

— Nous serons à New York dès demain, Craig. Je t'appellerai dès que nous aurons réservé le vol pour te dire à quelle heure nous arriverons.

— Ce sera compliqué avec mon emploi du temps mais nous nous débrouillerons. Nous pourrions peut-être dîner ensemble.

— Je préférerais que la rencontre ait lieu dans ton bureau.

Maintenant que le premier obstacle était écarté, sa

résolution s'était durcie. Hawk Taylor et elle allaient se rendre à New York. Pour la première fois depuis plus d'un an, l'enquête avançait. Et c'était Hawk qu'elle devait remercier pour cela.

Alonsa s'étira sous les draps, fixant les pales du ventilateur au plafond. Elle n'en avait pas vraiment besoin à cette époque de l'année, mais son bourdonnement discret la berçait et l'aidait à s'endormir. La plupart des nuits, en tout cas.

Pourquoi pas ce soir ? Tout était réglé. La tante de Cutter séjournait justement au Double M cette semaine et elle était ravie à la perspective de garder Brandon avec Linney. Quant au petit garçon, il était tout excité à l'idée de voir les chevaux. Carni avait été invité, lui aussi.

Par chance, Alonsa avait pu réserver des vols directs à un tarif raisonnable, et grâce aux points accumulés sur sa carte de crédit, elle avait obtenu des chambres dans un hôtel cinq étoiles à proximité du bureau de Craig. Seule ombre au tableau, la météo était peu prometteuse. On annonçait des chutes de neige fondue, ou même de la neige tout court à New York dans l'après-midi.

A bien des égards, la ville lui manquait, et pourtant elle était pleine d'appréhension à l'idée d'y retourner. Nombre de ses souvenirs là-bas étaient associés à Lucy.

Cependant, elle partait avec Hawk Taylor. Sa seule présence aurait dû rendre ce voyage encore plus traumatisant pour elle. Curieusement, c'était le contraire.

En observant Hawk à la soirée chez Linney, elle

avait été irritée par la manière dont les femmes se pâmaient devant lui. Sa virilité, son charme et son sourire dévastateur faisaient des ravages.

Ces deux derniers jours, elle avait découvert une facette bien différente et bien plus impressionnante de son caractère.

Tous ceux qui avaient entendu parler de la disparition de Lucy lui avaient fait part de leur tristesse et proposé leur aide. Hawk avait été le seul à être passé à l'action.

Non que les autres n'aient pas été bien intentionnés. Mais Hawk possédait une volonté et une détermination hors du commun. Comme si l'action faisait partie intégrante de sa nature.

Alonsa poussa un soupir. Elle ne tiendrait jamais le coup demain si elle n'arrivait pas à dormir ce soir. Elle roula sur le côté, inspira profondément et se mit à réciter un mantra. Au bout d'un certain temps, ses paupières finirent par s'alourdir et elle allait sombrer dans le sommeil quand la sonnerie stridente du téléphone posé sur la table de chevet la fit sursauter. Elle tendit automatiquement la main vers l'appareil, puis hésita. Personne ne l'appelait si tard. Si c'était encore un appel visant à la tourmenter, elle ne se sentait pas capable de l'affronter.

Elle regarda l'écran et vit le nom de Craig Dalliers. Au comble de la frustration, elle donna un coup de poing dans son oreiller et prit la communication.

— Allô ?

— C'est toi, Alonsa ?

Sa voix était pâteuse. Il avait bu, d'où cet appel en pleine nuit. Le whisky avait un effet désastreux sur lui.

— Tu sais l'heure qu'il est ?

— Tu es grognon. Je te dérange ?

— Il est minuit, Craig. Je suis au lit.

— Tu es seule ?

— Evidemment. Brandon a sa propre chambre. Il…

Elle s'interrompit brusquement, en comprenant qu'il ne faisait pas allusion à Brandon. La question était trop déplacée pour mériter une réponse.

— Tu as des nouvelles concernant Lucy ? Je ne vois pas pour quelle autre raison tu me téléphonerais à une heure pareille.

— Pas de nouvelles.

— Il faut que je dorme, Craig. A demain. Nous pourrons parler de ce qui t'a poussé à m'appeler demain.

— C'est ça. Tu vas venir me voir avec un pseudo-détective qui s'imagine pouvoir réussir là où le FBI a échoué.

— Il ne s'agit pas d'une lutte de pouvoir entre lui et le FBI. J'essaie seulement de retrouver Lucy.

— C'est pour ça que je suis là. Tu devrais me faire confiance. Tu aurais dû m'écouter quand je t'ai avertie pour Todd. Tu n'es pas la seule femme qu'il a fait souffrir.

Sa voix était de plus en plus indistincte. Il était plus ivre qu'elle ne l'avait cru. Sans doute était-il encore en train de traîner dans un bar.

— Rentre à la maison, Craig. Prends un taxi ou demande à Ginny de venir te chercher.

— Ginny est chez sa mère.

— Dans ce cas, appelle un taxi. Bonne nuit.

Elle coupa avant qu'il ait eu le temps de poursuivre

la conversation. Quoi qu'il dise ce soir, il le regretterait sans doute demain.

Malheureusement, elle était de nouveau réveillée. Elle se pelotonna sous les couvertures, mais la question de Craig résonnait encore à ses oreilles.

Tu es seule ?

Complètement seule dans son grand lit, comme chaque soir depuis deux ans. Après la mort de Todd et la disparition de Lucy, elle avait été trop bouleversée pour penser à un homme de cette manière. Pour penser à un homme, tout simplement.

Pourtant, elle avait ressenti quelque chose l'autre soir, lorsque son regard avait croisé celui de Hawk pour la première fois. Elle avait mis son trouble sur le compte du champagne, mais ce n'était pas tout à fait vrai. Hawk était trop viril pour la laisser indifférente. Et n'était-il pas normal d'éprouver un soupçon d'attraction sexuelle ? Cela signifiait qu'elle était encore en vie, après tout.

Elle veillerait à ce que les choses n'aillent pas plus loin.

Il fallut moins de cinq minutes à Hawk pour comprendre que Craig Dalliers n'avait pas la moindre intention de collaborer honnêtement avec lui. De toute évidence, il considérait que cette enquête lui appartenait, et il n'allait sûrement pas la céder au secteur privé.

Derrière son bureau, Craig occupait le siège du pouvoir. Alonsa et Hawk étaient assis face à lui, sur des chaises à dossier droit, inconfortables au possible.

Jusqu'ici, ils s'en étaient tenus aux présentations et aux politesses d'usage.

Puis, Craig fit l'étalage de son propre bagage, leur parlant de sa récente promotion et du fait qu'il avait insisté auprès de ses supérieurs pour rester à la tête de l'enquête sur la disparition de Lucy.

Hawk ne fut guère impressionné. La bureaucratie et les formalités l'ennuyaient à mourir. C'était un aspect de l'univers militaire dont il s'était lassé. Il était sur le point de presser Craig de passer à l'essentiel quand Alonsa le prit de vitesse.

— Je veux voir la photographie qu'Elle Carrigan t'a envoyée.

— Techniquement parlant, c'est Tanya Carrigan qui l'a envoyée. Elle a été prise avec son appareil.

Alonsa se pencha en avant.

— Je veux la voir.

Craig choisit un classeur dans la pile placée derrière lui, l'ouvrit lentement et en tira un cliché en couleur. Puis, avec un haussement d'épaules, il fit le tour de son bureau pour le présenter à Alonsa.

Elle se raidit visiblement et le prit d'une main tremblante, les yeux rivés à l'image.

— C'est Lucy, dit-elle d'une voix où vibrait l'émotion.

— Je sais, et j'essayais de t'épargner cette épreuve, murmura Craig.

Elle continuait à étudier la photo.

— Je ne comprends pas pourquoi elle est partie avec cette femme. Elle devait savoir que je la cherchais.

Alonsa tendit le cliché à Hawk.

On voyait distinctement le profil de l'enfant. Bien qu'il n'ait jamais rencontré Lucy, Hawk n'eut aucun mal à la reconnaître d'après les photos qu'il avait vues chez Alonsa.

En revanche, la femme tournait le dos à l'objectif. Elle portait un jean serré et un pull rose pâle. Jolie silhouette. Des cheveux blonds qui descendaient un peu plus bas que ses épaules, aux pointes qui bouclaient légèrement. Impossible d'estimer précisément son âge, toutefois la coiffure et la tenue suggéraient qu'ils avaient affaire à une femme relativement jeune. Trente-cinq ans au maximum, estima-t-il.

Lucy semblait un peu perturbée mais, contrairement à ce qu'on aurait pu attendre d'une petite fille kidnappée, elle ne pleurait pas. Peut-être s'était-elle perdue et avait-elle demandé son chemin. Peut-être avait-elle cru qu'on la conduirait à Alonsa.

Hawk réfléchit. Il était peu probable qu'une femme en visite au zoo décide brusquement d'enlever une petite fille égarée par hasard. D'ailleurs, il n'y avait jamais eu de demande de rançon.

— Peut-être qu'elle a été payée par le cartel qui a tué Todd, suggéra Alonsa.

— Nous avons envisagé cette possibilité, lui rappela Craig. Nous n'avons pas trouvé la moindre preuve qui étaie cette hypothèse.

Hawk replaça le cliché dans le classeur.

— Dans ce cas, examinons tout ce que l'enquête a révélé jusqu'ici.

— Si c'est ce que vous souhaitez.

Craig regardait Alonsa et non Hawk en parlant, comme pour lui donner une dernière chance de faire marche arrière.

Elle resta de marbre.

Avec un nouveau haussement d'épaules, Craig regagna son siège et sortit un autre classeur de la pile. Puis il commença à parler. Au bout d'une heure de discussion et de prise de notes, il devint évident qu'il avait dit tout ce qu'il était prêt à dire. Pour sa part, Hawk était convaincu qu'il ne leur avait pas révélé la moitié de ce qu'il savait.

Alonsa s'excusa pour aller aux toilettes. Dans la pièce, la tension atteignit de nouveaux sommets. Craig se pencha en avant et planta ses coudes sur le bureau.

— Je ne sais pas comment vous avez convaincu Alonsa de vous engager, commença-t-il, mais si vous avez le moindre sens de l'honneur, vous allez reconnaître tout de suite que vous n'êtes pas à la hauteur de la tâche.

— Pourquoi ferais-je cela ?

— Parce que vous ne savez pas à quoi vous vous attaquez. Quelle que soit votre expérience dans les commandos, elle ne s'applique pas à ce genre de situation.

— C'est une façon de voir les choses.

— C'est un fait. Vous n'êtes pas formé pour gérer un enlèvement d'enfant. Vous donnez de faux espoirs à Alonsa. Pire, vous la mettez en danger.

— Comment ça ?

— Todd a permis l'arrestation de criminels très dangereux. Si vous provoquez ces types-là, ils ne vont sûrement pas s'écraser sous prétexte qu'ils ont affaire à un grand méchant des forces spéciales.

— Je n'en fais plus partie. D'ailleurs, je croyais que vous étiez certain que l'enlèvement n'avait aucun rapport avec Todd.

— Je le suis, mais si vous commencez à interroger ces gens-là, cela va attirer leur attention sur Alonsa. Il y a des gars au Texas qui sont prêts à éliminer n'importe qui pour le prix d'un bon steak.

— Il y a des gars de ce genre dans tous les Etats, lui fit remarquer Hawk. Y compris celui de New-York.

— Précisément. Ne leur donnez pas de motif de le faire.

— Avez-vous pris des gants pour protéger Alonsa en faisant votre enquête ?

Craig eut un sourire supérieur, comme si la question était ridicule.

— Bien sûr que non. J'ai les moyens de la protéger et je sais à qui j'ai affaire.

Il recula son fauteuil et se frotta le menton.

— Je suis sûr que vous savez que, même si vous deviez découvrir ce qui est arrivé à Lucy, il n'est pas certain qu'Alonsa vous tombe dans les bras. Rien ne garantit une fin heureuse à cette histoire.

— Je ne le lui ai pas promis.

— Il n'en reste pas moins qu'elle se cramponne à l'espoir que sa fille est encore en vie. Découvrir le contraire pourrait la détruire.

— Je la soupçonne d'être plus forte que vous ne le pensez.

— Mais vous ne pouvez pas en être sûr.

— Non, mais une mère a le droit de savoir si son enfant est mort ou vivant. Et si Lucy est en vie, il est d'autant plus important de savoir ce qu'il lui est arrivé. Le FBI ne s'est pas révélé capable de le faire, alors je ne vois pas pourquoi je ne pourrais pas essayer.

— S'il arrive quelque chose à Alonsa, je vous en tiendrai personnellement responsable.

Hawk se leva.

— Il ne lui arrivera rien tant qu'elle est sous ma protection.

Craig se leva à son tour et alla se tenir devant lui.

— Votre numéro de macho ne m'impressionne pas. Je sais où vous voulez en venir, et vous servir de la disparition d'une gamine pour coucher avec sa mère est tout à fait méprisable.

Les muscles de Hawk se raidirent et il serra les poings. Il brûlait de flanquer une raclée à Craig, mais entamer une bagarre dans les bureaux du FBI n'était sûrement pas une très bonne idée.

Il toisa son interlocuteur.

— Cela me déplaît énormément que vous suggériez qu'Alonsa puisse être séduite en échange de mon aide. Et je ne manipule pas les femmes pour obtenir des faveurs sexuelles. En revanche, je termine toujours ce que j'ai commencé, alors si vous obtenez des informations susceptibles de m'aider à trouver Lucy, je serai prêt à les entendre. Dans le cas contraire, restez en dehors de mon chemin.

Si Alonsa remarqua l'atmosphère glaciale qui régnait lorsqu'elle rentra dans la pièce, elle ne fit aucun commentaire. La réunion s'acheva de manière assez abrupte. Hawk et Alonsa s'en allèrent avec un tirage de la photo, une série de notes et des copies des documents que Craig avait jugé approprié de leur donner.

Ils se retrouvèrent dans les rues encombrées et bruyantes de New York, un univers d'avertisseurs stridents et de vapeurs de pots d'échappement sur fond de gratte-ciel surmontés de nuages menaçants.

Une voiture s'arrêta au feu rouge dans un crissement de freins.

— Qu'est-ce qui vous manque à New York, au juste ? la taquina Hawk. Le vacarme, la pollution ou les fous du volant ?

— Attendez un peu avant de juger, répondit-elle. La ville va peut-être finir par vous plaire.

— Pas à moins qu'une prairie apparaisse à chaque coin de rue et qu'on abatte quelques immeubles pour laisser entrer le soleil.

— Retournons à l'hôtel, suggéra Alonsa. Nous pourrons aller dans votre chambre et passer en revue les informations que Craig nous a données.

Sa chambre. Hawk songea au grand lit qui trônait dans la pièce et tenta d'imaginer la scène. Alonsa et lui, assis l'un près de l'autre, se penchant sur les détails de la vie de Todd susceptibles d'avoir eu pour conséquence l'enlèvement de Lucy. Alonsa serait émue, vulnérable. Il devrait la réconforter. Alors, il serait soumis à une avalanche de tentations dont ni lui ni elle n'avaient besoin en ce moment.

— Si on allait plutôt prendre un café ? proposa-t-il.

— Parfait.

Trois heures plus tard, après avoir épluché des pages de faits plus ou moins clairs, Hawk regagna sa chambre d'hôtel. Il alla droit à la salle de bains, fit couler l'eau chaude et se débarrassa de ses chaussures et de ses chaussettes. La température du carrelage le fit tressaillir. Six mois qu'il n'était plus dans l'armée et déjà il se ramollissait.

Six mois s'étaient écoulés, et il essayait encore de trouver sa voie. Ce devait être la même chose pour Alonsa. Pas étonnant qu'elle regrette la vie qu'elle avait menée à New York. Elle souffrait encore de la mort de ce mari dont elle avait été privée trop tôt. Une épreuve à laquelle était venue s'ajouter la disparition de sa fille, dont elle ne savait même pas si elle était morte ou vivante.

Quant à lui, il regrettait de ne plus faire partie d'une équipe qui agissait comme un seul homme lorsqu'elle était en mission. Il regrettait de ne plus sauter en parachute en pleine nuit, au-dessus d'une mer houleuse, avec la totale certitude d'être repêché par ses camarades. De ne plus s'aventurer en territoire ennemi avec un sac à dos qui pesait à peu près aussi lourd qu'un bébé éléphant.

Allez donc comprendre.

Il se déshabilla et entra sous le jet brûlant. Il resta là de longues minutes, laissant l'eau masser les muscles de ses épaules avant de verser du shampooing dans ses mains et de se frictionner.

Il commençait juste à se détendre quand la réalité le percuta. Dalliers l'avait accusé d'avoir vu dans l'enquête un moyen de séduire Alonsa. Ce n'était pas vrai, bien sûr, mais ses raisons n'étaient-elles pas encore plus égoïstes ?

Il était fort possible qu'il se soit jeté tête baissée dans cette entreprise parce qu'il avait soif d'action.

Les paroles de Dalliers résonnèrent dans son crâne.

Vous mettez Alonsa en danger.

Trop tard pour faire marche arrière maintenant. Alonsa comptait sur lui. Si Lucy était en vie, il la trouverait. Sinon, il découvrirait qui était derrière le kidnapping.

Il veillerait à la sécurité d'Alonsa tout au long de sa mission. Et s'il découvrait que la petite fille avait été assassinée, il traquerait le coupable jusqu'au bout.

Dalliers avait peut-être le poids du FBI derrière lui, mais sa marge de manœuvre était réduite par les règles de l'organisation. Hawk, lui, n'obéissait qu'à ses propres règles.

Alonsa n'avait pas eu l'intention de s'endormir, mais deux nuits sans sommeil l'avaient épuisée. Ses yeux s'étaient fermés à l'instant où elle s'était étendue sur le lit et avait posé la tête sur l'oreiller.

Elle s'était réveillée juste à temps pour prendre une douche et se changer. Hawk et elle avaient projeté de dîner dans un restaurant pittoresque du quartier qu'elle connaissait depuis des années.

Malheureusement, le mauvais temps prévu s'était abattu sur la cité. Pas vraiment de la neige, ni de la neige fondue, ni de la pluie. Elle avait oublié qu'il pouvait en être ainsi à New York, à quel point la ville pouvait paraître grise et froide. Le restaurant se trouvait à plusieurs centaines de mètres de là, et il serait difficile de dénicher un taxi. Peut-être l'hôtel pourrait-il en appeler un pour eux.

Elle attrapa la télécommande afin de jeter un coup d'œil au journal télévisé. Après une longue séquence sur la crise économique, on passa au base-ball.

Quelqu'un frappa à la porte. Hawk était en avance. Alonsa s'apprêtait à éteindre la télévision quand elle entendit parler d'un enfant disparu. Elle se figea.

Les paroles que prononça le présentateur ensuite la glacèrent jusqu'à la moelle.

5

Hawk frappa pour la troisième fois, plus fort. Il savait qu'Alonsa était dans sa chambre. Il entendait la télévision en arrière-fond. Enfin, elle défit le verrou et entrouvrit le battant. Ses yeux étaient aussi hantés que le soir où elle avait reçu ce terrible appel téléphonique. Son visage était livide.

Il franchit le seuil et la prit par les bras.

— Qu'y a-t-il ?

— On a retrouvé le cadavre d'une petite fille.

Hawk ravala les jurons qui lui montaient aux lèvres. S'effondrait-elle ainsi à chaque fois qu'on annonçait la disparition d'un enfant ? Malheureusement, ce genre de fait divers n'arrivait que trop souvent.

— Ici, à New York ?

— A Houston. Elle était enterrée dans le jardin d'une maison du quartier des musées. Les enquêteurs pensent que sa mort pourrait remonter à quatre ans.

Bon sang. Pas étonnant qu'elle soit aussi bouleversée. Une bouffée d'appréhension l'envahit, qu'il s'efforça de dissimuler à Alonsa.

— Comment l'avez-vous appris ? Quelqu'un vous a téléphoné ?

— Non. Je regardais une chaîne d'information câblée.

— Ils n'ont pas donné d'autres détails ?

— On estime qu'elle devait avoir entre trois et six ans quand elle est morte. Le nouveau propriétaire de la maison a découvert le corps quand il a démoli une vieille serre et bêché la terre pour en faire un jardin.

Alonsa se mit à trembler. Hawk l'attira dans ses bras.

— Je sais que c'est effrayant, mais ne tirez pas de conclusions trop hâtives, Alonsa. Je vais téléphoner à Cutter et voir ce qu'il peut apprendre par ses sources. Il a un bon copain — un certain Goose — qui est inspecteur de police à Houston. Il devrait pouvoir nous fournir des informations.

Il la conduisit vers un fauteuil près de la fenêtre. La pluie glaciale crépitait contre la vitre. Hawk chercha Cutter dans sa liste de contacts et pressa la touche.

Pendant que le téléphone sonnait à l'autre bout, il ouvrit le minibar et en tira une bouteille de vin. Il se hâta de l'ouvrir et en versa un verre à Alonsa qui secoua la tête.

— Non, merci.

— C'est médicinal.

Il posa le verre sur la table au moment où Cutter répondait.

— Tu as vu le journal télévisé ce soir ? demanda-t-il sans préambule.

— Le cadavre d'enfant découvert à Houston ?

— Oui.

— Linney en a entendu parler à la radio il y a une demi-heure. Elle m'a averti et j'ai contacté Goose immédiatement. Il vient de me rappeler pour me donner le peu d'informations dont il dispose pour l'instant. J'étais sur le point de te téléphoner.

— Que sait-il ?

— Le corps n'a pas encore été identifié, mais Lucy Salatoya a été mentionnée par les reporters comme étant une possibilité. Les médias du coin se sont nourris de sa disparition pendant des mois, par conséquent il n'est pas étonnant qu'ils aient fait le lien.

Cutter soupira.

— L'endroit se trouve à quelques kilomètres du zoo. L'âge approximatif de la victime correspond. De même que l'époque à laquelle elle a été enterrée.

— Bon sang, marmonna Hawk. Mais rien de concret pour le moment ?

— Non. Des millions de gens vivent à Houston. Cette découverte a peut-être une tout autre explication que celle à laquelle nous pensons. De nos jours, il peut arriver n'importe quoi dans une grande ville.

Et même dans une petite. Néanmoins, rien de tout cela n'apporterait le moindre réconfort à Alonsa.

— Alonsa est au courant ? demanda Cutter.

— Oui. Depuis quelques minutes.

— Comment a-t-elle réagi ?

— Comme on pourrait s'y attendre.

— Je n'avais pas imaginé qu'on en parlerait si vite sur les chaînes nationales, sinon je t'aurais averti avant de contacter Goose. Tu es avec elle ?

— Oui.

Et il serait là jusqu'à ce qu'ils sachent de quoi il retournait. Il était hors de question qu'il la laisse seule alors qu'une telle menace pesait sur elle.

— Bizarre, hein ? Je veux dire, qu'il se produise

un truc pareil juste au moment où tu viens de décider de reprendre l'enquête.

— Appelle-moi dès que tu auras du nouveau, d'accord ?

Hawk avait hâte de terminer la conversation et de retourner à Alonsa.

— Entendu. Et tu peux appeler Goose directement si tu veux. Je lui ai parlé de toi.

— Merci.

Il nota le numéro, marmonna un au revoir et mit fin à la communication. Le verre qu'il avait servi à Alonsa était intact et elle se rongeait un ongle. Elle leva les yeux vers lui, quêtant un encouragement qu'il ne pouvait lui donner.

Il s'approcha et s'assit sur l'accoudoir du fauteuil.

— Le corps n'a pas été identifié pour l'instant.

— Ils ont la photo de Lucy dans leur dossier. Ils ne peuvent pas dire si elle lui ressemble ?

— Donnez-leur du temps.

Il passa un bras autour de ses épaules.

La réponse à cette question lui semblerait évidente dès qu'elle y aurait réfléchi, mais il ne voulait pas lui rappeler qu'au bout de deux ans au contact avec la terre le corps s'était forcément en partie décomposé.

— Vous parliez à Cutter ?

— Oui. Linney a entendu les informations et l'a prévenu. Il a contacté son ami policier à Houston et on va le tenir au courant.

— Je veux savoir tout ce qu'il vous a dit.

Hawk lui livra les informations sans rien lui cacher.

— Je voudrais téléphoner à la police de Houston, dit-elle quand il eut terminé.

Il acquiesça.

— Je vais vous mettre en contact avec Goose.

Celui-ci ne répondit pas. Elle passa un autre appel, et put finalement s'entretenir avec un sergent. Hawk comprit à son expression qu'il n'y avait pas d'autres nouvelles.

Quand elle coupa la communication, elle se leva et regarda par la fenêtre les immeubles environnants. Des lumières brillaient aux fenêtres, dessinant des rectangles de clarté dans la brume.

Il détestait les moments comme celui-là, quand il ne savait pas quoi faire, ni même s'il devait faire quelque chose. Dans l'armée, lorsque ses camarades avaient des soucis, la plupart d'entre eux avaient tendance à s'éloigner des autres, à se replier sur eux-mêmes pour affronter dans la solitude les pensées enfouies dans les recoins de leur esprit.

Cela avait fonctionné pour Hawk. Il avait perfectionné la méthode du déni émotionnel pendant des années avant d'atteindre l'âge d'homme.

Alonsa avait sûrement besoin de plus de temps. Il alla se placer derrière elle et mit la main sur son épaule. Ses muscles étaient noués. Sa peur était palpable, comme une force suffocante qui aspirait tout l'oxygène dans la pièce. Il la sentait avec autant d'acuité que si ç'avait été la sienne.

— Il n'a rien pu me dire hormis ce que nous savons déjà.

Elle se détourna de la fenêtre, retourna à la table de chevet et tira leurs réservations de son sac à main.

— Je vais téléphoner pour voir si nous pouvons avoir un vol dès ce soir.

Et après ? songea-t-il. Insisterait-elle pour se rendre à Houston et voir les restes sans doute épouvantables du corps qui était peut-être celui de sa fille ? Il ne pouvait rien imaginer de pire.

— Ce ne sera pas facile d'aller à l'aéroport par ce temps.

— Peu importe. Je veux rentrer. Il faut que je rentre.

— Laissez-moi appeler.

Elle ne protesta pas et s'assit au bord du lit pendant qu'il téléphonait. Il apparut qu'il n'y avait pas de liaison directe avec Houston ce soir-là et que le seul vol avec correspondance était déjà plein. Que cela plaise à Alonsa ou non, elle était coincée à New York jusqu'au lendemain matin.

Elle prit la nouvelle plus calmement qu'il ne s'y attendait, sans indignation ni crise de larmes, bien qu'elle soit à l'évidence dévorée par l'angoisse. La nuit allait être longue. Rester assis là, à regarder la pluie et à attendre, serait un calvaire pour eux deux.

— Il faut que vous mangiez quelque chose, dit-il. Voulez-vous sortir ou préférez-vous qu'on nous apporte quelque chose dans la chambre ?

— Je n'ai pas faim. Commandez pour vous.

Il parcourut le menu du room service. Il n'avait pas d'appétit non plus, chose inédite chez lui. Cette tension était différente de celle à laquelle il était habitué. Ce soir, il ne maîtrisait rien du tout.

Néanmoins, il commanda des sandwichs au jambon, du potage au poulet, une bouteille de cabernet, meilleure que celle du minibar, et un assortiment de fruits et de fromages. Peut-être Alonsa finirait-elle par grignoter un peu.

Elle retira ses chaussures, repoussa les oreillers contre la tête de lit, s'y adossa et étendit les jambes.

— C'est toujours comme ça, murmura-t-elle. Je me persuade que Lucy est en vie. Je me dis que je suis sa mère. Que, si elle était morte, je le sentirais. Je le saurais au plus profond de moi. Et puis on trouve un corps et c'est comme si on m'arrachait le cœur.

— Vous voulez dire que ce n'est pas la première fois que cela arrive ?

— Non. C'est arrivé déjà deux fois. La première, quelques mois seulement après la disparition de Lucy. Le corps d'une fillette a été retrouvé dans une ville du Texas, près de la frontière mexicaine. Apparemment, la victime correspondait à la description de Lucy. Une des journalistes qui avaient couvert l'enlèvement m'a téléphoné pour recueillir ma réaction.

— Difficile d'imaginer qu'on puisse manquer de délicatesse à ce point.

— Elle s'est sûrement dit que si elle ne me contactait pas quelqu'un d'autre s'en chargerait.

— Vous êtes bien indulgente.

— Le ressentiment exige trop d'énergie.

Pourtant, le ressentiment était justement ce qui motivait certains criminels. Craig avait insisté sur ce point cet après-midi même. Même si c'était à Todd Salatoya qu'ils en voulaient, ce serait Alonsa qui paierait s'ils décidaient de se venger.

Craig ne croyait pas à la thèse de la vengeance, mais Craig était humain et les êtres humains commettaient des erreurs.

Le téléphone d'Alonsa sonna. Elle le prit et contempla l'écran sans faire mine de répondre.

— C'est Craig. Je suis sûre qu'il a vu les informations et qu'il veut m'apporter son réconfort.

— Voulez-vous que je réponde à votre place ?

— Non. Je le rappellerai plus tard.

On frappa à la porte et Hawk alla ouvrir. Un serveur apparut, poussant une desserte chargée de plats, de couverts et d'un vase avec trois roses dedans. L'homme sourit aimablement, imaginant sans doute une soirée romantique.

Hawk lui donna un pourboire. A peine le serveur était-il sorti que son téléphone se mit à sonner. Sans doute Craig qui essayait de joindre Alonsa par son intermédiaire puisqu'elle n'avait pas répondu. Il tira l'appareil de sa poche.

Il ne reconnut pas le numéro qui s'affichait.

— Hawk Taylor, dit-il. Qui est à l'appareil ?

— Goose Milburn. Je suis un ami de Cutter. Il m'a dit que vous étiez à New York avec Alonsa Salatoya ce soir.

— C'est exact.

— J'ai du nouveau.

La poitrine de Hawk se comprima. Alonsa se leva et vint près de lui. Il articula silencieusement le nom de son interlocuteur et l'entoura de son bras.

— De bonnes nouvelles, poursuivit Goose, pour Alonsa, du moins. Le corps qu'on a retrouvé aujourd'hui n'est pas celui de sa fille.

Le soulagement déferla en lui tel un raz-de-marée.

— Vous en êtes sûr ?

— Certain. La fillette…

— Un instant, coupa Hawk. Je vais vous passer

Alonsa. C'est elle qui doit entendre ce que vous avez à dire.

Il lui mit le téléphone entre les mains.

— Bonne nouvelle, lui chuchota-t-il à l'oreille.

Il la tint serrée contre lui tandis que ses yeux s'emplissaient de larmes. Elle murmura des remerciements presque inaudibles. Le sort venait de lui accorder une grâce.

Mais pour combien de temps ? Et serait-ce à lui qu'il incomberait, un jour, de lui apporter l'épouvantable nouvelle ?

Tant pis. Il s'était engagé. Il avait accepté sa mission. Renoncer n'était pas une option.

Les muscles d'Alonsa se liquéfièrent, son haleine devint vapeur. Seule la tension nerveuse lui avait permis de tenir jusque-là, et lorsque sa terreur s'évanouit, tout devint flou.

Les paroles de Goose pénétraient peu à peu le brouillard de son esprit. Elle assimila à peine ce qu'il disait — hormis le fait, merveilleux, que le cadavre n'était pas celui de Lucy.

Puis, presque aussi vite, son énergie revint et elle eut l'impression de flotter sur l'air qui avait failli la faire suffoquer quelques instants plus tôt.

— Merci.

Elle s'efforça de se rappeler le nom de son interlocuteur. Elle n'y parvint pas, mais peu importait.

— Merci infiniment.

— Je vous en prie.

— Avez-vous identifié la victime ?

Il lui livra les informations qu'il avait. Lorsqu'il eut terminé, elle le remercia de nouveau.

— Je vous souhaite une bonne soirée, conclut-il. Demandez à Hawk de vous emmener boire un verre.

— Je respire de nouveau, murmura-t-elle. Cela me suffit.

— Je comprends. Prenez soin de vous. Si jamais je peux faire quelque chose pour vous, n'hésitez pas à m'appeler.

— Je n'y manquerai pas, merci. Vous m'avez sauvé la vie.

— Je suis toujours heureux d'être porteur de bonnes nouvelles.

Des larmes roulaient sur les joues d'Alonsa quand elle se retourna vers Hawk. Il sortit un mouchoir de la boîte posée sur la table de nuit et lui essuya les yeux.

Elle voyait flou à cause des larmes, pourtant c'était comme si Hawk lui apparaissait pour la première fois. Il n'avait rien perdu de son charme. Ses cheveux bruns étaient épais, ses yeux couleur chocolat. Et ses muscles ! Il était l'image même de la masculinité.

Mais rien de tout cela ne suffisait à décrire cet inconnu qui était entré dans sa vie et lui avait redonné la volonté de retrouver Lucy.

Il était l'homme qui lui rendrait Lucy. Cette certitude la percuta avec la violence d'un coup de poing. C'était le destin. C'était la raison pour laquelle elle était allée à la soirée de Linney. La raison pour laquelle Brandon était tombé et s'était fait mal.

Elle se glissa dans les bras de Hawk et il la serra étroitement contre lui. Leurs corps s'épousaient parfaitement, mais cette pensée effleura à peine Alonsa :

un optimisme nouveau pétillait en elle comme une flûte de champagne.

Lorsqu'elle se dégagea, elle vit la desserte. Le pain aux céréales croustillant. L'assortiment de fromages. Des fruits rouges recouverts de crème Chantilly. Soudain, elle se sentit affamée. Elle choisit un carré de fromage et le mit dans sa bouche.

Hawk s'adossa au bureau en souriant.

— C'est fou la différence qu'un appel téléphonique peut faire.

— C'est vrai de celui-là, en tout cas. Et mieux encore, la petite fille en question n'a pas été assassinée, du moins c'est ce que suggèrent leurs informations.

— Vraiment ?

— Je vais vous expliquer ça pendant que nous mangeons.

Il retira les couvercles en métal avec panache, traîna le fauteuil jusqu'à la desserte et le tint en place pour qu'elle s'assoie.

— Qui aurait cru que les membres des commandos avaient d'aussi bonnes manières ? demanda Alonsa.

— Seulement dans les hôtels chics. Le reste du temps, nous n'en avons aucune. A vrai dire, je ne crois pas avoir jamais séjourné dans un hôtel aussi luxueux. Vous êtes une habituée ?

— Pas du tout. J'ai réglé la note avec mes points. Il n'en reste plus.

Hawk remplit leurs verres. Cette fois, elle accepta le vin.

— Il est très bon.

— Un coup de chance. En général, je bois de la bière.

— Je prends note.

Alonsa goûta le potage. Il était chaud et savoureux. Quelques minutes plus tôt, elle se noyait dans d'horribles scénarios. Maintenant, son soulagement était si intense qu'elle se sentait presque en vacances à New York. Et pour un repas d'hôtel, celui-ci était excellent.

Elle entreprit de relater à Hawk les détails de sa conversation avec Goose.

Apparemment, le corps était celui d'une fillette qui était morte dans cette maison cinq ans plus tôt, de complications dues à une mauvaise grippe. D'après les voisins, la famille qui occupait l'appartement avait expliqué que le corps de l'enfant avait été rapatrié au Mexique pour y être enterré. La police de Houston avait contacté un membre de la famille en question, et celui-ci avait avoué qu'ils avaient enterré la fillette dans le jardin faute d'argent pour payer les obsèques. A l'époque, ils se trouvaient dans le pays illégalement et n'avaient pas osé demander une aide financière. A présent, ils avaient acquis la nationalité américaine et vivaient à Livingston, au Texas. L'enfant allait avoir une sépulture décente.

— Dommage que la police n'ait pas découvert tout cela avant que les reporters s'en mêlent.

— C'est vrai, mais je suis vraiment optimiste à présent, Hawk. Vous allez retrouver Lucy. Je sais que ça peut vous paraître incroyable, mais j'en ai la prémonition.

— Ce n'est pas incroyable, assura Hawk. J'ai bien l'intention de découvrir qui l'a enlevée et pourquoi. C'est tout ce que je peux vous promettre.

Venant d'un autre homme, cette promesse aurait

semblé arrogante. Venant de Hawk, elle semblait naturelle, rassurante. Il ne se contentait pas de paroles. Il avait l'habitude de mener toutes sortes d'opérations. Il avait ses raisons d'être sûr de lui, et cela suffisait à Alonsa.

Lorsqu'ils eurent fini de dîner, il neigeait pour de bon. De délicats flocons tourbillonnaient dans le vent et commençaient à s'accumuler sur le rebord de la fenêtre. Alonsa aimait la neige. C'était un des aspects de la vie à New York qui lui manquait.

Bien sûr, elle ne raffolait pas de la gadoue qui recouvrait les trottoirs, pas plus que des congères à l'aspect maussade qui restaient au bord des rues quand le tapis blanc avait fondu. Mais Manhattan sous la neige ressemblait à un pays de conte de fées.

Lucy avait fait son premier tour de luge à deux ans, dans Central Park. Alonsa l'avait emmitouflée dans une combinaison de ski bleue et chaussée d'après-ski aux couleurs psychédéliques, puis elles avaient dévalé la pente ensemble en riant aux éclats.

Le rire de sa fille résonnait encore à ses oreilles. Elle changea de position. Sa faim apaisée, elle se sentait redevenir fébrile.

— Si nous allions faire un tour à pied ? suggéra-t-elle. Nous pourrons manger le fromage et les fruits en rentrant et boire le reste du vin.

— Excellente idée.

Hawk engloutit la dernière bouchée de son sandwich tandis qu'Alonsa s'empressait d'aller chercher son manteau, son écharpe et ses gants. Elle se souvint de l'appel de Craig au moment où ils sortaient. Tant pis. Elle l'appellerait plus tard.

C'était curieux qu'il lui ait fallu si peu de temps pour lui retirer sa confiance et la placer en Hawk Taylor. Ils traversèrent le hall d'entrée, la main de Hawk effleurant le creux de son dos. Son épaule frôla la sienne.

Un frisson d'excitation courut dans les veines d'Alonsa. Elle prit une profonde inspiration, s'exhortant à se ressaisir. Ce n'était qu'une promenade dans la neige.

Rien de plus.

Une lame de plancher grinça sous les pieds nus de la femme alors qu'elle sortait sur la terrasse en bois de sa nouvelle demeure, bordée d'arbustes en fleurs.

Elle était encore tout excitée après les événements de la soirée. Le mystère avait été de courte durée, mais le reporter avait tout de même évoqué le fait que la fille de Todd et Alonsa Salatoya avait disparu dans le même quartier, deux ans auparavant.

Alonsa avait dû voir le journal télévisé. Elle avait dû être anéantie par cette découverte morbide.

Cette pensée fit naître un sourire sur les lèvres de la femme. Elle resserra les pans de son cardigan sur elle et jeta un dernier regard aux étoiles avant de rentrer dans la maison obscure et silencieuse.

6

Le bruit des poubelles qu'on sortait dix étages plus bas réveilla Hawk en sursaut. Derrière la vitre, un jour nuageux et maussade se levait, soulignant la couche de neige qui reposait sur le rebord de la fenêtre.

Un désir troublant s'empara de lui. Avant la veille au soir, il n'avait jamais beaucoup aimé la neige. Désormais, il ne pourrait plus voir de flocons tomber du ciel sans penser à Alonsa.

Il avait connu bon nombre de femmes, même s'il était loin d'être le coureur de jupons que décrivaient ses anciens camarades de l'armée. Les femmes le trouvaient séduisant, et il appréciait les qualités du sexe opposé, voilà tout. Quoi de plus simple ou de plus naturel ?

Ce qui s'était passé la veille avec Alonsa allait bien au-delà d'une simple attirance physique. En la voyant si bouleversée, si fragile et si forte à la fois, il avait ressenti une émotion étrange, totalement inattendue. Une émotion qu'il ne s'était pas cru capable de ressentir.

Et puis, ils s'étaient promenés dans la neige. Ils avaient bavardé. Ç'avait été une conversation banale, rien d'exceptionnel, mais ce sentiment qu'il éprouvait ne s'était pas dissipé.

Certes, il la désirait physiquement. C'était une évidence. Quel homme ne l'aurait pas trouvée attirante ?

Ce qui le mettait mal à l'aise, c'étaient les autres sensations qui le submergeaient. Comme l'envie folle de l'entourer de ses bras, d'absorber sa souffrance à sa place.

Bon sang. On aurait dit un collégien qui vient de tomber amoureux pour la première fois.

Il s'assit au bord du lit, s'étirant longuement. En allant à la salle de bains, il vit la pile de notes et de dossiers qu'il avait obtenus de Craig et se sentit coupable. C'était sur ces informations et sur la recherche de la fille d'Alonsa qu'il devait se focaliser, au lieu de s'attarder sur des considérations émotionnelles qu'il était bien incapable de comprendre.

Le pire, c'était que Craig avait eu raison de l'accuser de n'avoir aucune expérience en matière d'enlèvement ou d'enquêtes sur des personnes disparues. D'un autre côté, il avait un instinct sûr et une capacité étonnante à détecter le camouflage des plus rusés de ses adversaires. Et ce n'était pas de la vantardise. C'était un fait, voilà tout.

Il se lava les mains, s'aspergea le visage et commanda un café. Lorsque celui-ci arriva, Hawk avait arrêté un plan d'action.

Et quand le jour se leva, il savait exactement par où commencer.

Alonsa rassembla son linge sale et le mit dans un compartiment de son sac. Elle n'était pas censée retrouver Hawk avant deux heures pour retourner à l'aéroport, mais elle était habillée et prête à partir.

Elle était d'humeur beaucoup plus optimiste que lors de son arrivée. Elle s'était même surprise à esquisser un pas de danse au son d'une publicité tout en enfilant ses vêtements.

Ce revirement était en grande partie dû au soulagement qu'elle avait éprouvé la veille au soir en apprenant que le corps retrouvé à Houston n'était pas celui de sa fille. Mais il venait aussi du regain d'espoir que lui avait insufflé Hawk. Il allait mener son enquête en dépit des efforts de Craig pour le décourager.

Quant à son retour à New York, il n'avait pas été aussi difficile qu'elle l'avait redouté. Sans doute grâce à la présence de Hawk. La veille au soir, durant leur promenade, il n'avait pas insisté pour faire la conversation, ne l'avait pas interrogée au sujet de Todd ou de la vie qu'ils avaient menée ici. Il ne l'avait même pas questionnée sur sa carrière.

Il s'était contenté d'être là, de lui décocher ce sourire éclatant et de faire des observations amusantes sur les gens et sur le temps.

Elle ouvrit les tiroirs de la salle de bains pour vérifier qu'elle n'avait rien oublié, puis jeta un dernier coup d'œil à son reflet dans la glace. Rien à dire. Parfait. Elle avait largement le temps de descendre boire un café.

Le téléphone de sa chambre se mit à sonner. Alonsa se hâta d'aller décrocher.

— Allô ?

— Bonjour.

La voix grave de Hawk résonna à ses oreilles.

— Je m'apprêtais justement à aller prendre un petit déjeuner. Voudriez-vous m'accompagner ?

— Avec plaisir. Je voulais aussi vous avertir que j'ai téléphoné pour changer mon vol.

— Pourquoi avez-vous fait ça ? demanda Alonsa, stupéfaite.

— Il y a une femme à Jackson, dans le Mississippi…

— Une femme ? répéta-t-elle en sentant une irritation aussi soudaine que malvenue l'envahir. Très bien.

— Ce n'est pas ce que vous pensez, dit-il.

Comment pouvait-il savoir à quoi elle avait pensé puisqu'elle n'en avait pas la moindre idée elle-même ?

— Je suis debout depuis l'aube, ajouta-t-il. J'ai lu les informations de Craig. Comme je reprends cette enquête des mois après les faits, je suis parvenu à la conclusion que je devrais repartir de zéro.

— Vous avez déjà vu les lieux de l'enlèvement, objecta-t-elle.

— Je sais. Maintenant, je me concentre sur les premiers témoignages, notamment ceux de gens qui pensent avoir vu Lucy en compagnie d'une femme. L'un d'eux venait d'une femme appelée Marilyn Couric, qui était de passage à Jackson au moment des faits. Elle y habite à présent.

— Je ne suis pas sûre que cela vaille la peine de s'y intéresser. Il y a eu des dizaines de témoignages de gens qui prétendaient avoir vu Lucy. Tous ont fait l'objet d'une enquête. Sans aucun résultat.

— Je crois que celui-ci vaut la peine d'être vérifié.

— Pourquoi ?

— A cause de l'heure, pour commencer. Si la ravisseuse est allée directement de Houston à Jackson, elle a pu y arriver en moins de six heures. Cela concorde avec le témoignage de Marilyn Couric.

— C'est tout ?

— Il y a aussi la profession de cette femme.

— Que fait-elle ?

— Elle est portraitiste. Je me suis dit qu'elle devait avoir la mémoire des visages. Elle a pu remarquer quelque chose qui aurait échappé à d'autres. Et elle affirme avoir vu la photo de Lucy à la télévision juste avant de remarquer une petite fille qui lui ressemblait dans une station-service.

— Et nous savons que Lucy a quitté le zoo avec une femme.

Cette piste pouvait-elle mener quelque part ? Alonsa n'osait l'espérer.

— Je veux venir avec vous, déclara-t-elle aussitôt.

Un silence accueillit sa requête. Pourquoi cela posait-il un problème à Hawk ?

— Si vous avez pu changer votre vol, nous pouvons changer le mien aussi.

— C'est juste un point de départ, Alonsa. Ne vous attendez pas à des miracles.

Mais si la femme qui vivait à Jackson pouvait leur fournir une description de la ravisseuse, ce serait déjà une information précieuse.

— Je veux venir avec vous, répéta-t-elle, d'un ton ferme.

Tout au long de son enquête, Craig avait insisté sur le fait qu'il était l'expert, tandis qu'elle n'était que la mère éplorée. Cette fois-ci, elle refusait d'être tenue à l'écart.

— J'aimerais être là quand vous l'interrogerez.

— Et Brandon ?

Brandon. Zut. Elle ne pouvait pas s'attendre à ce que Linney le garde une journée de plus sans le lui demander.

— Je téléphone à Linney et je vous rappelle.

— Quoi que vous décidiez, retrouvez-moi en bas. Je serai celui qui a devant lui une assiette pleine de trucs mauvais pour les artères.

Difficile à croire, à en juger par ses muscles.

— Entendu.

Elle coupa la communication et composa le numéro de Linney. Elle ne s'attendait pas à des miracles, mais un petit coup de pouce du destin serait le bienvenu quand même. Il lui semblait que son tour était venu.

Linney se tourna vers son séduisant mari, étendu sur le lit à côté d'elle. Il tendit la main vers elle et caressa la pointe dressée de son sein nu.

Comme chaque matin, ils échangeaient baisers et caresses, un prélude à des ébats plus intimes. Leur routine avait été interrompue par l'appel d'Alonsa Salatoya.

— Des soucis à New York ? s'enquit Cutter.

— Au contraire. Tout se passe bien, apparemment. Alonsa voudrait que je garde Brandon jusqu'à ce soir.

Cutter s'approcha d'elle et déposa un baiser sur le bout de son nez.

— Pourtant, tu me sembles inquiète.

— Je suis troublée qu'elle place tant d'espoirs en Hawk, c'est tout. Je ne veux pas qu'elle souffre davantage. Elle a déjà traversé un tel calvaire.

— Ce n'est pas toi qui as manigancé une relation entre eux dès le moment où tu as rencontré Hawk ?

— Si, admit Linney à regret. Mais je n'avais pas imaginé une seule seconde qu'il se mettrait à la recherche de sa fille disparue. Je croyais que tu avais du travail pour lui.

— Le projet que je vais lui confier n'est pas encore finalisé. Il a le temps de se consacrer à la recherche de Lucy Salatoya.

— L'enquête dure depuis deux ans. Si le FBI n'a pas été capable de découvrir ce qui est arrivé à Lucy, je vois mal comment Hawk Taylor pourrait y parvenir.

— C'est parce que tu ne connais pas Hawk aussi bien que moi, dit Cutter. Je lui fais entièrement confiance pour tirer cette affaire au clair.

— Et s'il apprend que Lucy a été assassinée, ou pire encore, qu'elle a été torturée et victime d'abus sexuels avant de mourir, Alonsa ne pourra peut-être jamais surmonter cela. Elle a déjà assez de mal à se remettre de l'enlèvement.

— Tu ne la connaissais pas à l'époque, lui fit-il remarquer.

— Non, mais Merlee m'en a parlé. Ses enfants étaient tout pour Alonsa, et perdre sa fille si peu de temps après le décès de son mari a failli la détruire. La seule chose qui lui a donné la force de continuer, c'est qu'elle savait que Brandon avait besoin d'elle. Je ne peux pas supporter l'idée qu'elle repasse par là.

Cutter la serra contre lui.

— Tu ne crois pas que tu dramatises un peu ? Après tout, Alonsa, elle, est optimiste.

Sans doute était-ce vrai, songea Linney. Elle était

très émotive ces jours-ci. Une question d'hormones, probablement.

— Je veux que Hawk retrouve Lucy. Je le veux vraiment, mais seulement si tout finit bien.

Cutter ne lui offrit pas de paroles rassurantes. Il ne lui mentait jamais. C'était une des qualités qu'elle appréciait le plus chez lui.

— Que t'a dit Alonsa au juste ?

Linney lui résuma la situation. Tout comme Hawk, il fut d'avis qu'une halte à Jackson était une bonne idée.

— Tu es sûre d'être assez en forme pour garder Brandon aujourd'hui ? demanda-t-il avec sollicitude. J'ai du travail, mais si tu veux, je peux demander à tante Merlee de reporter sa visite à son amie Josie cet après-midi.

— C'est gentil, mais non, merci. J'adore avoir Brandon ici. Il est curieux, drôle et adorable. Ce qui me rappelle… qu'il va se réveiller d'une minute à l'autre et qu'il aura faim.

Elle fit mine de se lever, mais Cutter l'attrapa par la taille et la ramena près de lui.

— Il n'est pas encore réveillé, dit-il avant de se pencher pour capturer ses lèvres.

— Monsieur Martin, vous êtes insatiable.

— Voilà ce qui arrive quand on a une femme superbe dans son lit, madame Martin.

Sur quoi, il lui montra à quel point il était insatiable.

Hank suivit Alonsa dans l'atelier de Marilyn Couric, situé au dernier étage d'un bâtiment du quartier historique. Les murs étaient en brique nue, le plafond très haut, et, côté est, de grandes fenêtres dépourvues de rideaux déversaient la lumière du jour.

Hawk promena son regard sur les chevalets, les tables couvertes de taches de peinture, les rayonnages ordonnés, remplis de fournitures en tous genres, et, enfin, le petit coin salon où la peintre pouvait accueillir ses clients.

Marilyn incarnait à merveille l'image de l'artiste type. Très mince, elle portait un tablier ample, éclaboussé de couleurs vives, qui ressemblait lui-même à une œuvre d'art moderne.

Ses cheveux châtains, rassemblés en tresses, encadraient un visage légèrement ridé, un peu rougeaud, comme si elle venait de le frotter à l'aide d'un linge rugueux. Un sourire engageant éclairait ses traits. Elle pouvait avoir entre quarante et cinquante ans, voire un peu plus.

Elle retira son tablier et le laissa tomber sur un tabouret en bois tout en les guidant vers un canapé usagé, à côté d'un four à micro-ondes et d'une petite table en métal.

— Excusez ma tenue, dit-elle en lissant son chemisier. La personne avec qui j'avais rendez-vous à 14 heures n'est pas venue, si bien que je mettais les dernières touches à mon dernier tableau, le portrait d'un pompier qui a été tué en mission. J'ai à cœur de faire ce genre de choses pour les familles de ceux qui sont tombés en faisant leur devoir. C'est une manière de témoigner la reconnaissance de la communauté.

— C'est un beau geste de votre part, déclara Alonsa.

Hawk ne put s'empêcher de comparer l'allure des deux femmes qui le précédaient. Marilyn marchait d'un pas décidé, ses Birkenstock à talon plat claquant sur le plancher, les bras le long du corps. Sans être gauche, elle ne possédait ni le rythme ni la grâce qui semblaient si naturels à Alonsa.

Un désir soudain monta du plus profond de lui. Il secoua la tête pour chasser cette sensation importune.

En vain.

— Puis-je vous offrir quelque chose à boire ? demanda la peintre. J'ai du vin blanc très frais ou du thé. Ou de l'eau minérale si vous préférez.

— Un thé serait parfait, déclara Alonsa.

— Excellent. Je vais me joindre à vous.

Hawk opta pour un verre d'eau et s'assit à côté d'Alonsa sur le canapé. Marilyn servit les boissons, puis elle tira une des chaises à dossier droit placées autour de la table et s'installa.

— J'ai été très étonnée par votre appel de ce matin, admit-elle avant de se tourner vers Alonsa. J'ignorais que votre petite fille n'avait pas été retrouvée. Sa disparition remonte à combien de temps, un an ?

— Deux.

— Je suis désolée. Ce doit être affreux pour vous.

— Oui. C'est pourquoi j'espère sincèrement que vous allez pouvoir nous aider.

— J'en doute, malheureusement. J'ai dit tout ce que je savais aux policiers qui ne m'ont pas paru très intéressés. Je pense même qu'ils ne m'ont pas crue.

— Je ne m'explique pas qu'ils aient réagi ainsi, répondit Alonsa, perplexe. Mais de nouvelles informations nous sont parvenues récemment. Nous avons de bonnes raisons de croire que le ravisseur était une femme.

Marilyn hocha la tête.

— Cela concorde avec ce que j'ai observé, mais que puis-je vous dire de plus ?

Hawk se massa le menton d'un air songeur.

— Avez-vous bien vu cette personne ?

— Pas aussi bien que je l'aurais voulu. Tout s'est déroulé très vite.

— D'après la déposition que vous avez faite à la police, la fillette était assise sur la banquette arrière, insista Hawk. Comment se fait-il que vous l'ayez reconnue ?

— Vous parlez comme les policiers, commenta Marilyn. Ils ont exprimé les mêmes doutes, mais j'étais garée à la pompe d'en face et je peux vous assurer que j'ai vu l'enfant très clairement. Elle avait le visage collé à la vitre. Ses yeux étaient vides d'expression, comme si elle avait été droguée.

Hawk entendit Alonsa étouffer un cri. Elle s'enveloppa de ses bras.

— Elle était blessée ? Il y avait des marques sur son visage ? demanda-t-elle d'une voix étranglée.

— Je n'ai rien vu de tel. Elle ne pleurait pas. Elle avait simplement l'air absent. J'aurais dû crier, ouvrir la portière ou même attaquer cette femme, mais je n'ai pas eu assez de présence d'esprit pour intervenir.

— Je ne comprends pas. Que s'est-il passé exactement ?

— La conductrice était en train de prendre de l'essence, mais quand elle m'a vue à côté de la portière arrière, elle est remontée dans sa voiture en hâte et elle est partie sans même raccrocher la pompe.

— Pourriez-vous la décrire, ne serait-ce que vaguement ? hasarda Hawk.

— Je doute de pouvoir la reconnaître lors d'une séance d'identification, comme la police me l'a demandé. Compte tenu des circonstances, je ne me fierais pas à ce point à mon sens de l'observation. En revanche, j'ai fait un rapide croquis d'elle juste après les faits.

Un croquis ne remplaçait pas une description précise, mais c'était mieux que rien, songea Hawk.

— Un agent du FBI vous a-t-il contactée par la suite ?

— Non, seulement un policier du quartier, et il m'a interrogée par téléphone. Je lui ai proposé mon croquis et il a dit qu'il viendrait le chercher, mais je ne l'ai jamais vu. Comme je vous le disais, je crois qu'il s'est désintéressé de mon témoignage quand il a compris que je n'avais pas bien vu la ravisseuse. En revanche, il m'a promis de transmettre ma déposition aux enquêteurs. Je suppose qu'il l'a fait, sinon vous ne seriez pas ici aujourd'hui.

— Avez-vous toujours ce croquis ? demanda Hawk.

— Oui. Vous voulez le voir ?

— Bien sûr !

Alonsa avait répondu à sa place, avec un empressement qui bouleversa Hawk. Il était toujours fermement convaincu qu'il finirait par obtenir des résultats, mais qu'il faudrait du temps pour cela. Si Alonsa se cramponnait sans cesse à de faux espoirs, cette enquête allait être terriblement éprouvante pour elle.

— Je reviens tout de suite.

Marilyn se leva et se dirigea vers un grand classeur

gris. Elle l'ouvrit et en tira une feuille qu'elle tendit à Alonsa.

Hawk se pencha vers elle pour mieux voir. C'était un dessin au crayon. Les traits du visage de la femme n'étaient pas très définis, mais certainement identifiables pour quelqu'un qui connaissait la personne en question.

Une liste se trouvait au bas de la page.

Cheveux : brun-roux
Age : environ trente-cinq ans
Carrure : mince à moyenne
Tenue : pantacourt en jean et T-shirt vert

Hawk mémorisa les détails, impressionné par la précision de l'artiste.

Les doigts d'Alonsa se crispèrent sur le papier.

— Ce n'est pas la personne qui est sortie du zoo avec Lucy, soupira-t-elle en poussant le papier en direction de Hawk. La femme de la photo était blonde et elle avait les cheveux plus longs. Et elle était habillée différemment.

— Je suis vraiment désolée si ce croquis rend les choses plus compliquées encore, intervint Marilyn.

Ses yeux cherchèrent ceux de Hawk.

— Mais je suis presque certaine que c'est Lucy Salatoya que j'ai vue dans cette voiture. Si ce n'est pas elle, la ressemblance était frappante.

— Nous n'excluons pas cette possibilité, répondit Hawk. Cela vous ennuierait-il que je garde ce dessin ?

— Non, au contraire, je vous en prie. Je regrette seulement de ne pas avoir pu vous aider davantage.

Alonsa et Hawk la remercièrent de nouveau. Alonsa

parvint à parler d'une voix assez ferme, mais ses yeux voilés et le pli amer de ses lèvres trahissaient sa déception. Hawk réprima le désir intense de la prendre dans ses bras et de lui offrir…

Quoi ? Son soutien et son réconfort ? Il devait avoir perdu la tête pour s'imaginer qu'il en était capable. Il n'était qu'une machine. Une machine capable de rire, de faire l'amour, mais une machine froide, dépourvue d'émotion. Son ex-supérieur l'avait félicité pour cela. Contrairement à son ex-femme.

Néanmoins, son désir de protéger Alonsa persista, presque palpable, alors qu'ils regagnaient la voiture qu'ils avaient louée à l'aéroport.

Elle boucla sa ceinture, puis contempla le dessin que Hawk avait posé entre leurs deux sièges.

— A quoi bon conserver ce croquis ? Il est évident que ce n'est pas la femme qui a enlevé Lucy.

— Elle a la même corpulence, observa-t-il. C'est tout ce que nous savons.

— Pas les mêmes cheveux, répliqua-t-elle, au comble de la frustration. Ni la même tenue.

— Il n'y a rien de plus facile que de se teindre les cheveux ou de changer de vêtements.

— Vous croyez que ce dessin pourrait être celui de la ravisseuse ?

— Je n'écarte aucune hypothèse avant d'avoir la certitude qu'elle est fausse.

Alonsa changea de position pour lui faire face.

— Qu'allons-nous faire de ce croquis, dans ce cas ?

— Nous allons trouver la femme qui est sur ce dessin et nous renseigner sur elle.

Plus facile à dire qu'à faire, mais il n'allait pas s'attarder sur ce point dans l'immédiat.

— Votre façon de penser me plaît, Hawk Taylor. Elle me plaît beaucoup.

L'ombre d'un sourire se lut sur les lèvres d'Alonsa tandis qu'elle lui effleurait le bras.

Les désirs importuns de Hawk revinrent au galop. Il était assez sûr que ce qu'il pensait à cet instant précis ne lui plairait pas du tout.

A moins que ?

Au Double M, Brandon accueillit Alonsa avec un gros câlin et d'intarissables bavardages sur les chevaux. Apparemment, Linney l'avait fait monter avec elle et emmené faire sa première promenade à cheval.

— Viens voir les *chevals*, maman. Viens voir !

Il était si enthousiaste qu'ils se rendirent tous aux écuries afin d'admirer le magnifique animal qui l'avait tant enchanté.

Hawk et Cutter fermaient la marche, s'attardant suffisamment pour pouvoir parler sans être entendus. Hawk relata à Cutter leur rencontre avec Marilyn Couric.

— Tu devrais montrer ce croquis à la police de Houston, suggéra son ami. Peut-être qu'un des leurs reconnaîtra cette femme.

— C'est sidérant que cela n'ait pas déjà été fait. J'ai peine à croire qu'aucun flic d'ici n'a pris la peine de réclamer ce dessin à Marilyn Couric.

— Ils ont dû conclure que ce témoignage n'était pas valable, dit Cutter.

— Oui, sans doute parce qu'à l'époque ils étaient persuadés que l'enlèvement était lié au cartel que Todd essayait de démanteler, le soir où il a été abattu.

— Mais maintenant, tu dis que le FBI pense qu'il s'agit d'un acte isolé, sans rapport avec Todd ?

— C'est en tout cas l'avis de Craig Dalliers, marmonna Hawk.

— Et le tien ?

— Je serais sûrement d'accord s'il n'y avait pas les coups de téléphone dont on se sert pour tourmenter Alonsa.

— Je vois mal un cartel recourir à ce genre de stratagème, dit Cuttre d'un ton dubitatif.

— C'est vrai, admit Hawk. Ce n'est pas un geste assez violent pour un criminel endurci. Mais ça sent trop la vengeance pour être attribué à quelqu'un qui aurait agi sur une impulsion.

— Disons que ça n'appartient pas à une catégorie précise. C'est sans doute pour ça que l'enquête n'a pas abouti.

— Ce qui ne veut pas dire qu'elle est impossible à résoudre, affirma Hawk.

— Pas si tu t'en occupes, conclut son ami, avant de changer ostensiblement de sujet. Comment ça va entre Alonsa et toi ?

— Pourquoi cette question ?

— A cause de la manière dont tu la regardes. Et de la manière dont *elle* te regarde.

— Je la regarde avec mes deux yeux, comme tout le monde.

— Va dire ça à d'autres. Tu l'as embrassée ?

— Si je l'avais fait, tu crois que je te le dirais ? demanda Hawk en riant.

— Tu ne l'as pas encore fait, hein ? le taquina Cutter. Eh bien, tu ferais mieux d'y penser. Quand je pense que tu passes tout ton temps avec une jolie femme comme Alonsa… Oui, je suis sûr que ce premier baiser ne devrait pas tarder. Je n'arrive pas à croire que tu ne sois pas encore passé à l'action.

— Je ne l'ai pas fait et je ne compte pas le faire. Elle ne me paie peut-être pas, mais je suis quand même en mission. L'enjeu est trop important pour entrer dans des complications superflues.

— Tu es un gars intelligent, dit Cutter. Mais ça, je le savais déjà quand je t'ai engagé.

Carni revint vers eux en jappant. Puis, décidant sans doute qu'ils n'étaient pas aussi intéressants que le groupe qu'il venait de quitter, il détala de nouveau, sautant et décrivant des cercles autour de Brandon et des deux femmes.

Linney se retourna et mit les mains sur ses hanches.

— Vous venez, oui ou non ? cria-t-elle.

— On arrive, lança Cutter en pressant le pas.

Hawk l'imita, mais à présent ses pensées étaient focalisées sur les lèvres pulpeuses d'Alonsa. Un désir brûlant l'envahit.

Non, se dit-il, sa relation avec Alonsa était purement professionnelle et devait le rester, même lorsque l'affaire serait éclaircie.

Elle était une femme sophistiquée, veuve et mère de deux enfants. Lui était un solitaire endurci, un simple cow-boy qui n'avait jamais pu répondre aux besoins émotionnels de quiconque.

Et pourtant… Cutter et lui rejoignirent les femmes. Hawk vit Alonsa qui lui souriait et ne put détacher son regard de ses lèvres, si tentantes qu'il pouvait presque les goûter.

Comment un homme normal, de chair et d'os, aurait-il la force de résister ?

7

Le lendemain, Goose Milburn était en congé, et si impatient de jeter un coup d'œil au croquis de Marilyn Couric qu'il fit le trajet d'une heure jusqu'à Dobbin. Lorsque Hawk arriva chez Alonsa, la Ford du policier était déjà garée dans l'allée. La voix sonore de Goose parvint à ses oreilles avant même qu'il ait atteint la porte. Il sonna et attendit.

Alonsa lui ouvrit en grand.

— Vous avez apporté le dessin ?

Il retira son stetson et passa une main dans ses cheveux.

— C'est pour ça que j'ai été invité, non ?

— Vous êtes toujours le bienvenu.

Il se demanda ce qu'elle voulait dire par là, mais décida que le moment était mal choisi pour s'interroger là-dessus. D'autant plus qu'elle ressemblait à un top-modèle, vêtue d'un pantalon noir et d'un chemisier blanc en satin qui mettait merveilleusement en valeur sa jolie poitrine.

Ses lèvres étaient d'un rouge brillant. Elle inclina la tête pour l'inviter à entrer, ses boucles d'oreilles en argent scintillant au soleil.

Brandon accourut et noua ses petits bras autour des jambes d'Alonsa en levant les yeux vers Hawk.

— On a deux invités maintenant.

— Maman a deux invités, mon chou. Tu peux aller jouer. Goose est dans la cuisine, dit-elle à Hawk. Venez.

Brandon n'allait pas se laisser ignorer si facilement. Il s'approcha de Hawk.

— Tu veux me regarder faire du tracteur ?

— Tout à l'heure, mon chéri, intervint Alonsa. Nous devons discuter de choses sérieuses d'abord. Mais tu peux aller dans la cour si tu veux.

— Youpi !

Il détala. Carni arriva en dérapant et s'élança derrière lui.

Hawk suivit Alonsa dans la cuisine. Goose était assis à la grande table, une tasse de café devant lui. Il se leva et Alonsa s'acquitta des présentations.

— Vous êtes donc la dernière recrue de Cutter, constata Goose. J'ai essayé de le persuader de venir travailler pour la police de Houston, mais il déteste les règles et la bureaucratie.

— C'est compréhensible, non ?

— Elles sont nécessaires dans une société civilisée, répondit Goose en souriant. On s'y habitue. Mais Cutter a une vie idéale ici à Dobbin avec son ranch et ses enquêtes, pas forcément dans cet ordre. Sans parler de sa ravissante épouse.

Ils échangèrent les banalités usuelles pendant que Hawk prenait un café, puis ce dernier posa sa tasse sur la table et tira le croquis du calepin qui contenait toutes ses notes sur l'affaire. Goose et lui s'étaient entretenus par téléphone, la veille au soir après leur rencontre avec Marilyn.

Après l'avoir étudié un instant, Goose le leva vers la lumière, secoua la tête et le reposa sur la table.

— A priori, ça ne me dit rien. Au cours des jours qui ont suivi l'enlèvement, nous avons reçu des dizaines d'appels de gens qui affirmaient avoir vu Lucy. La plupart se trompaient, évidemment. Jusqu'à quel point êtes-vous convaincu que cette femme a réellement vu Lucy et sa ravisseuse ?

— Assez pour estimer que le sujet de ce portrait m'intéresse et pour le montrer un peu partout dans l'espoir de la retrouver.

— Donc, vous en êtes sûr à plus de cinquante pour cent ?

— A plus de quatre-vingt-dix pour cent.

Hawk savait pertinemment qu'il n'avait aucun élément tangible pour étayer cette conviction. Cependant, il s'était toujours fié à son instinct pour rester en vie dans les situations périlleuses, alors que la moindre fausse manœuvre aurait pu le conduire droit à la mort. Il ne devait pas commencer à douter maintenant.

— Dans ce cas, je vais le faire circuler, promit Goose. D'après Cutter, votre instinct est infaillible.

Il se leva.

— Je peux l'emporter ?

— Bien sûr. J'ai fait plusieurs photocopies.

— Je ferai de mon mieux, mais je ne vous garantis rien.

— Et vérifiez les autres suspects aussi, s'il vous plaît, demanda Alonsa. Nous savons désormais que c'est une femme qui a enlevé Lucy. Cela doit rétrécir considérablement le champ des investigations. Vous pouvez exclure tous les hommes qui figurent sur le registre des délinquants sexuels.

Goose hocha la tête. Quelques instants plus tard, il prit congé. Hawk attrapa son chapeau et suivit Alonsa qui le raccompagnait à la porte. Au fond, il n'avait aucune raison de s'attarder, mais il était si proche d'elle qu'il sentait son parfum l'envelopper, le capturer… Au point qu'il resta où il était, à se demander ce qu'il éprouverait s'il l'embrassait.

Avec n'importe quelle autre femme, il n'aurait pas hésité. Mais Alonsa n'était pas n'importe quelle autre femme. Outre qu'elle était sa cliente, il aurait honte de profiter de sa vulnérabilité. Après tout, il n'avait rien à lui offrir, hormis peut-être un plaisir passager.

— Je vous inviterais bien à rester déjeuner, dit-elle, mais je vais inscrire Brandon à l'école maternelle, ce matin.

Sa voix frémit légèrement en prononçant ces mots, mais son expression était résolue.

Hawk fut brusquement arraché à ses rêveries.

— C'est une décision de taille pour une femme qui ne perd jamais son fils de vue, dit-il, revenant à la réalité. Et ces excursions qui vous préoccupaient tant ?

— Je verrai le moment venu. Je sais que Brandon a besoin de fréquenter d'autres enfants, et il faut que j'agisse pour son bien.

— Bravo, Alonsa. Vous êtes vraiment quelqu'un de remarquable, vous savez.

— Vraiment ?

Elle fit un pas vers lui et leva la tête. Hawk perçut dans son regard un début d'étincelle qui ne demandait qu'à être attisé. Ses lèvres étaient entrouvertes, tentantes. Il serait fou de ne pas…

— Maman !

Brandon sortit en trombe du couloir, Carni sur ses talons.

Sauvé par un bambin et un chien.

— Je crois que c'est le moment pour moi de disparaître dans le crépuscule, dit Hawk.

— Mais il n'est pas encore midi, s'exclama Alonsa.

— Il est 5 heures quelque part, rétorqua Hawk d'un ton blasé.

Il souleva son chapeau et se détourna.

— A suivre, murmura-t-elle.

Hawk feignit de n'avoir rien entendu.

Alonsa démarra et s'éloigna de l'école. Arrivée au bout de l'allée, elle s'arrêta, le cœur lourd, luttant contre les larmes. Toutes les mères passaient par là. Elle avait entendu de multiples récits de la première fois où, la mort dans l'âme, elles avaient confié leur précieuse progéniture aux soins d'un enseignant.

Mères et enfants survivaient tous à cette épreuve sans en garder de séquelles.

Sauf que ces mères-là n'avaient pas déjà perdu un enfant dans d'étranges circonstances. Elles n'avaient pas lâché la main de leur fille pour ne plus jamais la retrouver.

Elle sortit un mouchoir de sa poche et essuya les larmes qui s'étaient échappées au coin de ses yeux. Elle ne devait pas s'autoriser ce genre de pensées. Elle tiendrait de nouveau la main de Lucy un jour. Hawk y veillerait. Elle devait garder l'espoir, voilà tout.

Et tout irait bien pour Brandon. Il avait à peine remarqué son départ, fasciné par le coin jeux et toutes les activités excitantes qui l'attendaient. Elle enclencha une vitesse et repartit lentement, regardant le bâtiment disparaître dans son rétroviseur.

La perspective de retourner dans sa maison vide l'épouvantait. Peut-être pourrait-elle téléphoner à Esteban et lui demander si Keidra Shelton était prête à entamer ses travaux de décoration.

Cependant, cela voudrait dire qu'elle ne serait peut-être pas de retour à temps pour venir chercher Brandon à la sortie de son premier jour d'école. Elle n'avait aucune intention de déléguer cette tâche à quiconque.

Elle se trouvait à huit kilomètres de chez elle, et à trois du Double M. Pourquoi ne pas s'arrêter là-bas et boire un café avec Linney ?

A qui essayait-elle de mentir ? Si elle y allait, ce serait dans l'espoir de voir Hawk. Trois jours s'étaient écoulés depuis leur rendez-vous avec Goose. Trois jours depuis que les lèvres de Hawk avaient été à quelques centimètres des siennes et qu'elle avait attendu son baiser, presque étourdie d'impatience.

Ils s'étaient parlé au téléphone cinq ou six fois depuis. Ils avaient discuté de Craig, qui n'avait pas répondu à l'appel d'Alonsa lui demandant pourquoi son équipe avait ignoré le croquis de Marilyn Couric. Et de Goose, qui n'avait pas réussi à lier le dessin à un suspect fiché.

Hawk n'avait pas évoqué la possibilité d'une rencontre.

A cet instant précis, la sonnerie de son téléphone portable s'éleva. Sans doute Craig qui venait invoquer une multitude de prétextes pour ne pas l'avoir rappelée.

— Allô ? dit Alonsa.

— Vous êtes bien la maman du petit Brandon Salatoya qui vient de commencer l'école ?

Le cœur d'Alonsa fit un petit bond dans sa poitrine.

— Hawk.

— Je pensais à vous et je me demandais comment vous aviez survécu à la séparation.

— Je n'ai pas pleuré et je ne me suis pas cramponnée à lui, si c'est ce que vous voulez dire.

— Bravo !

— Comment saviez-vous que c'était le premier jour d'école de Brandon ? demanda Alonsa.

— Linney me l'a dit tout à l'heure quand j'ai fait un saut chez eux pour voir Cutter, reprit Hawk. Vous êtes occupée ce matin ?

— Pas particulièrement. Je m'apprêtais à rentrer.

— Cela vous ennuierait que je vous rende une petite visite ?

— Il y a du nouveau ? s'étonna Alonsa.

— Rien de notable, mais j'aimerais qu'on parle. Je peux être chez vous dans une demi-heure. Ça vous va ?

— Très bien.

— A tout à l'heure, alors, lança Hawk avant de raccrocher.

Alonsa prit le chemin du ranch, songeuse. Une visite de Hawk. Aujourd'hui, Brandon ne serait pas là pour les interrompre. Allait-il l'embrasser cette fois ? Le désirait-elle ou cela ne ferait-il que compliquer les choses et créer une gêne entre eux à l'avenir ?

Il y avait plus de deux ans qu'elle n'avait pas embrassé un homme. Une éternité qu'elle n'avait pas éprouvé de véritable désir.

Trop longtemps, sans doute.

Hawk avait dit la vérité lorsqu'il avait expliqué que rien de notable ne s'était produit. En revanche, il n'avait pas été tout à fait honnête en taisant le fait que sa visite n'était pas purement désintéressée.

Il n'était pas exactement arrivé à une impasse dans l'enquête, mais à ce stade il ne faisait que marcher dans les traces du FBI. Il avait besoin de s'engager sur une autre piste et, pour ce faire, il avait besoin de savoir exactement quel genre d'homme était l'ex-mari d'Alonsa. Où il se rendait quand il n'était pas avec elle ou au bureau. De qui il avait peur. Qui pouvait avoir des raisons de le haïr suffisamment pour vouloir enlever sa fille et torturer sa femme, des années après sa mort.

Ayant épluché en détail tous les documents que Craig lui avait remis, Hawk soupçonnait que le coupable n'était pas lié à la vie professionnelle de Todd. L'enlèvement et les appels suggéraient un rapport beaucoup plus personnel.

En bref, l'objet de sa visite de ce matin était de fouiner dans la vie privée d'Alonsa et de l'interroger sur sa relation avec son défunt mari.

Elle allait adorer.

Il s'apprêtait à monter dans son pick-up quand il parvint à la conclusion qu'une conversation chez elle serait excessivement gênante. Par chance, il avait un plan.

Alonsa attendait à la porte et regarda Hawk entrer dans la cour, une remorque pour transporter les chevaux attelée à l'arrière de son véhicule.

— Maintenant, vous avez l'air d'un vrai cow-boy, lui lança-t-elle en riant.

— Je suis un vrai cow-boy, dit-il en descendant de voiture. La question est de savoir si vous êtes une vraie cow-girl.

Elle s'avança dans l'allée.

— Je crois que vous connaissez déjà la réponse à cette question.

— Ne me dites pas que vous ne savez pas monter à cheval.

— Je suis novice, mais j'ai déjà essayé.

Il la conduisit à l'arrière de la remorque, ouvrit la porte et en fit sortir une magnifique jument couleur cannelle dotée d'une épaisse crinière.

— Je vous présente Suzy Q. Votre monture pour ce matin.

— Oh ! Suzy Q. Tu es splendide, murmura Alonsa, désireuse d'habituer l'animal à sa voix.

Le second cheval était tout aussi beau. Sa robe était presque entièrement noire, à l'exception d'une tache blanche sur la tête.

— D'après Linney, Suzy Q est le cheval le plus calme et le plus docile du Double M, expliqua Hawk. Nous allons prendre notre temps et vous familiariser avec elle avant de tenter un galop.

— On va monter et partir en promenade, c'est ça ?

— En gros, c'est ça. Les chevaux feront tout le travail. Vous êtes prête ?

Elle portait un jean, un pull en cachemire et une paire de bottines noires. Sa tenue ferait l'affaire.

— Prête.

Hawk lui tendit les rênes et l'aida à se mettre en selle, puis il vérifia la sangle. La nervosité initiale d'Alonsa se dissipa très vite. Elle était montée plusieurs fois avec Todd, mais c'était il y a un certain temps.

— Ces terres vous appartiennent, observa Hawk. Y a-t-il un endroit où vous aimeriez aller ?

— Il y a une rivière au-delà de la prairie ouest. Je ne sais jamais comment la trouver avant d'être assez proche pour voir les grands chênes qui poussent le long des berges.

— Dans ce cas, dirigeons-nous vers l'ouest.

Il partit devant. Suzy Q suivit sans qu'Alonsa ait eu besoin de l'éperonner. Non seulement la jument était douce, mais elle était également assez intelligente pour savoir qu'elle devait suivre l'homme qui l'avait amenée au lieu de se fier à sa cavalière.

Au bout de quelques minutes, ils cheminaient à une allure tranquille. Le cœur et le pouls d'Alonsa trouvèrent un rythme plus régulier, à défaut d'être calme.

Son excitation ne venait pas seulement de la chevauchée. C'était la présence de Hawk qui la ravissait surtout. Si quelqu'un lui avait dit avant leur rencontre qu'elle pourrait être à ce point intriguée par un homme, elle aurait éclaté de rire.

Quand elle l'avait vu à la réception, elle l'avait pris pour un play-boy. Un play-boy séduisant certes, mais pas quelqu'un dont elle voulait dans sa vie. Mais cela, c'était avant qu'il s'engage à essayer de retrouver Lucy et qu'il se lance dans l'entreprise comme si c'était la chose la plus naturelle au monde. Et avant la nuit passée à New York, quand il l'avait soutenue dans la pire des épreuves.

Ils ne parlaient pas, mais peu importait. Il suffisait de se promener avec lui, par cette journée clémente mais nuageuse de janvier, où la brise caressait les brins d'herbe et leurs visages.

Ils trottèrent un peu, puis lancèrent les chevaux au galop avant de recommencer à avancer au pas.

— Le ranch est bien entretenu, commenta Hawk, rompant le silence qui régnait depuis plus d'une demi-heure. Certaines clôtures ont besoin d'être réparées, mais il ne faudrait pas longtemps pour s'en occuper. Vous pourriez facilement avoir quelques centaines de bêtes.

— Je ne sais rien de l'élevage.

— Vous pourriez apprendre. Comme Linney. Elle lit tous les livres sur lesquels elle peut mettre la main et elle pose des questions aux autres ranchers. Cutter dit qu'elle se soucie davantage des chevaux et du troupeau qu'elle est en train de constituer que de lui.

— Il exagère.

— C'est vrai, mais quand même, vous pourriez faire la même chose ici. Non que ce soit une obligation, ajouta-t-il. C'était seulement une idée.

Ne sachant que dire, Alonsa fut contente de voir les branches nues des chênes devant elle. La rivière avait toujours été son endroit préféré au ranch. Les pluies de ces derniers jours avaient grossi ses flots et elle entendit le murmure de l'eau claire et vive avant même d'avoir atteint l'ombre des arbres.

Hank descendit de sa monture, l'attacha et aida Alonsa à faire de même. Ils s'approchèrent du bord. Deux tortues sur une bûche à demi submergée se hâtèrent de se glisser dans le courant.

— Comment se fait-il que vous sachiez tant de choses sur le métier de rancher ? demanda-t-elle.

— J'ai été élevé dans un ranch, dans le sud de l'Oklahoma. Mon père était contremaître. Je l'ai aidé dès le moment où j'ai été assez grand pour tenir une fourche.

— Alors vous êtes un vrai cow-boy.

— Quel que soit le sens que l'on donne à ce mot, dit-il d'un ton évasif.

— D'après Linney, ça signifie beaucoup au Texas.

Le terme évoquait le respect de la terre et celui de la parole donnée, l'entraide et la solidarité entre voisins, le sens de la famille et du devoir.

— Qu'est-ce qui vous a incité à quitter le ranch pour entrer dans l'armée ? reprit Alonsa.

— J'en ai eu assez de manier la fourche. Je voulais voir quel effet ça ferait de tenir un fusil à la place.

Il avait éludé la question. Elle aurait sans doute dû s'en tenir là. Mais il savait tout d'elle. Elle était curieuse de découvrir ce qui avait fait de lui l'homme qu'il était.

— Vos parents ont été peinés ?

— Mon père était mort.

— Je suis désolée.

Hawk s'éloigna, suivant la courbe sinueuse de la rivière.

— Et votre mère ? demanda Alonsa en élevant un peu la voix.

Il se retourna.

— Ma mère ?

— Elle a été peinée ?

— Elle n'avait pas pris la peine de venir me voir depuis des années. Par conséquent, je suppose qu'elle se moquait éperdument de ce que je faisais de ma vie.

A présent, Alonsa regrettait d'avoir insisté.

— Venez et regardez du côté de cet arbuste, sur l'autre rive, appela Hawk.

Soulagée de changer de sujet, Alonsa s'exécuta.

— Juste sous la surface, dit-il en désignant l'endroit du doigt. Vers le milieu de la rivière.

Elle se pencha, et il glissa un bras autour de sa taille pour l'aider à garder l'équilibre. Elle repéra le poisson, immobile, comme s'il était ancré à cet endroit. Seules ses moustaches remuaient dans le courant.

— C'est un poisson-chat ?

— Assez gros pour nourrir une armée. Est-ce que vous amenez Brandon pêcher ici, parfois ?

— Je ne saurais pas mettre un appât sur un hameçon.

— Je pourrais vous apprendre à tous les deux.

Hawk avait parlé d'une voix rauque, et soudain Alonsa eut une conscience aiguë de sa proximité, de sa main qui lui enserrait la taille. Elle pivota pour lui faire face et le regarder dans les yeux. On ne pouvait se méprendre sur le désir qui brûlait dans son regard sombre.

Elle se pressa contre lui et noua les bras autour de son cou, plongeant les doigts dans ses boucles brunes. Enfin, ses lèvres capturèrent les siennes. Le baiser libéra en elle une bouffée de passion, enivrante et exquise.

L'étreinte de Hawk se fit plus intime. Alonsa s'abandonna, frémissante, tandis qu'il l'attirait plus près encore, si près qu'elle entendit le battement de son cœur qui faisait écho au sien.

Elle fut prise de vertige. Elle avait oublié que son corps pouvait se consumer ainsi, comme si le soleil s'était immiscé dans sa poitrine. Mais peut-être n'avait-elle jamais rien connu de tel, après tout ?

Les mains de Hawk lui caressaient le dos, sa bouche écrasait la sienne, la possédait. Elle avait les poumons en feu, et pourtant, elle voulait davantage.

Un désir brut, irrésistible, déferla en Hawk, un feu ardent qui échappait à tout contrôle. Il n'avait pas eu l'intention d'en arriver là mais, maintenant qu'Alonsa était entre ses bras, il comprenait à quel point il avait voulu cet instant.

Leurs langues se mêlaient. Il glissa les mains sous son pull. Sa peau était douce, chaude et tentante. Il l'attira à lui, la souleva et la fit redescendre le long de son membre palpitant. Sa poitrine était sur le point d'exploser, il était ivre d'excitation.

Il ouvrit les yeux et parcourut les environs du regard, cherchant instinctivement un endroit où étendre Alonsa sur un tapis de feuilles et d'herbes douces. Un endroit où il pourrait la posséder tout entière, l'emplir de plaisir. Le besoin qu'il éprouvait était trop fort pour faire marche arrière maintenant.

Le tonnerre gronda au loin. Un bruit sourd, qui

s'amplifia jusqu'à résonner comme une rafale de coups de fusils. Le son déclencha un signal d'alarme en Hawk. Il se raidit, brusquement conscient de la portée du geste qu'il s'apprêtait à commettre.

Avait-il perdu l'esprit ?

Il ne pouvait jeter Alonsa sur le sol et lui faire l'amour comme un animal en chaleur et puis la ramener à la maison et la soumettre à un interrogatoire sur sa vie privée.

Bon sang, il la désirait. De tout son être, de toutes ses forces. Mais pas dans ces circonstances.

Pas alors qu'il devait l'interroger sur sa vie avec un autre homme, le mari avec qui elle avait vécu et fait l'amour, le père de ses enfants.

Il laissa retomber ses bras et fit un petit pas en arrière. Son corps lui sembla soudain raide et vulnérable sans celui d'Alonsa près de lui. Le désir bouillonnait toujours en lui.

Elle le fixa, une expression indéchiffrable sur ses traits. Puis une étincelle de colère brilla dans son regard et il cilla comme si elle l'avait giflé.

Il aurait préféré qu'elle le fasse.

Le tonnerre gronda de nouveau, plus fort cette fois, et un éclair zébra le ciel, transperçant la couverture de nuages.

— On dirait qu'il va pleuvoir plus tôt que prévu, murmura-t-il d'une voix sourde. Nous ferions mieux de rentrer avant l'averse.

Alonsa partit en direction de Suzy Q sans répondre, sans même lui accorder un regard.

Ils atteignirent la maison au moment où les premières gouttes de pluie s'écrasaient sur le chapeau de Hawk.

— Juste à temps, commenta-t-il en sautant à bas de sa monture.

Il fit mine de l'aider mais elle ignora sa main et mit pied à terre toute seule.

— Vous avez besoin d'aide pour faire rentrer les chevaux dans la remorque ?

— Non, restez au sec. Je peux m'en occuper seul.

— Bien.

Elle pivota et se dirigea vers la maison, les talons de ses bottines claquant sur le goudron de l'allée.

Suzy Q hennit et se mit à piaffer.

— Je sais, murmura Hawk. Je suis un sauvage.

Il éleva la voix.

— Il faut qu'on parle, Alonsa.

Le ton était plus sec qu'il ne l'avait souhaité.

— Une autre fois, rétorqua-t-elle. Je suis occupée.

Il déglutit. Il avait complètement changé la dynamique de leur relation. Néanmoins, il avait une mission à accomplir et une promesse à tenir.

— C'est à propos de l'enquête, insista-t-il.

Elle s'immobilisa mais ne se retourna pas.

— Bien. Dans ce cas, entrez quand vous aurez fini. Je serai dans la cuisine.

Génial. La cuisine chaleureuse, accueillante, où elle le fusillerait du regard tout en parlant de son ex-mari, le célèbre agent du FBI qui n'avait sans doute jamais commis le moindre faux pas durant sa courte existence.

8

Un rejet pur et simple. Au bout de deux ans, Alonsa s'était offerte à un homme et Hawk Taylor avait dit non, merci. Sauf qu'il n'avait pas pris la peine de dire merci.

Elle ne pouvait pas avoir mal déchiffré ses signaux. N'avait-elle pas senti son érection quand il l'avait pressée contre lui ?

Et ce brusque reflux de la passion ne pouvait pas avoir été motivé par la crainte de se faire mouiller ! C'était un ancien membre des commandos, enfin. Un peu de pluie n'allait pas le tuer.

Pourtant, quelque chose l'avait arrêté net dans son élan. Il avait déclaré qu'il n'était pas marié, mais cela ne signifiait pas qu'il n'avait pas de relation avec une femme. Mais si tel était le cas, pourquoi ne pas l'avoir avoué, tout simplement ?

Une autre femme. C'était logique. Elles se bousculaient pour attirer son attention, l'autre soir. Peut-être était-il allé plus loin avec l'une d'elles. Keidra Shelton, par exemple. Elle était séduisante, divorcée, et venait de s'installer dans la région après avoir vécu quelque part dans le Nord-Est.

Très bien, se dit Alonsa. Elle avait peut-être agi

comme une écervelée affamée de sexe là-bas, au bord de la rivière, mais cela ne lui ressemblait pas. Elle n'avait besoin de Hawk que pour retrouver Lucy. Si c'était de cela qu'il voulait parler, elle ne demandait pas mieux.

Elle jeta un coup d'œil à l'horloge. Il faudrait que la conversation soit brève. Elle devait partir dans quarante-cinq minutes pour aller chercher Brandon à l'école et elle tenait absolument à ne pas être en retard.

Le timbre de la sonnette l'arracha à ses pensées. N'avait-il donc prêté aucune attention à ce qu'elle avait dit ? « Entrez quand vous aurez fini. »

Elle avait retiré ses bottines maculées de boue et les avait laissées dehors sous le porche. Elle se dirigea vers l'entrée et, en regardant ses pieds, remarqua que ses socquettes mauves détonnaient curieusement avec son jean. Tant pis. Ses chaussettes de couleur vive et ses sous-vêtements sexy étaient les seuls éléments vestimentaires qui lui restaient de l'époque où elle était danseuse à Broadway, avant son mariage.

La porte était grande ouverte. Hawk se tenait à l'extérieur, occupé à tordre sa chemise détrempée. La pluie gouttait de ses cheveux le long de son cou et sur ses larges épaules. Son jean mouillé lui collait à la peau. Ses pieds étaient nus.

Il aurait aussi bien pu avoir le mot *virilité* gravé en travers du torse.

Alonsa déglutit et inspira un bon coup. Mais où diable était donc passé son amour-propre ?

— Vous êtes trempé, parvint-elle à articuler, la gorge nouée. Je ne m'étais pas rendu compte qu'il pleuvait si fort.

Non. Elle avait été trop absorbée par l'analyse de son brusque revirement.

— Je ne voulais pas mettre de l'eau partout sur votre plancher. Pourriez-vous m'apporter une serviette ?

— Oui. Bien sûr. J'arrive.

Elle revint une minute plus tard avec deux serviettes prises dans la chambre d'amis et les lui lança.

— Autre chose ?

— Ça devrait aller. Je suis vraiment désolé de vous déranger, mais j'ai eu une idée concernant l'enlèvement et j'ai besoin de plus d'informations.

— Ce n'est pas un problème, Hawk. L'enquête est ma priorité. Et quelques gouttes de pluie ne me font pas peur.

Ayant décoché cette flèche assassine, elle pivota sur ses talons et regagna la cuisine, prête à tourner la page.

Trouver Lucy était la seule chose qui comptait.

Pelotonné à côté de la porte menant au jardin, Carni semblait endormi, même si sa queue s'agitait de temps à autre. Sans doute son camarade de jeu lui manquait-il. Debout devant l'évier, Alonsa grattait des carottes. Hawk avait enfourché une chaise de cuisine. Son jean mouillé lui collait à la peau, mais il avait enduré pire.

— J'ai examiné toutes les dépositions des gens qui affirment avoir vu Lucy, y compris celles qui ont été enregistrées bien après sa disparition, commença Hawk.

Il avait besoin d'en finir avec tout cela, d'autant plus qu'Alonsa lui avait accordé un temps limité.

— J'ai également parlé à plusieurs de ces personnes. Pour autant que je puisse en juger, tous ces témoignages à l'exception de celui de Marilyn Couric ont été vérifiés et se sont révélés erronés. J'ai aussi passé en revue tout ce que Craig m'a donné. A ce stade, je dois supposer que le FBI et la police de Houston ont fait leur travail correctement concernant d'éventuels suspects. Même si je me réserve le droit de revenir là-dessus.

— Vous disiez que vous aviez eu une idée ?

— C'est à propos de l'enlèvement et des appels que vous recevez. La photo faite par Tonya Carrigan montre que Lucy a été enlevée par une femme. En règle générale, cela exclut un crime de nature sexuelle.

En règle générale. Ce n'était pas toujours le cas. Il était certain qu'Alonsa en était consciente et ce n'était pas le moment d'évoquer cette possibilité.

— Il n'y a pas eu de demande de rançon, poursuivit Hawk, ce qui réduit les possibilités d'un enlèvement prémédité ou opportuniste en vue d'un gain financier. Et les coups de téléphone prouvent qu'on n'a pas affaire à une femme qui aurait trouvé un enfant perdu et décidé de l'élever.

Alonsa se détourna finalement de ses carottes et le regarda.

— Mais cela a pu arriver. Cette femme s'occupe peut-être de Lucy comme si c'était sa propre fille. Dans ce cas, Lucy est sans doute bien traitée et en sécurité.

— Je n'élimine pas cette éventualité. Mais si la

ravisseuse recherche avant tout l'anonymat, pourquoi vous tourmenter avec ces appels ?

Alonsa se lava les mains, les essuya et vint le rejoindre.

— De sorte que nous revenons à la théorie selon laquelle il s'agirait d'une vengeance contre Todd ?

Hawk acquiesça.

— Mais pas nécessairement une vengeance liée à ses activités professionnelles. Et pas forcément contre Todd.

— Vous pensez que quelqu'un essaie de se venger de moi ? C'est absurde. Qu'aurais-je pu faire à quiconque pour qu'il ou elle me haïsse à ce point ? Aucune personne saine d'esprit n'irait jusque-là.

— Je ne parlais pas seulement de vous.

— Où voulez-vous en venir, Hawk ?

— Dans le milieu de la drogue, les représailles sont généralement des actes d'une extrême violence, accompagnés d'une carte de visite, si on peut dire. On ne peut pas se méprendre sur leur auteur. Je suis certain que le FBI est parvenu à la même conclusion. Un enlèvement, en revanche, semble beaucoup plus personnel. Ce qui expliquerait peut-être les appels téléphoniques. Il me paraît logique de conclure que la personne qui est derrière tout cela agit pour son propre compte.

Alonsa se massa les tempes, puis se laissa tomber sur une chaise.

— Il y a beaucoup de gens dans ce monde qui ne sont pas sains d'esprit.

— Trop, acquiesça Hawk. C'est pourquoi j'ai besoin de vous demander des détails sur votre vie privée, des informations qui, en temps ordinaire, ne me regarderaient pas.

— Comme si j'avais une liaison avec le mari d'une autre femme quand Lucy a été enlevée ?

— Par exemple.

Il se félicitait à présent qu'ils n'aient pas fait l'amour au bord de la rivière. Elle aurait eu une encore plus piètre opinion de lui alors.

— Mais il ne s'agit pas seulement d'une éventuelle liaison, Alonsa. J'ai besoin de savoir si quelqu'un pourrait avoir des raisons de vous en vouloir. Peut-être quelqu'un avec qui vous auriez rivalisé pour un rôle à Broadway. Quelqu'un qui serait jaloux pour une raison quelconque, justifiée ou non.

— Dans ce cas, si nous commencions par mes infidélités ?

L'estomac de Hawk se noua.

— Désolée de vous décevoir, reprit-elle, mais je ne couchais qu'avec mon mari à l'époque.

— Je ne vous accusais pas, Alonsa. Mais l'enquête…

Elle leva la main pour lui imposer silence.

— Pas de problème. Vous faites votre travail, c'est tout.

— Et les autres aspects de votre vie ?

— Cela va peut-être vous sembler naïf, mais je ne crois pas avoir eu un seul ennemi à New York. Je dansais dans des revues. Il y avait une certaine compétition, mais jamais de manière individuelle. D'ailleurs, quand Lucy a été kidnappée, j'avais cessé mes activités.

Elle secoua la tête.

— Je vais réfléchir à tout cela et je vous rappellerai,

Hawk, mais en ce moment, je ne vois personne qui serait allé aussi loin pour me faire du mal.

Restait Todd. Hawk hésitait à évoquer cette possibilité, mais il avait déjà franchi tant de limites aujourd'hui qu'une de plus ne ferait pas une grande différence.

— Vous pensez que Todd a pu vous être… infidèle ?

Il lut aussitôt la réponse dans le regard assombri d'Alonsa. Dieu merci, cette fois, sa colère et son ressentiment n'étaient pas dirigés contre lui.

— Je crois que mon mari avait une liaison quand il est mort. Je n'ai aucune preuve, mais les signes étaient là. Il avait cessé de coucher avec moi des semaines plus tôt. Je lui avais parlé de séparation, mais je n'avais pas entamé de procédure. On hésite à s'engager dans cette voie quand on a deux jeunes enfants.

Elle tendit la main et attrapa distraitement un petit dinosaure en plastique dans la rangée que Brandon avait alignée au petit déjeuner. Elle fit courir son index sur les contours de la figurine et la reposa.

— Vous êtes la première personne à Dobbin à qui j'en parle, murmura-t-elle.

— Je serai discret, lui assura Hawk.

Il réprima l'envie de prendre ses mains dans les siennes. Ç'aurait été trop gênant après l'incident de ce matin.

— Todd et moi nous nous sommes éloignés l'un de l'autre après la naissance de Brandon. A tel point que je ne peux pas vous dire grand-chose sur sa vie privée.

— Qui pourrait le faire ?

— Sans doute sa maîtresse, mais je ne connais pas son nom. Pour vous dire la vérité, je ne veux pas le savoir. Il est mort, et je veux que ses enfants n'aient que des bons souvenirs de lui.

— Avait-il un ami proche, quelqu'un qui ne faisait pas partie du FBI ?

— Mitch Gavin, répondit-elle sans hésiter. C'était son meilleur ami. Ils s'étaient rencontrés à l'université et ils se voyaient au moins une fois par semaine. Si quelqu'un peut vous apprendre quoi que ce soit, c'est lui.

— Vous avez son numéro ?

— Je crois. Sinon, je peux le retrouver.

Elle jeta un coup d'œil à l'horloge.

— Je peux vous appeler cet après-midi pour vous le donner ? Il faut que j'aille chercher Brandon.

— Bien sûr.

Alonsa prit ses clés sur le plan de travail et suivit Hawk dans le couloir. Elle ramassa sa chemise pendant qu'il prenait ses bottes et ses chaussettes. La pluie avait cessé et le soleil perçait. L'air était gorgé d'humidité.

Leurs doigts se touchèrent quand elle lui tendit la chemise. L'atmosphère se chargea de tension.

— A propos de ce matin…

— Brandon, coupa-t-elle, interrompant la faible tentative de Hawk pour expliquer des sentiments et réactions qu'il avait du mal à saisir lui-même.

Il ne savait qu'une chose : Alonsa avait assez souffert. Il ferait de son mieux pour ne pas ajouter à sa douleur.

Mais cela ne voulait pas dire que s'éloigner serait facile pour autant.

Loin de là.

Cutter mit du foin dans le dernier box, puis il bloqua la porte avec son pied et contempla le magnifique animal qui se trouvait en face de lui. Il tendit la main pour caresser la tache blanche, sous les yeux pensifs de la jument.

Aider son contremaître Aurelio et son équipe à s'acquitter de leurs corvées au ranch était une façon de se détendre quand une enquête lui posait des problèmes. Ou que l'attitude de sa femme le déconcertait. Ce qui arrivait de plus en plus souvent.

— OK, Lucy Lu, murmura-t-il, déversant ses déboires sur la jument favorite de Linney. Ma femme passe plus de temps avec toi qu'avec moi. Pourquoi se met-elle à pleurer pour un rien ? D'accord, je sais que je n'aurais pas dû me moquer de son steak trop cuit hier soir, mais je ne l'ai fait qu'après qu'elle eut reconnu elle-même qu'il était immangeable. La cuisine n'est pas son fort. Nous le savons tous les deux. En fait, elle sait faire les spaghettis aux boulettes, mais à part ça, on est en terrain dangereux.

Lucy Lu renâcla et rejeta la tête en arrière, comme si Cutter venait de la faire rire.

— Ce n'est pas drôle, ma vieille.

Cutter se moquait éperdument que Linney ne soit pas bonne cuisinière. Elle excellait dans toutes sortes d'autres domaines. Aurelio et elle avaient remis le ranch en état en un rien de temps. Décapée de fond en comble par ses soins, la maison était devenue un vrai foyer, accueillant et chaleureux.

Mais n'importe quel endroit avec Linney serait un foyer pour lui. Chaque matin, son baiser le comblait de bonheur. Son rire était un rayon de soleil. Se glisser entre les draps avec elle chaque soir lui faisait oublier tous ses tracas. Il en serait toujours ainsi. Et elle affirmait que sa présence avait le même effet sur elle.

— Alors, pourquoi fond-elle en larmes toutes les cinq minutes, Lucy Lu ? Réponds-moi, hein ?

— Lucy Lu et toi avez un secret ?

— C'est bien possible, rétorqua Cutter en se tournant vers l'homme qui se tenait à l'entrée de l'écurie.

Dans le contre-jour, Hawk ressemblait plus à une ombre qu'à un homme de chair et de sang. A en juger par sa posture, il avait sa part de soucis, lui aussi, devina Cutter.

— Tu vas faire une promenade ?

— Non. Aurelio m'a dit que je te trouverais ici. Je voulais te demander quand tu aurais besoin de moi.

— L'affaire n'est pas encore tout à fait réglée, déclara Cutter. Il pourrait s'écouler encore deux semaines avant qu'on ne parvienne à un accord — si tant est qu'on y parvienne. Il y a pas mal de paperasses quand on traite avec une agence gouvernementale.

— Je vois.

— As-tu eu des nouvelles de Goose concernant le croquis ? reprit Cutter.

— Pas encore. A vrai dire, je ne suis pas très optimiste.

— Serait-ce une note d'incertitude que j'entends dans ta voix ?

— Pas concernant la conclusion, dit Hawk, mais plutôt sur la méthode qui va m'y mener.

Il marqua une brève pause.

— L'échec n'est pas une option, ajouta-t-il avec un sourire, reprenant l'attitude positive qui leur avait permis, à Cutter et à lui, de survivre à des épreuves terrifiantes.

Ils avaient toujours réussi à accomplir leurs missions. Hawk découvrirait ce qui était arrivé à Lucy. Quant à Cutter, il était sûrement de taille à survivre à quelques larmes.

— Comment ça va avec Alonsa ? demanda-t-il.

— Elle tient le coup. Elle a hâte de récupérer sa fille.

— Je voulais dire entre vous.

— Il n'y a pas d'« entre nous ».

— Dans ce cas, pourquoi ai-je l'impression qu'elle est la cause de ta mauvaise humeur ? Si je devais faire une suggestion, je dirais que tu es tombé sérieusement amoureux.

Hawk repoussa son chapeau en arrière.

— Je ne sais pas de quoi tu veux parler.

— Bien sûr que si ! s'exclama Cutter. Tu l'as dans la peau, ça crève les yeux.

— Tu dois regarder trop d'émissions de téléréalité avec Linney, marmonna Hawk. En parlant de Linney, elle vient de téléphoner pour m'inviter à dîner ce soir. Il faut que j'apporte ma propre bouteille de digestif ?

— Non, j'ai des bouteilles cachées dans mon bureau. Mais ne plaisante pas avec elle à ce sujet. Elle est drôlement susceptible ces temps-ci.

— Ah bon ? Elle m'a semblé d'excellente humeur à l'instant.

— D'excellente humeur ? Eh bien, c'était sympa de te voir, mon vieux, mais le devoir m'appelle à la maison.

Cutter chercha son coupe-vent des yeux et le vit

accroché à une patère, non loin de la porte. Il l'attrapa et passa devant Hawk.

— Tu veux que je te donne un conseil ?

— Non, mais quelque chose me dit que tu vas me le donner quand même.

— N'essaie pas de résister à Alonsa. Une fois que tu as une femme dans la peau, c'est fini. Si tu ne me crois pas, demande à Marcus.

Cutter fit quelques pas et se retourna.

— Et prie pour que Linney fasse des pâtes ce soir.

Cutter se trompait. Hawk n'avait pas Alonsa dans la peau. Jamais il ne laisserait personne s'approcher de lui au point de voir les plaies, marques et cicatrices qu'il traînait depuis sa plus tendre enfance.

Il ne voulait pas penser à Tommy Taylor. Il préférait de loin être Hawk. Le courageux membre des commandos que tout le monde voyait en lui. Il aimait le respect qui allait avec le personnage.

Pourtant, ce n'était qu'une façade. Les vieilles blessures rôdaient, prêtes à l'emporter, tels des courants mortels dissimulés sous une mer d'huile. S'il laissait Alonsa s'approcher, elle reculerait plus vite qu'un homme face à une grenade dégoupillée.

Son téléphone émit un bref signal, indiquant qu'il avait reçu un texto. Il vérifia. Le message venait d'Alonsa. A l'évidence, elle ne tenait pas à lui parler.

Voici le numéro de Mitch Gavin…

Hawk le mémorisa, puis retourna à son pick-up pour le noter dans son calepin avant de le composer.

— Oui ?

— Ici Hawk Taylor. Je cherche Mitch Gavin.

— C'est moi, mais je ne me souviens pas d'avoir jamais rencontré quelqu'un nommé Hawk Taylor.

— Vous ne me connaissez pas. J'ai eu votre numéro par Alonsa Salatoya. Je travaille avec elle pour retrouver sa fille.

— Vous appartenez au FBI ?

— Non. Je fais partie du service de Protection et d'Investigation du Double M. Nous sommes basés à Dobbin, dans le Texas.

— Ainsi, Alonsa a fini par engager une société privée... Voilà des mois que je me demande pourquoi elle ne le fait pas. Todd l'aurait fait bien avant. En fait, Todd aurait retrouvé sa fille depuis belle lurette. Mais la question n'est pas là, n'est-ce pas ? En quoi puis-je vous aider ?

— Je me heurte à pas mal d'impasses. Je crois que si j'en savais un peu plus sur la vie privée de Todd je pourrais faire quelques progrès.

— Je suis sûr qu'Alonsa peut vous en parler.

La voix de Mitch s'était tendue. Il était clair qu'il n'avait guère envie de trahir les secrets de son ami. Hawk pouvait le comprendre, à défaut de l'accepter.

— Les épouses ne savent pas forcément tout.

— C'est Alonsa qui vous a dit ça ?

— Non, je vous parle d'homme à homme, si vous voyez ce que je veux dire. D'ailleurs, si Todd était le père qu'elle décrit, je crois qu'il n'aurait pas voulu que ses actions constituent un frein à une enquête qui vise à découvrir ce qui est arrivé à sa fille.

— Vous voulez dire retrouver le pervers qui l'a tuée, non ?

— Rien ne prouve qu'elle soit morte.

— Deux ans ont passé. Je sais qu'Alonsa ne peut pas supporter de voir les choses en face, mais la petite est morte. Soit elle a été tuée par un salopard dérangé qui a profité des circonstances pour l'enlever au zoo, soit par les fumiers que Todd a arrêtés. Ces types-là n'ont pas de conscience.

— Ces types-là ont fait l'objet d'une enquête assez minutieuse, répondit Hawk. Les délinquants sexuels connus aussi. En me basant sur les éléments dont je dispose, j'aurais plutôt tendance à penser qu'il s'agit d'une vengeance à caractère personnel. Y avait-il quoi que ce soit dans la vie privée de Todd qui aurait pu inciter quelqu'un à nourrir un sérieux grief contre lui ou contre Alonsa ?

— Contre Todd ? Absolument pas. C'était quelqu'un de très sociable. Il s'entendait bien avec tout le monde.

— Il avait une liaison ?

— Pas au moment où il a été tué. Il avait eu une aventure avec une bimbo qu'il avait rencontrée dans un club à Soho, mais ils avaient rompu quelques semaines plus tôt.

— Est-ce que cette femme a mal pris la rupture ?

— Vous rigolez ? Elle a plaqué Todd pour un producteur de télé. C'était la meilleure chose qui soit arrivée à Todd. Il avait décidé qu'il était temps pour lui de mûrir et d'essayer de réparer son mariage. Alonsa parlait de le quitter et d'emmener les enfants, et il avait peur que ce ne soit sérieux, cette fois.

— Il y avait eu d'autres femmes dans sa vie ?

— Il n'était pas ce qu'on peut appeler quelqu'un

de vraiment fidèle. Il a eu plusieurs aventures sans lendemain.

Hawk garda le silence, mais il n'en pensait pas moins. Comment Todd avait-il pu traiter Alonsa ainsi ?

— Avant Alonsa, il avait eu une relation plus sérieuse. Avec une vraie cinglée.

— Que voulez-vous dire par là ?

— Elle l'a harcelé pendant des mois quand il a commencé à fréquenter quelqu'un d'autre qu'elle. Elle lui téléphonait constamment. Du genre « attraction fatale », vous voyez ce que je veux dire ?

— Comment cela s'est-il terminé ?

— Je ne m'en souviens plus. Cette femme a disparu de la circulation il y a plusieurs années. Je suppose qu'elle a trouvé quelqu'un d'autre à harceler ou qu'elle a déménagé. Non, attendez. Je crois qu'elle a été internée dans un hôpital psychiatrique. Maintenant que j'y pense, Todd m'a dit peu de temps avant sa mort qu'elle avait eu un accident de voiture dans le New Jersey après avoir absorbé des calmants. Enfin, je pense que c'était la même.

— Comment s'appelait-elle ?

— Je ne me rappelle pas. Michelle, peut-être ? Elle était brillante, mais elle s'était fait renvoyer de son poste pour des raisons infondées.

— L'avez-vous rencontrée ?

— Non. A l'époque, je montais un projet en Australie. J'ai vu une photo d'elle une fois. Elle n'était pas superbe, juste jolie.

— Il n'y a eu personne d'autre de ce genre dans la vie de Todd ?

— Non, mais je sais qu'il avait peur d'une certaine

femme, ajouta Mitch. Rien de personnel là-dedans, par contre.

— Qui était-ce ?

— Une avocate. Lorsqu'il travaillait sur une enquête à Houston.

Hawk dressa l'oreille, le stylo en suspens.

— Cela remonte à quand ?

— Juste avant qu'il soit affecté à l'opération dans laquelle il a trouvé la mort.

— Vous savez sur quoi portait l'enquête ?

— C'était une histoire de trafic d'enfants. Des bébés enlevés au Mexique et vendus à de riches Américains qui ne pouvaient pas satisfaire les critères d'adoption. Apparemment, cette femme était à la tête de l'affaire, mais elle prenait soin de ne jamais se salir les mains.

— Et pourquoi Todd avait-il peur d'elle ? demanda Hawk, curieux.

— A cause des rumeurs qui circulaient à son sujet. On racontait qu'elle avait commandité l'assassinat d'un policier et de toute sa famille dans une ville frontière. La femme et les trois enfants de cet homme avaient été abattus comme des chiens. Pas moyen de remonter jusqu'à cette avocate, bien entendu.

— Pourquoi a-t-on écarté Todd de l'enquête ?

— Aucune idée, dit Mitch. Mais vous pouvez être sûr que si on l'avait laissé sur l'affaire il aurait fini par trouver des preuves et la mettre derrière les barreaux jusqu'à la fin de ses jours. Il le lui a dit. Elle a été furieuse.

— Il ne vous a jamais révélé son nom ? s'étonna Hawk.

— Todd ne me communiquait pas de détails aussi

précis, ç'aurait été contraire à l'éthique. Mais avec un peu de persuasion vous pourriez obtenir ce genre d'informations auprès de Craig Dalliers.

Hawk ne répondit pas. Son silence dut cependant être éloquent.

— Je suppose que vous avez rencontré Craig, reprit Mitch.

— Je lui ai parlé.

— Vraiment. Et ça s'est bien passé ?

— Il a proposé une coopération, dit Hawk.

Limitée, apparemment. Il n'avait fait aucune mention de ce trafic d'enfants.

— Cela ne doit pas lui plaire qu'un autre homme s'occupe de l'affaire. Il est sans doute vert de jalousie, ironisa Mitch.

— Vous voulez dire : parce que je marche sur ses plates-bandes ? demanda Hawk.

— Parce que vous êtes dans la vie d'Alonsa. Lui et elle ont eu une aventure, mais c'est à elle de vous en parler, pas à moi.

— Cela ne me regarde pas.

— Peut-être pas, en effet. Désolé de ne pas avoir pu vous être plus utile, conclut Mitch. Soyez prudent. Comme je vous l'ai dit, Todd a arrêté des types qui étaient extrêmement dangereux. Si vous suivez le même chemin que lui, vous risquez de mourir avant l'heure.

— Je n'en ai pas l'intention.

— Todd non plus n'en avait pas l'intention.

Mitch garda le silence pendant quelques secondes avant de dire d'un ton un peu hésitant :

— Vous savez, il n'y a pas vraiment de raison de

parler à Alonsa des infidélités de Todd. Il l'aimait à sa manière.

— Je ne suis pas là pour colporter des commérages. Par contre, j'ai le croquis d'une femme qui pourrait être liée à l'enlèvement. Cela vous ennuierait d'y jeter un coup d'œil et de me dire si vous la reconnaissez ?

— Pouvez-vous me l'envoyer ? Je suis sur la route en ce moment, mais je le regarderai plus tard.

— Donnez-moi votre mail.

Il nota l'information que Mitch lui dicta.

— Je vous rappellerai dès que je l'aurai vu, promit ce dernier. Dites bonjour à Alonsa pour moi quand vous la verrez.

— Entendu.

A la seule pensée qu'Alonsa ait pu avoir une relation intime avec Craig, Hawk sentait son estomac se nouer. Sans compter que, si Mitch disait vrai, elle avait menti en affirmant que personne n'avait de raison de lui en vouloir.

Non qu'il soupçonne l'épouse de Craig d'avoir enlevé Lucy, mais si Alonsa avait menti sur ce point, qui pouvait affirmer qu'elle ne lui avait pas caché d'autres liaisons ? Cette possibilité l'irritait au plus haut point. Mais pourquoi lui aurait-elle menti alors qu'elle tenait désespérément à ce qu'il retrouve Lucy ?

Dans l'immédiat, il accorderait le bénéfice du doute à Alonsa. Il allait suivre le conseil de Cutter et prier pour que Linney ait préparé des spaghettis. Et il obtiendrait le nom de cette avocate de Houston qui avait un trou noir à la place du cœur.

L'esprit préoccupé, Hawk sortit de son chalet et se dirigea vers son pick-up. Une vache passa la tête par-dessus la clôture toute proche et le regarda d'un air mélancolique, comme si elle le suppliait de lui laisser goûter l'herbe qui poussait de son côté.

Le fruit interdit était toujours tentant, même pour un animal.

Il monta dans le pick-up et tendit la main vers ses lunettes. Le trajet jusqu'à la maison principale avait beau être court, le coucher de soleil à l'horizon pouvait être brutalement éblouissant quand on roulait vers l'ouest.

Hawk avait pris possession du chalet peu après le départ de Marcus Abbot. Il aimait ce lieu rustique et confortable, doté de multiples fenêtres qui lui permettaient de contempler le paysage.

Le seul endroit où un homme respire librement, c'est son ranch, avait coutume de dire son père. Hawk n'en était pas si sûr, mais il savait que le métier de rancher vous entrait dans le sang, de la même façon qu'être membre des commandos. Cutter lui avait offert un peu des deux. Vivre au Double M et faire partie de l'équipe d'investigation avec Marcus. Pas de frontières. Pas de limites. Pas de mission impossible.

La mission qu'il s'était fixée n'était pas impossible. Oublier Alonsa Salatoya serait peut-être une autre affaire.

Il ralentit à l'approche de la grande demeure. Une autre voiture était garée dans l'allée. Celle d'Alonsa. Linney se surpassait.

Il doutait qu'Alonsa soit ravie de le voir, mais au

moins il ne courrait pas le risque de répéter le baiser qui avait déclenché l'incident de ce matin.

En revanche, il aurait peut-être l'occasion de passer quelques minutes en tête à tête avec elle.

Et de lui demander précisément quelle était la nature de ses relations avec Craig Dalliers.

9

— J'adore tes spaghettis aux boulettes, déclara Alonsa après avoir dégusté sa dernière bouchée. Il faut que tu me donnes ta recette.

— Tu entends, ça, mon cher mari ? roucoula Linney. Alonsa veut ma recette.

— Je la comprends. Ce repas était *magnifico* ! commenta Cutter en lui baisant les doigts. A vrai dire, il était tellement bon qu'Alonsa et toi devriez aller vous asseoir dehors pour prendre le café pendant que Hawk et moi mettons de l'ordre dans la cuisine. Nous apporterons le dessert.

— Le dessert, répéta Hawk. J'en ai l'eau à la bouche.

— C'est juste une tarte au citron que j'ai achetée à Monroe cet après-midi, avoua Linney. Je ne voulais pas prendre le risque de le faire moi-même. Cutter et moi avons mangé mon dernier gâteau avec une paille.

— Il était délicieux quand même, protesta l'intéressé.

— Oh ! toi !

Elle lui donna une bourrade affectueuse, mais il était clair qu'elle savourait ses compliments. Pour sa part, Alonsa adorait les voir ensemble. C'était exactement ainsi que les choses devaient être entre mari et femme : des rires et des taquineries, de la tendresse et de l'affection. Et de la passion. Elle était certaine que Linney et Cutter s'aimaient passionnément. De fait, Linney était resplendissante, ce soir.

Alonsa et Hawk avaient causé la seule tension dans la pièce. Le baiser de ce matin et la manière dont Hawk avait coupé court à leur étreinte, comme s'il avait peur d'attraper une maladie contagieuse, avaient tout changé entre eux. Et ce n'était pas comme si elle s'était jetée à sa tête.

Enfin, si. Mais il était évident qu'il la désirait aussi, jusqu'au moment où… il avait cessé de le faire.

Allez savoir pourquoi.

— Si Alonsa est d'accord.

La voix de Hawk l'arracha à ses réflexions.

— Pardon. J'étais dans la lune. Si je suis d'accord pour quoi ? s'enquit-elle.

— Pour que nous soyons dispensés de rangement, vous et moi.

Alonsa comprit que c'était une nouvelle manœuvre de Linney. Cette fois, son amie faisait fausse route. Hawk ne s'intéressait pas à elle. En revanche, il voulait retrouver sa fille, et c'était plus que suffisant.

Raison de plus de s'installer dehors pour avoir une conversation en tête à tête avec lui. Elle voulait savoir s'il avait contacté Mitch et, le cas échéant, si leur conversation lui avait fourni des informations.

— J'accepte, répondit-elle, mais je ne peux pas rester longtemps, même si la tarte est délicieuse. J'ai promis à Ellen que je rentrerais de bonne heure.

— Je vais faire du café, proposa Hawk.

Alonsa tenta de débarrasser la table, mais Linney la poussa gentiment vers la porte.

— Ne gâche pas cette pleine lune. Il fait un temps fantastique depuis l'averse de ce matin. Il neige dans la moitié du pays, mais à Dobbin il fait assez doux pour être en pull. Je ne peux pas imaginer vivre ailleurs qu'ici, d'autant moins que j'ai mon merveilleux cow-boy avec moi.

Sans doute Linney songeait-elle qu'Alonsa avait besoin de son propre prince charmant — et que Hawk Taylor était le candidat idéal pour remplir ce rôle.

Apparemment elle le connaissait mal.

Alonsa les quitta et s'assit sur la balancelle pour attendre Hawk. Il la rejoignit deux minutes plus tard, deux tasses de café entre les mains. Elle sentit son pouls s'accélérer malgré elle.

Il lui tendit une tasse et une serviette.

— J'ai ajouté une goutte de Kahlua et de la crème fouettée. Je crois me souvenir que c'est comme ça que vous l'aimez.

Elle but une gorgée et lécha la crème restée sur ses lèvres.

— Il est parfait.

Il prit place à côté d'elle, pas assez près pour que leurs genoux se touchent, mais suffisamment pour que l'odeur musquée de sa lotion après-rasage vienne troubler les sens d'Alonsa.

— Je ne savais pas que vous deviez venir ce soir, commença-t-il, mais je suis content que ce soit le cas. Il faut qu'on parle.

— Vous avez eu le texto que je vous ai envoyé cet après-midi ? demanda Alonsa.

— Oui, et j'ai appelé Mitch.

— Vous lui avez envoyé le croquis ?

— Oui, mais il était dans sa voiture à ce moment-là et je n'ai pas de nouvelles de lui depuis.

— Vous a-t-il aidé autrement ? reprit-elle.

— Il a dit que Todd avait rompu avec sa maîtresse peu avant sa mort et qu'il avait l'intention de faire des efforts pour sauver votre mariage.

— Merci de me dire ça, dit doucement Alonsa, mais ce n'était pas la première fois qu'il faisait ce genre de promesse. Ses bonnes résolutions ne duraient jamais longtemps. Il n'était pas prêt à s'assagir, du moins pas avec moi. Rien d'autre ?

— Mitch a mentionné un trafic de bébés qui opérait à partir du Texas et sur lequel Todd avait enquêté. Vous en a-t-il parlé ?

— Non, mais comme je vous l'ai dit, il était rare qu'il évoque son travail. Que vous a dit Mitch au juste ?

Le cœur battant, envahie par une horreur croissante, Alonsa écouta Hawk lui donner des détails sur ce trafic sordide. De toute évidence, l'avocate qui organisait ce commerce abominable était un monstre.

Si cette folle était derrière l'enlèvement de Lucy, sa fille avait peut-être été vendue à une famille qui l'aimait, à des parents affectueux qui séchaient ses larmes et lui faisaient un câlin quand elle s'écorchait les genoux. Alonsa voulait imaginer que son père adoptif l'adorait, tout comme Todd le faisait, et que sa mère adoptive lui brossait les cheveux et lui confectionnait des cookies au chocolat.

— C'est peut-être précisément la piste que nous cherchions, Hawk, s'écria-t-elle, d'une voix vibrante d'excitation. Si cette avocate a manigancé l'enlèvement, il y aura des documents. Il nous suffira de mettre la main dessus pour retrouver Lucy.

— Ne soyez pas trop optimiste, Alonsa.

Son enthousiasme retomba aussitôt.

— Pourquoi faites-vous constamment cela, Hawk ? Vous m'affirmez que vous allez découvrir ce qui est arrivé à Lucy et, quand nous progressons, vous me dites de ne pas avoir trop d'espoir. Allez-vous faire ce pour quoi vous vous êtes engagé, oui ou non ?

Hawk étendit son bras sur le dossier de la balancelle, derrière elle.

— Je n'ai pas promis de résultats immédiats.

— Mais c'est logique. Nous savons déjà que cette femme s'est livrée à des représailles contre ceux qui se sont dressés en travers de son chemin par le passé. Mitch a dit que Todd voulait la faire condamner. Et c'est une femme qui a enlevé Lucy. Nous en avons la certitude. Maintenant, il nous suffit d'identifier cette avocate et nous trouverons Lucy.

— Ce n'est pas aussi clair que cela, Alonsa, mais la piste vaut la peine d'être étudiée. La première chose qu'il nous faut, c'est le nom de cette femme.

— Craig Dalliers doit le savoir.

— Auquel cas il est au courant de l'affaire et il s'est sans doute déjà assuré que l'avocate n'était pas impliquée.

— Il ne m'a jamais parlé d'elle. D'ailleurs il cherchait quelqu'un que Todd avait arrêté. Pour autant que nous le sachions, cette femme est toujours en liberté et gère toujours son infâme commerce à Houston. Et vous avez dit vous-même que la personne qui me téléphonait est cruelle. Tout concorde, non ?

— Je ne le conteste pas, Alonsa. Je dis seulement que je pense que vous ne devriez pas nourrir autant d'espoirs chaque fois que nous avons une nouvelle piste. Vous vous exposez à une série de déconvenues.

— Je m'efforce simplement de rester positive. Je demanderai le nom de cette femme à Craig dès demain.

— Il ne sera peut-être pas libre de vous le divulguer.

— Oh ! Je l'obtiendrai, ne vous en faites pas. Croyez-moi, je sais comment faire et je ne reculerai devant rien.

Elle se laissa aller en arrière sur la balancelle et but une gorgée de café, savourant le goût sucré de la crème.

Hank planta fermement ses deux pieds sur le sol et arrêta le balancement du siège, faisant grincer les chaînes.

— Je suppose que vous mieux que personne savez comment obtenir des informations de Craig Dalliers.

Le ton était accusateur. Alonsa pivota et fut surprise de voir le visage de Hawk crispé, fermé.

— Où voulez-vous en venir, Hawk ? Si vous avez quelque chose à dire, dites-le. Inutile de tourner autour du pot.

— Bien. Mitch m'a dit que Craig et vous aviez un passé commun.

— Vraiment ? Un passé ? Comme c'est délicat de sa part ! Et qu'avez-vous répondu à cela, Hawk Taylor ?

— Que cela ne me regardait pas.

— Eh bien, vous aviez raison. Et cela ne regarde pas non plus Mitch. Mais puisque ma vie privée semble être un sujet de conversation entre vous, permettez-moi de clarifier les choses. J'ai eu une liaison avec Craig Dalliers.

Hawk regretta sa question avant même que le premier mot d'explication ne franchisse les lèvres d'Alonsa. Elle ne méritait pas cela de sa part. Même s'ils avaient été engagés l'un envers l'autre, elle n'aurait pas eu à se justifier de ce qu'elle avait fait avant leur rencontre. Et ils n'étaient nullement engagés. Ils avaient juste échangé un baiser que lui-même s'était empressé de gâcher.

— Laissez tomber, Alonsa. Accrochez-vous seulement à l'espoir que cela nous aide à trouver ce qui est arrivé à Lucy.

— A trouver Lucy, rectifia-t-elle. Pas ce qui lui est arrivé. Il y a une différence.

Sa voix cassante fit à Hawk l'effet d'une gifle.

— Et je préfère que tout soit clair entre nous pour que la seule chose qui compte soit la recherche de Lucy.

— Comme vous voudrez.

Il n'allait sûrement pas la contredire à présent.

— Craig et moi sommes sortis ensemble de temps en temps avant que je fasse la connaissance de Todd.

— Et que s'est-il passé alors ?

— Il m'a présentée à Todd, qui m'a informée que Craig était marié. J'ai rompu immédiatement.

— Et vous avez commencé à sortir avec Todd ?

— Oui. Tout est allé très vite. Ç'a été un vrai coup de foudre.

— Et Craig n'a pas insisté.

— Au contraire. Il m'a harcelée au téléphone

pendant des jours pour que je revienne. En fin de compte, Todd a menacé de dire la vérité à sa femme s'il continuait. Apparemment, elle est très jalouse. Elle a aussi hérité d'une très grosse somme d'argent d'un de ses oncles, qui a fait fortune dans l'immobilier. Craig n'avait aucune intention de la quitter. Il voulait seulement m'avoir, moi aussi.

— La menace de Todd a porté ses fruits ?

— Oui, si on y ajoute le fait que je suis tombée enceinte. Je prenais des précautions, mais voilà. Todd n'était pas prêt à se marier et à fonder une famille, cependant quand je lui ai dit que je comptais garder le bébé, avec ou sans lui, il m'a demandée en mariage.

L'estomac de Hawk se dénoua peu à peu. Il était complètement absurde et déplacé de sa part de penser aux hommes qu'Alonsa avait connus avant lui, et plus encore de s'en soucier.

Sauf qu'il s'en souciait. Pas du passé, mais du présent. Il s'en souciait même beaucoup trop et cela l'effrayait.

La porte s'ouvrit. Cutter et Linney vinrent se joindre à eux, apportant des parts de tarte au citron meringué. Hawk débarrassa Linney du plateau, avant de s'accouder à la rambarde pour déguster son dessert et finir son café, tiède à présent.

— Encore du café ? demanda Linney.

Il lui tendit sa tasse, songeant une fois de plus que Cutter et sa femme étaient incroyablement bien assortis, même s'il avait surpris son ami en train de demander conseil à ses chevaux, un peu plus tôt dans la soirée.

— Il paraît que c'était le premier jour d'école de Brandon, lança Cutter. Ça s'est bien passé ?

— Il a adoré. Il a raconté sa journée à Linney dans les moindres détails au téléphone.

— Il était intarissable, ajouta Linney. Surtout pour ce qui était des cubes.

La conversation se poursuivit tranquillement, sans retenir l'attention de Hawk. Toutes ses pensées étaient focalisées sur Alonsa. Elle était ravissante ce soir, dans un style à la fois détendu et sexy. Ses sandales à talons hauts soulignaient la finesse de ses chevilles et la longueur de ses jambes. Son jean épousait parfaitement ses formes. Son chemisier vert foncé révélait la naissance de sa poitrine.

S'ils avaient été seuls, Hawk aurait aimé défaire quelques boutons de plus et voir jaillir les jolis seins qu'il devinait sous le tissu. Il aurait voulu capturer de nouveau ses lèvres tièdes et tendres…

Son corps se raidit et le sang lui monta à la tête, le laissant étourdi de désir.

— J'ai passé une excellente soirée, mais il faut que je parte à présent, dit Alonsa en se levant.

Hawk resta adossé à la balustrade pendant que les autres prenaient congé. Quand Alonsa descendit les marches, il la suivit sans un mot et la raccompagna jusqu'à sa voiture. Lorsqu'il se retourna, il vit que Cutter et Linney étaient rentrés.

Il ouvrit la portière d'Alonsa. Elle ne monta pas. Il hésita, submergé par une envie folle de la prendre dans ses bras.

— Je n'ai pas été correct ce matin, Alonsa.

Elle ouvrit la portière davantage, le forçant à reculer.

— Nous en avons déjà parlé, Hawk. Je me suis jetée

à votre tête. Vous n'étiez pas intéressé. J'ai compris. Je m'en suis remise.

— Vous croyez que je ne vous désirais pas ? Vous êtes folle ? Je ne pense qu'à faire l'amour avec vous depuis que nous avons dansé ensemble, peut-être même avant.

— Drôle de façon de le montrer.

— Je ne veux pas vous faire souffrir, Alonsa. Je ne veux pas être le prochain à vous décevoir.

— Eh bien, moi, je vais vous dire ce que je pense, Hawk Taylor. Je ne crois pas qu'il s'agisse de moi. Je crois qu'il s'agit de vous et du fait que vous ne voulez pas vous engager. Alors réfléchissez à ceci.

Hawk s'attendait à ce qu'elle le gifle. Au lieu de quoi elle se pressa contre lui et l'embrassa avec tant d'ardeur qu'il dut se retenir à la portière pour ne pas perdre l'équilibre.

Le baiser cessa aussi abruptement qu'il avait commencé. Alonsa se détacha de lui et monta en voiture.

— Bonne nuit, Hawk. Maintenant, au travail. Retrouve ma fille.

Sur quoi elle démarra et s'éloigna à toute allure. Il la suivit des yeux, interloqué, s'efforçant de comprendre cette femme qui ne cessait de le surprendre.

Malheureusement, cela ne faisait que rendre sa tâche plus ardue encore. Il allait devoir retrouver Lucy, veiller sur Alonsa, et lorsque tout serait fini, il faudrait qu'il la quitte.

Divers rouleaux de tissu étaient déployés en éventail sur l'immense table, tous dans les tons naturels que Linney avait utilisés pour rénover la décoration du Double M.

— J'aime bien ce modèle à rayures pour les fauteuils, et celui-ci, à motif de feuilles pour les coussins, mais je ne suis pas sûre qu'ils aillent bien ensemble, s'inquiéta-t-elle.

— Tous sont dans ta palette, lui fit remarquer Alonsa, mais que penses-tu de celui-ci ?

Elle le déroula davantage, afin que Linney puisse le comparer aux autres.

— J'adore. Surtout le surpiqué couleur framboise.

— Je suis d'accord. Il crée une touche de couleur qui met le reste en valeur. Tu pourrais t'en servir aussi pour les chambres.

Elles regardèrent d'autres rouleaux, et dix minutes plus tard Alonsa fit une nouvelle trouvaille.

— Que dirais-tu de ce motif pour la table de chevet ? Il irait très bien avec le lit en laiton.

— Oh ! tu as raison. Je ne sais pas comment tu fais. Je n'aurais jamais trouvé ça toute seule.

— Et moi, je ne pourrais pas gérer un ranch comme tu le fais.

— J'ai de l'aide. Tu pourrais engager quelqu'un, toi aussi. Ton ranch serait rentable très vite.

— Je ne suis pas certaine de vouloir rester à Dobbin.

— Pourtant, tu t'es si bien intégrée ici !

— Je suis une citadine dans l'âme.

— On ne va pas t'en tenir rigueur, plaisanta Linney. Tu pourrais te dégoter un beau cow-boy. C'est ce que je te conseille.

Un cow-boy comme Hawk Taylor, songea Alonsa. Elle lisait à livre ouvert dans les pensées de Linney, pourtant elle s'abstint de tout commentaire. Elle n'avait pas revu Hawk depuis qu'elle s'était jetée à sa tête pour la deuxième fois, dans l'allée du Double M.

Elle n'avait pas eu l'intention de l'embrasser. Mais il l'avait exaspérée. Etait-il vraiment obligé de garder ses distances avec elle à ce point ?

Elle était loin d'être experte en matière d'hommes, mais on ne pouvait se méprendre sur le courant qui passait entre eux. D'ailleurs, Hawk lui-même l'avait reconnu.

En somme, il n'y avait qu'une seule explication possible à sa conduite : il craignait qu'elle ne soit une gêne pour lui.

Quant à l'enquête, elle piétinait, et, cette fois, c'était Craig qui se faisait désirer. Elle lui avait téléphoné à plusieurs reprises, laissant des messages dans lesquels elle lui demandait de la rappeler au plus vite. Il n'avait pas encore pris la peine de le faire.

Soit il était extrêmement occupé, comme l'avait affirmé sa secrétaire, soit il l'évitait. Elle penchait pour la seconde hypothèse.

Elle prit les tissus qu'elles avaient choisis et entraîna Linney vers le comptoir.

— Je vais donner les mesures à la vendeuse et elle pourra les couper plus tard. Je reviendrai les chercher demain.

— Entendu, dit Linney. Je suppose que tu dois rentrer à Dobbin. J'avais oublié que Brandon allait à l'école à présent.

— Il a sauté du lit ce matin, tellement il était impatient d'y aller. Je commence à me sentir un peu négligée.

— Demain, c'est samedi. Tu l'auras pour toi toute la journée. Pourquoi ne l'amènes-tu pas au ranch ? demanda Linney. Il adore les chevaux.

— Nous verrons, dit Alonsa. Merci, en tout cas.

Brandon serait ravi, mais une visite au Double M signifiait aussi qu'elle risquait de voir Hawk, et elle n'était pas sûre d'y être prête après la manière dont ils s'étaient quittés. Elle préférait attendre que Craig l'ait contactée. Ainsi, elle aurait au moins un sujet de conversation tout trouvé avec lui.

— Si cela ne t'ennuie pas, je vais m'asseoir là-bas pendant que tu règles tout cela avec la vendeuse, dit Linney. Je suis claquée.

— Tu n'es pas malade, au moins ?

— Non. Je suppose que je me suis un peu trop agitée ces temps-ci. Ça ira. J'ai juste besoin de me reposer une minute.

— C'est juste que tu débordes tout le temps d'énergie. C'est la première fois que je te vois fatiguée.

Linney étouffa un bâillement et se laissa tomber sur la chaise.

— Je dois vieillir ! Je t'attends ici, d'accord ?

— OK. Je n'en ai que pour quelques minutes.

En fin de compte, les deux vendeuses étaient occupées à servir d'autres clients. En attendant son tour, Alonsa jeta un coup d'œil à son téléphone pour s'assurer qu'elle n'avait pas manqué d'appels.

Ce n'était pas le cas. Elle s'éloigna de quelques pas et composa le numéro de Craig. Pas de réponse. Son irritation redoubla.

— Ici, Alonsa, une fois de plus. Rappelle-moi

cet après-midi, Craig, sinon je serai devant ta porte quand tu rentreras ce soir. Et non, je ne plaisante pas.

C'était un coup de bluff, évidemment, mais s'il ne réagissait pas, elle irait à New York le lendemain.

— Alonsa, quelle surprise ! dit une voix féminine derrière elle.

Alonsa se retourna et reconnut Keidra.

— Oh ! Bonjour, dit-elle poliment. Vous allez bien ?

— Oui, merci, et vous ? Je suis ravie de vous voir. Je regardais justement des tissus en vue de notre prochain rendez-vous. J'ai dit à Esteban tout à l'heure que j'étais prête à entamer les travaux. Les précédents propriétaires avaient un goût affreux.

— C'est parfait, dit Alonsa. Dans ce cas, je vous téléphonerai en début de semaine prochaine.

— J'attends votre appel, alors. Et comment va votre fils ?

— Il va bien, assura Alonsa. Ce n'était qu'une petite bosse.

— Tant mieux. Une maman s'inquiète toujours, n'est-ce pas ? J'ai une fille, vous savez.

Alonsa hocha la tête poliment. Elle ne voyait pas d'inconvénient à ce que Keidra lui parle de sa fille, mais pas ce jour-là. La vendeuse attendait.

Quelques instants plus tard, Linney et elle étaient sur le chemin du retour. La circulation était fluide et il leur fallut moins de vingt minutes pour regagner Dobbin. Alonsa déposa Linney au ranch, mais Hawk demeura invisible.

Elle alla droit à l'école chercher Brandon. Comme elle avait un peu d'avance, elle descendit de voiture et alla s'asseoir sur un banc. L'endroit était paisible, toutefois elle n'eut pas le loisir de savourer ce moment de calme.

Son téléphone sonnait. Craig était en ligne.

10

Alonsa lui expliqua brièvement la situation.

— Où as-tu eu ces informations ? demanda Craig d'un ton mécontent.

— Quelle importance cela a-t-il ?

— Il s'agit d'une affaire confidentielle.

— Je ne peux pas te dire où je l'ai appris, et la question n'est pas là.

— Si, Alonsa. Je ne peux pas parler de cette enquête avec toi.

Le peu de patience qu'elle avait encore fondait comme neige au soleil.

— Cette avocate pourrait être impliquée dans la disparition de Lucy. Nous devons agir immédiatement.

— « Nous » ? Je suppose que tu fais référence à ce cow-boy qui se prend pour Sherlock Holmes.

C'était donc de cela qu'il s'agissait. Il n'avait toujours pas digéré qu'elle ait fait appel à Hawk.

— Il est tout à fait hors de question que je livre des informations confidentielles, que ce soit à toi ou à Hawk Taylor, d'autant plus qu'elles n'ont aucun rapport avec la disparition de ta fille.

— Comment peux-tu en être aussi sûr ? As-tu

jamais envisagé la possibilité que cette femme ait enlevé Lucy et l'ait revendue ?

— En premier lieu, Alonsa, aucun élément crédible ne lie quiconque à Houston à un éventuel trafic de bébés. Si c'était le cas, cette personne ferait l'objet d'une enquête, et il serait d'autant plus impératif que je ne divulgue aucun détail concernant la situation. En second lieu, nous n'avons aucune preuve crédible qu'un tel trafic existe, où que ce soit dans le pays.

Alonsa retint un soupir. Cette conversation ne la menait nulle part. Elle aurait dû aller à New York pour parler à Craig de vive voix. Pourtant il devait tout de même bien y avoir un moyen de le convaincre.

— Je sais que Todd s'occupait de cette affaire, Craig. Cette avocate existe. Si tu ne veux pas m'en dire plus, donne-moi au moins son nom.

— N'insiste pas, Alonsa. A supposer que Todd ait mené une enquête là-dessus — ce que je ne confirme pas — on la lui a retirée faute d'éléments probants. Cela étant, et vu qu'il était déjà mort quand Lucy a disparu, quelle raison cette femme aurait-elle eue d'enlever votre fille ?

— Elle en voulait à Todd parce qu'il la croyait coupable et qu'il lui avait dit qu'il l'arrêterait tôt ou tard.

— D'où tiens-tu ça ? demanda Craig d'un ton surpris.

— Je le sais, voilà tout, affirma Alonsa. En outre, cette femme est un monstre. Elle a fait assassiner une famille entière en guise de représailles contre un policier. Qu'est-ce qu'un enlèvement pour une personne de ce genre ?

— As-tu des preuves de ce que tu avances, Alonsa ?

— Donne-moi le nom de l'avocate, Craig. Tu m'as dit et répété que tu ferais n'importe quoi pour m'aider à retrouver Lucy.

— Et je le ferai, affirma Craig. Je vais me charger moi-même d'enquêter sur les informations que tu m'as données. Je te le promets. Mais je ne peux pas violer ouvertement les règles du FBI.

Alonsa avait envie de lui dire ce qu'il pouvait faire des règles du FBI, et elle eut toutes les peines du monde à se contenir. Elle l'aurait fait si elle avait pensé que cela l'aiderait. Il fallait absolument qu'elle obtienne le nom de cette avocate.

— Tu sais ce que j'éprouve pour toi, Alonsa, reprit Craig. Ce que j'ai toujours éprouvé pour toi. Vire donc ce type et reviens à New York pour que nous puissions nous voir. Je travaillerai personnellement avec toi là-dessus.

Alonsa eut une sensation de nausée. Sa résolution n'en fut que renforcée.

— Donne-moi le nom de cette avocate, Craig, ordonna-t-elle soudain, sinon j'irai révéler à ta femme que nous avons eu une liaison. Je lui livrerai les dates et les détails. Et je lui dirai que tu n'as pas cessé de me harceler depuis la mort de Todd.

— Ne sois pas ridicule. Tu sais que tu ne ferais pas ça à Ginny. Tu te laisses manipuler par Taylor. Je parie qu'il est là en train d'écouter tout ce que tu dis et qu'il te souffle chaque mot.

— Son nom, Craig, sinon je raccroche et j'appelle Ginny sur-le-champ. Ne me pousse pas à bout. Je veux retrouver ma fille et si cela doit te coûter un divorce, tant pis pour toi.

Il y eut des bruits étouffés à l'autre bout du fil, comme si Craig était en train de s'étrangler ou de suffoquer. Pourvu qu'il ne fasse pas une crise cardiaque, se dit Alonsa, la gorge nouée.

— Espèce de garce ! s'écria Craig. Comment oses-tu te comporter ainsi après tout ce que nous avons vécu ensemble ?

Apparemment, il n'avait pas fait de crise cardiaque. De toute façon, il n'avait pas de cœur.

— Son nom, Craig.

— Tu le regretteras.

Elle attendit.

— Caroline Wardman. Mais si cette information se répand, je jurerai sur la Bible qu'elle ne venait pas de moi.

Les mains tremblantes, Alonsa coupa la communication et composa le numéro de Hawk, priant pour qu'ils tiennent enfin la bonne piste.

Alonsa avait demandé à Hawk de lui accorder une heure, le temps de faire manger Brandon et de le mettre au lit pour sa sieste. Il profita de ce délai pour effectuer des recherches sur Caroline Wardman.

Le cabinet de l'avocate se trouvait dans les Heights, un quartier situé à proximité du centre de Houston, juste au nord du bayou Buffalo. D'après ce qu'il avait lu, il s'agissait d'un quartier de bâtiments anciens, dont une grande partie avait été restaurée. Certains avaient été transformés en bureaux.

Caroline Wardman avait cinquante-deux ans, ou cinquante-six, suivant le site consulté. Elle avait siégé à différents conseils d'administration dans le domaine des arts, organisé de multiples soirées visant à recueillir des fonds politiques. Bref, une femme fortunée et influente. Il était facile de comprendre pourquoi le FBI n'avait pas voulu l'accuser sans avoir des preuves solides de ses malversations.

Inutile de dire que Hawk ne trouva rien suggérant qu'elle ait été de près ou de loin mêlée à de quelconques activités illégales, sans parler d'avoir commandité des meurtres. Elle s'était spécialisée dans les adoptions d'enfants étrangers, mais son cabinet traitait également d'autres affaires.

La tâche promettait d'être ardue, ce qui ne décourageait pas Hawk, au contraire. Il disposait désormais d'un élément supplémentaire à explorer dans sa recherche de Lucy Salatoya et, à ses yeux, les défis rendaient la vie plus intéressante.

Pour Alonsa, en revanche, c'était une tout autre histoire. Elle revivait et s'éteignait à chaque fois qu'une nouvelle piste se présentait, et Hawk redoutait de la voir plonger dans le désespoir si celle-ci n'aboutissait à rien.

Il était 12 h 55 quand il se gara devant chez Alonsa, bien résolu à faire de son mieux pour limiter ses attentes.

Les siennes aussi, d'ailleurs. Il avait passé beaucoup trop de temps à se remémorer les instants de passion qu'ils avaient partagés au bord de la rivière et le baiser enflammé de ce soir-là.

La raison lui disait que faire l'amour avec elle les entraînerait sur un terrain glissant. Leur relation n'avait pas d'avenir. Alonsa en voudrait plus que ce qu'il pouvait lui offrir. Et elle méritait plus.

Il se fit la leçon une dernière fois en se dirigeant vers la porte d'entrée. Sa résolution se mua en une vague de désir à l'instant où elle apparut sur le seuil.

Elle s'était coiffée différemment. Ses cheveux étaient rassemblés en chignon, d'où s'échappaient quelques mèches fines. La fente de sa jupe noire laissait entrevoir une cuisse à la peau soyeuse. De délicats petits cœurs en argent pendaient à ses oreilles, attirant l'attention sur son cou mince et élégant.

La bouche sèche, Hawk laissa son regard s'attarder sur les lèvres tentantes qui le fascinaient à chaque fois qu'il la voyait. Il ne serait pas sage de se fier à ses instincts avec Alonsa aujourd'hui.

Il devait garder ses distances.

Il parvint à articuler un bonjour qui, l'espérait-il, ne révélait pas l'étendue de son trouble et la suivit dans le salon. Vue de dos, elle était tout aussi superbe.

Ni Brandon ni Carni n'étaient en vue, mais un plateau de fromages, de biscuits salés et de tranches de pommes était posé sur la petite table, près d'un assortiment de boissons.

— On fête quelque chose ? demanda Hawk en prenant un morceau de cheddar.

— Je ne savais pas si tu avais eu le temps de déjeuner et je ne voulais pas qu'on ait à s'interrompre pour manger avant d'avoir eu le temps de préparer notre stratégie.

Il avala son fromage et déglutit.

— Ça me paraît très bien, sauf que ce petit « on » me gêne. Je travaille seul. Je ne te l'ai pas dit ?

— C'est moi qui ai obtenu le nom de l'avocate, lui fit-elle remarquer. Il y a du thé ou du café. Qu'est-ce que tu préfères ?

— Une bière fraîche.

Mieux valait passer à l'offensive avant que les choses aillent trop loin et qu'elle s'imagine qu'elle allait vraiment avoir son mot à dire dans l'élaboration de sa stratégie.

— Désolée, je n'en ai pas. J'ai du vin, si tu veux ?

— Pas de problème. J'ai un pack dans le frigo de mon pick-up. Tu en veux une ?

— Avec plaisir, merci.

— Je reviens.

Il retourna au pick-up et prit trois bières. Il avait l'impression qu'il allait devoir batailler et qu'il aurait besoin de fortifiant. Certes, Lucy était la fille d'Alonsa, mais il ne comptait pas soumettre ses méthodes à l'approbation de celle-ci.

A supposer que Caroline Wardman soit réellement l'instigatrice du rapt, ils auraient affaire à une femme aussi puissante que dangereuse. Il se refusait à mettre en péril la sécurité d'Alonsa.

Lorsqu'il revint, ils passèrent en revue les faits dont ils étaient certains.

Primo, Caroline Wardman était une avocate spécialisée dans les questions d'adoptions d'enfants étrangers et avait fait l'objet d'une investigation du FBI concernant un éventuel trafic de bébés.

Deusio, l'enquête avait été arrêtée faute de preuves.

Tertio, il était possible que l'intéressée ait été menacée par Todd. Ils n'avaient que le témoignage de Mitch à ce sujet.

Hawk reprit du fromage et quelques biscuits, suivis d'une gorgée de bière.

— Je te suis reconnaissant d'avoir obtenu cette information, Alonsa. Je te tiendrai informée des progrès de l'enquête.

Elle lui jeta un regard glacial.

— J'aimerais connaître ton plan.

— Je me disais que j'allais rassembler un groupe de gars masqués et qu'on allait débouler dans son bureau armés d'AK-47.

— Tu ne peux pas faire ça. C'est…

Elle prit une brève inspiration.

— Ce n'est pas drôle, Hawk. Nous parlons de ma fille. Cette femme sait où est Lucy. J'en suis sûre. Nous n'avons pas le droit à l'erreur.

— D'accord, calme-toi. Je n'ai pas encore élaboré de plan. Je suis formé aux opérations spéciales. J'ai l'habitude de vérifier tous les éléments d'une mission avant de m'engager. Il est toujours préférable d'éviter les mauvaises surprises.

Alonsa croisa ses jolies jambes.

— Comment comptes-tu procéder ?

— Par la bonne vieille méthode de la surveillance. Je vais me renseigner de manière très complète sur cette femme et son passé. Ensuite, je prendrai rendez-vous avec elle et je la rencontrerai sur son terrain. De cette manière, je pourrai me faire une idée de l'opération. Je ne juge pas les gens sur leur apparence, mais on peut déduire pas mal de choses en les observant dans leur milieu.

Alonsa posa sa bière sur la table.

— Quel motif vas-tu invoquer pour obtenir un rendez-vous ?

— Je dirai que j'envisage d'adopter un bébé venant du Mexique. En fonction de sa réaction et du genre d'information qu'elle me donnera, j'aviserai.

— Bonne idée. Je viendrai avec toi.

— Mauvaise idée.

— Je ne vois pas pourquoi. Tu ne peux pas prétendre adopter un bébé tout seul. Tu as besoin d'une épouse ou de quelqu'un qui joue le rôle de ton épouse.

— Tu es la mère de Lucy et la femme de Todd. Si cette avocate a tout manigancé et que c'est elle qui te téléphone, elle te reconnaîtra.

— Pas si je me déguise. Je peux porter une perruque et des lunettes. Et me maquiller. Je sais ajouter des cicatrices d'acné. Je l'ai fait par le passé, pour une comédie musicale où je jouais le rôle d'une vieille mégère.

Hawk avait du mal à le croire.

— J'avais des grains de beauté et des poils qui en sortaient, mais bon, ce serait peut-être un soupçon excessif.

— Un soupçon.

— Je sais m'habiller pour avoir l'air plus grosse aussi. Je peux le faire, Hawk. Je le sais. Tu ne vas même pas me reconnaître. Et j'ai besoin d'y aller. Je pourrais entendre ou voir quelque chose qui nous aidera à trouver Lucy. Je le sens.

— Il faut que je passe la nuit là-bas, objecta-t-il. Je veux inspecter les lieux, et vérifier s'il serait éventuellement possible d'entrer dans le bâtiment par effraction.

— Je peux demander à quelqu'un de garder Brandon pour une nuit. Linney ou Ellen, ou même tante Merlee. Nous prendrons deux chambres et tu ne t'apercevras même pas de ma présence, sauf pour le rendez-vous avec Caroline Wardman.

Bien sûr. Il faudrait beaucoup plus qu'une tenue peu flatteuse et une paire de lunettes pour parvenir à ce résultat. Alors qu'il aurait besoin de toute sa concentration, il serait préoccupé par sa sécurité. Et il ne voulait même pas songer à l'épreuve que ce serait de séjourner dans le même hôtel qu'elle.

— Je vais y réfléchir, Alonsa.

Mieux valait essayer de gagner du temps plutôt que se disputer avec elle.

— Je peux être prête dès demain.

— Pas moi. Je te rappellerai quand tout sera au point. Nous reparlerons à ce moment-là.

Elle se leva, la bouche crispée en un trait mince, le regard perçant.

— Très bien, Hawk. A toi de décider si tu veux que je t'accompagne ou si tu préfères que j'aille voir Caroline Wardman toute seule.

Il soupira. Exactement comme dans l'armée, le chemin le plus facile était toujours un terrain miné.

La femme se réveilla dans la maison plongée dans les ténèbres. Aucune lumière n'était visible, pas même celle de la petite lampe qu'elle avait coutume de laisser allumée dans le couloir. Il avait dû y avoir une coupure d'électricité pendant la nuit. Elle détestait le noir. Cela la rendait nerveuse. Elle avait déjà les nerfs à fleur de peau.

Elle rejeta les couvertures et ouvrit le tiroir de sa table de chevet, cherchant sa lampe de poche. Ses doigts effleurèrent la minuscule clé en métal. Elle la laissa échapper en la sortant du tiroir et dut se mettre à genoux pour la retrouver.

Braquant le mince faisceau de lumière devant elle, elle gagna la salle de bains et tendit la main vers le coffret en métal posé sur l'étagère supérieure du placard à linge. Les comprimés étaient soigneusement cachés dans le coin, à l'abri des regards. Elle prit le flacon, le dévissa et mit deux petites pilules blanches au creux de sa paume.

Il était de plus en plus difficile de se les procurer. Les médecins hésitaient désormais à prescrire des antidépresseurs. Trop d'effets secondaires. Trop de procès. Du moins c'est ce qu'ils prétendaient. Elle avala les pilules puis tourna le robinet et fit une coupe de ses mains pour recueillir un peu d'eau et les faire passer plus facilement.

Autrefois, elle s'injectait la drogue directement dans les veines. C'était avant de prendre la terrible décision qui continuait à la hanter. Ce soir-là, ce n'était pas elle qui tenait la seringue.

Elle plongea les doigts au fond de la boîte et trouva le CD. Sa main s'arrêta dessus. Il lui avait apporté bien des satisfactions, mais cette époque-là allait bientôt prendre fin.

Et Alonsa allait payer pour tout ce qu'elle lui avait volé.

11

Le rendez-vous avec Caroline Wardman était fixé pour le mardi matin. Quand Hawk et Alonsa quittèrent Houston le lundi après-midi, il l'informa qu'il avait reçu un appel de Mitch. Le visage de la femme du croquis lui était vaguement familier, mais il n'arrivait pas à se rappeler où il l'avait vue.

Si le dessin avait été plus net, il aurait peut-être pu les aider. En tout cas, il avait promis de continuer à fouiller dans sa mémoire.

Pour sa part, Hawk avait rassemblé assez d'informations pour conclure que les méthodes de Caroline Wardman, bien que discutables sur le plan éthique, n'étaient pas à proprement parler illégales non plus.

Malgré tout, elle avait causé assez d'inquiétudes pour que le FBI juge bon de mener une enquête, et rien n'était à exclure. Il suffisait de regarder le journal télévisé pour savoir que le monde était plein de gens capables de tromper n'importe qui — jusqu'au jour où ils se faisaient prendre.

Caroline Wardman en était peut-être la parfaite illustration, et c'est la raison pour laquelle Hawk avait cédé au désir d'Alonsa de l'accompagner. S'il avait refusé, elle y serait allée seule.

En dépit des informations qu'il avait réunies, elle persistait à espérer qu'ils étaient sur le point de retrouver la trace de Lucy.

Sur la suggestion de Linney, il avait réservé deux chambres dans le quartier des Heights, à quelques minutes du cabinet de l'avocate. Cette fois, il avait réglé les frais de sa poche. Alonsa avait protesté, lui rappelant qu'ils s'étaient mis d'accord au départ pour qu'elle prenne les dépenses à sa charge.

Mais il aurait été injuste que cette femme qui dansait dans ses rêves et dont les baisers le hantaient jour et nuit règle la note de sa chambre.

La maison d'hôtes, une immense bâtisse qui datait du début du XXe siècle, regorgeait d'antiquités et sentait bon le lilas. Dire qu'elle était romantique était très en deçà de la vérité. L'endroit respirait la romance. Et la tentation n'était qu'à quelques mètres de la porte de Hawk.

Non qu'il ait projeté une séduction au clair de lune. Rien n'avait changé entre eux. Alonsa était toujours vulnérable. Il était toujours décidé à se consacrer exclusivement à son enquête.

Il devait la retrouver dans quelques minutes pour aller dîner. Et il espérait que, pour une fois, elle serait un peu moins irrésistible.

Il mit son portefeuille dans sa poche, attrapa sa veste et éteignit la lumière puis il sortit dans le couloir. La porte d'Alonsa était entrouverte. Il toqua néanmoins.

— Tu es habillée ?

Il espérait bien qu'elle l'était.

— Hawk, tu tombes à pic. J'ai besoin d'aide avec cette fermeture.

Elle émergea de la salle de bains, vêtue d'une robe noire qui virevoltait juste au-dessus de ses genoux, et chaussée d'une paire d'escarpins dorés qui soulignait la longueur de ses jambes.

Quand elle se retourna, il sut qu'il était perdu. La fermeture était bloquée à hauteur de sa taille et son dos nu scintillait à la lueur de la lampe. Elle ne portait pas de soutien-gorge.

Chaque parcelle du corps de Hawk réagit. Plus question de garder ses distances. Il retira sa veste, traversa la pièce et prit Alonsa dans ses bras. Quand ses lèvres trouvèrent les siennes, et qu'elle lui rendit son baiser, il sut que le dîner allait attendre. Longtemps.

Alonsa s'abandonna au baiser de Hawk, étourdie d'excitation. Après la manière dont il l'avait rejetée l'autre jour, elle avait essayé de se convaincre qu'elle ne le désirait plus, qu'elle ne voulait plus de lui ni de ses baisers. Ce déni fondit à la seconde où leurs lèvres se touchèrent.

Son corps vibrait d'un désir si intense qu'elle était incapable de réfléchir ou de raisonner. Son pouls battait la chamade, son cœur cognait avec une violence qui l'ébranlait tout entière.

Les lèvres de Hawk quittèrent les siennes pour déposer une traînée brûlante de baisers le long de son cou. La chaleur monta en elle, traversant toutes les cellules de son être.

Elle enfouit les doigts dans les cheveux de Hawk, l'attirant plus près tandis qu'il faisait glisser sa robe plus bas et embrassait ses seins nus. Les pointes de ses tétons se dressèrent et durcirent, palpitant sous ses caresses. Hawk suçait, mordillait, aspirait, affolant ses sens.

Elle avait tant besoin de lui, de sa virilité et de sa détermination, de son sourire et de sa force. Elle avait besoin de libérer le flot d'émotions qui déferlait en elle.

Elle avait besoin de passion.

Il glissa la main sous sa robe, entre ses cuisses, remontant lentement jusqu'à ce que ses doigts trouvent le centre humide de son désir. Enivrée par l'intensité du plaisir, elle caressa timidement son membre dressé sous le tissu du jean.

— Fais-moi l'amour, murmura-t-elle. Complètement. Viens en moi. Retire tous ces vêtements.

— Oh ! Alonsa. Tu me rends fou. Je peux à peine respirer.

— Prends-moi.

Il s'écarta d'elle et tira à deux mains sur la fermeture coincée. L'attente était une torture.

— Elle ne veut pas bouger, dit-il d'une voix empreinte d'un mélange de désir et de frustration.

— Arrache-la, Hawk. Arrache-la. J'ai d'autres robes.

Il tira d'un coup sec.

— Mission accomplie, annonça-t-il alors que le vêtement glissait à terre.

L'instant d'après, il fit descendre son slip en dentelle mauve le long de ses jambes, lentement, tandis qu'il embrassait le cœur de sa féminité, déclenchant en elle des ondes d'extase.

— A ton tour, maintenant, murmura-t-elle. Je veux te déshabiller.

Elle déboutonna sa chemise et l'abaissa sur ses

épaules, mais le désir eut raison de Hawk. Il ôta son jean et son caleçon tout seul, souleva Alonsa dans ses bras et la déposa sur le lit.

Elle repoussa le duvet et s'étendit sur les draps couleur lilas. Hawk s'installa à califourchon sur elle tandis qu'elle caressait son membre et le guidait en elle.

Il se mit à aller et venir en rythme, ses poussées fortes et profondes atteignant un crescendo, un feu d'artifice de sensations. Alonsa frémit et lâcha un cri, secouée par l'orgasme le plus intense qu'elle ait jamais connu.

Lorsque leur respiration se fut apaisée, il roula sur lui-même, l'attira tout près et la serra contre lui.

Ils ne prononcèrent pas de mots d'amour, mais jamais elle ne s'était sentie aussi proche de quelqu'un. Elle avait du mal à croire qu'elle puisse connaître de nouveau ce sentiment un jour. Quoi qu'il advienne de leur relation, elle ne regretterait jamais cette soirée. Hawk Taylor était un homme à part, à tous les égards.

Hawk s'éveilla à 3 heures du matin, et écouta le souffle doux et régulier d'Alonsa à côté de lui. Les yeux rivés au plafond, il laissa les souvenirs de la veille au soir défiler dans son esprit.

Ils avaient fait l'amour trois fois, deux fois avant d'aller dîner, et une dernière fois à leur retour du restaurant, après être allés jusqu'au cabinet de l'avocate pour se faire une idée des lieux.

Il n'avait pas prévu de faire l'amour à Alonsa, mais il ne regrettait rien — du moins, pas encore. Comment aurait-il pu regretter d'avoir connu une expérience aussi exaltante, aussi inoubliable ?

Etait-ce cela qu'on appelait l'amour, ce profond sentiment de lien avec un autre être ? Jamais il n'y avait songé auparavant, parce qu'il n'avait jamais rien éprouvé de tel. Il se rendait compte que ce qu'ils avaient partagé appartenait à un univers qui lui était nouveau, et totalement étranger.

Il tendit la main et effleura les cheveux d'Alonsa, luttant contre le désir de caresser ses seins magnifiques, son ventre soyeux.

Il s'imagina se réveillant chaque matin auprès d'Alonsa, accueilli par son rire, ses yeux noirs étincelants aux premières lueurs du soleil.

Oui, bien sûr. Ce serait exactement comme ça. Dans un monde idéal. Sur une planète dont Hawk ignorait l'adresse.

Il s'assit au bord du lit, lentement, veillant à ne pas réveiller Alonsa. Il enfila son caleçon, son jean, prit le reste de ses vêtements et se faufila au-dehors. Après avoir refermé la porte derrière lui, il glissa la petite clé en métal sous le battant.

La laisser seule et nue au lit était peut-être la chose la plus difficile qu'il ait jamais faite et, avant même d'avoir atteint sa propre chambre, il regretta de l'avoir quittée.

La maison qui abritait le cabinet de Caroline Wardman était pleine de contrastes. Du dehors, c'était une villa victorienne, dotée de galeries couvertes, de deux tourelles et de boiseries au motif compliqué.

L'intérieur, en revanche, se voulait à la fois luxueux et ultra-contemporain. Ce n'étaient que tapis moelleux, fauteuils en cuir, lustres en verre taillé, lampes et rideaux noirs et blancs.

Alonsa prit place dans la salle d'attente et se pencha pour chuchoter à l'oreille de Hawk.

— Cette avocate aurait bien besoin des services d'une décoratrice d'intérieur.

— Tu pourrais lui proposer les tiens.

— Ce n'est pas une mauvaise idée.

— Je plaisantais.

— Pas moi. Si je rôdais ici, je pourrais sûrement trouver le moyen d'avoir accès à ses dossiers.

— N'y pense même pas.

De toute façon, ce serait sans doute une perte de temps, songea Alonsa. Après tout, lors de leur petite promenade nocturne la veille, Hawk avait déclaré que désarmer le système d'alarme serait un jeu d'enfant et qu'il pourrait pénétrer dans les locaux de Caroline sans que celle-ci s'en doute le moins du monde.

La veille. Les souvenirs affluèrent, étourdissants. Ils avaient fait l'amour pour la troisième fois et, un peu plus tard dans la nuit, Hawk s'était éclipsé pour regagner sa chambre.

Lorsqu'elle s'était réveillée et qu'elle avait constaté qu'il n'était plus là, Alonsa avait été irritée, voyant là le signe d'un nouveau rejet. Cependant, il s'était racheté en revenant un peu plus tard lui apporter un bagel et un café qu'il avait accompagnés d'un baiser.

Et c'était après qu'elle avait appliqué quelques vilaines cicatrices d'acné sur ses joues et sur son front.

Hawk décidément était plein de contrastes, exactement comme cette maison. Plus complexe. Infiniment plus excitant. Sa concentration était totale à présent, et Alonsa sentit un regain d'assurance l'envahir, certaine qu'une découverte majeure se profilait à l'horizon. Elle pria pour que ce soit aujourd'hui. Elle avait hâte de rencontrer Caroline Wardman.

Une bonne demi-heure plus tard, on vint enfin les chercher. La femme ne leva pas les yeux à leur entrée, mais continua à parler au téléphone. La condensation sur son verre de jus de pamplemousse gouttait sur la photo d'un nouveau-né. Alonsa la détesta dès qu'elle la vit.

Hawk se mit à jauger l'avocate à l'instant où ils pénétrèrent dans le bureau.

— Je suis navrée de vous avoir fait attendre, dit-elle après avoir enfin raccroché. Ç'a été une matinée frénétique. Une de nos clientes qui devait venir chercher son bébé aujourd'hui a eu un accident de voiture en rentrant du travail hier soir. Elle se trouve en soins intensifs. Du point de vue administratif, c'est une catastrophe.

— Que va-t-il arriver au bébé ? demanda Hawk.

— Les services sociaux vont le garder pour le moment. Mais ne vous inquiétez pas, si cette femme n'est plus en mesure de l'adopter, nous avons une liste d'attente de parents potentiels. Maintenant, que puis-je faire pour vous ?

— Nous aimerions adopter un enfant, déclara Alonsa, bien que Hawk l'ait avertie de le laisser mener la conversation.

Elle était remarquablement déguisée, il devait en convenir. Il aurait reconnu sa démarche sexy et le parfum qu'elle portait n'importe où, mais son apparence aurait trompé la plupart des gens qui la connaissaient.

— Je ne sais pas comment vous avez obtenu mon nom, répondit Caroline, mais vous êtes au mauvais endroit. Je me contente de gérer les documents. Si vous êtes intéressés par une adoption, vous devez vous rendre à l'agence située dans la rue principale. Je peux vous donner l'adresse et le numéro de téléphone.

— Ce sont les documents qui nous préoccupent, admit Hawk. Comment pouvons-nous être certains que les parents biologiques ne peuvent pas venir réclamer le bébé une fois que nous aurons payé et que nous nous serons attachés à lui ou à elle ?

— Le contrat est très clair. Ils renoncent à tous leurs droits sur l'enfant.

— Et qu'arrive-t-il s'ils tentent de revenir sur ce contrat ? reprit Hawk.

— Nous ne leur révélons jamais le nom des parents adoptifs. Ils n'ont aucun moyen de vous retrouver. Mais si cela continue à vous inquiéter, vous devriez en parler aux gens de l'agence. Je suis sûre qu'ils pourront vous rassurer.

— Où les documents sont-ils conservés ? Vous êtes sûre qu'on ne peut pas trouver toutes les informations qu'on veut sur Internet ?

— Si vous adoptez un enfant, vous devenez ses vrais parents. Et je peux vous assurer que les dossiers sont confidentiels et qu'il est impossible d'y avoir accès via Internet. Ils sont conservés dans un coffre-fort à l'agence.

— Pas ici ?

— Pas une fois que les démarches sont closes et que les documents ont été signés par les deux parties.

Autrement dit, il n'y avait aucune raison de s'introduire dans son bureau. Hawk avait obtenu ce qu'il désirait savoir. Il ouvrit son calepin en se disant qu'il pouvait prendre le risque de mettre cette femme en colère à présent.

— J'ai un aveu à vous faire, dit-il. Nous ne cherchons pas réellement à adopter un bébé. En fait, je suis détective privé et nous essayons de retrouver la trace de la sœur de cette dame.

Il désigna Alonsa de la tête.

— Elle pense que sa sœur a peut-être adopté un bébé par l'intermédiaire de l'agence que vous représentez et il est important qu'elle la contacte.

Alonsa décroisa les jambes et le dévisagea sous sa perruque châtaine.

Caroline foudroya Hawk du regard.

— Vous avez perdu votre temps, monsieur Taylor. Toutes les informations qui concernent mes clients sont strictement confidentielles.

— Je vous demande seulement de me dire si vous la reconnaissez.

Il poussa le croquis vers elle.

Caroline ne le ramassa pas, mais il l'observa avec attention alors qu'elle baissait les yeux sur le portrait. Il n'y eut absolument aucune réaction de sa part. Hawk eut la certitude qu'elle n'avait pas engagé cette femme pour enlever Lucy.

Ils étaient revenus à la case départ.

Ils retournèrent à la maison d'hôtes pour prendre leurs bagages. Alonsa voulait se débarrasser de sa perruque, se laver le visage pour enlever les fausses marques d'acné et enfiler une tenue plus seyante que le tailleur morne qu'elle portait et qui lui donnait l'air franchement dodue. Hawk se demandait d'ailleurs comment elle avait accompli cet exploit.

Il décida de l'attendre dans le jardin, où le propriétaire était occupé à planter quelques fleurs dans les parterres. S'il restait avec Alonsa pendant qu'elle se changeait, il finirait peut-être par passer une autre nuit à Houston.

A vrai dire, il n'aurait pas vu d'inconvénient à le faire mais Alonsa avait hâte de retourner à Dobbin et d'aller chercher Brandon au Double M. Elle faisait de son mieux pour cacher sa déconvenue après le rendez-vous de ce matin, mais il la connaissait trop bien maintenant pour se laisser tromper.

Au bout de deux ans d'attente, d'efforts, d'inquiétudes et de faux espoirs, elle en était toujours au même point. Il ne savait pas comment elle avait la force de persévérer. L'amour maternel, sans doute. A l'évidence, sa propre mère n'avait pas ce gène-là.

L'homme s'essuya les mains sur son tablier.

— Ma femme m'a dit que vous étiez de Dobbin, dit-il.

— Oui. Pas depuis longtemps, à vrai dire.

— Vous vous y plaisez ?

— Je commence à m'y plaire, oui.

Hawk avait du mal à se concentrer sur la conversation. Il était encore tout excité après avoir fait l'amour avec Alonsa et il brûlait de recommencer. Car ils recommenceraient, il le savait. Ils avaient franchi une ligne, et ils ne pouvaient plus faire marche arrière.

Evidemment, leur situation n'avait pas changé, mais faire l'amour à Alonsa était comme une drogue dont il ne pourrait plus se passer.

Il bavarda quelques minutes avec le propriétaire, puis prit congé de lui en voyant Alonsa se diriger vers le pick-up, son sac de voyage à la main.

L'homme suivit son regard, visiblement admiratif.

— Jolie femme. Vous avez de la chance, mon vieux.

— Beaucoup de chance.

Pour l'instant, du moins.

Après une demi-heure passée à disséquer leur entretien avec Caroline Wardman, Alonsa choisit un CD dans la collection de Hawk et l'inséra dans le lecteur. La voix de Keith Urban s'éleva dans les haut-parleurs.

Elle tira sur sa ceinture de sécurité et changea de position sur son siège.

— Je crois que je commence à aimer le Texas, dit-elle.

Hawk sourit, mais garda les yeux rivés sur la route. La circulation était dense en ce début d'après-midi.

— J'ai mal entendu ou je viens vraiment d'entendre miss New York admettre qu'elle s'est laissée séduire par le Sud ?

— Le Texas a son charme. La vie est plus calme qu'à New York, surtout au ranch. Les hivers sont fantastiques. Et les Texans sont si amicaux qu'on ne peut pas ne pas se sentir chez soi ici.

— Linney et toi, vous vous entendez bien, n'est-ce pas ?

— C'est une amie géniale, la meilleure que j'ai eue depuis le lycée.

— C'est une remarque qui en dit long.

Oui. J'adorais le lycée. L'université, ç'a été différent. Je savais que je voulais devenir danseuse et les études semblaient être une perte de temps. J'ai quitté la fac au milieu de ma première année et je suis partie à New York.

— Comment tes parents ont-ils réagi ?

— Mon père était furieux, mais il s'est déridé quand il est venu assister à ma première revue. Ma mère m'a toujours comprise. Et puis, j'ai tout arrêté pour me marier et avoir des enfants, et tu connais le reste de l'histoire.

Le reste de l'histoire. Sa quête incessante pour retrouver sa fille, son combat perpétuel pour garder la foi, en dépit de l'anxiété et du chagrin qui la minaient.

Hawk était convaincu que la clé de la disparition de Lucy se trouvait quelque part dans le passé d'Alonsa. Plus il en apprenait sur sa vie, plus il aurait de chances de mettre le doigt sur le fait qui lui permettrait de résoudre le mystère de l'enlèvement et des appels téléphoniques.

— Que pensaient tes parents de Todd ?

— Il leur a plu au début. C'était un charmeur. Les gens l'aimaient tout de suite, surtout les femmes. Il était comme toi, en un sens.

— Aïe.

— Ne t'inquiète pas. Il y a une grande différence entre vous deux. Son charisme n'était que superficiel.

Une fois qu'on le connaissait, on se rendait compte qu'il n'avait aucune profondeur. Il m'a fallu des années pour l'admettre, bien sûr. Toi, par contre, tu es incroyablement beau, mais en plus, tu as du caractère et beaucoup de sensibilité. Plus je te découvre, et plus je suis séduite.

— Un peu comme avec le Texas.

— Si le Texas était un amant, sensuel, excitant, bouleversant.

Hawk ressentit une pointe de malaise. Elle tirait trop de conclusions de ce qui s'était passé la veille au soir, voyait en lui des qualités qui n'existaient pas et qui n'existeraient jamais.

— Où sont tes parents à présent ? s'enquit-il, désireux de passer à autre chose.

— A Anchorage. J'ai été élevée à Phoenix, et puis mon père a été transféré en Alaska à l'époque où j'étais à l'université. Ils ont eu du mal à s'adapter au climat et à la culture, mais ils s'y plaisent énormément maintenant. Ma mère a passé trois mois avec Brandon et moi après la disparition de Lucy. Elle supportait mal l'humidité du Texas, mais elle a été fantastique.

— Que pensent-ils de ces appels téléphoniques ?

— Je ne leur en ai jamais parlé. Ils s'inquiéteraient trop pour moi et pour Lucy. J'essaie de leur éviter des souffrances supplémentaires. En revanche, je leur ai parlé de toi. Ma mère souhaite de tout son cœur que tu réussisses.

— Tant mieux.

— Ç'a dû être génial pour toi de grandir dans un ranch, commenta-t-elle, changeant brusquement de sujet.

— Génial, oui.

Il n'allait pas lui expliquer qu'il était le fils d'un ivrogne qui passait son temps à le rouer de coups.

— Vous aviez des chevaux et des 4x4 et vous faisiez des rodéos ?

— Tout ça.

— Ce n'est pas un de ces jeux où tu es obligé de répondre en moins de cinq mots, Hawk.

— Pardon. Je suis préoccupé, je suppose. Peut-être qu'on devrait plutôt parler du Texas.

Alonsa tendit la main vers lui et effleura son cou du bout des doigts.

— Disons que je trouve chaque jour plus de choses à aimer ici.

Ils firent une halte en route pour manger un burger, et il était 2 h 30 de l'après-midi quand ils arrivèrent au Double M pour récupérer Brandon, Carni, et la voiture d'Alonsa. Hawk avait pensé rester là, mais Alonsa avait une autre idée en tête.

Elle avait pris sa suggestion à cœur et voulait qu'il fasse le tour du ranch avec elle pour l'aider à établir une liste des tâches à effectuer en vue d'élever quelques têtes de bétail.

Quant à Hawk, il ne demandait pas mieux que de passer du temps en sa compagnie, même chaperonné par son fils de trois ans.

Il se gara derrière elle dans l'allée. Carni bondit hors de la voiture à la seconde où elle ouvrit la portière et se mit à aboyer plus frénétiquement encore que d'habitude. Il s'immobilisa au pied des marches, grondant comme s'il voulait effrayer un ennemi invisible.

— Il fait toujours ça quand vous avez été absents ? demanda Hawk, perplexe.

— Non. Seulement s'il y a quelque chose qui lui déplaît. Je ne sais pas quelle mouche l'a piqué aujourd'hui. Peut-être qu'il a senti un tatou ou un opossum.

— Peut-être.

Il se tourna vers Alonsa.

— Si tu attendais dans la voiture pendant que je jette un coup d'œil à l'intérieur ?

L'appréhension se lut dans ses yeux noirs. Il n'avait pas voulu lui faire peur, mais l'endroit était isolé, et il avait appris l'importance d'être prudent.

— Si tu crois que quelqu'un est chez moi, nous devrions appeler le shérif, dit Alonsa.

— Tu préfères le shérif à un ex-commando ?

— Tu n'es pas armé.

— J'ai un fusil dans mon pick-up. De toute façon, je serai plus efficace qu'un shérif, avec ou sans.

Même s'il n'était pas certain que ce soit vrai, il tenait à rassurer Alonsa.

— Vas-y, mon preux chevalier.

Elle lui remit ses clés, puis se retourna vers Brandon endormi dans son siège.

— Laisse-le dormir, dit Hawk. Je viendrai le chercher dès que j'aurai inspecté la maison. C'est juste par précaution. Je ne pense pas qu'il y ait un problème, mais le cas échéant, enferme-toi à clé dans le pick-up et appelle Cutter.

Hawk avait des doutes quant à la rapidité d'une

intervention de la police. En revanche, il n'en avait pas au sujet de Cutter, et d'ailleurs, ce dernier n'habitait qu'à quelques minutes de là. Il alla chercher son fusil, dépassa Carni et gravit les marches.

La porte était fermée à clé. Il l'ouvrit lentement, tendant l'oreille avant de pénétrer dans la maison. Carni cessa d'aboyer et le suivit. Il remuait la queue, comme s'ils avaient traversé la zone dangereuse et que les lieux étaient redevenus sûrs.

Au bout de quelques minutes, Hawk parvint à la même conclusion. Pour autant qu'il puisse en juger, rien n'avait été dérangé, et aucun intrus ne rôdait là.

Il se baissa et tapota la tête de Carni, puis il retourna à la voiture.

— Rien à signaler, dit-il en s'approchant. Je vais emmener Brandon et je reviendrai chercher les bagages.

— Merci, dit Alonsa.

Elle prit son sac à main sur le siège avant pendant que Hawk soulevait Brandon dans ses bras. L'enfant ouvrit les yeux, le reconnut et se nicha contre son épaule.

Un nœud se forma alors dans la gorge de Hawk. Il était si ému qu'il pouvait à peine déglutir. Il n'était pas sûr d'avoir jamais tenu dans ses bras un enfant de cet âge. Ni même aucun enfant, d'ailleurs.

Alonsa s'arrêta à la boîte aux lettres. Il la dépassa et entra dans la maison, plongé dans d'amers souvenirs.

Il se demanda si son père l'avait jamais porté dans ses bras ainsi. Si oui, comment avait-il pu passer de cet instinct protecteur à la violence dont il avait usé avec lui ? Comment avait-il pu… ?

Il se raidit, l'acide lui brûlant l'estomac. Il se refusait à penser à cela. Il ne servait à rien de ressasser le passé.

Il poussa la porte de la chambre de Brandon et traversa la pièce, enjambant des cubes et un tracteur en plastique pour atteindre le lit. Une photo de Brandon dans les bras de Todd était posée sur la table de chevet. Hawk déposa doucement l'enfant, veillant à ce que sa tête repose sur l'oreiller, puis il étudia le cliché.

A quoi Todd pensait-il en tenant son bébé ainsi ? Que ressentait-il ? S'il avait su qu'il mourrait si jeune, aurait-il agi différemment avec Alonsa ?

Brandon était un gentil petit garçon. Il avait besoin d'un père pour l'aimer comme son vrai père n'avait pas eu le temps de le faire. Hawk ne se berçait pas d'illusions au point de croire qu'il était cet homme-là.

Un cri sourd résonna à ses oreilles. Le genre de cri qu'un homme lâche quand il est à l'agonie. Il l'entendit de nouveau, mais cette fois il comprit qu'il ne venait pas de son imagination.

Alonsa.

12

Alonsa s'agrippait des deux mains à la table de la cuisine, les jointures de ses doigts étaient blanches, son visage blême. Déconcerté, Hawk parcourut rapidement les lieux du regard. Il n'y avait pas de traces de sang, ni d'une quelconque blessure.

Elle n'avait pas reçu d'appel téléphonique, car il aurait entendu la sonnerie. Il se plaça derrière elle et l'entoura de ses bras, l'attirant à lui.

— Qu'y a-t-il, mon cœur ?

— Regarde.

Lâchant la table, elle s'empara d'un cliché posé sur une pile d'enveloppes dont la plupart n'avaient pas encore été ouvertes. Sa main tremblait.

Il prit la photo. Une sensation de nausée l'envahit, et il comprit le désespoir qu'il avait perçu dans la voix d'Alonsa.

C'était une photo de Lucy, plus âgée que sur celles qu'il avait vues dans les cadres éparpillés dans la maison, mais clairement reconnaissable. Elle était assise dans un pré, au milieu d'un tapis de fleurs, souriante.

Sauf que les fleurs n'étaient pas des fleurs, remarqua-t-il en examinant le cliché avec plus d'attention.

C'étaient des taches de sang qui dégoulinaient du corps d'un bébé que Lucy tenait dans ses bras. Un message avait été griffonné au dos de la photo.

Aide-moi, maman !

C'était immonde, révoltant, même pour Hawk qui avait vu bien des horreurs.

— Où as-tu trouvé cela ?

— Dans cette enveloppe. Il n'y avait pas de message, seulement la photo. Elle était avec le courrier normal.

Il ramassa l'enveloppe, veillant à ne toucher que le coin au cas où on trouverait des empreintes. Le nom d'Alonsa était écrit dessus, d'une écriture qui semblait appartenir à un enfant. Il n'y avait pas d'adresse, et pas d'autre signe distinctif.

Elle avait dû être apportée par l'auteur de cette macabre mise en scène. Sans doute était-ce l'odeur de cet intrus que Carni avait flairée sur les marches.

— C'est Lucy, murmura Alonsa d'une voix étranglée. Elle est en vie, mais dans quel enfer vit-elle ?

Hawk remit l'enveloppe sur la table et étudia la photographie.

— Elle ne vit peut-être pas dans un enfer.

— Comment peux-tu dire cela en regardant cette image ? Elle tient un bébé mort dans ses bras !

La voix d'Alonsa frôlait l'hystérie.

— Elle sourit, lui fit remarquer Hawk.

— C'est encore pire. Ma Lucy. Ma pauvre Lucy. Qu'est-ce que ce monstre a fait d'elle ?

Alonsa éclata en sanglots, le corps secoué de tremblements.

Hawk la serra contre lui, la réconfortant du mieux

qu'il pouvait tout en continuant à examiner le cliché. Quand Alonsa se fut un peu apaisée, il la lâcha le temps d'attraper un morceau d'essuie-tout et sécha les larmes qui roulaient sur ses joues.

Elle prit la feuille et se moucha.

— Ce n'est peut-être pas aussi grave que tu le crains, Alonsa.

Elle tressaillit et se dégagea brusquement.

— Ne me raconte pas de mensonges, Hawk. Je ne suis pas idiote. Je sais ce que je vois.

— Alors assieds-toi et dis-moi ce que tu vois.

Elle resta debout. Et quand son regard se posa sur la photo, les larmes lui montèrent de nouveau aux yeux. Elle porta une main à son ventre.

— Je crois que je vais vomir, murmura-t-elle.

— A ton avis, combien de temps après l'enlèvement cette photo a-t-elle été prise ? insista-t-il, s'efforçant de dépasser l'horreur pour atteindre un semblant d'objectivité.

Alonsa étouffa un sanglot et prit une autre feuille d'essuie-tout.

— Au moins un an.

— Elle a l'air en bonne santé, observa Hawk. Elle semble bien nourrie, il n'y a pas de marques ni de cicatrices visibles.

— Elle tient un bébé mort dans les bras ! Et si c'est lié à ce trafic d'enfants ? S'ils l'ont forcée à tuer ce bébé ou à assister à son meurtre ? C'est ma faute. Je n'aurais jamais dû lâcher sa main. J'aurais dû la retrouver !

Alonsa se détourna.

— Je ne peux pas supporter de regarder ça, Hawk. Je ne peux pas.

— As-tu une loupe quelque part ?

— Dans le tiroir sous la cafetière. Mais je ne veux pas en voir davantage.

Hawk alla chercher la loupe et se pencha sur le cliché.

— Regarde bien le visage de ce bébé.

Alonsa se détourna.

— Non. J'en ai assez vu.

— Je ne crois pas que ce soit un vrai bébé, dit Hawk. Et d'ailleurs, même s'il est réel, les mains qui le tiennent ont été changées. Elles ne vont pas parfaitement avec les poignets de Lucy.

— Que veux-tu dire ?

— Que quelqu'un a fait un montage. Quelqu'un qui s'y connaît en photo numérique et qui a mélangé plusieurs clichés pour en faire un seul.

Alonsa trouva enfin le courage de prendre la loupe à son tour et d'examiner la photo.

— Fais bien attention à ne pas la toucher, avertit Hawk. Nous l'enverrons au FBI pour qu'ils vérifient s'il y a des empreintes dessus. Ils devraient obtenir des résultats plus rapides que la police locale.

— Je n'y avais pas pensé. Je l'ai touchée tout à l'heure et l'enveloppe aussi.

— Ils pourront peut-être trouver quelque chose quand même.

— C'est vrai que la photo a l'air d'avoir été trafiquée. Même si c'est un vrai bébé, Lucy ne le tient peut-être pas.

Le soulagement perçait dans sa voix encore brisée par l'émotion.

— La personne qui a enlevé Lucy ne l'a pas tuée, dit Hawk. Si elle avait voulu la tuer, elle n'aurait pas attendu aussi longtemps.

Des larmes roulèrent de nouveau sur les joues d'Alonsa.

— Lucy est vivante, murmura-t-elle. J'ai toujours voulu le croire, mais jusqu'à aujourd'hui je ne pouvais pas en être sûre. Maintenant je le suis.

Hawk n'en était pas aussi certain qu'elle. De plus, un autre point le taraudait. Si Lucy était bel et bien en vie, elle se trouvait apparemment avec la personne qui avait trafiqué cette photographie, autrement dit un être dont l'équilibre mental était profondément perturbé. A n'en pas douter, c'était cette même personne qui téléphonait régulièrement à Alonsa pour la tourmenter.

— Il faut qu'on la trouve, Hawk.

Certes, et le plus tôt possible, se dit Hawk. Le fait que l'auteur de l'enlèvement ait apporté ce message en personne signifiait que, d'une part, il savait où Alonsa habitait, et que, d'autre part, son état mental était probablement en train de se détériorer.

Alonsa s'éloigna de la table et repoussa ses cheveux en arrière.

— Pourquoi ? interrogea-t-elle. Pourquoi me faire subir tout cela ? Comment quelqu'un peut-il m'en vouloir à ce point ?

C'était précisément à cette question qu'ils devaient répondre avant que la personne qui avait kidnappé Lucy n'aille encore plus loin, et que la vie d'Alonsa ne soit elle aussi menacée.

— J'ai passé des heures et des heures à y réfléchir, reprit-elle. Je n'ai jamais rien fait qui puisse justifier tant de cruauté, et Lucy encore moins, évidemment. Tout cela est absurde.

Elle recommençait à s'agiter. Non sans raison, songea Hawk.

— Tu as toujours cette bouteille de vin ? demanda-t-il.

— Elle est dans le frigo. Je l'avais mise au frais pour ce week-end.

— Je crois qu'un verre t'aiderait à te détendre un peu avant que Brandon se réveille.

Elle acquiesça.

— Je vais la déboucher.

Ils emportèrent le vin au-dehors et continuèrent à parler. Alonsa ne versa pas d'autres larmes mais Hawk savait qu'elle était bouleversée. Sans doute ne parviendrait-elle pas à effacer cette photo de son esprit tant que Lucy ne serait pas retrouvée saine et sauve.

Quel monstre pouvait faire endurer pareil calvaire à une mère et à une petite fille innocente ?

Il n'aurait de cesse de le découvrir. Et le jour où il tiendrait le coupable, il serait sans pitié.

Jusque-là, il veillerait à ce qu'Alonsa et Brandon ne soient plus jamais seuls dans cette maison.

Hawk roula sur le côté, s'efforçant de trouver une position confortable sur le lit, lequel n'était pas assez ferme à son goût. Il pouvait dormir sans difficulté à même le sol ou sur une couchette de l'armée, mais un matelas douillet lui donnait l'impression de se noyer dans un océan de coton.

Il avait été relégué au rez-de-chaussée, dans la chambre d'amis de la jolie maison d'Alonsa. Il ne voulait pas laisser Alonsa seule, et ni elle ni lui n'étaient prêts à partager un lit alors que Brandon était présent.

Hawk avait contacté le FBI. Il était convenu qu'il se rendrait à Houston le lendemain après-midi pour remettre la photo et l'enveloppe à un agent du FBI. Craig Dalliers avait promis de demander une analyse urgente des deux objets.

Pour sa part, Alonsa allait passer la journée avec Linney et rester au Double M jusqu'à ce qu'il revienne de Houston.

Le shérif et ses adjoints avaient accepté de surveiller la route qui menait au ranch d'Alonsa et de faire des rondes autour de la maison. De plus, Hawk avait chargé une société recommandée par Cutter de venir installer des caméras de surveillance dans la propriété.

De son côté, Cutter était en train d'organiser une protection rapprochée d'Alonsa pour les moments où Hawk ne serait pas disponible.

Si traumatisante qu'ait été la réception de ce cliché, elle avait au moins eu le mérite de relancer l'enquête. A présent, Hawk n'avait plus qu'à grappiller quelques heures de sommeil pour recharger ses batteries avant le lendemain.

Ses pensées retournèrent à Alonsa. Quelques jours plus tôt, Cutter lui avait demandé s'il était en train de tomber amoureux d'elle. A cet instant précis, il ne pouvait plus nier. Il n'était pas en train de tomber amoureux. Il l'était déjà.

Pourtant, cela ne changeait rien.

Au bout d'un moment, il sombra dans le demi-sommeil où la réalité se confond avec le subconscient. Il était de retour dans la maison d'hôtes, et regardait Alonsa retirer une robe noire sexy. Elle se tournait vers lui, vêtue en tout et pour tout d'un slip en dentelle transparente qui recouvrait à peine le triangle noir et doux de son pubis.

Elle lui prit la main et l'invita à danser avec elle. Ils étaient tous les deux nus à présent, leurs corps pressés l'un contre l'autre…

Un grincement s'immisça dans la musique.

Hawk se redressa en sursaut, tous les sens en alerte. Le bruit se répéta. Quelqu'un descendait l'escalier. Il se glissa à bas du lit et ouvrit la porte au moment où Alonsa atteignait la dernière marche.

Elle portait une chemise de nuit couleur rubis qui épousait ses seins avant de s'évaser en plis souples jusqu'à mi-cuisse. Un peignoir léger jeté sur ses épaules ne gâchait en rien le spectacle. Hawk resta immobile à la contempler, incapable d'articuler un son.

— Je ne pouvais pas dormir, expliqua-t-elle. J'ai pensé qu'un verre de lait me ferait du bien. Je t'ai réveillé ?

— Non, mentit-il. Tu veux de la compagnie ?

— Avec plaisir.

Il alla chercher des verres. Elle les remplit et lui en tendit un avant de se pelotonner sur une chaise à côté de lui.

— Tu dors toujours en…

— … déshabillé ? acheva-t-elle à sa place.

— Oui, enfin avec un truc comme celui-ci.

— J'ai un faible pour la lingerie sexy. Mais rassure-toi, je ne me promène pas comme ça devant Brandon.

— D'où le peignoir ?

— A vrai dire, il ne se lève jamais la nuit. S'il fait un mauvais rêve ou qu'il a besoin de quelque chose, il m'appelle et je vais le voir.

— Ah bon.

— Je suis contente que tu sois réveillé, Hawk. Je ne crois pas t'avoir remercié de m'avoir aidée à tenir le coup cet après-midi.

— Pas la peine. Je suis là pour ça.

— Si tu n'avais pas été ici quand j'ai ouvert cette enveloppe, je ne sais pas ce que j'aurais fait.

— Tu aurais traversé quelques minutes affreuses et puis tu te serais ressaisie.

— Je n'en suis pas si sûre. C'est drôle, j'ai l'impression de ne plus pouvoir me passer de toi.

Hawk se sentit mal à l'aise. Il n'aimait pas le tour que prenait la conversation.

— C'est seulement parce que je recherche Lucy. Quand tout sera terminé, tu n'auras plus besoin de personne, et surtout pas de moi.

— Je crois que si. J'aime bien que tu sois avec moi, Hawk.

La poitrine de Hawk se comprima.

— Moi aussi, Alonsa, mais ne t'emballe pas trop. Je ne suis pas l'homme que tu imagines.

Son visage se ferma. Elle poussa un soupir et croisa les jambes.

— Pourquoi cherches-tu à t'éloigner à chaque fois que j'essaie de me rapprocher de toi ? Je n'étais pas en train de te demander en mariage. Je voulais juste que tu saches que je suis folle de toi et que je trouve que nous allons bien ensemble.

— Dans ce cas, oublie ce que je viens de dire.

— Nous avons fait l'amour, poursuivit-elle, faisant comme s'il n'avait rien dit. Nous n'avons pas seulement couché ensemble, nous avons fait l'amour. Je connais la différence et il faut être deux pour faire ça.

— Je ne veux pas me disputer avec toi ce soir, Alonsa. Tu as eu une journée assez dure comme ça.

Hawk termina son lait et alla rincer son verre.

— Nous devrions tous les deux essayer d'aller dormir un peu.

L'expression d'Alonsa s'adoucit.

— Il y a quelqu'un d'autre ? Quelqu'un que tu as quitté pour venir ici et dont tu es encore amoureux ?

— Bon sang, Alonsa ! Tu crois que je t'aurais fait l'amour hier soir si j'étais amoureux d'une autre ?

— Il fallait que je te pose la question, Hawk. Il fallait que je sache.

— Il n'y a personne d'autre, rétorqua-t-il, exaspéré. Il n'y a personne depuis des années. Maintenant va te coucher. Nous parlerons demain.

Il s'éloigna et sortit de la cuisine. Il ne voulait pas la faire souffrir. Jamais il n'aurait dû laisser les choses en arriver là.

Une fois dans la chambre, il s'étendit sur le lit, complètement réveillé à présent. La dure réalité avait remplacé les rêves. Il ne saurait pas la rendre heureuse. Il n'en était pas capable.

— C'est à cause de ta mère, n'est-ce pas ?

Hawk soupira. Alonsa se tenait dans l'embrasure de la porte, sa hanche adossée au chambranle, ses seins pointant sous la dentelle rubis. Cette torture n'allait-elle donc pas prendre fin ?

— Ma mère n'a rien à voir là-dedans.

— Alors, c'est à cause de ton père. Tu changes toujours de sujet quand je te pose des questions sur ta vie au ranch. Tu te replies sur toi-même.

Les muscles de l'estomac de Hawk se nouèrent.

— Laisse tomber, Alonsa.

— Que s'est-il passé entre ton père et toi, Hawk ? Que s'est-il passé dans ce ranch ?

Il prit une profonde inspiration. Elle n'allait pas renoncer, et d'ailleurs, quelle importance ? Sans doute méritait-elle de connaître la vérité. N'avait-il pas profité de sa vulnérabilité, du fait qu'elle avait confiance en lui ? Ne s'était-il pas immiscé dans sa vie privée ?

— Bon. Tu veux savoir pourquoi je ferais un mauvais mari et un mauvais père ? Je vais te le dire.

— Pas en moins de cinq mots, Hawk. Ça ne suffira pas.

— Il y en aura plus de cinq. Et je ne veux pas que tu m'interrompes avant que j'aie fini.

Elle vint s'asseoir au bord du lit.

— Marché conclu.

13

— Je n'ai presque aucun souvenir de ma mère. Elle nous a quittés, mon père et moi, l'année où je suis entré à l'école. Au bout d'un moment, je me suis lassé des gens qui me demandaient quand elle allait revenir et j'ai prétendu qu'elle était morte. Je n'ai jamais eu de nouvelles d'elle. Jamais reçu de carte, de photo ou de cadeau, alors au fond, c'est comme si elle était morte.

— C'est très triste, murmura Alonsa. As-tu jamais…

Hawk leva la main pour lui imposer silence.

— Oui, se hâta-t-elle de dire. Pas d'interruption. Pardon.

— Après son départ, une vieille femme venait chez nous chaque soir faire la cuisine. Le reste du temps je mangeais des céréales ou des sandwichs au beurre de cacahuètes.

Alonsa ravala des paroles de compassion. Hawk ne la regardait plus. Les yeux dans le vide, il parlait d'une voix monocorde, comme s'il récitait une histoire qui ne le concernait pas.

En réalité, c'était tout le contraire. Tout son langage corporel indiquait la douleur, le repli sur lui-même.

— La plupart du temps, mon père était une sorte

de gentil géant. Quand il riait, on avait l'impression que son rire résonnait en lui. Il racontait des plaisanteries, il tapait dans le dos des gens, il chiquait du tabac. Tous les cow-boys qui travaillaient au ranch l'appréciaient. Ils m'aimaient bien, moi aussi. Ils m'ont appris à monter à cheval, à attraper un veau au lasso, et quand j'ai été plus grand, à dresser un bronco.

Il marqua une brève pause.

— C'étaient les seuls amis que j'avais. Je n'invitais jamais de camarade d'école à la maison. Je ne savais pas quand mon père allait se mettre à boire du whisky et j'avais peur de ce qu'il risquait de faire.

Hawk se leva et se mit à arpenter la petite chambre. Ses muscles étaient bandés, ses biceps durs comme de l'acier. Tout en lui avait beau respirer la virilité, Alonsa devinait derrière cette façade le petit garçon effrayé qu'il avait été et cela la touchait bien plus que son statut de héros n'aurait pu le faire.

— Je suppose que je l'aimais, ajouta-t-il. C'était mon père. Mais quand il avait bu, il devenait méchant. J'essayais de me tenir à l'écart, je passais la nuit à dormir dehors, à même le sol, ou bien je me faufilais dans le dortoir des cow-boys et je montais sur une couchette inoccupée. D'autres fois, je n'arrivais pas à m'esquiver. Ces soirs-là, il me frappait.

Hawk cessa de faire les cent pas et fixa la fenêtre, écartant les rideaux en dentelle blanche de sa main rugueuse.

Alonsa brûlait de s'approcher de lui, de poser la tête contre son épaule et de l'entourer de ses bras. Cependant, il était si plongé en lui-même, si coupé d'elle et de l'homme qu'il était devenu qu'il ne sentirait peut-être même pas son corps pressé contre le sien. Mais s'il le sentait, il cesserait de parler. Et il fallait qu'il parle, qu'il se libère de tout cela, pour lui autant que pour elle.

— Curieusement, mes souvenirs les plus nets sont ceux de la première et de la dernière fois où il m'a battu. Tous les autres se confondent. La première fois, c'était juste après le départ de ma mère. Je pleurais parce qu'elle me manquait et il m'a crié de me taire. Comme je continuais à pleurer, il s'est mis à m'insulter, à me dire que c'était à cause de moi qu'elle était partie, qu'elle n'avait jamais voulu avoir d'enfant.

Le cœur d'Alonsa se serra. Hawk n'avait que six ans à l'époque. L'âge que Lucy avait à présent. Quelqu'un maltraitait-il sa Lucy de cette manière ?

Elle souffrait pour Hawk, éprouvait sa douleur comme si elle était gravée en elle. Comment pouvait-on être aussi cruel envers un enfant innocent ?

Pourtant, cela arrivait. Hawk en était la preuve vivante.

— Parfois, la boucle de son ceinturon m'entaillait la chair au point que, le lendemain, la plaie me faisait si mal que je ne pouvais pas m'habiller. Je restais à la maison et je regardais la télé, et je me disais que ça valait la peine d'avoir été battu puisque je manquais l'école.

Il marqua une pause.

— C'était un peu comme un jour de vacances, parce que mon père regrettait toujours de m'avoir battu. Il ne s'excusait pas, mais pendant quelques jours il était vraiment gentil.

Il se tut et garda le silence si longtemps qu'Alonsa

se demanda s'il avait fini. Malgré tout, il restait devant la fenêtre, lui tournant le dos, évitant son regard.

— Que s'est-il passé la dernière fois ? murmura-t-elle enfin. Qu'est-ce qui l'a finalement poussé à arrêter ?

— Un fusil.

Il avait parlé si bas qu'elle dut tendre l'oreille pour saisir ses paroles. Elle se rapprocha du pied du lit pour être plus près de lui.

— Au fur et à mesure que je grandissais, les corrections devenaient de plus en plus violentes. Un samedi soir, juste après mes seize ans, je suis rentré à la maison vers 18 heures. Je venais de gagner mon premier rodéo. J'étais tout excité, j'avais hâte de lui raconter ça.

Les épaules de Hawk se tassèrent.

— Il était ivre. Mais à ce moment-là, j'étais presque aussi fort que lui. Quand il m'a frappé, j'ai riposté. Il est allé dans la cuisine et il a pris un couteau. Il m'a touché du premier coup et après, j'ai été incapable de me défendre. La blessure était profonde. J'ai cru que j'allais mourir.

— Qu'est-il arrivé ? demanda Alonsa, la gorge nouée.

— Il a perdu connaissance. Je me suis traîné au-dehors et je me suis évanoui à mon tour. Un des cow-boys m'a trouvé là, le lendemain matin, dans une mare de sang. Il m'a emmené chez le propriétaire et ils m'ont conduit à l'hôpital. Je n'ai jamais expliqué ce qui m'était arrivé, et personne ne m'a posé de questions.

Parce qu'ils savaient. Ils devaient savoir que Hawk était brutalisé depuis des années, mais aucun n'avait jamais essayé d'intervenir. Tous étaient coupables, et c'était Hawk qui avait payé pour leur lâcheté, ou leur indifférence.

— Pendant que j'étais à l'hôpital, j'ai décidé de quitter le ranch. Je me disais que je pourrais trouver un boulot de cow-boy dans un autre ranch de la région. Je connaissais le métier. Il me plaisait.

— Tu es parti ? souffla-t-elle.

— Non.

Enfin, Hawk se tourna et lui fit face.

— En rentrant à la maison, j'ai trouvé le corps de mon père et une lettre qui m'était adressée. Il s'était tiré une balle dans la bouche. Dans sa lettre, il me disait qu'il m'aimait et qu'il me demandait pardon. Jamais il ne m'avait dit ces mots-là de son vivant.

Alonsa se pelotonna sur elle-même, les bras autour de ses jambes. Elle aurait voulu serrer Hawk contre elle de la même manière. Il était facile de voir comment il était devenu un héros. Il avait voulu faire ses preuves, encore et encore. Et cela continuait. Sauf que, maintenant, il se faisait du mal tout seul.

— Tu n'es plus ce petit garçon, Hawk.

— Je sais. Tout ça, c'est du passé, mais je sais qui je suis, Alonsa. J'ai cessé d'éprouver des émotions, il y a des années, et il n'y a pas de formule magique qui me permette de recommencer.

— Tu n'as pas besoin de formule magique, Hawk. Tu te replies délibérément sur toi-même. Tu te fermes et tu essaies de ne rien ressentir, mais tu éprouves des émotions.

— Ne me fais pas la leçon, Alonsa. On me l'a faite assez souvent.

— J'essaie seulement de t'atteindre, Hawk.

— N'essaie pas. Je t'ai dit ce que tu voulais savoir. Maintenant, laisse tomber.

— Que veux-tu dire par là, au juste ? Que j'ai tort de m'être attachée à toi, tort de vouloir que tu sois dans ma vie ? Que nous ne devrions pas nous embrasser, ni nous toucher, ni faire l'amour parce que tu risquerais d'éprouver quelque chose et que ça détruirait les prétextes que tu invoques pour ne pas avoir de relations ?

— Nous pouvons faire comme tu voudras, Alonsa. Quand tout sera fini et que nous saurons exactement ce qui s'est passé avec Lucy, je pourrai soit rester, soit partir. Mais ne va pas construire ta vie autour de moi. Je ne peux que te décevoir.

Il avait réponse à tout. Il la laissait responsable de son choix : ainsi, s'il se retrouvait seul, il pourrait se dire que ce n'était pas par sa faute. Alonsa n'avait pas besoin d'être psychologue pour déceler les failles dans sa théorie.

— Je suis désolée pour ce qui t'est arrivé, Hawk, mais il est temps que tu cesses de te sous-estimer. Quand tu as envie d'avoir un lien avec quelqu'un, tu y parviens très bien. Avec tes camarades de l'armée, par exemple. Avec moi, cet après-midi, quand tu m'as soutenue alors que j'étais à deux doigts de m'effondrer.

Elle se leva et se dirigea vers la porte, luttant pour refouler ses larmes. Elle mourait d'envie de se blottir dans les bras de Hawk, mais pas s'il devait la rejeter.

— Si tu me déçois, ce sera parce que tu as peur de perdre quelqu'un, comme tu as perdu ta mère et ton père. Eh bien, moi aussi, Hawk, j'ai peur. Peur de perdre l'occasion qui s'offre à nous. Peur de ne jamais découvrir si nous pourrions nous rendre heureux jusqu'à la fin de nos jours.

Elle prit une profonde inspiration.

— Tout ce que je te demande, c'est de nous donner une chance. A toi de décider si tu es prêt à le faire.

Les larmes aux yeux, elle s'éloigna. Cet ultimatum, lancé alors qu'il venait d'affronter les démons de son enfance, tombait sans doute au pire moment. Mais elle aussi avait passé une affreuse journée.

Elle était tendue, bouleversée. Cependant, elle pensait chacun des mots qu'elle avait prononcés. Elle rêvait de tenter sa chance avec Hawk, mais il fallait être deux pour cela.

Alonsa remonta au premier étage. Au lieu de retourner dans sa chambre, elle entra dans celle de Lucy, se jeta sur la courtepointe à fleurs et éclata en sanglots. En dépit de la piètre opinion que Hawk avait de lui-même, elle savait qu'il était un homme sur qui on pouvait compter. Il trouverait sa petite fille et il la ramènerait à la maison.

Et si aucun autre des vœux d'Alonsa ne devait être exaucé, celui-là lui suffirait.

Hawk luttait contre la circulation de la mi-journée avec la férocité qu'il avait autrefois réservée aux tirs ennemis. Mieux valait se concentrer sur les automobilistes inconscients qui zigzaguaient à toute allure entre les voies que de penser à Alonsa.

Il lui avait cédé. Il avait remué des souvenirs qu'il avait passé la moitié de sa vie à tenter d'oublier, et tout ça pour quoi ? Elle n'était pas satisfaite. Non.

Elle s'était mis en tête qu'ils pourraient avoir une relation durable si seulement il voulait bien se donner la peine d'essayer.

Elle pensait qu'il avait peur.

Peur. Lui. Hawk Taylor, ex-commando. Bon sang, il n'avait peur de rien.

Sauf de ne plus faire l'amour à Alonsa.

Autant voir la vérité en face. Il la désirait tant ce matin qu'il avait failli la supplier de l'accompagner en ville pour qu'ils puissent retourner à la maison d'hôtes.

Cependant, faire l'amour avec elle ne résoudrait pas le problème. Au contraire, la situation n'en serait que plus compliquée, et il aurait encore plus envie d'elle.

Il changea de voie pour emprunter la bretelle de sortie de Hardy Toll. En passant par là, il atteindrait le centre-ville plus vite et éviterait les embouteillages. Il avait hâte de remettre la photo et l'enveloppe à l'agent du FBI dont Craig lui avait parlé.

Une seule empreinte, si elle était nette, pourrait les mener à la ravisseuse de Lucy. En son for intérieur, Hawk était beaucoup plus inquiet qu'il ne l'avait montré devant Alonsa. Lorsqu'on avait affaire à un psychopathe, il était impossible de prédire ce qui allait arriver.

Son téléphone portable sonna. Il pressa la touche du haut-parleur.

— Hawk Taylor.

— Bonjour, ici Mitch Gavin, l'ami de Todd.

— Bonjour. Vous avez du nouveau ?

— C'est à propos de ce portrait que vous m'avez envoyé. Je me suis creusé les méninges pour essayer de me rappeler où j'avais pu voir cette femme.

— Et ?

— Je n'en suis pas sûr, mais c'est peut-être l'ex dont je vous ai parlé, celle qui a harcelé Todd pendant un certain temps.

— Michelle ?

— Oui, ou quelque chose comme ça. Ce portrait ne ressemble pas beaucoup à la photo d'elle que j'ai vue, mais je jurerais qu'il y a quelque chose qui m'a fait penser à elle — les yeux, peut-être. Et elle est sûrement assez cinglée pour faire un truc de ce genre.

— Vous êtes sûr que vous ne connaissez pas son nom de famille ?

— Non, mais vous pouvez interroger Craig Dalliers. Il le saura. C'est lui qui l'a renvoyée et…

— Une minute, coupa Hawk, sidéré. Etes-vous en train de dire que Michelle travaillait pour le FBI ?

— C'était une de leurs meilleurs agents avant qu'elle perde la tête et qu'elle commence à inventer toutes sortes de trucs et à saboter les enquêtes de Todd. Je vous l'ai dit, non ?

— Vous avez dit qu'elle avait été renvoyée, pas que c'était une collègue de Todd. Mais ça ne fait rien. Je suis content que vous ayez téléphoné.

Plus que content. Avec un peu de chance, il venait de toucher le gros lot.

Il appela Craig dès que Mitch eut raccroché, mais il tomba sur sa boîte vocale. Il laissa un message lui demandant de le contacter dès que possible, regrettant de ne pas lui avoir fait parvenir un exemplaire du croquis. Peut-être aurait-il identifié la femme tout de suite.

Jamais il ne lui était venu à l'esprit que le FBI ait

recherché l'auteur d'un enlèvement sans jamais soupçonner que le coupable ait pu venir de ses propres rangs. Comme les gens qui vivaient des années durant à côté d'un tueur en série sans s'en douter.

Sauf que, dans ce cas précis, si Michelle avait eu recours à la chirurgie esthétique après son accident de voiture, son apparence avait pu changer considérablement depuis l'époque où elle travaillait pour le FBI.

Néanmoins, ses empreintes digitales seraient dans les archives du personnel. Si elle était coupable, la photo ou l'enveloppe pourraient suffire à la confondre.

Alors il ne resterait plus qu'à remonter sa trace et à espérer que Lucy soit encore en vie.

Sur le point de composer le numéro d'Alonsa, il hésita. Mieux valait attendre qu'il ait parlé à Craig. Elle avait déjà vu trop souvent ses espoirs anéantis.

— Vraiment ? Tu es enceinte ?

Alonsa sauta à bas des marches et alla étreindre Linney.

— Toutes mes félicitations ! C'est fantastique. Depuis quand le sais-tu ?

— Le médecin me l'a appris hier, juste après ton départ. Je ne me doutais de rien. J'étais allée faire une visite de routine. Avec l'organisation de la réception de Marcus et Dani et tout ce qui s'est passé récemment, je n'avais même pas remarqué que je n'avais pas eu mes règles ce mois-ci.

— Tu l'as dit à Cutter ?

— Hier soir. Il est aux anges.

— Je m'en doute.

— J'aurai des tas de questions à te poser, ajouta Linney, visiblement tout excitée. Tu sais, tu devrais venir vivre avec nous en attendant que les choses se calment.

— Je ne peux pas faire ça.

— Je ne vois pas pourquoi, insista Linney. Nous avons une grande maison et Brandon et toi seriez en sécurité. Cutter et Hawk sont ici la plupart du temps et Aurelio y est vingt-quatre heures sur vingt-quatre. Sans parler des trois cow-boys que j'emploie.

— Je ne veux pas t'imposer un dérangement pareil.

— Ce ne serait pas un dérangement. Si tu ne veux pas rester pour la nuit, viens au moins durant la journée, et Hawk pourra coucher chez toi. C'est provisoire, de toute façon, jusqu'à ce qu'on arrête l'individu qui a mis cette photo dans ta boîte aux lettres.

— Nous verrons, répondit Alonsa. Mais après avoir passé la matinée avec Carni et moi, plus Brandon après l'école, tu vas peut-être revenir sur ta proposition.

— Pas question, protesta Linney.

— Cela dit, j'aimerais bien passer du temps avec toi aussi, admit Alonsa. J'ai besoin de conseils.

— A quel sujet ?

— Je songe à acquérir quelques têtes de bétail et je veux me renseigner sur les races qui seraient appropriées.

Linney arqua les sourcils.

— Tu vas faire de l'élevage ?

— Tu as l'air surprise.

— Un peu, mais je suis contente. Tu as toujours parlé de retourner à New York. J'avais l'impression que tu ne te plaisais guère à Dobbin.

— Il m'a fallu un certain temps, mais j'ai beaucoup réfléchi et je crois que j'aimerais que Lucy et Brandon grandissent ici. Quand Lucy reviendra, elle aura besoin de sécurité et de beaucoup d'attention. Je veux pouvoir me consacrer à elle. Il me semble que ce sera plus facile ici qu'à New York.

Linney se pencha et l'étreignit à son tour.

— Tu es si courageuse, Alonsa. Je ne sais pas si je pourrais l'être autant.

— Tu dis cela parce que je fais des projets en supposant que nous allons retrouver Lucy ?

— Non, je dis cela parce que j'admire ta détermination et le fait que tu restes positive.

— Ce n'est pas faire preuve de courage que de croire au retour de Lucy, Linney. C'est juste que je n'ai pas la force d'envisager le contraire.

Malgré tout, Alonsa était résolue à faire des projets d'avenir, avec ou sans Hawk Taylor. Elle ne voulait pas se mentir à elle-même. Bien qu'ils se connaissent depuis très peu de temps, elle s'était profondément attachée à lui.

A quoi bon se voiler la face ? Elle l'aimait. Malheureusement, le passé de Hawk et la manière dont il l'appréhendait étaient un obstacle à leur relation.

La question était de savoir s'il voulait le surmonter.

— Excuse-moi un instant, Linney. Je dois téléphoner à Esteban pour lui demander s'il a des rendez-vous pour moi cette semaine. Si je veux acheter du bétail, il faut que je commence à gagner un peu d'argent.

— Pas de problème. Et si Esteban a besoin de toi cet après-midi, je serai ravie de garder Brandon.

— Je ne peux pas te demander ça. Tu es enceinte. Tu as mieux à faire que surveiller un enfant turbulent.

— Au contraire. Il faut que je m'entraîne, répliqua Linney en souriant.

— Dans ce cas, je te remercie pour ton offre.

Mieux valait s'occuper plutôt que d'errer au ranch en pensant à Hawk et au fait qu'il s'était pratiquement exclu de sa vie.

Hawk avait rendez-vous à 13 heures. Il arriva avec vingt minutes d'avance, en s'attendant à devoir patienter. Au lieu de quoi, la jeune réceptionniste le fit entrer immédiatement dans le bureau de l'agent Sylvia Colby.

Agée d'une trentaine d'années, la jeune femme avait un visage agréable et de beaux cheveux. Hawk remarqua qu'elle ne portait pas d'alliance. S'il n'avait pas été obsédé par Alonsa, il lui aurait peut-être rendu son sourire avec plus d'enthousiasme, mais il n'avait qu'une seule pensée en tête : trouver des empreintes digitales.

Elle examina la photo à travers le sac en plastique et ses traits s'assombrirent.

— C'est épouvantable.

— Oui.

— Et vous pensez que la personne qui l'a déposée est aussi celle qui a enlevé la petite fille ?

— Oui. La fillette s'appelle Lucy Salatoya. De plus, sa mère reçoit régulièrement des appels téléphoniques qui visent à la tourmenter.

— Lucy Salatoya, répéta Sylvia Colby. C'est la

petite fille qui a été enlevée au zoo de Houston voilà quelques années, c'est ça ?

— Voilà deux ans. Vous êtes au courant ?

— Je ne me trouvais pas au Texas à l'époque, mais je m'en souviens. Son père était agent du FBI à New York avant d'être abattu au cours d'un raid.

Ainsi, elle connaissait l'affaire, en partie du moins. Profitant du fait qu'il avait éveillé son intérêt, Hawk tenta sa chance.

— Avez-vous jamais entendu parler d'une certaine Michelle, une collègue de Todd Salatoya qui était aussi basée à New York ? Je ne connais pas son nom de famille, mais elle a été congédiée pour avoir falsifié des preuves.

— Vous voulez parler de Michelle Ballentine ?

— Peut-être. Quelle est son histoire ?

— Elle fait partie des anecdotes qu'on raconte au FBI. Tous les journaux en ont parlé à l'époque, par conséquent ce n'est pas un secret.

— Je vous écoute, dit-il, brûlant d'impatience.

— Elle a été renvoyée pour avoir falsifié des preuves et tenté de dissimuler ses malversations. Elle a très mal pris cette décision, elle a même été folle de rage. Une nuit, elle a réussi à s'introduire dans son bureau et elle a endommagé des centaines de documents. Et ensuite, elle a fait un procès au FBI pour récupérer son poste, en prétextant que sa conduite était due au stress.

— Avez-vous des photos d'elle ?

— Je suis sûre que nous avons un dossier, mais il se peut qu'il n'y ait pas de photos. Toutes les poursuites ont cessé quand elle s'est fait admettre dans un hôpital psychiatrique.

Hawk acquiesça. De toute façon, les photos ne seraient peut-être plus fidèles à présent, surtout depuis l'accident de voiture.

— Lui est-il arrivé de travailler sous un faux nom ?

— C'est possible. Ce genre de chose devrait figurer dans les archives. Pourquoi ?

— Je crois que Michelle Ballentine pourrait être la ravisseuse de Lucy Salatoya.

Une heure plus tard, Hawk quittait les locaux du FBI, au comble de l'excitation. Il emportait une foule d'informations sur Michelle Ballentine, sa carrière au FBI, son dossier hospitalier, et la liste des faux noms qu'elle avait utilisés par le passé.

Avec un peu de chance, ces ressources le conduiraient jusqu'à elle. Même sans la confirmation des empreintes, il avait l'intuition qu'elle était responsable de l'enlèvement, des appels et de l'envoi de l'ignoble photo.

Il avait hâte de tout raconter à Alonsa, mais pas par téléphone. Ainsi, il pourrait voir son visage s'illuminer lorsqu'il lui annoncerait la nouvelle.

Une sourde inquiétude demeurait néanmoins, et il ne pouvait rien faire pour préparer Alonsa à cette terrible éventualité. Il devait simplement espérer que Lucy était encore en vie.

Sept ans s'étaient écoulés jour pour jour depuis que Todd avait persuadé Michelle de subir un avortement, alors qu'elle était enceinte de son enfant.

Jamais elle n'aurait dû l'écouter. Elle aurait dû garder ce bébé. Il l'aurait lié à elle comme Lucy et Brandon l'avaient lié à Alonsa. Si seulement elle avait eu son bébé, il serait resté avec elle. Ils auraient quitté le FBI et Todd serait encore vivant.

Todd avait été furieux contre elle à cause de ce qu'elle avait fait. Certes, elle avait mal agi, mais c'était par amour pour lui. Ils savaient tous les deux que c'était Todd le responsable de son renvoi.

C'était lui qui avait falsifié les preuves. Elle s'était contentée de recouvrir ses traces pour que personne n'en sache jamais rien. Elle avait endossé le blâme à sa place. Il aurait dû lui en être éternellement reconnaissant.

Au lieu de quoi, il l'avait plaquée pour sortir avec cette Alonsa.

Pourtant, c'était Michelle qu'il aimait vraiment. Il s'en serait rendu compte et il lui serait revenu, si cette Alonsa ne l'avait pas ensorcelé. D'ailleurs, il lui avait rendu visite plusieurs fois après qu'elle l'avait croisé à Central Park avec Lucy.

Cela s'était déroulé après les diverses opérations de chirurgie esthétique qu'elle avait subies pour réparer les dégâts causés par l'accident. Ils avaient fait l'amour. Il n'avait pas dit qu'il l'aimait, mais elle en était certaine. Si seulement Alonsa ne l'avait pas tenu aussi fermement entre ses griffes, il serait parvenu à lui échapper en fin de compte.

Michelle et lui étaient des âmes sœurs — des êtres faits pour vivre ensemble.

Alonsa avait donné à Todd la petite fille qu'elle-même aurait dû avoir. Voilà pourquoi Michelle n'avait pas eu d'autre choix que d'enlever la petite Lucy. Si quelqu'un avait droit à une part de la vie de Todd, c'était bien elle.

Lucy ressemblait tant à son père. Elle était douce et affectueuse. Et drôle. La vie sans elle ne vaudrait pas la peine d'être vécue. Malheureusement, Alonsa ne renoncerait jamais à la retrouver. C'est pour cette raison que Michelle s'était donné tant de mal pour élaborer son plan.

Par contre… si Alonsa tardait trop, il faudrait qu'elle attende pour le mettre à exécution.

La sonnette tinta. Michelle jeta un coup d'œil à l'horloge. 2 h 20. Elle avait encore le temps, mais il faudrait qu'elle fasse vite.

Elle se dirigea vers la porte, prit une profonde inspiration et l'ouvrit.

— Alonsa, je suis si contente que vous ayez pu venir. J'avais peur que vous ne me fassiez faux bond. Esteban m'a expliqué que vous aviez des soucis personnels.

— En effet.

— Eh bien, ne vous inquiétez pas. J'ai beaucoup d'intuition et quelque chose me dit que vos problèmes vont prendre fin. En fait, je peux presque vous le garantir.

Elle sourit.

— Excusez-moi de vous demander cela, mais est-ce que cela vous ennuierait de mettre votre voiture dans mon garage ? J'attends le jardinier d'une minute à l'autre et il va devoir balayer l'allée.

14

— Ma voiture est en panne, expliqua Keidra alors qu'Alonsa descendait de la sienne, dans le garage méticuleusement ordonné de sa cliente. J'ai dû la laisser chez le mécanicien. Je vous ferais bien entrer par l'intérieur, mais cela m'ennuierait que ma buanderie encombrée soit la première chose que vous découvriez de la maison.

— Je comprends. De toute façon, je préfère entrer par la porte principale lors de ma première visite. Cela me donne une impression plus juste de la propriété et du mode de vie de mes clients.

Keidra prit une télécommande dans sa poche et abaissa le rideau du garage tout en précédant Alonsa dans l'allée. Elles franchirent la porte à double battant en acajou qu'elle avait laissée ouverte.

Alonsa entreprit aussitôt de dresser un inventaire mental du décor actuel et des contraintes architecturales dont elle devrait tenir compte. De l'extérieur, la maison ne lui avait pas plu, mais l'intérieur était plus prometteur.

— J'adore ces grandes fenêtres, d'autant plus qu'elles sont du côté est. La pièce doit être très lumineuse le matin. La cheminée est aussi un fabuleux atout. On peut envisager toutes sortes de possibilités pour lui donner plus de caractère. En revanche, vous devriez peut-être envisager de supprimer les bibliothèques intégrées. Elles envahissent toute la pièce.

— C'est aussi ce que je me disais. J'ai hâte d'entendre vos suggestions, mais que diriez-vous de boire un thé d'abord ? J'aimerais vous parler de mes goûts et de mon budget. Cela vous servira de point de départ.

— Excellente idée.

— Installons-nous dans la salle à manger. C'est une des pièces qui ont vraiment besoin d'être rénovées. Le papier peint est hideux. D'ailleurs, vous allez le constater par vous-même.

Elles traversèrent le salon pour gagner une cuisine spacieuse, qui jouissait d'une vue splendide sur la piscine. Le coin salle à manger se trouvait dans une alcôve, du côté ouest de la pièce.

— Asseyez-vous, Alonsa, et laissez libre cours à votre inspiration, dit Keidra. J'ai du thé parfumé à l'orange, avec un soupçon de menthe. Ça vous convient ?

— Très bien, merci.

— Vous prenez du sucre, du citron, de la crème ?

— Une rondelle de citron, s'il vous plaît.

Keidra revint très vite avec le thé, et prit place en face d'Alonsa.

— Je vois ce que vous voulez dire à propos de la tapisserie, commença celle-ci. Il sera facile d'y remédier. Peut-être pourriez-vous choisir un nouveau tissu pour les chaises aussi. Je vous proposerai une sélection.

Elle but une gorgée de thé. Il y avait un peu trop de citron dedans et une herbe qu'elle ne reconnut pas et qui lui laissa un goût métallique à la bouche. Keidra, en revanche, semblait l'apprécier.

Alonsa prit une autre gorgée et le trouva meilleur, cette fois-ci. Keidra continuait à bavarder à bâtons rompus. Alonsa s'efforça de se concentrer sur ce qu'elle disait, mais le soleil de l'après-midi entrait à flots par la fenêtre, et elle avait du mal à garder les yeux ouverts.

— Il me semble que j'ai besoin d'un décor plus gai dans toute la maison. Ma fille a six ans et elle adore les couleurs vives. Voudriez-vous voir sa photo ?

— Bien… sûr.

Les mots avaient eu du mal à franchir les lèvres d'Alonsa. Sa langue lui parut lourde, gonflée. Elle devait couver quelque chose car tout à coup elle se sentait étourdie, presque nauséeuse. Peut-être allait-elle devoir téléphoner à Esteban pour lui demander de venir la chercher et la ramener chez elle.

Keidra lui mit une photo sous le nez.

— Voici ma petite Lucy. Elle est adorable, non ? Elle ressemble tant à son père.

Lucy. L'horreur envahit les recoins embrumés du cerveau d'Alonsa. Cette photo était identique à celle que la ravisseuse lui avait envoyée, à cela près qu'il n'y avait pas de bébé mort dans les bras de la fillette, pas de gouttes de sang qui jonchaient l'herbe.

Keidra avait l'original. Mais comment était-ce possible ? Seule la personne qui avait enlevé Lucy détenait ce cliché. Keidra n'était pas…

Oh ! Seigneur ! Le sang se mit à tambouriner aux tempes d'Alonsa à mesure que l'horrible réalité s'imposait à elle. Keidra était la femme qui la tourmentait avec ses coups de téléphone.

La femme qui lui avait volé Lucy.

Elle se fit violence pour se concentrer sur ses paroles.

— Todd était à moi avant vous, Alonsa. Il m'aimait avant que vous ne l'ensorceliez. J'allais avoir un bébé de lui. Il m'a obligée à subir un avortement. Mon pauvre bébé n'est jamais venu au monde.

Keidra prit une inspiration tremblante.

— C'est pour ça que je vous ai pris Lucy. Mais ne vous inquiétez pas. Je ne lui ferai jamais de mal. Elle est mon souvenir de Todd.

Alonsa tenta de se lever, mais en vain. Ses jambes semblaient lestées de plomb. Ses bras aussi étaient affreusement lourds. Elle avait été droguée, comprit-elle, horrifiée. Voilà pourquoi le thé avait un goût si étrange.

— Dommage que nous n'ayons pas le temps de bavarder plus longtemps, Alonsa. Le bus de l'école ne va pas tarder et je ne veux pas que Lucy vous trouve ici. Dès que nous serons parties, je demanderai à une amie de venir la chercher. Elle la surveillera jusqu'à mon retour. Quant à nous deux, nous allons faire une promenade au lac Houston.

Keidra esquissa un léger sourire.

— Ma voiture attend dans un endroit isolé, expliqua-t-elle. Personne ne nous verra, et personne n'entendra le coup de feu. Ensuite, je me débarrasserai de votre corps dans le lac et je laisserai votre voiture sur place. On croira à une tentative de vol qui a mal tourné. On ne m'arrêtera jamais. Je sais comment me débrouiller. Le FBI m'a bien formée avant de gâcher ma vie.

Elle mit le sac d'Alonsa en bandoulière et, la prenant sous les épaules, la tira vers la buanderie.

Alonsa tenta désespérément de lutter, mais ses muscles ne répondaient plus.

Des gants en caoutchouc, un rouleau de papier adhésif et un pistolet étaient posés sur le sèche-linge, prêts à être utilisés. Alonsa s'exhorta à lutter. Elle ne pouvait pas mourir ainsi, pas alors qu'elle avait retrouvé Lucy. Elle devait survivre, pour sa fille et pour Brandon.

Elle avait besoin de Hawk, besoin de sa force, de sa compétence. De son courage et de son assurance. Il saurait quoi faire.

« L'échec n'est pas une option. »

Les mots résonnèrent dans son crâne. Elle ne pouvait pas abandonner ses enfants. Il devait y avoir un moyen de s'échapper.

Elle tenta de se débattre, guettant la moindre réaction de ses membres engourdis. Elles étaient dans le garage à présent. Keidra l'appuya contre le capot et enfila ses gants. Puis elle plongea la main dans le sac d'Alonsa, en tira ses clés de voiture et ouvrit le coffre. Ses intentions étaient claires.

La panique s'empara d'Alonsa. Une fois qu'elle serait dans le coffre, il lui serait impossible d'en sortir. Impossible de se sauver. Jamais elle ne reverrait Lucy ni…

— Hawk.

Le nom avait jailli de ses lèvres, presque distinct.

— Votre amant ne peut rien pour vous désormais, Alonsa.

Hawk avait été son amant. Un amant tendre, excitant,

merveilleux. Elle voulait vivre et refaire l'amour avec lui, encore et encore. Il ne pensait pas être l'homme qu'il lui fallait, mais il était le seul homme dont elle voulait. Elle parviendrait à l'en convaincre si seulement elle survivait à ce cauchemar.

Ses membres paralysés heurtèrent le pare-chocs alors que Keidra la poussait dans le coffre. En l'espace de quelques secondes, elle lui ligota les chevilles et les poignets avant de la bâillonner.

L'instant d'après, il y eut un claquement métallique, et Alonsa fut plongée dans le noir. Elle entendit le grondement du moteur, suivi d'un grincement de la porte du garage qui se relevait.

« L'échec n'est pas une option. »

Sauf que, cette fois, ça y ressemblait fort.

Pied au plancher, Hawk s'engagea dans le quartier des Woodlands, où se trouvait le domicile de Michelle Ballentine. Intérieurement, il s'accablait de reproches. S'il avait téléphoné à Alonsa à l'instant où il avait quitté Sylvia Colby, rien de tout cela ne serait arrivé. Il aurait pu mettre Alonsa en garde avant qu'elle ne tombe dans le piège que lui avait tendu cette femme aussi instable que dangereuse.

Par chance, son instinct lui avait soufflé de l'appeler alors qu'il était à mi-chemin. N'obtenant pas de réponse, il avait contacté Linney. Dès que celle-ci lui avait expliqué qu'Alonsa s'était rendue chez Keidra Shelton, un déclic s'était fait dans son esprit. Keidra était l'un des faux noms dont Michelle s'était servie par le passé.

Esteban lui avait donné l'adresse de son amie, en précisant que celle-ci avait demandé spécifiquement à ce que ce soit Alonsa qui s'occupe de son projet. Certes, il était possible que Keidra Shelton soit une cliente légitime, mais Hawk avait la conviction que ce n'était pas le cas.

Il tourna dans la rue de Michelle. Aucun signe des policiers bien qu'il ait fait le 911 depuis l'autoroute, en disant qu'un crime allait être commis à cette adresse. En général, ce genre d'avertissement déclenchait une réaction immédiate.

Soudain, il vit la voiture d'Alonsa qui sortait d'une allée à quelques rues de là. Une bouffée d'adrénaline déferla dans ses veines. Il accéléra encore, avant de s'arrêter dans un hurlement de freins, barrant le chemin au véhicule.

Alonsa était invisible.

Hawk attrapa son pistolet et courut vers la voiture, l'arme braquée sur la tête de l'automobiliste.

— Baissez cette arme et sortez de chez moi, ordonna la conductrice.

Il resta exactement dans la même position.

— Où est Alonsa ? demanda-t-il, remarquant brusquement le petit pistolet noir que la femme tenait dans sa main droite. Vous n'irez nulle part, Michelle. Conduisez-moi à Alonsa ou je tire.

— Je suis agent du FBI, affirma-t-elle. Je vous donne l'ordre de vous écarter.

— Vous voulez vraiment me faire plaisir, ironisa Hawk.

Son doigt se crispa sur la gâchette, mais un cognement sourd détourna alors son attention.

Alonsa, ou peut-être Lucy. Quelqu'un était enfermé dans le coffre. Le cœur battant à tout rompre, il se précipita vers l'arrière de la voiture.

Michelle se tourna, visa et tira, trouant le métal.

Quelque chose se brisa en Hawk, libérant une fureur qui le fit passer à l'action. En un éclair, il tira sur la main qui tenait le pistolet, désarma Michelle et lui appuya son arme sur la tempe.

— Vas-y, tue-moi, mon grand. Vas-y, cria Michelle. Ça ne sauvera pas Alonsa. C'est Lucy qui s'agite dans ce coffre. Sa mère, cette voleuse d'homme, est déjà morte.

Hawk eut l'impression d'avoir reçu un uppercut en pleine poitrine. Il avait échoué à protéger Alonsa. La seule personne qui avait jamais touché son âme. Il l'avait perdue, à cause de cette démente. Perdue avant même d'avoir donné une chance à leur amour.

Sa main se resserra sur le pistolet. Jamais il n'avait eu plus envie de presser la détente.

Dans un hurlement de sirènes, plusieurs voitures de police et une ambulance surgirent dans l'allée, bloquant l'accès à la rue. Il était temps.

— Lâchez votre arme et éloignez-vous de cette femme, ordonna un policier.

Hawk hésita, mais à nouveau des coups sourds retentirent dans le coffre de la voiture, plus fort cette fois. Lucy.

— Arrêtez cette femme et inculpez-la pour meurtre, lança Hawk aux policiers.

Puis, laissant tomber son arme, il se hâta d'aller ouvrir le coffre.

A la vue d'Alonsa, le soulagement l'envahit, si

violent qu'il crut que son cœur allait cesser de battre. Elle était recroquevillée contre une roue de secours dans le coin droit du compartiment, pieds et poings liés, un bâillon sur la bouche. Cependant, elle avait les yeux ouverts et elle respirait.

Etourdi de reconnaissance, il se pencha et retira le bâillon. Le regard d'Alonsa se souda au sien alors qu'il la soulevait dans ses bras.

— Lucy…

— Je sais, mon cœur, je sais, murmura-t-il.

Cependant, il ignorait où était Lucy. Qu'allaient-ils découvrir ?

Alonsa essaya de parler, mais sa voix était pâteuse, et son regard voilé, signe qu'elle avait été droguée.

— Tout va bien, je suis là, mon cœur, dit-il d'une voix réconfortante en défaisant ses liens, remerciant le ciel qu'elle ne soit pas blessée.

Il se tourna vers les ambulanciers.

— Cette femme a été droguée. Elle a besoin de secours. Vite !

Elle avait aussi besoin d'un homme qui n'ait pas peur de prendre le risque d'aimer. Il avait fallu qu'il croie l'avoir perdue pour qu'il comprenne combien il désirait être cet homme-là.

Il se pencha et lui parla à l'oreille. Il n'était pas sûr qu'elle comprenne ce qu'il disait, mais il savait qu'il devait le dire.

— Je t'aime, Alonsa.

Alonsa murmura quelque chose en retour. Quelque chose comme *Je t'aime aussi*, et Hawk n'en demandait pas davantage.

Le bus jaune de l'école s'arrêta derrière la rangée de voitures de police, au moment où on faisait monter Alonsa dans l'ambulance. Elle parvint à tourner la tête juste assez pour voir une petite fille sauter à terre.

Lucy. Sa Lucy.

Elle n'était qu'à quelques mètres d'elle. En vie. En bonne santé. Alonsa sentit son cœur se gonfler d'émotion et de bonheur.

Lucy ne sembla pas la reconnaître. Mais ce n'était pas grave, songea-t-elle. Elles auraient tout le temps de réapprendre à se connaître. Ses prières avaient été exaucées. Sa petite fille allait rentrer à la maison.

Des larmes de joie lui montèrent aux yeux et roulèrent sur ses joues. Quand elle se retourna vers Hawk, elle vit que le courageux cow-boy qui se prétendait insensible était lui aussi ému jusqu'aux larmes.

Il pressa sa main dans la sienne et déposa un baiser sur son front.

— On dirait que tu as retrouvé ta fille.

Et c'était grâce à lui. Grâce à son héros, son cow-boy au grand cœur.

Épilogue

Deux mois plus tard

— Maman, Brandon donne son sandwich à Carni, cria Lucy depuis la cuisine.

— C'est pas vrai !

— Si !

Assise au salon en compagnie de Linney, Alonsa savourait le son de la voix de ses enfants, même s'ils se querellaient. Elle ne se lassait pas d'entendre le mot « maman » dans la bouche de sa fille.

Dans la pièce voisine, la dispute s'acheva par des gloussements.

Linney sourit.

— Des frères et sœurs typiques.

— Oui. Au fond, ils s'entendent bien. Il a fallu un certain temps à Lucy pour se réadapter à nous, mais le psychologue qui la suit est impressionné par ses progrès. Elle dort bien, mange comme un ogre et, surtout, elle est heureuse. Elle a même commencé à se souvenir d'événements qui datent d'avant son enlèvement.

— Cutter m'a dit que Hawk avait été stupéfait de

voir les liens entre Brandon et elle se développer aussi vite, reprit Linney.

— Oui, c'est vrai, dit Alonsa. Même si Brandon est parfois un peu jaloux. Il n'était pas habitué à me partager.

— Je suppose que ce serait la même chose si Lucy n'avait jamais disparu.

— C'est aussi ce qu'affirme le thérapeute.

— As-tu des informations sur ce qui s'est passé le jour de la disparition de Lucy ? demanda Linney. Comment Michelle a-t-elle pu l'emmener sans que personne ne s'aperçoive de rien ?

— Elle a fait des aveux complets, répondit Alonsa. Elle plaide l'innocence en raison d'une instabilité émotionnelle.

— Tu veux dire une sorte de folie passagère ?

— Quelque chose dans ce genre. Si ce qu'elle a dit au procureur est exact, elle avait rencontré Lucy quelques mois plus tôt alors qu'elle se promenait avec Todd à Central Park. Quand la bagarre a commencé au zoo, Lucy a été effrayée et s'est éloignée un peu. Michelle, qui nous espionnait, a profité de l'occasion pour passer à l'acte.

— J'ai quand même du mal à comprendre qu'elle ait pu persuader Lucy de l'accompagner, commenta Linney d'un ton surpris.

— Je crois que Lucy s'est laissé convaincre parce qu'elle l'avait déjà vue, et que Michelle a affirmé qu'elle allait la conduire jusqu'à moi. Dès qu'elles ont quitté les lieux, elle l'a droguée pendant des jours. Elle avait loué un chalet isolé dans le nord de la Géorgie et elle a fait en sorte de ne rencontrer personne.

— Elle avait préparé son plan avec minutie, soupira Linney.

— Oui. Et en fin de compte, elle a fait croire à Lucy que j'avais été tuée comme son père. Elle lui a dit qu'elle serait sa nouvelle maman.

Linney hocha la tête.

— Evidemment. Une enfant de quatre ans n'aurait jamais pu imaginer qu'elle lui mentait.

— Les enfants de cet âge sont innocents et aisément influençables, acquiesça Alonsa. Dieu merci, Michelle aimait Lucy à sa manière. Apparemment, elle l'a toujours bien traitée et a pris soin d'elle.

Linney s'entoura de ses bras, et frissonna.

— N'empêche que c'est une détraquée.

— Elle est malade, oui, dit Alonsa. Elle a dû être hospitalisée à de nombreuses reprises pour des problèmes émotionnels et mentaux.

— Quand je pense que si Todd n'avait pas eu cette aventure…, murmura Linney.

— Au fond, je crois que je n'ai jamais vraiment connu Todd, avoua Alonsa. Mais c'était un bon père. C'est là-dessus que je veux me concentrer à présent. Je veux que les enfants se souviennent de lui ainsi.

— Tu es très généreuse, observa Linney.

— Non. Je suis seulement mère. Tu comprendras ce que je veux dire dans quelques mois, ajouta Alonsa en souriant.

— J'ai hâte d'avoir mon bébé. Et Cutter aussi. Il est déjà en train d'acheter des jouets. L'autre jour, il est rentré avec un cheval à bascule.

— Tout cow-boy a besoin d'une monture.

— En parlant de cow-boys et de chevaux, je ne

serais pas surprise qu'en sortant tu trouves l'un et les autres devant ta porte.

— Je n'ai pas encore de chevaux, tu le sais bien.

A cet instant, un bruit de moteur parvint de la fenêtre ouverte. On aurait dit qu'un camion venait de s'arrêter dans l'allée.

— Je parie que c'est Hawk, cria Brandon depuis la cuisine.

— Youpi ! lança Lucy.

Les deux enfants et Carni traversèrent la pièce en courant pour gagner la porte, suivis de près par Alonsa.

Hawk se tenait debout à côté d'un van, visiblement très excité. Quatre chevaux, dont deux poneys, les regardaient à travers les parois en claire-voie.

Hawk toucha son stetson en guise de salut.

— Bonjour, madame. J'ai un colis pour vous.

— Qu'est-ce que… ?

Alonsa s'avança pendant que les enfants se jetaient affectueusement sur lui. Il les étreignit avec chaleur.

— Ces chevaux sont pour nous ? demanda Lucy, ravie.

— Oui, ils sont pour nous ? répéta Brandon.

— Si votre maman veut bien qu'ils restent là.

Où diable Hawk avait-il la tête ?

— Je… je ne peux pas, bégaya-t-elle. Je veux dire, je n'ai encore personne pour m'aider et je ne sais pas m'occuper d'eux.

— Dans ce cas, tu as de la chance de m'avoir, n'est-ce pas ?

— Mais tu n'es pas là tout le temps. Tu travailles pour Cutter.

Linney les rejoignit et entraîna Lucy et Brandon vers

les animaux. De toute évidence, elle était de mèche avec Hawk, songea Alonsa, décontenancée. Pourtant, son amie savait bien qu'elle n'était pas prête à élever des chevaux. Comment avait-elle pu être d'accord ?

— Si on allait faire un petit tour ? suggéra Hawk.

— Je ne peux pas. J'ai les enfants, dit Alonsa.

— Non, intervint Linney. C'est moi qui les ai.

Les soupçons d'Alonsa se confirmèrent. C'était un guet-apens, pas de doute là-dessus. Hawk passa un bras autour des épaules d'Alonsa et la guida vers la balançoire.

— Tu aurais dû m'en parler avant, dit-elle.

Il la prit dans ses bras.

— Calme-toi. Je suis sur le point de te faire une offre que tu ne peux pas refuser.

— J'espère qu'il est question de cow-boys.

— Mon chou, tu n'en auras pas besoin, pourvu que tu dises oui.

— Pour les chevaux ?

— Pour ma demande en mariage. Alonsa, veux-tu m'épouser ?

Alonsa éprouva une brusque bouffée de vertige. Elle aimait Hawk de toutes ses forces mais elle avançait à petits pas, désireuse de lui donner le temps de s'habituer à l'idée de s'engager, d'assumer non seulement la responsabilité d'une épouse mais aussi celle de deux enfants.

Il parut perplexe.

— Tu vas dire oui, n'est-ce pas ?

Epouser Hawk ? Dormir au creux de ses bras puissants jusqu'à la fin de ses jours ? L'aimer et être aimée de lui en retour ?

Elle brûlait d'accepter, sauf que…

— Es-tu sûr de vouloir tout cela ? demanda-t-elle, désignant d'un geste la maison, les terres et les enfants.

— Je t'aime, Alonsa. Plus que je n'ai jamais cru possible d'aimer quelqu'un. Je veux tout cela, oui. Toi. Les enfants. Le ranch. Une nouvelle vie.

Le cœur d'Alonsa se gonfla de joie, mais les dernières paroles de Hawk la prirent au dépourvu. Elle ne lui demandait pas de changer de mode de vie. Elle l'aimait exactement tel qu'il était.

— Comment ça, une nouvelle vie ?

— J'ai passé assez longtemps à me battre. J'ai déjà averti Cutter que j'aimerais me consacrer au ranch. J'ai suffisamment d'économies pour nous constituer un petit troupeau, et nous verrons où cela nous mène.

Sur quoi il se pencha et lui donna un long baiser, à la fois lent et passionné, enivrant.

— Acceptes-tu de prendre le risque et de donner une chance à un cow-boy, Alonsa ?

— Oui ! s'exclama Alonsa. Oh ! Oui. Tant que c'est toi, le cow-boy. Je t'aime tant.

Et prendre un risque avec Hawk Taylor n'était pas prendre un risque du tout.

C'était le bonheur assuré.

MARIE FERRARELLA

Enquête à risques

Traduction française de
HÉLÈNE COLOMBEAU

BLACK ROSE

HARLEQUIN

Titre original :
CAVANAUGH OR DEATH

Ce roman a déjà été publié en 2017.

Prologue

L'aube pointait tout juste à l'horizon quand Davis Gilroy pénétra dans le cimetière Saint-Joseph. C'était le plus grand des deux que comptait Aurora, petite ville de Californie dans laquelle Davis avait vécu toute sa vie.

Le gardien était sans doute quelque part en train de faire un somme dans l'un des trois mausolées situés à l'autre bout du terrain, ou sur le vieux canapé en cuir marron de son bureau, à côté de la chapelle… Quoi qu'il en soit, Davis était à peu près certain qu'il n'y avait personne d'autre à part eux dans le cimetière.

Cela lui convenait parfaitement. Il aimait être seul.

Inspecteur à la brigade des crimes majeurs, Davis n'était pas à proprement parler quelqu'un de sociable. Et ce encore moins depuis qu'il avait perdu ses deux derniers coéquipiers, Mike Chan et Ed Ramirez, qui reposaient à présent pour l'éternité dans ce même cimetière.

Cependant, ce n'était pas à ses collègues que Davis était venu rendre visite. Mike et Ed étaient de braves types et de bons policiers, mais Davis les avait côtoyés à peine trois ans au total, et il n'avait jamais cherché à tisser des liens avec eux. Quel intérêt y aurait-il à aller les voir aujourd'hui, quand leurs conversations ne pouvaient qu'être à sens unique ?

Davis réservait ces dernières à ses parents, James et Martha Gilroy. C'était sur leur tombe qu'il était venu se recueillir, comme il le faisait une fois par mois, ou plus s'il en avait la possibilité. Le reste du temps, il travaillait. Et s'il ne travaillait pas, il dormait.

Il s'arrêta devant la double stèle. Pendant des mois, il avait économisé jusqu'au moindre dollar pour pouvoir payer l'imposant monument de marbre, en remplacement de la maigre pierre que son oncle avait fait installer.

Ainsi, ses parents étaient unis dans la mort, comme ils l'avaient été dans la vie. Son père n'avait-il pas répété à l'envi qu'ils s'étaient aimés dès le premier regard ? En grandissant, Davis avait feint de ne plus l'écouter quand il racontait cette histoire ; mais, secrètement, il ne s'était jamais lassé d'en entendre les détails.

Ses parents étaient morts tous les deux dans un accident de la route alors que Davis n'avait pas treize ans. Présent dans la voiture, il avait été le seul survivant.

Et aujourd'hui, ce drame le hantait encore.

Il s'agenouilla sur la tombe et déposa le bouquet de roses blanches — les préférées de sa mère — au pied de la stèle. Depuis un bon mois, une odeur de printemps flottait dans l'air. Sa mère avait toujours aimé le printemps.

Davis sentit les larmes lui monter aux yeux. Heureusement, il n'y avait personne pour le voir. Personne pour le juger.

Car un homme d'un mètre quatre-vingt-sept, âgé de trente-quatre ans, n'était pas censé pleurer, ni même s'émouvoir, au souvenir d'événements vieux de vingt ans. Ici, seul avec ses parents et à l'abri des regards indiscrets, il était libre d'être lui-même.

— Désolé, je n'ai pas pu passer depuis un moment. Une affaire assez difficile à résoudre. Mais je suis là, maintenant. C'est ce qui compte, pas vrai, papa ?

Son père ne s'était jamais appesanti sur le temps perdu, arguant qu'il valait mieux se concentrer sur celui qui restait à venir. Jusqu'à ce que, pour lui, il n'en reste plus.

— Vous vous rendez compte ? Ça fait presque vingt et un ans, maintenant. Vingt et un ans que vous avez emménagé ici.

L'accident lui avait non seulement arraché les deux personnes qu'il avait de plus chères au monde, mais il lui avait aussi valu de se retrouver chez le frère de son père, devenu sa seule famille.

Après avoir, de mauvaise grâce, recueilli son neveu, John avait retrouvé sa bonne humeur en découvrant que son frère l'avait nommé fiduciaire d'une coquette somme dont Davis était censé hériter le jour de ses dix-huit ans. Il avait fait preuve d'une grande ingéniosité pour détourner une bonne partie de cet argent, sous le prétexte de couvrir les « frais » inhérents à l'éducation d'un orphelin de treize ans. Nul doute qu'il avait su profiter de toutes les failles du système…

La froideur de son oncle avait peu à peu déteint sur le jeune Davis. John ne souriait jamais et se souciait de lui comme d'une guigne. Pour autant, Davis n'éprouvait pas de rancœur à son égard. De toute façon, il était incapable de ressentir la moindre émotion. Depuis qu'il s'était installé chez John, il n'avait eu qu'un seul désir : en repartir au plus vite. Son vœu s'était réalisé le jour de son dix-huitième anniversaire.

Il avait alors utilisé le peu d'argent qu'il lui restait pour financer ses études, avant d'entrer dans la police comme son père. Ce dernier tenait à ce qu'il obtienne un diplôme universitaire ; c'était la seule condition qu'il avait posée dans son testament.

— Vous me manquez, mais ça, vous le savez déjà, murmura Davis.

Il poussa un soupir.

— Bon, je voulais juste vérifier que votre parcelle était bien entretenue, et…

Il s'interrompit brusquement, persuadé d'avoir entendu un bruit incongru dans le silence sinistre du cimetière. Une sorte de tintement, comme une pelle heurtant un bloc de pierre.

A cette heure matinale ? songea-t-il, les sourcils froncés. Jusqu'à preuve du contraire, on n'enterrait personne avant le lever du soleil…

Il retint son souffle et tendit l'oreille.

Soit son imagination lui jouait des tours, soit…

— Je reviendrai plus tard, promit-il au couple qui resterait éternellement jeune et souriant dans son souvenir. Je sens qu'il y a quelque chose qui cloche. Tu comprends ce que je veux dire, papa.

Sur ces mots, l'inspecteur chef Davis Gilroy se dirigea discrètement vers l'endroit d'où lui était parvenu le bruit suspect.

En matière d'intuition, il se trompait rarement.

Alors qu'il tournait le coin d'une allée, il aperçut une forme qui bougeait dans l'obscurité.

Deux formes, plus précisément.

Davis se mit à courir, zigzaguant entre les stèles. A mesure qu'il se rapprochait, il découvrit que les ombres en question étaient celles de deux individus entièrement vêtus de noir — jusqu'à leurs cagoules enfoncées sur leurs visages.

Ils avaient tout de cambrioleurs, à cela près qu'ils se trouvaient dans un cimetière, penchés au-dessus d'une tombe.

— Hé, vous ! cria Davis. Arrêtez !

Les deux silhouettes détalèrent aussitôt.

1

Chaque matin, pendant son footing, Moira Cavanaugh se posait invariablement la même question : *Pourquoi diable est-ce que je cours ?*

Au fil du temps, elle avait trouvé une réponse qui lui semblait tenir la route : si elle n'enfilait pas son short, son sweat-shirt et ses baskets pour aller fouler le bitume pendant au moins une heure, elle passait le reste de la journée à fonctionner au ralenti — et, accessoirement, à se sentir coupable de fainéantise. Inspectrice de police comme la plupart des membres de sa vaste famille, elle se devait d'être au top de sa forme du matin jusqu'au soir, sept jours sur sept.

Voilà pourquoi elle se trouvait dehors avant l'aube, à transpirer et à souffler comme un bœuf tandis qu'elle s'infligeait cette torture volontaire, en comptant les minutes qui la séparaient de la délivrance. Si seulement elle avait pu davantage ressembler à son grand frère, Malloy ! Lui, il était opérationnel dès le réveil et déjà au maximum de ses capacités lorsqu'il arrivait au poste de police d'Aurora.

Malheureusement, Moira n'était pas comme cela. Pour démarrer la journée, elle avait besoin d'un bon coup de pied aux fesses, et seul le footing paraissait efficace.

Varier l'itinéraire lui permettait de ne pas tomber dans une routine qui risquerait de se révéler contre-productive. Ainsi, tous les matins, elle tirait au sort un parcours différent parmi les dix qu'elle avait notés sur des petits bouts de papier et rassemblés dans un saladier. Cela l'obligeait à rester vigilante pendant le trajet, ne serait-ce que pour retrouver son chemin. Une fois rentrée, elle n'avait que vingt minutes pour se préparer avant de partir au travail.

S'il y avait une chose que Moira détestait plus que la fainéantise, c'était bien d'arriver en retard.

Aujourd'hui, le hasard avait désigné le circuit « chair de poule » — elle le surnommait ainsi car il longeait le cimetière. Pour ajouter à l'ambiance, un des lampadaires ne marchait plus, si bien que seul un quartier de lune, haut dans le ciel, éclairait la route devant les grandes grilles noires en fer forgé.

En pleine journée, Moira n'avait rien contre les cimetières ; la nuit en revanche, il y régnait une atmosphère sinistre qui la mettait franchement mal à l'aise…

— Plus que quelques mètres, Mo, marmonna-t-elle pour se donner du courage. Tu en es capable. Tu l'as déjà fait, tu le referas. Ne pense pas à ce qui se cache derrière ces murs. Tu as trop d'imagination, c'est tout.

Peut-être n'en aurait-elle pas autant si son frère Malloy lui avait raconté un peu moins d'histoires de fantômes, à l'époque où elle suçait encore son pouce…

— Continue de courir. Les fantômes n'existent pas, les créatures de la nuit non plus. Tout ça, c'est à cause de Malloy, qui cherchait à te faire peur. Pense à autre chose.

Conteur de talent, son frère avait réussi à lui inspirer une crainte permanente des cimetières, en particulier après la nuit tombée. Evidemment, cette crainte n'avait aucun fondement logique, mais…

Moira retint un cri.

Deux ombres venaient de surgir du cimetière, et elles se dirigeaient droit sur elle.

Elle fit un bond de côté. Grand mal lui en prit…

Une des silhouettes la percuta de plein fouet. La violence du choc lui coupa le souffle. Dans sa disposition d'esprit, Moira n'aurait pas été étonnée que l'ombre la traverse… Mais celle-ci était bien trop solide pour n'être constituée que de vapeur. Pas de doute, Moira avait bien été heurtée par un être de chair et d'os.

Abasourdie, elle regarda l'individu se relever tant bien que mal et s'élancer de plus belle en boitant. Lui et son comparse s'éloignèrent à la hâte sans s'inquiéter le moins du monde de son sort.

— Hé ! cria-t-elle, à la fois ébranlée et furieuse.

Elle ne pouvait même pas donner une description précise de ces grossiers personnages. Avec leurs cagoules et leurs tenues noires, impossible de déterminer ne serait-ce que leur sexe…

Une seconde plus tard, Moira comprit pourquoi le duo s'était enfui du cimetière : quelqu'un les poursuivait.

Un homme.

Qu'elle distinguait parfaitement, pour le coup.

Grand et blond, il courait avec la grâce et la vitesse d'un athlète professionnel. Alors qu'il gagnait du terrain sur le plus lent des deux « spectres », il la vit étalée sur le trottoir et s'arrêta net à son niveau.

Moira songea brièvement qu'elle avait connu des moments plus glorieux…

Le type lui tendit la main, penchant vers elle un visage austère. Blessée dans son ego, Moira n'en accepta pas moins son aide. Parfois, il fallait savoir ravaler sa fierté.

— Vous allez bien ? s'enquit l'inconnu d'une voix sonore, tout en l'aidant à se relever.

— Ça va.

Moira s'apprêtait à ajouter que cela dépendait de ce qu'il entendait par « bien », dans la mesure où sa rencontre aussi brusque qu'inattendue avec le trottoir l'avait secouée jusqu'à la racine des dents, mais il ne lui en laissa pas l'opportunité.

Les mots ne s'étaient pas encore formés dans sa tête que l'homme repartait en courant derrière les deux ombres.

Tout en époussetant ses vêtements, Moira le regarda s'éloigner. Déjà, elle ne voyait plus les deux autres, qui en avaient profité pour prendre de l'avance. Tout ce beau monde avait l'air en pleine forme, pensa-t-elle, maussade. Un instant plus tard, l'inconnu disparut à son tour.

Moira poussa un soupir. Peut-être avait-elle rêvé… Et si son esprit avait tout inventé, pour tromper l'ennui ? Elle en doutait fortement.

L'aube apportait les dernières touches à son entrée en scène spectaculaire, éclairant les confins du monde visible avant de répandre sa lumière dans le ciel tout entier. Moira se tourna vers les grilles du cimetière.

Celui-ci ne lui évoquait plus les innombrables histoires de fantômes dont son frère l'avait bercée, mais un simple lieu où les gens enterraient leurs chers disparus.

Qu'avait-il bien pu se passer ici, à une heure aussi matinale ? s'interrogea-t-elle. Il n'était pas impossible que les deux individus qui lui avaient littéralement marché dessus appartiennent à une sorte de secte satanique, mais ce n'était clairement pas le cas de l'homme qui l'avait aidée à se relever, et qui était reparti avant qu'elle ait eu le temps de le remercier.

S'agissait-il du veilleur de nuit, ou même du gardien ?

Intriguée, Moira jeta un coup d'œil à sa montre. En courant à sa vitesse maximale, elle pouvait rejoindre son immeuble en douze minutes. Ce qui lui en laissait cinq pour enquêter — si toutefois il y avait matière à enquête.

Elle survola du regard le terrain qui s'étendait derrière les grilles de l'entrée. Cela faisait une sacrée surface à couvrir, en cinq minutes… Mais les mystères avaient toujours piqué sa curiosité. Impossible de résister à la tentation.

Finalement, Moira réussit à inspecter un quart de la propriété, sans rien remarquer d'anormal.

Elle avait peut-être affaire à des gamins qui s'étaient habillés en noir pour mieux se fondre dans l'obscurité pendant qu'ils exploraient les lieux.

Les défis stupides, ça ne manquait pas.

Si l'inconnu aux cheveux blonds était bien un agent de sécurité — ou le gardien —, alors il les avait tout simplement chassés de là. Fin du mystère.

Tandis que Moira faisait demi-tour, un détail attira son attention. Malgré le temps qui pressait, elle ne put s'empêcher de suivre son instinct. C'était dans son ADN, non seulement en tant que Cavanaugh, mais aussi parce qu'elle travaillait à la division des cambriolages…

En s'approchant, elle comprit ce qui avait éveillé ses soupçons : une des stèles semblait avoir été renversée, puis mal remise d'aplomb. La pierre penchait nettement.

Moira lut l'épitaphe : « Emily Jenkins, épouse bien-aimée de Hal Jenkins ». Les dates de naissance et de mort étaient également précisées — l'inconnue avait été enterrée un peu plus de vingt ans auparavant.

En examinant l'inclinaison de la stèle, Moira se demanda si les mouvements naturels du sol ne pouvaient pas être en cause. Après tout, on était en Californie. Des tremblements de terre mineurs avaient pu suffire à déplacer la pierre.

Mais lorsqu'elle voulut la toucher, Moira s'aperçut que la stèle ne faisait pas que pencher : elle était complètement branlante.

Rien de naturel là-dedans.

Les individus qu'elle avait croisés étaient-ils des pilleurs de tombes ?

Des pilleurs de tombes... Tu t'écoutes, un peu ? On est à Aurora ! Personne ici n'oserait toucher à une pierre tombale, à moins d'y être contraint par la force !

Mais quelle autre explication pouvait-il y avoir ? Cela demandait à être creusé, sans mauvais jeu de mots.

Pas maintenant, se rappela-t-elle sévèrement. Elle n'avait plus le temps.

En ressortant du cimetière, Moira se promit de revenir dans la journée, dès qu'elle trouverait un moment. La tombe d'Emily Jenkins avait été profanée ; restait à découvrir pourquoi.

Moira rentra chez elle en un temps record. Ses poumons menaçaient d'exploser. Elle se déshabilla avant même d'avoir atteint la salle de bains, abandonnant ses vêtements derrière elle, puis sauta dans la douche et ouvrit le robinet alors que les portes n'étaient pas encore fermées. Cinq minutes plus tard, elle se séchait déjà, laissant de petites flaques jusqu'au placard.

Pas le temps d'avaler un petit déjeuner, ni même l'indispensable café auquel elle attachait d'habitude une importance capitale. Lorsqu'elle ressortit de chez elle, à peine plus de dix minutes s'étaient écoulées depuis qu'elle était revenue de son footing.

Elle n'avait plus qu'à espérer trouver quelque chose de comestible et de nourrissant dans les distributeurs du poste de police… On pouvait toujours rêver.

Tandis qu'elle se garait sur le parking, Moira crut avoir une hallucination en reconnaissant l'homme qui l'avait aidée à se relever devant le cimetière. Tout au moins lui ressemblait-il de dos. Grand, blond tirant sur le châtain clair, épaules larges… Oui, c'était peut-être lui.

Ou quelqu'un d'autre, plus vraisemblablement. Un citoyen lambda venu porter plainte, ou répondre à la convocation d'un des nombreux policiers qui travaillaient ici.

Moira pressa le pas pour tenter de rattraper le bel inconnu, qu'elle avait vu pousser la porte du bâtiment.

Néanmoins, lorsqu'elle y pénétra à son tour, il avait disparu.

— Il a dû prendre l'ascenseur, marmonna-t-elle pour elle-même.

Elle ne voyait pas d'autre explication, hormis l'hypothèse qu'il se soit volatilisé. Cela faisait beaucoup de fantômes pour une seule journée.

— Il paraît que certains flics perdent la boule très tôt dans leur carrière. A supposer qu'ils ne l'aient pas déjà perdue avant, bien sûr. Ce qui, dans ton cas, reste à déterminer.

Moira n'avait pas besoin de se retourner pour savoir qui avait lancé cette boutade. Mais elle avait appris depuis longtemps qu'ignorer son frère ne servait à rien. Bien au contraire.

Elle lui fit face en soupirant.

— Je vois que quelqu'un s'est levé du bon pied, ce matin.

Malloy la gratifia de son fameux sourire, qu'une écrasante majorité de femmes trouvait irrésistible.

— Pour tout te dire, sœurette, répondit-il avec un clin d'œil malicieux, je ne peux pas me lever autrement que du bon pied après avoir passé la nuit avec la ravissante Patricia Morgan.

— Epargne-moi les détails, tu veux ?

Moira se dirigea à grands pas vers l'ascenseur. Elle savait qu'on ne se débarrassait pas comme ça de Malloy, mais, pour la forme, elle devait au moins faire semblant d'essayer.

— Hé, ça va ? lui demanda-t-il en l'attrapant par l'épaule. On dirait que tu es passée dans une essoreuse.

Moira se dégagea de son étreinte, tout en s'efforçant de rester impassible.

— Tu sais comment parler aux femmes, toi, c'est un vrai bonheur… Je comprends pourquoi elles te trouvent aussi charmant. Tu es obligé de les chasser à coups de bâton, je parie ?

— Sérieusement, Moira, tu vas bien ? insista Malloy. L'arrière de ta tête est tout mouillé. Tu essaies de lancer une nouvelle mode, ou bien ils t'ont coupé l'électricité en plein séchage de cheveux ?

Cette fois-ci, Moira fronça les sourcils. Elle détestait quand son frère commençait à l'observer de trop près.

— Tu es enquêteur, à toi de me le dire.

Malloy eut l'air étonné.

— Depuis quand tu acceptes qu'on te dise quoi que ce soit ? lança-t-il alors qu'elle était déjà dans l'ascenseur.

— J'écoute toujours les gens raisonnables, répondit-elle innocemment. Si je ne t'écoute pas, c'est que tu ne dois pas en faire partie.

Les portes de la cabine se refermèrent, mettant un terme à la conversation.

Moira en profita aussitôt pour toucher l'arrière de son crâne, ce qu'elle s'était retenue de faire devant son frère — hors de question de lui accorder ce plaisir.

Merde. Malloy avait raison. Dans sa précipitation, en se séchant les cheveux ce matin, elle avait oublié toute une mèche.

L'espace d'un instant, elle envisagea d'aller s'enfermer dans les toilettes pour faire un usage détourné du sèche-mains, mais elle y renonça. Avec un peu de chance, personne ne la regarderait le temps que ses cheveux finissent de sécher tout seuls.

Pour l'heure, elle avait d'autres chats à fouetter, se rappela-t-elle tandis que l'ascenseur arrivait à son étage. Il fallait qu'elle rende compte à son lieutenant de la scène suspecte qu'elle avait découverte par hasard dans le cimetière.

Quand bien même elle détestait les contraintes, elle savait qu'elle avait besoin de son feu vert pour enquêter.

2

Avant de s'atteler à la tâche, Moira fit une étape par la salle de repos pour se servir une tasse de café. De l'avis général, celui-ci était de piètre qualité, mais il avait au moins l'avantage d'être chaud. Et il était tellement serré qu'il vous ôtait toute envie de dormir.

Revigorée et parfaitement alerte, Moira posa ce qui restait du breuvage sur sa table de travail, avant de se diriger d'un pas décidé vers le petit bureau vitré de son supérieur.

Le bruit courait que le lieutenant Jacob Carver avait jadis été plutôt bel homme. Mais ses années au sein de la police avaient profondément marqué ses traits : aujourd'hui, ses joues pendantes lui donnaient un air de dogue allemand, que venaient renforcer ses sourcils broussailleux perpétuellement froncés au-dessus de son nez patricien. Une physionomie des plus intimidantes pour les jeunes officiers fraîchement affectés à son escouade…

Si Moira évitait au maximum les interactions avec cet homme acariâtre, elle n'avait pas pour autant peur de lui. Ayant grandi dans une famille de sept enfants, dont la plupart avaient manifesté un caractère bagarreur avant l'âge de trois ans, Moira possédait une volonté de fer et une personnalité à toute épreuve qui lui étaient bien utiles dans son métier. Polie, elle savait se plier à l'autorité de ses supérieurs, sans jamais se sentir intimidée par qui que ce soit.

Carver ne faisait pas partie de ces chefs qui travaillent la porte ouverte pour se rendre disponibles auprès de leurs subordonnés. Si l'un d'eux voulait s'entretenir avec lui, il lui fallait respecter un certain nombre de règles, dont la première était de frapper avant d'entrer. La seconde voulait qu'on attende d'être invité à passer le seuil.

Moira se contenta de toquer et sauta la deuxième étape, ouvrant la porte directement.

— Vous avez une minute, lieutenant ?

— J'en ai soixante dans chaque heure, répliqua-t-il, sans lever la tête du rapport qu'il était en train de rédiger.

Interprétant sa réponse comme une invitation par défaut, Moira pénétra dans le sanctuaire de son chef.

— J'aimerais vous consulter à propos d'une affaire, annonça-t-elle en refermant la porte derrière elle.

En temps normal, elle l'aurait laissée ouverte, mais elle savait à quel point Carver aimait entourer de secret ses conversations — surtout celles qu'il avait avec les membres de son équipe. Quelle que soit la question, il adorait faire des mystères.

Pendant un moment, il l'ignora, sans doute dans l'espoir qu'elle finisse par se lasser et partir. Mais, au sein de la police d'Aurora, il était de notoriété publique que le nom « Cavanaugh » allait de pair avec « obstination ». Carver avait pu constater à son grand désarroi que Moira ne faisait pas exception.

Comme elle ne bougeait pas, il poussa un soupir, posa son stylo — adepte de la vieille école, il utilisait encore le papier et le crayon plutôt que la souris et le clavier — et leva les yeux vers elle.

— Quelle affaire, Cavanaugh ? s'enquit-il avec lassitude.

Moira avait décidé depuis longtemps de ne pas se formaliser de la manière dont son chef prononçait son nom de famille. On trouvait des Cavanaugh dans tous les services de la police d'Aurora et, même si la grande majorité du personnel était en bons termes avec eux, certains jaloux continuaient de les croire privilégiés. Carver, lui, refusait de prendre position sur le sujet — ce qui n'empêchait pas Moira de percevoir une certaine animosité dans sa voix.

— Tout à l'heure, j'étais en train de faire mon footing…

Au moment même où elle prononçait ces mots, Carver tendait la main vers les deux beignets au sucre qu'il achetait tous les matins sur le chemin du travail. Il marqua une hésitation, puis lui lança un regard noir, comme s'il la soupçonnait d'avoir dit cela pour se moquer de lui et de ses kilos en trop.

— C'est vrai, j'avais oublié. Vous faites très attention à votre ligne, hein ?

Tout en la défiant du regard, il croqua à pleines dents dans son beignet, faisant tomber une pluie de sucre glace sur son rapport.

— J'ai besoin de ça pour me réveiller, répondit Moira d'un ton neutre.

Elle n'allait certainement pas se laisser entraîner

dans un débat sur les avantages et les inconvénients de la course à pied.

— Bref, en passant devant l'entrée du cimetière Saint-Joseph…

— Vous courez autour du cimetière ? l'interrompit Carver, incrédule. Vous devriez peut-être demander un transfert à la Crim', si vous aimez tant les morts.

Moira se garda bien de mordre à l'hameçon.

— Je suis très bien ici, chef. Donc, j'ai vu deux silhouettes…

— Des silhouettes ? la coupa-t-il une fois de plus. Qui ressemblaient à des zombies, peut-être ?

De toute évidence, il se payait sa tête. Il n'avait absolument pas l'intention de la prendre au sérieux.

— Non. Qui ressemblaient à des voleurs, chef. Vêtus de noir et encagoulés. L'un d'eux m'a foncé dessus et ne s'est même pas arrêté.

Carver se frotta les mains, avant de chercher la petite serviette en papier qu'on lui avait donnée avec les beignets.

— J'imagine que ce n'est pas uniquement pour le plaisir que vous me racontez cette histoire de fantômes.

— En effet, lieutenant. Je suis entrée dans le cimetière pour essayer de découvrir pourquoi ces deux individus s'enfuyaient…

— Laissez-moi deviner : ils étaient poursuivis par Dracula.

— Non. En l'occurrence, c'était un type blond qui leur courait après, corrigea Moira, qui aurait préféré garder cette information pour plus tard.

— Ah, le mystère s'épaissit ! Et ce type blond, il a un nom ?

— Je suis sûre qu'il en a un, chef, mais il ne m'a pas laissé le temps de le lui demander, répondit-elle, impatiente d'en venir au fait.

— Dommage. Ça commençait à devenir intéressant.

Carver coula un regard gourmand vers le deuxième beignet, puis sembla décider de le savourer une fois seul.

— Donc, en entrant dans le cimetière, j'ai vu qu'une des stèles avait été déplacée, reprit Moira. Je sais que ça va vous paraître étrange, mais je pense que ces deux personnes essayaient de piller une tombe.

Carver la dévisagea comme si elle était devenue folle. Visiblement, elle lui avait coupé l'envie de plaisanter.

— Et qu'est-ce que vous comptez faire, au juste ?

— J'aimerais avoir la permission de mener des recherches sur place pour voir si quelque chose a été déterré.

Carver fronça les sourcils. Il considérait sans doute qu'il avait déjà accordé assez d'attention à son inspectrice, et qu'il était grand temps qu'elle débarrasse le plancher.

— Au cas où ça vous aurait échappé, Cavanaugh, c'est la division des *cambriolages*, ici.

— Je sais, chef, lui assura-t-elle calmement, consciente qu'elle risquait un blâme, voire un renvoi, si elle se mettait à hurler. Justement, le pillage de tombes entre dans cette catégorie.

— Le pillage de tombes, répéta Carver.

L'affaire ne se présentait pas très bien… Et pourtant, malgré toutes ses marottes, Carver était un bon policier — du moins, il l'avait été avant de prendre la tête de ce service. Moira espérait qu'il en restait quelque chose.

Il la regarda en plissant les yeux.

— Qui a porté plainte ?

— Pardon ?

— Qui a porté plainte ? répéta-t-il d'une voix égale. Avant d'aller enquêter sur cette pseudo « perturbation » de stèle, il nous faut une plainte.

Généralement, quand le lieutenant insistait pour suivre le protocole à la lettre, c'était qu'il n'avait pas envie d'autoriser une enquête. En dehors de cela, il savait très bien s'arranger avec le règlement.

— S'il le faut, je peux porter plainte, dit-elle sans se démonter.

— On ne vous a donc rien appris, dans votre famille ? Vous ne pouvez pas porter plainte vous-même, Cavanaugh. Dans cette affaire, vous êtes une simple joggeuse, pas une victime.

— J'en conviens. N'empêche qu'il y a peut-être une bande de pilleurs de tombes dans la nature.

— A Aurora ? s'étrangla Carver. On en aurait entendu parler.

— Et s'ils commencent juste ?

Carver l'observa quelques instants en silence, la mine renfrognée.

— Vous ne renoncerez jamais, hein ?

Moira faillit répondre que non, mais elle se retint. Cela ne servait à rien de se mettre son supérieur à dos.

— Je crois qu'il se passe vraiment quelque chose de louche, lieutenant.

— Evidemment.

Carver étouffa un juron. Puis il réfléchit un long moment, pesant visiblement le pour et le contre.

— D'accord, finit-il par lâcher. Je suis quelqu'un de raisonnable.

Ça, ça reste à prouver, pensa-t-elle très fort.

Allez enquêter, si ça vous chante — juste vous, pas votre coéquipier. Warner a du vrai travail de police à faire.

Moira avait toujours affirmé qu'elle était capable de s'entendre avec n'importe qui, même avec le diable. C'était avant qu'elle ne fasse équipe avec Alfred Warner, un vieux flic aigri…

Peut-être lui rappelait-il trop Carver.

Quelle que soit la raison, elle se réjouissait d'aller mener son enquête au cimetière sans lui.

— Très bien, chef, répondit-elle en s'efforçant de cacher sa joie.

— Interrogez le gardien. Peut-être qu'il a remarqué des choses bizarres ces derniers temps. Essayez de voir s'il y a déjà eu des histoires de ce genre par le passé. Mais si vous ne trouvez rien de concret d'ici quarante-huit heures, c'est fini. Je ne veux plus en entendre parler. Quarante-huit heures, pas plus. Compris ?

— Compris, chef. Et merci.

— De rien, grogna Carver en la chassant d'un geste impatient. Fermez bien la porte en partant.

— Je le fais toujours, dit-elle avec un sourire, la main sur la poignée.

Elle crut l'entendre grommeler quelque chose entre ses dents. Se gardant bien de lui demander de répéter, elle tira vite la porte derrière elle.

Alors qu'elle s'asseyait à son bureau pour rédiger une note sur son ordinateur, son coéquipier pénétra dans la salle de brigade. Il ôta sa veste — laquelle devait bien avoir vingt ans — et la posa sur le dossier de son fauteuil.

— Pourquoi tu souris comme ça ? demanda-t-il d'un air suspicieux.

Moira ne voulait surtout pas entrer dans les détails. Warner avait le chic pour tout décortiquer, et elle n'avait pas le temps de répondre à ses questions.

— Le lieutenant vient de me confier une enquête, dit-elle simplement.

Son collègue se laissa tomber dans son fauteuil, qui protesta bruyamment. Warner avait pris huit kilos au cours de la dernière année.

— Merde, j'ai déjà une tonne de trucs à faire…

— Ne t'inquiète pas, Warner, sur ce coup-là, je travaille en solo.

En prononçant ces mots, Moira se rendit compte qu'elle ne ferait qu'attiser la curiosité de son coéquipier. Car si Warner rechignait à fournir plus d'efforts qu'il n'était strictement nécessaire, il n'appréciait pas non plus de se voir exclu d'une enquête.

Oui, c'était mesquin de le tourmenter comme ça… En même temps, elle l'avait surpris plus d'une fois en train de raconter des méchancetés sur elle ou d'autres membres de sa famille. Et elle avait tenu sa langue à chaque fois, même s'il lui en avait coûté.

Elle pouvait bien se venger un peu.

Elle se leva et se dirigea vers la porte.

— A plus tard, lança-t-elle gaiement.

— Attends ! C'est quoi, cette histoire d'enquête ?

Feignant de ne rien avoir entendu, Moira continua de marcher, un grand sourire aux lèvres.

Elle se montrait peut-être un peu garce cette fois, mais il le méritait. Et sans ça, comment arriverait-elle à le supporter ? Elle ne pouvait pas demander à changer de coéquipier — il fallait pour cela présenter des raisons valables, et dire que Warner l'agaçait ne suffirait sûrement pas à convaincre son lieutenant.

Du reste, selon son père, c'était le genre d'expériences qui forgeaient le caractère. Moira ne s'était jamais plainte de sa situation auprès de lui, mais elle savait pertinemment ce qu'il lui aurait conseillé : de rester avec Warner.

— Je vais faire contre mauvaise fortune bon cœur, le temps qu'il parte à la retraite, marmonna-t-elle tandis qu'elle appelait l'ascenseur. Si je ne suis pas morte avant…

Moira jeta un coup d'œil autour d'elle. Il y avait bien quelques personnes dans le couloir, mais aucune ne semblait l'avoir entendue. Elle ferait mieux de perdre cette mauvaise habitude de parler tout haut, sinon les gens finiraient par la croire folle.

L'ascenseur n'arrivait pas.

Impatiente, Moira appuya de nouveau sur le bouton. Qu'est-ce qu'il fichait, bon sang ? Cette maudite machine était de plus en plus lente. Et Moira n'avait pas de temps à perdre. Maintenant qu'elle avait obtenu le feu vert de son chef, elle voulait commencer au plus vite ses investigations. Sans compter que Carver pouvait changer d'avis à tout moment et envoyer quelqu'un la chercher pour une autre enquête qu'il jugerait plus urgente…

Elle avait bien vu qu'il ne prenait pas son histoire au sérieux. Mais elle était certaine d'avoir mis le doigt sur quelque chose. Moira était une Cavanaugh, et jusque-là elle n'avait croisé aucun représentant de sa famille qui ne se soit fié un jour à ses intuitions.

L'ascenseur n'arrivait toujours pas.

De plus en plus agacée, Moira réprima un soupir. A en croire l'écran digital, la cabine se trouvait au sixième étage. Elle n'avait pas bougé depuis au moins trois minutes.

Et si l'ascenseur était en panne ? Le mardi précédent, il était resté hors-service toute la matinée — et presque deux jours, un mois plus tôt.

A bout de patience, Moira décida de prendre l'escalier. Cela lui ferait faire de l'exercice.

Alors que la lourde porte venait de se refermer derrière elle, elle entendit le martèlement d'une paire de chaussures masculines sur les marches en métal.

Sans doute quelqu'un qui, comme elle, en avait eu assez d'attendre l'ascenseur, songea-t-elle en levant les yeux.

Moira crut que sa mâchoire se décrochait : pour la deuxième fois depuis qu'elle était arrivée au travail, elle croisait l'homme blond du cimetière.

3

Alors qu'elle restait figée sur place, dos à la porte coupe-feu, l'inconnu continua de dévaler l'escalier comme si de rien n'était. Il portait les mêmes vêtements que lorsqu'il l'avait aidée à se relever sur le trottoir.

— Hé ! l'appela Moira, sidérée qu'il ne lui ait pas même accordé un regard. Attendez !

De toute évidence, l'homme avait espéré lui échapper. Mais comme ils étaient seuls dans la cage d'escalier, il se sentit manifestement obligé de s'arrêter.

— Qu'est-ce que vous faites ici ? s'enquit-elle en réduisant la distance qui les séparait.

S'il l'avait reconnue, il n'en montra rien.

— Je descends l'escalier, répondit-il froidement. Comme vous, je crois.

Essayait-il de faire de l'humour, ou n'avait-il vraiment pas compris le fond de sa question ? Moira décida qu'il avait l'air trop intelligent pour cette seconde hypothèse.

— Je voulais dire, que faites-vous au poste de police ? précisa-t-elle.

Un détail de sa conversation avec Carver lui revint alors à l'esprit : pour ouvrir une enquête, la règle aurait voulu que quelqu'un porte plainte. Etait-ce ce que cet homme était venu faire ici ? L'explication lui semblait plausible.

— Vous êtes là pour porter plainte ? demanda-t-elle.

— Non. A moins que vous ayez l'intention de m'agresser.

Finalement, il était peut-être juste un peu borné… Moira retenta sa chance :

— Pourquoi êtes-vous là, alors ?

— Parce que je suis payé pour l'être.

Moira écarquilla les yeux.

— Attendez… Vous travaillez ici ?

— Oui.

Moira réexamina l'inconnu d'un air soupçonneux. Pas de doute, il se moquait d'elle. Il avait sûrement l'habitude de s'en sortir grâce à sa belle gueule, mais cette fois-ci il avait choisi la mauvaise personne.

— Et vous faites quoi, exactement ? s'enquit-elle.

— Je fais ce qu'on me demande de faire.

— Vous êtes flic.

— Ma parole, vous devriez participer à un quiz télévisé ! Je suis sûr que vous gagneriez. Moi, par contre, je n'ai pas assez de patience pour ce genre de choses. Alors si vous avez fini de m'interroger…

Moira se précipita au bas de l'escalier pour lui bloquer le passage.

— C'est vous qui poursuiviez ces deux individus, au cimetière.

— Donc, vous n'avez pas fini de m'interroger, soupira-t-il. Pourquoi toutes ces questions ?

— Parce que, pour commencer, je n'ai pas l'habitude de me faire renverser à 6 h 30 du matin.

— Je ne vous ai pas renversée.

— Non, mais vous couriez après ceux qui l'ont fait, lui rappela-t-elle. Pourquoi ?

Les avait-il surpris en train de piller une tombe ?

Moira le vit hésiter. Elle ne pouvait pas savoir que la prudence et la discrétion étaient ses maîtres mots. Davis n'aimait pas dévoiler ses cartes trop vite, même quand la personne qui le questionnait était une blonde pétillante que son père aurait sans nul doute qualifiée de « beau brin de femme ».

— Disons que j'avais moi-même deux ou trois choses à leur demander, répondit-il enfin.

— Pourquoi ils profanaient une tombe, par exemple ?

Il fixa sur elle un regard intense, comme s'il était capable de lire dans ses pensées. La sensation n'était pas des plus agréables.

— Qu'est-ce que vous savez ? l'interrogea-t-il au bout d'un moment.

— Rien. C'est pour ça que je vous pose des questions.

Moira devina qu'elle ne l'avait pas convaincu. Ce type arrivait à la mettre mal à l'aise alors même qu'elle disait la vérité ! Elle connaissait une seule personne qui avait ce pouvoir sur elle : sa mère. Cela forçait l'admiration.

— Vous ne savez rien, et pourtant vous êtes au courant qu'une tombe a été profanée, lâcha-t-il d'un ton accusateur.

Elle eut du mal à soutenir son regard sans rien révéler de son trouble. Mais il était hors de question qu'elle se laisse intimider par cet apollon aux traits rudes.

— Quand vous avez filé, ce matin, j'ai fait un tour dans le cimetière pour essayer de découvrir ce qui avait pu pousser trois personnes à s'en échapper précipitamment, expliqua-t-elle.

— Vous semblez me mettre dans le même panier que ces deux individus, mais je n'ai rien à voir avec eux, répliqua-t-il sèchement. Je cherchais la même chose que vous, c'est tout.

Soutirer des informations à cet homme relevait de l'exploit. Heureusement, Moira ne se décourageait pas facilement ; au contraire, plus on lui résistait, plus cela renforçait sa détermination.

— Donc, vous savez ce qu'ils fabriquaient dans ce cimetière ? demanda-t-elle.

— Pas du tout.

Moira resta silencieuse un moment. A peine quelques minutes plus tôt, elle s'était fait une joie de mener l'enquête toute seule ; à présent, elle se demandait si cela ne valait pas le coup d'avoir un second regard sur l'affaire... Sans compter que le regard en question était d'un bleu fascinant, qui se mariait à merveille avec les cheveux blonds, un peu ébouriffés, de son propriétaire.

Sa décision était prise.

— Ça vous dirait de découvrir ce qui s'est passé ? lança-t-elle.

Le type dut penser qu'elle le faisait marcher, car il ne répondit pas.

— Mon lieutenant m'a donné quarante-huit heures pour enquêter, précisa-t-elle. Un peu d'aide ne serait pas de refus. Deux paires d'yeux, ça vaut toujours mieux qu'une seule.

— Sauf que je ne travaille pas dans votre service.

Moira chassa l'objection d'un geste de la main.

— Ce n'est pas un problème. Les enquêteurs passent sans arrêt d'une unité à l'autre. Je pourrais faire une demande auprès de votre lieutenant…

— Capitaine, corrigea-t-il.

— … auprès de votre capitaine, pour qu'il vous autorise à m'aider.

— Et vous donneriez quoi, comme raison ? Pourquoi auriez-vous besoin de mon aide, alors que vous pouvez facilement vous tourner vers quelqu'un de votre brigade ?

Moira avait une réponse toute prête à cette question.

— Je peux lui dire que vous étiez sur place, et que vous avez remarqué quelque chose de bizarre…

— J'ai remarqué la même chose que vous, rien de plus, la coupa-t-il.

Pourquoi une telle réticence ? s'interrogea Moira. N'avait-il pas envie d'en savoir plus sur ce qui s'était passé ce matin ? Y avait-il une autre raison qui lui échappait ?

— Peu importe, répondit-elle. Vous vous trouviez dans ce cimetière en même temps que ces deux types, et vous les avez fait fuir, sans doute avant qu'ils aient pu finir ce qu'ils avaient commencé.

Moira s'emballait. Plus elle en parlait, plus l'idée lui plaisait.

— Alors, qu'est-ce que vous en dites ? demanda-t-elle avec enthousiasme.

Malheureusement, son interlocuteur n'avait pas la tête d'un homme conquis…

— J'en dis que je ne sais même pas qui vous êtes.

— Ça, ça peut s'arranger. Inspectrice Moira

Cavanaugh, division des cambriolages, annonça-t-elle, la main tendue.

— Cavanaugh ?

Moira laissa retomber sa main. Faisait-il partie de ceux qui la détestaient d'emblée à cause du nom qu'elle portait ? Elle aurait aimé pouvoir lire une réaction dans son regard — mépris, agacement, n'importe quoi — mais l'homme ne laissait rien paraître. Autant essayer de deviner les pensées d'un poisson rouge.

— Donc, qu'est-ce que vous en dites ?

— Qu'il n'y a probablement rien à découvrir.

— Comment pouvez-vous en être si sûr ? A moins que ce ne soit vous qui ayez profané la tombe, et que ces deux personnes vous aient surpris la main dans le sac ?

Moira observa attentivement son visage pendant qu'elle avançait cette hypothèse farfelue. Une fois de plus, il ne trahit aucune émotion.

Bon sang, ce type avait la tête dure…

— On vous a déjà dit que vous aviez beaucoup d'imagination ? lui demanda-t-il.

— Si les flics n'en avaient pas, seulement la moitié des affaires seraient résolues. Souvent, c'est en sortant des sentiers battus qu'on trouve la solution.

— Il y a sortir des sentiers battus, et il y a se perdre complètement dans la forêt.

— Vous ne m'avez toujours pas répondu, insista-t-elle sans relever sa remarque. Voulez-vous qu'on fasse équipe sur cette enquête ?

— Non.

Moira ne pouvait pas deviner qu'il refusait toujours catégoriquement de travailler en binôme. Après avoir perdu deux coéquipiers en plus de ses parents, Davis était persuadé qu'il portait la poisse à toutes les personnes qui l'approchaient de trop près. Mieux valait pour tout le monde qu'il reste seul.

Sa réponse ne fit qu'attiser la curiosité de Moira.

— Pourquoi ? le questionna-t-elle. Donnez-moi au moins une raison. S'il vous plaît.

— Vous n'avez pas besoin de savoir pourquoi. C'est non, point final.

Moira haussa les épaules.

— Tant pis pour vous, inspecteur… ?

Elle pensait qu'il tomberait dans le piège en lui déclinant son identité, mais c'était mal le connaître.

— Tant pis pour moi ? Question de point de vue.

— Oh ! Je vous en prie, vous devez bien avoir un nom !

— Oui, j'en ai un.

Le concept d'« homicide justifié » traversa l'esprit de Moira. Elle préféra finalement respirer un bon coup.

— Quel est-il, alors ?

— Je n'ai aucune raison de vous le donner, répondit Davis, curieux de voir jusqu'où cette femme était capable d'aller.

— Inspecteur, nous sommes seuls dans cet escalier, fit-elle remarquer d'une voix légèrement altérée. Les accidents, ça arrive.

Davis eut toutes les peines du monde à se retenir de rire.

— A vue de nez, je dois peser au moins vingt-cinq kilos de plus que vous, observa-t-il. Je crois que je n'ai pas grand-chose à craindre.

Moira se tenait en dessous de lui sur les marches,

si bien qu'il la dominait de toute sa hauteur. Mais elle ne se laissa pas impressionner. Il vit même une petite flamme s'allumer dans son regard.

— La première règle qu'on vous apprend dans les arts martiaux, c'est d'utiliser le poids de votre adversaire contre lui.

Davis laissa échapper un petit rire qui ne manqua pas de surprendre Moira.

— Vous ne renoncez jamais, vous ! Laissez-moi deviner : vous êtes une fille unique à qui on a toujours tout cédé.

— Vous n'y êtes pas du tout ! J'ai grandi dans une famille de sept enfants, dans laquelle il fallait se battre pour obtenir la moindre chose. Chez moi, personne n'a jamais rien cédé à personne !

Davis ne jugea pas nécessaire de l'informer qu'elle n'était pas la seule à avoir suivi des cours d'arts martiaux. Enfant, ses camarades s'étaient beaucoup moqués de sa petite taille — ce n'est que plus tard, à l'adolescence, que Davis s'était mis à grandir. Ses parents l'avaient inscrit à un club pour l'aider à prendre confiance en lui. Cc qu'il y avait appris lui avait servi toute sa vie.

— Je parlerai moi-même à mon chef, annonça-t-il de but en blanc, alors que la jeune femme semblait prête à s'en aller.

— Dois-je comprendre que vous acceptez de faire équipe avec moi ?

Moira n'en revenait pas. Et dire qu'elle s'était faite à l'idée de renoncer ! Du moins pour l'instant, bien sûr.

— Votre lieutenant vous a donné quarante-huit heures, c'est ça ?

— Exact.

— Je pense pouvoir vous supporter pendant deux jours. A condition que ce soit bien le délai que vous vous fixez, précisa-t-il avec un regard pénétrant.

Moira eut l'impression qu'il voyait jusqu'au fond de son âme, mais elle se retint de baisser les yeux.

— C'est le délai que mon chef m'a accordé, confirma-t-elle.

Davis avait bien perçu la nuance introduite par ses derniers mots. Se laissait-elle une porte de sortie ? Il valait peut-être mieux ne pas se poser la question. De toute façon, avant même de croiser Moira dans l'escalier, Davis avait décidé de mener quelques recherches au cimetière sur son temps libre ; accepter la proposition de Cavanaugh lui permettrait de le faire à titre officiel, ce qui faciliterait grandement les choses.

Du reste, elle avait raison : dans une enquête, il valait toujours mieux avoir plusieurs points de vue — même si celui de cette fille semblait particulièrement tordu.

Enfin, quelles que soient les conclusions auxquelles ils parviendraient, leur collaboration ne durerait pas plus de quarante-huit heures.

— D'accord, j'accepte.

Pour Moira, la victoire fut presque grisante : convaincre cet homme s'était révélé aussi ardu qu'une ascension de l'Everest.

— Super ! Il reste encore une chose.

— Quoi ? demanda Davis, qui regrettait déjà d'avoir dit oui.

— Comment est-ce que je dois vous appeler ?

— Vous m'appelez le moins souvent possible.

Finalement, Malloy était une vraie crème…

— Ça, j'avais compris, répondit-elle, mais comment est-ce que je m'adresse à vous ?

— Comme vous voulez.

Les grades et les titres n'avaient pas beaucoup d'importance aux yeux de Davis.

Moira poussa un soupir.

— Ne compliquez pas les choses. J'ai une sœur qui travaille ici, les ordinateurs lui obéissent au doigt et à l'œil. Il suffit que je lui donne une vague description de vous, et elle me trouvera votre nom dans l'heure. Ce serait lui faire perdre du temps et utiliser à mauvais escient les ressources de la police. Mais si vous tenez à la jouer comme ça…

Davis avait le sentiment qu'elle ne bluffait pas, ce qu'il trouvait à la fois agaçant et intriguant. Dans l'absolu, il ne détestait pas la fougue et la détermination dont elle faisait preuve. En pratique, par contre, ces mêmes traits de caractère risquaient bien de lui donner envie de l'étrangler, et ce, dans un futur proche.

Pour parer à cette éventualité, il décida de lui répondre enfin.

— Je m'appelle Davis.

— Ah, on progresse ! C'est votre nom, ou votre prénom ?

— Davis Gilroy.

Moira lui offrit un sourire éclatant qu'il ne put s'empêcher d'admirer.

— Enchantée, inspecteur Davis Gilroy.

De nouveau, elle lui tendit la main ; cette fois-ci, il consentit à la lui serrer.

— Vous travaillerez avec moi pour la division des

cambriolages, l'informa-t-elle. Jusqu'à nouvel ordre, cette affaire sera traitée comme un pillage de tombe.

— Vous plaisantez ?

Comment diable avait-elle réussi à convaincre son lieutenant ? Pour autant qu'il sache, aucune profanation de sépulture n'avait été rapportée dans toute l'histoire d'Aurora.

— J'aime beaucoup plaisanter, répondit-elle, mais là, je suis très sérieuse.

Dommage qu'il n'ait pas de ceinture à boucler, songea Davis, car la route promettait d'être chaotique.

4

Ayant accepté cette collaboration éphémère, Davis pensait que la jeune femme qui l'avait attaqué dans les escaliers daignerait enfin le laisser partir.

Mais elle continuait de lui bloquer le passage.

— Alors, à qui dois-je aller parler, Gilroy ? s'enquit-elle.

Une fois de plus, elle avait réussi à le prendre au dépourvu. Davis s'efforça de n'en rien laisser paraître.

— Vous voulez vous occuper de ça tout de suite ?

— Pourquoi attendre ? On n'a pas vraiment de temps à perdre, je vous le rappelle. Dans quel service travaillez-vous ?

Tout en posant cette question, Moira se rendit compte qu'il y avait encore beaucoup de choses qu'elle ignorait à propos de cet homme.

— L'unité des crimes majeurs, répondit-il. Mais je croyais que la question avait été réglée. Je vous ai dit que je préférais aller voir mon capitaine moi-même.

Comme elle n'avait pas réagi au moment où il en avait parlé, Davis en avait conclu qu'elle était d'accord. Mais il commençait à comprendre qu'avec Moira Cavanaugh rien n'était jamais acquis.

— Je saurai mieux présenter les choses, décréta-t-elle. La preuve, j'ai réussi à obtenir le feu vert de mon lieutenant, et ce n'était pourtant pas gagné d'avance. Puisqu'il m'a dit oui, j'imagine qu'il attend de moi que j'exploite toutes les ressources à ma disposition pour boucler rapidement cette enquête.

Davis avait un mauvais pressentiment. S'il n'était pas du genre à vouloir à tout prix respecter les règles, il n'avait pas non plus envie de toutes les outrepasser. Autant que possible, il aimait opérer dans la discrétion ; et cela ne pouvait se faire en s'associant avec une rebelle, quelle que soit la durée de cette collaboration.

— Si je comprends bien, vous me voyez comme une ressource ?

— J'ai une intuition, dit-elle d'un ton détaché, sans répondre à sa question. Les Cavanaugh fonctionnent beaucoup à l'intuition.

Quarante-huit heures, se rappela Davis. Que pouvait-il arriver de mal en quarante-huit heures ?

— Dans ce cas, on ferait mieux de remonter, déclara-t-il. Les crimes majeurs, c'est au sixième.

Moira leva les yeux vers le palier du dessus.

— Ça fait plus de trois étages.

— Est-ce un problème, Cavanaugh ? s'enquit Davis avec une pointe d'amusement dans la voix.

Il la mettait au défi. Moira aurait préféré cent fois prendre l'ascenseur mais, s'il croyait qu'elle allait se défiler, il se fourrait le doigt dans l'œil.

— Non, ce n'est pas un problème, répliqua-t-elle. Je vous en prie, passez devant.

Gilroy ne se le fit pas dire deux fois. Il lui tourna le dos et ouvrit la marche en direction du sixième étage.

Moira n'avait pas l'intention de se laisser distancer.

Après tout, c'était pour se maintenir en forme qu'elle faisait son footing tous les matins. Mais courir à une allure modérée sur un terrain relativement plat, ce n'était pas la même chose que de grimper des marches quatre à quatre pour suivre le rythme effréné de l'inspecteur Gilroy…

Si elle avait de l'endurance, il était avantagé par ses longues jambes. De plus, il semblait habitué à ce genre d'exercice. Etait-il trop impatient pour attendre l'ascenseur apathique du poste de police ?

Pour beaucoup, l'impatience était un défaut. Voilà qui redonnait un peu d'espoir à Moira : peut-être l'homme qu'elle avait choisi comme coéquipier n'était-il pas qu'un robot, contrairement à ce qu'il cherchait à faire croire ?

Malgré les questions qui se bousculaient dans sa tête — une habitude, chez elle — Moira préféra garder son souffle et son énergie jusqu'à ce qu'ils aient atteint le sixième étage. Une fois dans le couloir, elle jeta un coup d'œil sur la main gauche de Gilroy. Pas d'alliance, pas de bague d'aucune sorte. Certes, les hommes mariés n'en portaient pas tous ; mais quelque chose lui disait que Gilroy était célibataire. Moira doutait fortement qu'une femme saine d'esprit ait pu se résigner à parler le moins possible pour le restant de ses jours, tel un moine franciscain.

En ce qui la concernait, le silence n'avait jamais été son truc. Les mots s'échappaient naturellement de sa bouche, comme à cet instant.

— Que faisiez-vous au cimetière, si tôt le matin ? demanda-t-elle à Gilroy, qui marchait devant elle.

Il s'arrêta si brusquement qu'elle vint s'écraser contre son large dos.

Davis fit volte-face.

— J'aimerais être très clair sur un point, Cavanaugh, gronda-t-il.

Moira leva une main pour l'interrompre.

— Par pitié, attendez au moins que les étoiles aient fini de tourner autour de ma tête.

Elle avait voulu détendre l'atmosphère, mais sa pointe d'humour n'eut pas l'effet escompté. Gilroy ne semblait même pas l'avoir entendue.

— Je veux bien vous aider à enquêter sur cette histoire de tombe profanée, mais je refuse d'être la cible de vos questions incessantes.

— Et si l'on jouait le jeu tous les deux ? suggéra-t-elle avec un grand sourire. Vous répondez à mes questions, je réponds aux vôtres. Ce serait gagnant-gagnant.

— Je n'ai pas de questions à vous poser.

Moins il en saurait sur cette femme, plus il lui serait facile de l'oublier une fois les quarante-huit heures écoulées.

Moira le dévisagea, incrédule.

— Vous êtes sérieux ?

Etait-elle tombée sur le seul homme au monde qui n'ait aucune curiosité ?

Le visage de son collègue resta parfaitement impassible.

— Je suis très sérieux.

— Vous n'avez vraiment aucune question à me poser ?

— Aucune.

— Vous seriez bien le premier.

Moira secoua la tête. Elle n'en croyait pas ses oreilles. Finalement, ce type était bien un robot.

Un peu plus loin dans le couloir, une porte était ouverte ; « **CRIMES MAJEURS** », pouvait-on lire en majuscules noires sur la vitre opaque.

— Ça doit être là, déclara gaiement Moira, tandis qu'elle se préparait intérieurement à braver le lion dans sa tanière. Vous m'avez dit que votre capitaine s'appelait comment, déjà ?

— Je ne vous ai pas donné son nom.

Elle commençait à se demander s'il n'allait pas la laisser trouver l'information toute seule, quand il précisa :

— Ryan. C'est le capitaine Ryan.

Moira acquiesça.

En entrant dans la salle de brigade, elle nota aussitôt que la disposition était la même qu'au troisième étage. Comme son lieutenant à la division des cambriolages, le supérieur de Gilroy disposait ici d'un petit box vitré prétentieusement appelé « bureau ».

Le capitaine Ryan s'y trouvait à cet instant en pleine conversation téléphonique.

— Donnez-moi dix minutes, murmura Moira à Davis.

Il la regarda d'un air sceptique.

— Vous ne voulez pas que je vienne avec vous ?

— J'aurais trop peur d'empiéter sur votre espace vital, Gilroy. Attendez-moi là. Si j'ai besoin de renforts, je vous ferai signe.

Et elle s'avança à grands pas vers le bureau de Ryan,

qui, à l'inverse du lieutenant Carver, laissait sa porte ouverte même quand il téléphonait.

Davis observa la scène, perché sur un coin de son bureau. Il sentait d'ici la catastrophe arriver. Dès que la jolie blonde commencerait à exposer à Ryan son projet saugrenu, on entendrait la voix du capitaine tonitruer à travers toute la salle.

Mais cinq minutes passèrent, puis dix, sans que les murs tremblent.

Davis contemplait sa nouvelle collègue avec une fascination grandissante.

Douze minutes après être entrée dans l'antre du chef, elle en ressortit avec un sourire encore plus éclatant, si toutefois c'était possible.

— Alors ? s'enquit Davis.

— Vous avez un capitaine très sympathique, répondit-elle, une lueur espiègle dans ses yeux d'un bleu pur. Ah, et vous êtes à moi toute seule pour les prochaines quarante-huit heures.

Elle avait annoncé cela comme si l'information n'avait qu'une importance secondaire…

Mike Manetti, un des plus vieux inspecteurs de l'unité — et qui, de l'avis de la majorité de ses collègues, aurait dû prendre sa retraite depuis longtemps — lança un clin d'œil à Davis quand Moira et lui passèrent devant son bureau en désordre.

— Petit veinard ! lui glissa-t-il.

Moira sourit au vieux flic.

— Je doute qu'il voie les choses de cette façon.

— Alors il est encore plus bête que je ne l'imaginais. Profites-en, mon garçon. Profites-en ! lança Manetti, en élevant la voix pour que son jeune collègue, qui repartait déjà vers le couloir, l'entende bien.

Mais Davis fit la sourde oreille. Il pensait à l'accueil favorable que son supérieur avait, contre toute attente, réservé à Moira. Si Ryan avait rejeté sa requête, Davis aurait été contraint de mener ses recherches tout seul, et ce en dehors de son temps de travail. Tout bien considéré, cela n'aurait peut-être pas été plus mal...

— Qu'est-ce que vous avez dit à mon capitaine ? voulut-il savoir.

— Que mon lieutenant apprécierait grandement qu'il lui prête un de ses meilleurs éléments, pour une affaire ultra-secrète concernant des infractions commises au cimetière Saint-Joseph. J'ai souligné que certains citoyens parmi les plus éminents d'Aurora avaient des proches enterrés là-bas, et qu'ils désiraient que l'enquête soit menée en toute discrétion, et bouclée dans les plus brefs délais.

Le sourire ensorcelant de Moira vint de nouveau détourner l'attention de Davis.

— Oh ! Et j'ai peut-être mentionné aussi que mon grand-oncle lui adressait ses amitiés.

Davis plissa les yeux. On touchait là au cœur du sujet.

— Votre grand-oncle ?

— Oui, Brian Cavanaugh. C'est...

— Le chef des inspecteurs, je sais, la coupa Davis, de plus en plus méfiant. Je croyais que les Cavanaugh mettaient un point d'honneur à gravir les échelons sur la seule base du mérite. Sans se servir de leurs relations, quoi.

— C'est le cas, répondit-elle innocemment.

Cette femme le sidérait. Ne voyait-elle pas ce qu'il y avait de contradictoire dans son attitude ?

— Et ce que vous venez de faire, c'était quoi, alors ? s'enquit-il en désignant d'un coup de menton le bureau de son supérieur.

— Ça ? C'était utiliser mon influence pour vous faire monter à bord, *vous*. Je vous rappelle que j'étais déjà dans le coup.

— OK.

Davis préféra en rester là, même si cet argument ne l'avait pas convaincu.

— Et qu'est-ce qui vous fait croire que je fais partie des meilleurs éléments de Ryan ?

Pensait-elle vraiment gagner son affection avec ce genre de flatteries gratuites ?

Sa réponse fut d'une sincérité déconcertante.

— Vous êtes forcément bon. Sinon, avec votre attitude d'ours mal léché, vous auriez été viré depuis longtemps.

Elle eut un bref sourire.

— Ça s'appelle un raisonnement déductif.

— Moi, j'appelle ça du baratin, répliqua-t-il en lui coulant un regard noir.

— Vous chipotez. Au fait, c'est moi qui dirige l'enquête. Je préfère que les choses soient claires dès le départ.

Elle s'attendait à ce que son collègue se rebiffe, mais il se contenta de hausser les épaules.

— Je m'en doutais un peu.

— Ah bon ? Pourquoi ?

— C'est vous qui êtes venue me chercher, pas l'inverse.

— Quelque chose me dit que vous n'allez jamais chercher personne.

Enfant, Davis Gilroy n'avait sûrement pas été du genre à rapporter des bulletins qui louaient son caractère sociable et sa capacité à travailler en groupe... Et pourtant, curieusement, Moira avait envie de le connaître mieux.

Il lui était impossible de deviner ce qui se passait dans sa tête tandis qu'il l'observait de son regard scrutateur. Elle espérait que cette situation ne se reproduirait pas trop souvent au cours de leur collaboration, car elle détestait rester dans l'ignorance. Surtout vis-à-vis d'un coéquipier. Si Warner n'était pas franchement drôle, au moins, il était sans surprise. Et cela la mettait en confiance.

— Peut-être qu'on s'entendra bien, finalement, lâcha soudain Gilroy.

Moira crut tomber à la renverse. Cet homme était totalement imprévisible.

Elle s'éclaircit la gorge.

— Bon, pour commencer, on redescend en ascenseur. Je fais assez d'exercice comme ça en courant une heure tous les matins.

— Tous les matins ?

Il semblait dubitatif.

— Oui, c'est ce que j'ai dit.

— Pourquoi courez-vous une heure tous les matins ?

Elle lui donna la réponse qu'elle se répétait chaque jour à elle-même.

— Ça me réveille.

— Pour ça, il suffit de vous lever de votre lit, non ?

— Pour vous peut-être, mais pas pour moi.

Moira se dirigea vers l'ascenseur, au bout du couloir, et appuya sur le bouton en espérant que la machine pointerait le bout de son nez avant que Gilroy ne décide de prendre les escaliers. S'il arrivait en bas le premier, elle n'était pas certaine qu'il l'attendrait à la porte…

C'est elle qui avait insisté pour qu'ils fassent équipe, mais elle ne se méfiait pas moins des réactions de ce mystère sur pattes.

Peut-être demanderait-elle à Valri de faire quelques recherches sur le bel inspecteur, et de lui en dresser un rapide portrait. Avec un peu de chance, cela l'aiderait à mieux le comprendre. Elle avait le sentiment que Gilroy n'était pas de ceux qui remplissent les blancs dans une conversation. Et si elle aimait les surprises, elle appréciait aussi de savoir dans quoi elle s'engageait.

Gilroy était sûrement un bon flic et un fin détective. Mais elle ne connaissait pas grand-chose de l'homme, hormis le fait qu'il était fils unique — et cela, elle l'avait découvert toute seule. Ce qui l'intéressait avant tout, c'était de savoir si elle pouvait lui faire confiance. Si elle pouvait compter sur lui.

— Vous voulez conduire ? lui demanda-t-elle alors qu'ils montaient dans l'ascenseur.

Gilroy la regarda un long moment avant de répondre. Analyser ses interlocuteurs semblait être une manie chez lui.

— Vous ne voulez pas conduire, vous ?

— Ça m'est égal. Pourquoi ?

— Comme vous dirigez l'enquête, je pensais que vous auriez voulu être aux commandes.

Moira trouvait son raisonnement boiteux.

Paradoxalement, cela lui redonnait espoir. Ce qu'elle recherchait chez un coéquipier, ce n'était pas la perfection, mais un minimum d'intelligence et de fiabilité.

— Etre aux commandes, pourquoi pas, répondit-elle. Mais ce n'est pas en jouant au chauffeur de taxi que je contrôlerai quoi que ce soit.

Davis l'observa pensivement, avant d'acquiescer.

— Dans ce cas, je veux bien conduire.

Un point pour Cavanaugh, songea-t-elle.

Leur relation avait peu de chances de déboucher sur une longue et belle amitié, mais Moira ferait son possible pour que ces deux jours se passent au mieux. Même s'il fallait pour cela livrer une lutte de tous les instants.

5

— J'imagine que vous voulez prendre votre voiture, dit Davis lorsqu'ils furent arrivés sur le parking.

— Et pourquoi donc ? Non, on va prendre la vôtre. C'est vous qui conduisez, vous serez plus à l'aise au volant d'une voiture que vous connaissez déjà.

— Logique.

— Vous avez l'air surpris.

Il haussa vaguement les épaules, puis la mena vers son véhicule.

— OK, cher coéquipier, dit Moira une fois qu'elle se fut installée du côté passager. Première étape : le cimetière.

Davis venait de mettre le contact. Il se figea avant même d'avoir passé une vitesse.

— Ne m'appelez pas comme ça. Je ne suis pas votre coéquipier.

— Ça suffit, Gilroy. Quel est le problème ?

Son mouvement de colère l'avait surpris lui-même. Il se força à reprendre le contrôle de ses émotions.

— Le problème, c'est que vous m'avez appelé « coéquipier ». Vous devriez m'appeler par mon nom, ou juste « inspecteur ».

Moira le dévisagea, en se demandant ce qui avait

bien pu se passer dans sa vie pour qu'il réagisse aussi violemment. Elle comprit vite qu'elle n'avait aucune chance de franchir la barrière qu'il avait érigée autour de lui.

— Donc, je ne dois pas prononcer le mot « coéquipier » ?

— Voilà.

Et on dit que les femmes sont compliquées, songea-t-elle en se retenant de lever les yeux au ciel.

Mais elle s'était donné du mal pour le convaincre de travailler avec elle, et il était hors de question de faire machine arrière maintenant. Elle allait être obligée de le supporter — au moins pour les prochaines quarante-sept heures et demie.

— Ça vous dérangerait de me dire pourquoi je n'ai pas le droit d'employer ce mot ? se risqua-t-elle à demander.

— Oui, ça me dérangerait.

La patience de Moira avait tout de même des limites. D'une manière ou d'une autre, il fallait résoudre ce problème.

— C'est bien dommage, répliqua-t-elle. Parce que je vous rappelle que c'est moi qui dirige cette enquête. Si vous avez l'intention de me mordre toutes les cinq minutes, j'ai besoin de savoir pourquoi.

Davis fut tenté de lui répondre que cela ne la regardait pas, mais, après réflexion, elle avait peut-être raison. Dans une certaine mesure, bien sûr.

— Je refuse d'avoir une personne de plus sur la conscience, grommela-t-il.

Moira secoua la tête.

— Ça ne me suffit pas, comme explication. Et

pour l'amour du ciel, avancez ! Vous êtes sûrement capable de parler en conduisant. Là, on perd du temps.

Les sourcils froncés, Davis obéit — en partie, du moins. Il sortit de sa place de parking et s'éloigna du poste de police.

— Bon, vous conduisez, constata Moira alors qu'ils roulaient déjà depuis plusieurs minutes. Maintenant, parlez-moi, Gilroy. Vous avez vu ? Je vous ai appelé par votre nom, sans faire allusion à la nature de notre relation de travail. Pourquoi m'avez-vous agressée quand j'ai prononcé le mot…

— Parce que les deux dernières personnes qui m'ont appelé comme ça se trouvent aujourd'hui au cimetière, la coupa-t-il. Celui où on va, justement.

— D'accord, vous avez perdu vos…

— J'en ai perdu deux ! s'emporta Davis. Deux en trois ans !

— C'est malheureux, reconnut-elle, et peu commun. Mais cela arrive. Plus souvent qu'on ne le voudrait. Malgré tout, ça ne veut pas dire que…

— Ça veut dire que je ne veux pas d'un autre coéquipier. Si j'ai accepté de vous suivre, c'est parce que la durée de cette collaboration était limitée dans le temps. A mes yeux, nous sommes deux inspecteurs issus de deux services très différents, qui cherchent simplement à obtenir des réponses sur de possibles agissements criminels.

Il n'allait pas laisser une petite blonde lui faire la morale. Surtout quand la blonde en question venait d'une famille dont la plupart des membres vivaient un conte de fées.

— Ils ont tous les deux pris une balle à votre place ? s'enquit Moira.

Davis freina brusquement pour se garer le long du trottoir.

— Non. Autre chose ?

Oui, il y avait autre chose, songea-t-elle. Pourquoi faisait-il tant de mystères à ce sujet ? Tout le monde avait des blessures, plus ou moins profondes. Dans ce métier en particulier, personne ne s'en sortait indemne.

— S'ils n'ont pas pris une balle à votre place, pourquoi êtes-vous si dur avec vous-même ?

— Parce qu'ils sont morts !

— Et vous êtes quoi ? Un superhéros qui est censé empêcher les balles d'atteindre vos équipiers ?

Exaspéré, Davis coupa le moteur.

— Ça ne va pas marcher.

— Vous avez raison.

Alors qu'il s'attendait à ce qu'elle lui demande de faire demi-tour pour rentrer au poste, elle ajouta :

— Ça ne marchera pas tant que vous continuerez à me sauter à la gorge à chaque fois que j'ouvre la bouche.

— Peut-être que vous l'ouvrez trop, rétorqua-t-il.

Elle haussa les épaules.

— J'ai déjà entendu ça. Ce qui est sûr, c'est que vous ne l'ouvrez pas assez.

— Si. Pour vous « sauter à la gorge ».

— Je vous demande de me parler, pas de m'agresser !

Avant qu'il ait pu l'en empêcher, Moira se pencha pour retirer la clé du contact, qu'elle cacha derrière son dos.

— On n'ira nulle part tant que vous ne m'aurez pas expliqué ce qui vous embête.

Le regard de Davis s'assombrit encore davantage. N'importe qui aurait renoncé — ou au moins manifesté une certaine crainte. Moira, elle, ne céda pas d'un pouce.

— A part vous ? demanda-t-il.

— Oui, à part moi.

— On est censés enquêter, je vous rappelle. Je n'ai pas signé pour me faire analyser au bord de la route.

Au lieu de le laisser tranquille comme il l'avait espéré, Moira lui adressa un grand sourire.

— C'est les deux pour le prix d'un, Gilroy. La séance de psychothérapie est offerte. Alors, qu'est-ce que vous avez contre l'idée de travailler en équipe ? Vous n'avez pas l'air superstitieux, pourtant.

S'agissait-il de superstition si vos craintes se vérifiaient à chaque fois ? s'interrogea Davis. Cela avait commencé par ses parents : il avait survécu à l'accident, pas eux. Ensuite, rebelote avec ses coéquipiers : l'un était mort dans une fusillade, l'autre était tombé dans une embuscade. Chaque fois, c'était la même chose. Lui, il s'en sortait, alors que les autres succombaient. Davis ne voulait plus jamais revivre ça.

— Vous n'êtes peut-être pas si fine psychologue que vous le croyez, grommela-t-il en posant la main sur la poignée de sa portière.

— Où allez-vous ?

— Je retourne au poste. On n'est pas très loin, je peux marcher.

Alors qu'il ouvrait la porte et commençait à descendre, Moira le retint par le bras. Grâce à l'effet de surprise, elle parvint à le faire rasseoir sur son siège.

— Et vous comptez dire quoi à votre capitaine ? s'enquit-elle.

— Que vous me trouvez insupportable et regrettez votre décision. Je n'aurai aucun mal à le convaincre. Maintenant, vous voulez bien me lâcher le bras, ou vous attendez que je le ronge pour me libérer moi-même ?

Un sourire flotta sur les lèvres de Moira.

— Ça pourrait être amusant à regarder.

Puis, reprenant son sérieux :

— Tenez.

Davis regarda la clé qu'elle venait de lui rendre.

— Vous voulez que je vous ramène au poste ?

Peut-être se sentait-elle coupable de l'avoir passé à la moulinette... Mais peu importait la raison ; Davis avait envie d'en finir au plus vite.

— Non, je veux que vous nous conduisiez au cimetière, répondit Moira patiemment, en détachant bien chaque mot. La tombe que nous devons examiner ne se trouve pas au poste de police, mais au cimetière.

Après avoir étudié la clé pensivement, Davis l'inséra dans le contact et démarra le moteur. Puis il reprit la route à contrecœur, sans accorder un seul regard à sa passagère.

— Vous ne renoncez pas facilement, hein ?

— Vous voyez, vous commencez déjà à me connaître !

L'enthousiasme de cette femme était tout bonnement horripilant.

— On ne restera pas ensemble assez longtemps pour se connaître, marmonna-t-il.

Et ils ne tiendraient peut-être même pas quarante-huit heures… Pour cela, il faudrait déjà que Davis résiste à l'envie de l'étrangler.

Après une observation plus poussée de la sépulture qui avait attiré son attention le matin, Moira fut convaincue qu'elle ne s'était pas trompée : Gilroy avait bien interrompu une activité illicite dans le cimetière.

Le carré de terre au pied de la stèle avait très nettement été remué, voire creusé, tout récemment.

Alors qu'elle s'accroupissait pour examiner la tombe de plus près, elle fut surprise de voir Gilroy suivre son exemple.

— Deux paires d'yeux, lui rappela-t-il en croisant son regard interrogateur.

Moira acquiesça.

— Et qu'est-ce qu'ils voient, vos yeux ?

— La même chose que les vôtres. La terre de cette tombe a été retournée il n'y a pas très longtemps.

Au moins, ils étaient d'accord sur un point, songea Moira.

— Pourtant, aucun nom n'a été ajouté sur la stèle, fit-elle remarquer. Ce qui veut dire qu'aucun membre de la famille n'a été inhumé récemment auprès de l'occupante d'origine, Mme Emily Jenkins. Pourquoi la terre a-t-elle été déplacée, dans ce cas ?

— Il me paraît évident que quelqu'un a déterré cette dame, répondit Gilroy avec une pointe d'impatience dans la voix.

Peut-être pas la dame elle-même, mais au moins son cercueil, pensa Moira.

— C'est possible, concéda-t-elle. Mais pourquoi ?

— Il n'y a qu'un seul moyen de le savoir.

— Je peux vous aider ? demanda soudain une voix derrière eux.

Surprise, Moira fit volte-face et se retrouva nez à nez avec un homme aux cheveux ébouriffés et aux yeux ensommeillés, vêtu d'une chemise de travail et d'un jean maculé de taches d'herbe. Le gardien du cimetière, sans doute. Agé d'une quarantaine d'années, il était maigre comme un clou et avait déjà le dos tout voûté.

Cela ne l'empêchait pas de fixer un regard hostile sur les deux visiteurs.

— Inspecteurs Gilroy et Cavanaugh, annonça Moira d'un ton officiel. Vous êtes ?

— Vous n'avez pas répondu à ma question. Je peux vous aider ? répéta-t-il, buté.

Mais il était tombé sur plus têtu que lui…

— Vous pourriez commencer par nous donner votre nom, insista Moira.

Les yeux enfoncés de l'homme s'étrécirent encore davantage tandis qu'il étudiait attentivement le visage de la jeune femme.

— Pourquoi voulez-vous connaître mon nom ?

— Il est aussi coopérant que vous, glissa Moira à Gilroy.

Du coin de l'œil, elle vit son collègue la fusiller du regard.

— Je vous demande votre nom parce qu'il est fort probable qu'un crime ait été commis ici, répondit-elle au gardien.

— Alors là, je peux vous assurer qu'aucun crime n'a été commis ! Je l'aurais su.

Parce que rien n'échappe à votre œil de lynx, bien sûr, pensa Moira.

— La terre a été retournée autour de la tombe, intervint Davis d'un ton tranchant.

Contrairement à Moira, il n'avait aucune patience, et aucune envie de perdre son temps en civilités.

Mais au moins, il parle !

Moira dut se retenir de prononcer ces mots à voix haute. Elle adressa un petit signe de tête approbateur à son collègue, qui fronça les sourcils encore plus.

— Ça arrive que des animaux fouissent la terre, grommela le gardien en passant d'un pied sur l'autre.

— Ils ne le feraient pas tout autour d'une tombe, rétorqua Moira. Si nous exhumons le cercueil, que trouverons-nous ?

— Laissez-moi deviner… Un squelette ? Ce qui est sûr, c'est que vous vous retrouverez avec un procès de la part du cimetière et de la famille du défunt si vous faites ça sans mandat de perquisition.

Le gardien regarda les deux inspecteurs l'un après l'autre avec un petit air supérieur.

— Je suppose que vous n'avez pas de mandat de perquisition ? ajouta-t-il, manifestement sûr de son bon droit.

Au lieu de lui répondre, Moira sortit son téléphone de sa poche et entreprit de photographier la tombe sous tous les angles. Comme le gardien restait planté là, aussi immobile que les statuettes de marbre qui décoraient le cimetière, Moira le poussa gentiment, avant de prendre une vue panoramique du site.

— Nous reviendrons, promit-elle alors. Et si la moindre motte de terre a été déplacée, vous aurez des comptes à rendre.

Sur ces mots, elle se tourna vers l'homme qu'elle considérait, ne lui en déplaise, comme son coéquipier.

— Allons-y, Gilroy.

Davis lui emboîta le pas.

— Il n'est pas si bête qu'il veut bien nous le faire croire, commenta-t-il alors qu'ils s'éloignaient du gardien.

Encore un point sur lequel nous sommes d'accord, songea Moira avec étonnement.

— Je dirais même qu'il est plutôt malin.

— Peut-être qu'il essaie simplement de protéger son boulot, suggéra Davis sans grande conviction.

— Mouais. Ou alors, il nous cache quelque chose.

— C'est une autre possibilité. Malheureusement, on ne connaîtra jamais la réponse.

— Pourquoi dites-vous cela ? demanda-t-elle d'un air étonné.

— Parce qu'on a besoin de l'autorisation d'un juge pour exhumer le cercueil.

Avait-elle oublié ce détail ?

Moira garda le silence pendant qu'ils rejoignaient la voiture de Davis. Même lorsqu'il eut ouvert les portières, elle resta un moment debout, la main sur la poignée.

— Ça, je m'en occupe, finit-elle par dire.

— Ah oui ? Et comment comptez-vous obtenir un mandat sans aucune preuve pour étayer votre requête ? Aucun juge qui se respecte ne vous donnera son feu vert sur la seule base d'une intuition.

Comme elle se contentait de sourire, Davis décida de ne pas se laisser prendre au jeu. Non, il ne lui demanderait pas ce qu'elle avait derrière la tête. Car elle manigançait quelque chose, il en était certain. Autrement, elle n'afficherait pas ce petit air satisfait.

A peine s'était-il installé au volant qu'il sentait déjà sa résolution faiblir. Finalement, la curiosité l'emporta.

— Qu'est-ce qui vous fait sourire ? s'enquit-il d'un ton impatient.

Moira fit durer le suspense encore un moment, le temps de boucler sa ceinture.

— L'avantage quand on s'appelle Cavanaugh, c'est qu'il y a toujours quelqu'un vers qui se tourner dans la famille, quelle que soit la situation dans laquelle on se trouve, dit-elle alors qu'il démarrait. Comme vous avez fait vœu de solitude, vous ignorez sûrement que le clan des Cavanaugh compte au moins deux juges.

— Au moins ? Vous ne le savez pas précisément ?

Davis aurait juré qu'elle connaissait par cœur son arbre généalogique, jusque dans ses moindres ramifications.

— Il y en a peut-être plus, reconnut Moira, mais j'avoue que j'en suis encore à apprendre le nom de chacun des membres de ma famille, la nature de ses relations avec les autres, et la place qu'il ou elle occupe au sein de la police. Il y a ceux qui n'y travaillent pas directement mais qui exercent quand même un métier en lien avec les forces de l'ordre, et ceux qui font tout à fait autre chose. Comme une de mes cousines, Patience Cavanaugh Coltrane, qui est vétérinaire.

— Je n'ai pas tout suivi, mais si je comprends bien, on va obtenir une autorisation d'exhumer ?

— Et comment !

Davis nota malgré lui que les yeux de Moira scintillaient comme des étoiles.

6

Le juge Blake Kincannon se leva de son fauteuil dès l'instant où ses visiteurs frappèrent à la porte de son cabinet. Il les attendait.

— C'est ouvert ! cria-t-il. Entre, Moira.

Lorsqu'il l'avait eue au téléphone, à peine un quart d'heure plus tôt, celle-ci l'avait prévenu qu'elle ne viendrait pas seule. Blake observa le grand type sérieux qui l'accompagnait, et lui adressa le même sourire chaleureux qu'à sa cousine par alliance.

Moira avait été surprise par la vitesse à laquelle elle avait réussi à obtenir un rendez-vous avec le juge. Décidément, cela avait du bon de faire partie d'une tribu aussi vaste et puissante que celle des Cavanaugh.

— Merci d'avoir accepté de nous recevoir si vite, votre honneur, dit-elle en s'avançant dans la pièce.

— On est cousins, Moira, répondit le mari de Greer. En dehors d'une salle d'audience, tu peux me tutoyer.

Il se tourna vers Davis.

— C'est ton coéquipier ?

Moira ne voulut pas le contredire — après tout, Blake s'apprêtait à leur rendre un immense service. Mais comme elle tenait également à ménager la susceptibilité de Gilroy, elle précisa tout de même :

— C'est l'inspecteur avec lequel je collabore sur cette enquête. Davis Gilroy, de la brigade des crimes majeurs. Gilroy, je vous présente le juge Blake Kincannon.

— Egalement connu comme étant « le mari de Greer », souligna Blake avec humour tandis qu'il serrait la main à l'inspecteur. Désolé, je pensais que vous étiez coéquipiers.

— Nous le sommes, juste le temps de découvrir ce qui se passe au cimetière, répondit Moira avant que son collègue n'ait pu faire le moindre commentaire.

Blake acquiesça, puis désigna les deux fauteuils devant son bureau.

— Asseyez-vous, et expliquez-moi ce que je peux faire pour vous.

— Comme je te le disais tout à l'heure au téléphone, on aurait besoin d'une autorisation pour exhumer un cercueil au cimetière Saint-Joseph. La terre autour de la stèle a été retournée récemment, et on aimerait voir si quelque chose a été pris ou ajouté à l'intérieur de la tombe.

Moira eut un sourire d'excuse.

— Je sais que ça peut paraître bizarre…

— Ne t'inquiète pas pour ça, la coupa Blake. Dans ce travail, il n'y a plus grand-chose qui m'étonne. J'imagine que tu te bases en grande partie sur ton intuition. Est-ce que tu as quand même quelques éléments concrets à me donner ?

— J'ai…

Moira se reprit. Après tout, n'avait-elle pas traîné Gilroy avec elle dans le bureau du juge ?

— *Nous* avons des photos de la tombe en question, dit-elle en sortant son téléphone.

Elle pianota sur l'écran tactile pour faire apparaître les clichés qu'elle avait pris un peu plus tôt au cimetière, puis tendit l'appareil à Blake. Perchée sur le bord de son fauteuil, Moira retint son souffle pendant qu'il examinait les images.

Quelques instants plus tard, le juge releva la tête.

— De quand datent ces photos ?

— Je les ai prises juste avant de t'appeler.

— On dirait bien que la tombe a été profanée, confirma-t-il en lui rendant le téléphone. Ça vaut le coup de regarder ça de plus près. J'en ai pour une minute.

Blake ouvrit un dossier sur son ordinateur et fit défiler le menu jusqu'à ce qu'il trouve le formulaire qu'il cherchait. Il lança l'impression, puis recula son siège jusqu'à la petite table sur laquelle son assistante lui avait installé une nouvelle imprimante, à peine une semaine plus tôt. Lorsqu'il eut récupéré la feuille, il retourna à son bureau — sans jamais s'être levé — et apposa sa signature à l'endroit requis.

— Dis-moi, ça lui arrive de parler ? demanda-t-il à Moira, en désignant d'un coup de menton le policier assis à côté d'elle.

Davis n'avait pas ouvert la bouche depuis leur arrivée.

— Seulement en cas d'absolue nécessité, répondit Moira.

Blake lui tendit l'autorisation, avant de se tourner vers Davis.

— Un conseil d'ami, inspecteur : faites-vous entendre. Les femmes Cavanaugh ne se taisent que pour reprendre leur souffle, et si vous n'en placez pas une de temps en temps, vous allez vous faire écraser. Croyez-en mon expérience !

— J'essaierai d'y penser, répondit Gilroy en se levant.

Lorsque Blake suivit son exemple pour les raccompagner à la porte, Davis put constater qu'il mesurait au moins cinq centimètres de plus que lui.

— Je te vois à la prochaine réunion de famille, Moira. Et vous aussi, peut-être, ajouta le juge à l'attention de Davis. Andrew Cavanaugh organise des fêtes tous les quatre matins, sans autre raison que parce que c'est samedi, qu'on est en février ou qu'il fait beau. Son mot d'ordre a toujours été : « Plus on est de fous, plus on rit. »

— Merci pour le mandat, le coupa Moira, qui ne voulait surtout pas laisser le temps à Gilroy d'exprimer son point de vue sur les fêtes de son grand-oncle.

Elle aurait tout le loisir d'aborder le sujet plus tard. Pour l'heure, elle n'avait aucune envie de donner à son collègue une raison supplémentaire de râler.

— Tenez-moi au courant, demanda Blake.

— On n'y manquera pas.

Le juge serra la main à Davis.

— Et n'oubliez pas : faites-vous entendre.

Les deux policiers se dirigèrent vers l'ascenseur, au bout du couloir.

— Il était sérieux, vous savez, fit remarquer Moira.

— Par rapport à quoi ? Au fait que je dois me faire entendre ?

— Oui, aussi. Mais je pensais surtout à la philosophie d'oncle Andrew.

Elle entra dans la cabine et attendit que Davis l'ait suivie pour appuyer sur le bouton du rez-de-chaussée. Alors qu'elle laissait retomber son bras, elle frôla celui de son collègue et ressentit un frisson aussi soudain qu'inattendu. Sur un coup de tête, Moira décida de voir comment réagirait Gilroy si elle réitérait la proposition du juge.

— Vu qu'on travaille ensemble, vous êtes invité au prochain rassemblement familial, annonça-t-elle.

— Le temps que ce « rassemblement » ait lieu, on ne travaillera plus ensemble, rétorqua Davis.

Et ce serait une bonne chose, songea-t-il, car cette femme le déstabilisait beaucoup trop à son goût.

— En plus, je ne fais pas partie de la famille.

— Vous êtes flic. Aux yeux d'oncle Andrew, cela suffit à vous faire entrer dans le clan.

— Pourquoi ?

L'ascenseur était arrivé au rez-de-chaussée. Moira attendit qu'ils en soient sortis pour répondre.

— Oncle Andrew était le chef de la police, jusqu'à ce qu'il prenne sa retraite de manière anticipée.

— Il ne supportait plus la pression ? demanda Davis avec ironie.

Peut-être faisait-on cela dans son monde, mais certainement pas dans le sien, pensa Moira, aussitôt sur la défensive.

— Sa femme a disparu et il avait cinq enfants à élever, corrigea-t-elle.

Davis avait beau s'être promis d'éviter tous les sujets trop personnels, il s'aperçut que Cavanaugh avait une fois de plus réussi à éveiller sa curiosité.

— Elle l'a laissé tomber ?

— Non. Elle a eu un accident de voiture — une sortie de route, elle a fini dans un lac. Quand elle s'est réveillée, elle avait perdu la mémoire.

Bien sûr, songea Davis, qui avait appris à se méfier des histoires de ce genre.

— C'est pratique, ça, commenta-t-il tout haut.

Moira s'efforça de garder son calme tandis qu'ils sortaient du bâtiment et se dirigeaient vers le parking.

— Elle a réellement perdu la mémoire, insista-t-elle. Quand sa voiture a été repêchée, tout le monde a pensé qu'elle était morte, même si son corps restait introuvable. Mais oncle Andrew n'a jamais cessé de croire que sa femme était vivante. Il a rassemblé tous les indices qu'il pouvait trouver, suivi toutes les pistes qui se présentaient à lui.

— Et ? demanda Davis avec une pointe d'impatience.

Moira réprima un sourire, fière d'avoir réussi à capter son attention.

— Et finalement, il l'a retrouvée. Elle était serveuse dans un petit restaurant, un peu plus au nord sur la côte. Il lui a montré des photos de famille, lui a raconté des histoires. Et il l'a convaincue de repartir avec lui, dans l'espoir de lui faire retrouver la mémoire.

Les femmes que Davis connaissait auraient pris ce type pour un pervers et se seraient enfuies en courant…

— Et il a réussi ? voulut-il savoir.

— Finalement, oui.

Il laissa échapper un petit rire.

— C'est ce que je disais : les Cavanaugh sont de sacrées têtes de mules.

— A un point que vous n'imaginez même pas, confirma Moira avec un grand sourire.

— De toute façon, je n'ai pas envie de savoir.

Il regarda sa montre.

— Il nous reste moins de quarante-quatre heures.

— Si vous n'arrivez pas à faire carrière dans la police, vous pourrez toujours devenir crieur public, observa-t-elle, un brin vexée qu'il soit aussi pressé de mettre fin à leur collaboration.

Ignorant son commentaire, Davis ouvrit sa voiture et s'installa au volant.

— On retourne au cimetière ?

— Affirmatif.

Avery Weaver, le gardien, était en train de ratisser les feuilles mortes sous un gros arbre lorsque Davis et Moira s'avancèrent vers lui.

— Encore vous ? grogna-t-il, les sourcils froncés.

— On dirait bien, répondit Moira. On vous a apporté ce mandat auquel vous teniez tant.

Elle sortit l'autorisation de sa poche et la tendit au gardien.

— Et on est venus avec des amis, ajouta-t-elle en montrant la camionnette bleu marine qui se garait derrière la voiture de Gilroy.

Les mots « POLICE SCIENTIFIQUE » étaient écrits en grosses lettres sur le flanc du véhicule. Deux des membres de l'unité dirigée par Sean Cavanaugh en descendirent et s'approchèrent de Moira.

— C'est quelle tombe ? lui demanda le premier.

— Celle-ci, répondit Davis avant que Moira ait eu le temps d'ouvrir la bouche.

— Je vois que vous suivez le conseil de Blake, lui glissa-t-elle.

Gilroy haussa les épaules.

— Il avait l'air de savoir de quoi il parlait, se contenta-t-il de dire, avant de se tourner vers les deux techniciens qui avaient déjà fait leurs repérages et commençaient à creuser la tombe.

Davis n'était pas le seul à les regarder. Weaver aussi observait la scène, mal à l'aise.

— Vous avez encore besoin de moi ? demanda-t-il à Moira.

— Non. A moins que d'autres tombes aient subi le même traitement ?

L'homme se redressa de toute sa hauteur. Il n'en paraissait que plus maigre.

— Pas à ma connaissance, répondit-il. Mais il y a un enterrement dans une heure à l'autre bout du cimetière, et je dois m'assurer que tout est prêt.

Moira inclina la tête. Elle ne voyait pas de raisons d'obliger le gardien à rester dans les parages — au contraire, il risquait de les gêner.

— Où pouvons-nous vous trouver si nous avons d'autres questions à vous poser ? s'enquit-elle.

— J'ai un bureau juste à côté de l'accueil.

Weaver montrait un petit bâtiment de plain-pied.

— De toute façon, je reste dans le coin.

— Ça, je n'en doute pas, marmonna Davis tandis que le gardien s'éloignait.

— Vous ne lui faites pas confiance ? s'enquit Moira.

— C'est une vraie fouine. Je me méfie des types dans son genre.

Moira eut un petit rire.

— Ça nous fait au moins un point commun.

Une heure et demie plus tard, le cercueil d'Emily Jenkins était hissé hors de son trou. Les deux techniciens en scène de crime le déposèrent sur le sol, à côté de la terre qu'ils avaient excavée.

Avant d'ouvrir le couvercle du cercueil, Riley O'Shey se tourna vers Moira — il savait que c'était elle qui dirigeait l'enquête.

— A toi l'honneur, si tu veux.

Elle déclina poliment. La dernière chose dont elle avait envie, c'était bien de se retrouver nez à nez avec un cadavre vieux de vingt ans.

— C'est toi l'expert, je te laisse faire.

— OK, chers collègues, préparez-vous. Ça ne va pas sentir la rose. Si vous avez des mouchoirs, je vous conseille de les sortir.

— Je n'en ai jamais sur moi, répondit Moira.

Au même instant, elle sentit qu'on lui en glissait un dans la main. Surprise, elle se tourna vers Gilroy.

— Vous n'en avez pas besoin ?

— Si c'était le cas, je ne vous le donnerais pas, répondit-il brusquement.

Décidément, cet homme était un mystère à lui tout seul…

— Merci, murmura Moira, juste au moment où Riley et Conrad, l'autre agent de la police scientifique, parvenaient à desceller le cercueil.

La puanteur qui s'en dégagea était tellement insupportable que Moira craignit un instant de rendre le café et les chips qu'elle avait avalés en guise de petit déjeuner.

L'esprit est plus fort que la matière, se répéta-t-elle

en boucle, en retenant sa respiration. Finalement, elle réussit à contrôler les spasmes qui lui soulevaient l'estomac.

— Qu'espériez-vous trouver ? s'enquit Riley en posant le couvercle à côté du cercueil.

— Une raison qui expliquerait pourquoi la tombe a été visitée, répondit Davis.

Du coin de l'œil, il vit Cavanaugh acquiescer. Elle lui semblait un peu pâle… Etait-elle de celles qui s'évanouissent à la moindre occasion ? Par précaution, Davis se rapprocha d'elle, prêt à la rattraper au besoin.

— Ça va ? lui demanda-t-il.

— Très bien.

Elle avait répondu un peu trop vite et un peu trop sèchement pour que ce soit tout à fait vrai.

— Merci de vous inquiéter pour moi, ajouta-t-elle d'une voix plus mesurée.

Riley, qui pendant ce temps avait examiné l'intérieur du cercueil, se redressa en secouant la tête.

— Je ne remarque rien d'anormal. A mon avis, ce sont des gamins qui ont voulu faire une farce. Ou bien des étudiants qui se sont livrés à un bizutage un peu macabre. En tout cas, je n'ai pas l'impression qu'il manque quoi que ce soit. Le corps est bien là… Tu veux qu'on emporte tout ça au labo, ou on se contente de tout remettre en place ?

Moira s'était enfin décidée à regarder de plus près le contenu du cercueil. Munie de gants en latex, elle se penchait sur la boîte et son occupante quand elle entendit le gardien s'écrier :

— Remettez-la dans sa tombe !

Il s'approcha à grands pas du trou béant.

— Vous n'aviez pas un enterrement à préparer ? s'enquit Moira.

Ce type commençait sérieusement à lui taper sur les nerfs. Comme ils n'avaient rien découvert de suspect, il reprenait confiance et se permettait de leur donner des ordres.

— Si, j'ai un enterrement, mais je m'en occuperai quand vous aurez quitté les lieux ! Vous avez obtenu ce que vous vouliez. Vous avez ouvert le cercueil de cette pauvre femme et perturbé son repos éternel. Maintenant, remettez-le en place, rebouchez le trou et partez. Sinon, j'engagerai vraiment des poursuites contre les services de police — et contre vous deux en particulier, précisa-t-il en lançant un regard mauvais aux deux inspecteurs.

— Je me trompe, ou il est devenu très loquace, tout à coup ? demanda Moira à son collègue.

Davis n'aimait pas être pris à partie, mais dans le cas présent il était bien obligé de se ranger du côté de Moira. D'autant plus qu'elle avait raison, et que le gardien du cimetière l'agaçait depuis le début.

— Oui, on dirait qu'il a retrouvé sa langue.

— J'ai le numéro de l'avocat du cimetière enregistré dans mes favoris, prévint Weaver en sortant son téléphone de sa poche et en le brandissant en l'air comme s'il s'agissait d'un détonateur.

— Tant mieux pour vous, répliqua Davis d'un ton glacial. Maintenant, rangez cet appareil avant que quelqu'un ne vous le fasse avaler.

Weaver blêmit et recula d'un pas, terrorisé par le grand flic qui le fixait du regard.

— Vous n'avez pas le droit de me menacer comme ça, dit-il d'une voix plaintive.

— Il ne vous a pas menacé, intervint Moira. L'inspecteur Gilroy a dit « quelqu'un », il n'a pas précisé qui. Vous l'avez entendu menacer ce monsieur, vous ? demanda-t-elle aux deux techniciens de la police scientifique.

— Non, pas moi, répondit Riley, tandis que lui et son collègue faisaient descendre le cercueil dans la tombe en prenant soin de ne pas l'endommager. Je n'ai entendu aucune menace. Et toi, Conrad ?

— Moi non plus, renchérit ce dernier en secouant la tête.

— Remettez tout comme c'était avant — et quand je dis tout, c'est chaque pelletée de terre ! bougonna Weaver, avant de s'éloigner d'un pas furieux.

— Eh bien, on s'est fait un copain, dit Moira.

— Je ne vous le fais pas dire.

7

L'inspecteur Davis Gilroy appréciait le silence plus qu'aucun autre homme. Cela lui permettait de faire le vide dans sa tête et de réfléchir plus posément. Parfois, il lui arrivait d'allumer la radio en conduisant, mais la plupart du temps il s'en passait très bien.

Cependant, lorsqu'ils repartirent en direction du poste de police, le silence qui régnait dans sa voiture lui parut incongru. La raison en était évidente : jusque-là, Moira Cavanaugh l'avait habitué à un flot de paroles incessant.

A mesure que le temps passait, cette absence de bruit lui fut de plus en plus insupportable. N'y tenant plus, Davis coula un regard à sa passagère alors qu'ils s'arrêtaient à un feu rouge.

— Et maintenant, qu'est-ce qu'on fait ? s'enquit-il.

Moira s'appuya contre le dossier de son siège en soupirant.

— Maintenant, je retourne voir Carver et j'essaie de le convaincre de me laisser poursuivre mon enquête. Théoriquement, j'ai encore droit à plus de vingt-quatre heures.

— Et vous voulez enquêter sur quoi, au juste ? C'est

la seule tombe qui a été profanée, et visiblement la personne qui a fait ça voulait juste s'amuser.

Moira haussa les épaules. Gilroy ne l'aidait pas. En même temps, elle savait que son lieutenant lui poserait les mêmes questions et qu'elle serait bien obligée d'y répondre. Mais comment ?

— Je ne sais pas, répondit-elle, agacée. J'ai l'impression qu'on rate quelque chose. On devrait peut-être surveiller le cimetière, attendre que d'autres incidents suspects s'y produisent.

A voir son expression, Gilroy pensait qu'elle allait trop loin.

— Je ne sais pas comment ça se passe dans votre brigade, mais chez nous on ne peut pas dire qu'on manque de boulot, fit-il remarquer. On a assez d'affaires en cours pour occuper tout le monde pendant un moment.

Moira poussa un soupir. Il avait raison, même si cela l'ennuyait de le reconnaître. Et, encore une fois, elle était certaine que Carver lui opposerait le même argument.

— Je sais, c'est pareil chez nous, murmura-t-elle.

— Dans ce cas, qu'est-ce qui vous fait croire que votre chef — ou le mien — acceptera d'accorder plus de temps à cette chasse au dahu ?

— Parce qu'il m'arrive encore de croire au Père Noël. Ou d'en avoir envie, en tout cas.

Gilroy lui adressa un regard où se mêlaient la pitié et l'exaspération.

— Croyez-y autant que vous voulez, Cavanaugh. Pour ma part, dès que votre chef aura décidé de classer l'affaire, je retournerai dare-dare aux crimes majeurs.

Davis n'avait jamais été du genre à bâtir des châteaux en Espagne. Du moins, pas depuis l'année de ses treize ans.

— Laissez-moi juste une chance de convaincre Carver, insista Moira. On ne sait jamais, il m'écoutera peut-être…

— Quand les poules auront des dents, vous voulez dire ? Si Carver est bien tel qu'on me l'a décrit, vous n'obtiendrez jamais ce que vous espérez.

Moira observa son collègue. Elle se demandait à quoi il avait ressemblé, enfant. Etait-il né avec cet air sévère ?

— Vous n'avez jamais cru au Père Noël, je parie ?

— Non.

Cette réponse ne la surprenait pas. Elle la trouvait juste un peu triste.

— Je m'en doutais. Vous savez quoi, Gilroy ? Je crois que vous auriez besoin d'un peu de magie dans votre vie.

— Ce dont j'ai besoin, Cavanaugh, c'est de retourner travailler dans mon service. En solo, précisa-t-il, au cas où elle n'aurait pas compris.

Pendant un instant, Moira oublia sa déception liée à l'enquête et s'intéressa à l'homme que le destin avait placé sur son chemin.

— Ça ne vous arrive jamais de vous sentir seul ? lui demanda-t-elle.

Ayant elle-même six frères et sœurs, dans une famille où cela n'avait rien d'exceptionnel, Moira ne comprenait pas comment Gilroy pouvait supporter la solitude. Elle éprouvait un besoin irrésistible de le *réparer*.

— Je ne connais pas ce sentiment, répondit-il. Comme ça, au moins, ça simplifie les choses.

OK. Peut-être allait-elle devoir adopter une approche plus directe.

— Voilà ce que je vous propose, Gilroy : la prochaine fois que mon oncle Andrew organise une fête…

— C'est non.

Davis n'avait pas besoin d'entendre la suite pour deviner où elle voulait en venir.

Moira savait pourtant que la présence de Gilroy ne dérangerait pas son oncle. Andrew adorait réunir sa famille, préparer à manger et recueillir tous les éclopés de la terre — éclopés dont les traumatismes n'étaient d'ailleurs pas nécessairement physiques. En outre, Blake avait déjà invité Gilroy lorsqu'ils étaient allés chercher l'autorisation d'exhumation.

Déterminée, Moira retenta sa chance :

— Vous seriez…

— Non.

Dieu, que cet homme était exaspérant !

— Mais…

— Non ! répéta Gilroy avec encore plus de vigueur.

— Vous essayez de battre un record, ou quoi ? s'exclama-t-elle. Dire « non » le plus de fois possible avant d'arriver au poste ?

— S'il le faut, je le ferai. Ça ne dépend que de vous.

Moira se mordit la langue pour s'empêcher de répondre.

Reculer, ce n'était pas pareil que renoncer, se dit-elle. Et pour l'heure elle avait besoin de toutes ses ressources mentales pour tenter de convaincre son lieutenant qu'il se tramait quelque chose au cimetière. Il lui fallait juste un peu plus de temps pour déterminer quoi.

Malheureusement, elle n'avait aucune preuve à lui offrir. Seulement une intuition qui continuait de la ronger de l'intérieur.

— Comme vous voudrez, finit-elle par dire à Gilroy, avant de se murer à nouveau dans son silence.

Davis était persuadé qu'elle ne s'en tiendrait pas là. Quoi qu'elle prétende, elle finirait par lui reparler de cette invitation.

En arrivant dans la salle de la brigade des cambriolages, Moira constata que son lieutenant se trouvait dans son bureau, dont il avait, comme de coutume, fermé la porte.

— Vous voulez m'accompagner ? demanda-t-elle à Gilroy, qui l'avait suivie jusqu'au troisième étage.

— Je préfère vous attendre ici. Je suis assez doué pour interpréter les gestes et les expressions, j'arriverai à comprendre ce qui se passe.

C'était mieux comme ça, songea Moira. Il y avait fort à parier que l'entrevue avec son chef ne se déroulerait pas comme elle l'espérait, et elle ne tenait pas particulièrement à se faire envoyer paître devant des témoins. D'une manière générale, Carver rechignait à sortir des sentiers battus ; Moira se doutait de sa réponse.

Quoi qu'il en soit, elle se devait d'essayer.

— Alors, vous avez trouvé quelque chose ? lui demanda le lieutenant après l'avoir invitée à entrer et à refermer la porte derrière elle.

— En fait, il ne manquait rien à l'intérieur du cercueil.

Ces mots lui laissaient un goût amer dans la bouche.

Les petits yeux enfoncés de Carver s'agrandirent de surprise.

— Vous avez réellement exhumé le cercueil ! J'espère que vous avez demandé la permission à la famille du défunt ?

— Non. On a essayé, mais on n'a retrouvé aucun parent proche ou éloigné.

Plusieurs teintes de rouge défilèrent sur le visage du lieutenant. Il devait craindre que quelqu'un porte plainte contre les services de police, et contre son unité en particulier.

— J'avais une autorisation du juge, s'empressa-t-elle de préciser.

— Et malgré tout, vous avez fait chou blanc.

— Je n'ai rien vu, corrigea Moira. Cela ne veut pas dire qu'il n'y a rien à trouver.

Elle s'apprêtait à lui énumérer toutes les raisons qui, selon elle, justifiaient de continuer l'enquête, mais il ne lui en laissa pas le temps.

— C'est bon, on arrête là, déclara-t-il avec un geste sec de la main. Je viens de poser un nouveau dossier sur le bureau de Warner, mais il est en train d'enquêter sur une autre affaire. Vous n'avez qu'à le prendre.

Son ton indiquait clairement que le sujet était clos.

— Et refermez doucement la porte en partant, ajouta-t-il.

Moira fit une dernière tentative :

— Chef, si je pouvais juste…

— Dehors, Cavanaugh. J'ai été assez gentil de vous laisser une chance — d'autres n'en auraient pas fait autant. Vous aviez une intuition, elle vous a menée droit dans le mur. Maintenant, du vrai travail d'enquête vous attend. Alors au boulot.

— D'accord, chef.

Moira dut se retenir de claquer la porte en ressortant du bureau vitré. En règle générale, elle n'avait aucun mal à garder son calme, mais certaines personnes avaient le chic pour la faire sortir de ses gonds en un rien de temps.

Carver comptait parmi ces gens-là.

Frustrée, Moira retourna vers son bureau, certaine que Gilroy était parti — elle ne le voyait pas attendre plus de quelques minutes au même endroit, et son entretien avec Carver avait duré presque un quart d'heure.

A sa grande surprise, Davis n'avait pas bougé.

Cette découverte lui provoqua une drôle de sensation au creux du ventre. Moira la réprima aussitôt.

Perché sur un coin du bureau, Gilroy se leva dès qu'il la vit approcher.

— Alors, il a refusé ?

La question n'était qu'une simple formalité, car il devinait à son expression que Moira n'avait pas réussi à convaincre son lieutenant de lui accorder une deuxième chance.

Tant mieux, songea-t-il avec soulagement.

— Oui, il a refusé, confirma Moira.

— Je m'en doutais. Bon, eh bien… A un de ces quatre, Cavanaugh.

— Alors vous aussi, vous abandonnez ? s'exclama-t-elle sans cacher sa colère.

— Je n'abandonne pas, puisqu'il n'y a rien à abandonner.

— Il nous reste encore trente-deux heures.

— Affaire classée, Cavanaugh.

Sur ces mots, Gilroy quitta la salle de brigade.

Moira le regarda s'éloigner. Elle n'allait quand même pas lui courir après et le supplier d'enquêter avec elle sur leur temps libre ! Peut-être l'aurait-elle fait si elle avait eu la moindre chance de le convaincre, mais l'inspecteur semblait aussi flexible qu'une barre de fer. Cela ne servait à rien de s'humilier davantage.

Moira attrapa le dossier que Carver avait posé sur le bureau de son coéquipier, puis se laissa tomber dans son fauteuil.

A la lecture des premières lignes, elle comprit qu'il s'agissait d'une banale affaire de vol par effraction. La victime avait fourni une liste des objets manquants, parmi lesquels se trouvait un poste de télévision vieux de vingt-cinq ans. Moira était prête à parier que celui-ci avait fini dans une poubelle quand le voleur s'était rendu compte de sa valeur en le regardant de plus près…

Elle ferma les yeux. Ce n'était vraiment pas son jour.

Après avoir pris le temps de se ressaisir, Moira téléphona au juge Kincannon.

— Bonjour Blake. Je t'avais promis de te tenir informé.

Il y eut un silence à l'autre bout du fil.

— Vous n'avez rien trouvé, devina-t-il.
— Non.
— Mais ça te travaille toujours.
— Comment… ?
Blake eut un petit rire.
— Je te rappelle que je vis avec Greer depuis un moment. Même le plus lourdaud des maris apprend à sentir certaines choses, avec l'expérience.
— Je suis sûre que tu n'es pas si lourdaud que ça.
— C'est gentil. Pour en revenir à nos moutons, si tu penses que je peux t'aider, n'hésite pas. J'ai l'impression que cette histoire est loin d'être terminée. Quand un Cavanaugh se saisit d'une affaire, en général, il s'y accroche jusqu'à ce qu'elle soit résolue.
— Merci, Blake, répondit Moira. J'apprécie de t'avoir de mon côté.
— Je n'ai pas trop le choix, répliqua-t-il en riant. Greer me tuerait !

C'était étrange de ne pas courir. Ces dernières années, Moira avait suivi son rituel matinal avec une régularité toute militaire, ne l'interrompant que pendant les six semaines qui avaient suivi son opération de l'appendicite.

Mais elle ne pouvait pas faire son footing et surveiller le cimetière en même temps. Bien que l'exercice physique lui soit essentiel pour commencer sa journée, Moira n'arrivait pas à s'enlever de l'idée qu'il se passait quelque chose d'anormal derrière les grilles de ce funeste lieu.

Cela n'avait aucun sens de perturber une sépulture

datant de vingt ans juste pour le plaisir. Il y avait forcément une raison. Une raison qu'elle était bien décidée à découvrir.

Et pour ce faire, Moira n'avait pas d'autre choix que de monter la garde devant le cimetière, dans l'espoir de surprendre les deux individus en pleine action. Alors, elle les conduirait au poste pour les interroger.

Afin de se tenir éveillée, elle avala une longue gorgée du café XXL qu'elle avait acheté en chemin. Cela faisait deux heures et demie qu'elle était en planque, pour le troisième jour d'affilée. S'il ne se passait rien aujourd'hui ou demain, elle serait obligée de s'avouer vaincue et d'oublier toute cette…

Moira cligna des yeux, tentant de faire la mise au point sur la voiture qui venait d'apparaître à l'autre bout de la rue et qui se garait à cet instant le long du cimetière.

Une voiture qu'elle était certaine de reconnaître.

Tout comme le conducteur qui en descendait.

Moira resta bouche bée. Visiblement, elle n'était pas la seule à suivre une intuition. L'inspecteur Davis Gilroy semblait avoir eu la même idée qu'elle.

Etait-il venu faire le tour des tombes, pour vérifier qu'aucune autre n'avait été profanée ?

Elle avait l'impression qu'il transportait quelque chose, mais, comme l'entrée du cimetière était mal éclairée, elle ne voyait pas quoi.

Gilroy passa les grilles et disparut dans un tournant. Cédant à la curiosité, Moira bondit de sa voiture et lui emboîta le pas. Arrivée dans le cimetière, elle crut l'avoir perdu.

Puis elle le repéra.

Il remontait une allée d'un pas décidé. De toute évidence, il avait une destination bien précise en tête.

S'était-elle trompée depuis le début à son sujet ? Se pouvait-il que Gilroy ait lui-même profané la tombe, et que les deux silhouettes en noir — des gamins, sans doute — l'aient surpris, plutôt que l'inverse ?

Dans ce cas, il les aurait pourchassés pour s'assurer de leur silence…

Moira n'aimait pas la direction que prenaient ses pensées, mais comment expliquer autrement la présence de Gilroy dans un cimetière à une heure aussi matinale ?

Elle retint son souffle. Le policier venait de s'arrêter devant une large stèle.

Malgré ses efforts, Moira ne parvenait toujours pas à distinguer l'objet qu'il avait dans la main. S'agissait-il d'une pelle ? Etait-il venu terminer ce qu'il avait commencé ? Et s'il n'avait accepté de travailler avec elle — en simulant la mauvaise volonté — que pour pouvoir la surveiller, et faire en sorte qu'elle ne découvre pas ce qu'il manigançait ?

Mais la tombe devant laquelle il se tenait n'était pas celle dont ils avaient exhumé le cercueil trois jours plus tôt.

Que faisait-il là, au juste ?

Moira caressa l'idée de se retirer dans l'ombre pour éviter que Gilroy ne la remarque. Une fois à l'abri, elle pourrait alors appeler des renforts.

Quels renforts ? demanda une petite voix dans sa tête. Elle n'était même pas censée être au cimetière. Aucun de ses collègues ne viendrait à son secours sans raison valable.

Dans ce cas, elle n'aurait qu'à prévenir ses frères. Mais si elle se trompait ? Elle connaissait ses frangins. Ils ne lui ficheraient jamais la paix, et lui rappelleraient sa bourde jusqu'à leurs quatre-vingts ans passés.

Non, il lui fallait quelque chose de concret, une preuve tangible. Et puis, elle était inspectrice de police : elle savait se débrouiller comme une grande.

Sa décision prise, Moira sortit silencieusement des buissons derrière lesquels elle s'était cachée et s'approcha à pas de loups de Gilroy.

— Hé…

Ce fut le seul mot qu'elle réussit à prononcer. A peine avait-elle touché l'épaule de son collègue qu'elle se retrouva clouée au sol, les poignets maintenus au-dessus de la tête par Gilroy qui hurlait des propos inintelligibles.

8

— Lâchez-moi ! s'écria Moira, outrée, dès qu'elle eut retrouvé son souffle.

Elle l'avait perdu en partie parce que Gilroy l'avait brutalement plaquée au sol, mais aussi à cause de l'effet inattendu que produisait sur elle la pression très intime de son corps contre le sien.

Ce n'était ni le moment ni l'endroit pour avoir ce genre de réaction. Quant à la personne qui la lui provoquait, elle était sans nul doute très mal choisie.

— Pourquoi m'avez-vous suivi, Cavanaugh ? gronda Davis en l'empêchant de bouger.

S'il la libérait, il perdrait l'avantage qu'il avait sur elle, ainsi que toute chance d'obtenir des réponses.

— Et vous, que faites-vous ici ? répliqua-t-elle.

Moira tenta de le repousser d'un mouvement de reins, mais son geste ne fit que souligner la position très gênante dans laquelle il la maintenait.

— C'est moi qui vous ai posé la question en premier. Et il me semble que le rapport de force m'est plutôt favorable, fit-il remarquer en resserrant sa poigne.

Moira plissa les yeux, hors d'elle.

— A moins que vous ne vouliez boiter pour le

restant de vos jours, Gilroy, je vous suggère de me lâcher tout de suite.

En se décalant légèrement, elle réussit à remonter un de ses genoux vers son entrejambe.

A sa grande surprise, Gilroy céda. Peut-être avait-il pris sa menace au sérieux. A moins qu'il ne lui reste une once de galanterie... Toujours est-il qu'il s'écarta d'elle et l'aida à se relever, sans toutefois libérer son poignet lorsqu'ils furent tous les deux debout.

— Maintenant, vous allez peut-être pouvoir me répondre : pourquoi m'avez-vous suivi ?

— Je ne vous ai pas suivi.

— Vous vous êtes approchée de moi en douce, c'est bien la preuve que vous m'avez suivi !

Moira n'aimait pas s'expliquer, surtout face à un homme qui faisait tant de mystères. Et elle aimait encore moins la façon dont son corps continuait à vibrer au souvenir de leur contact imprévu. Cela la mettait en rage.

— Ça fait trois jours que je suis en planque dans la rue, devant les grilles du cimetière, expliqua-t-elle sèchement. Quand je vous ai vu entrer, je me suis dit que quelque chose m'avait peut-être échappé...

Elle lui lança un regard lourd de sens.

— Donc, je vous ai suivi.

— Quelque chose vous avait échappé ? répéta-t-il, furieux. Si je comprends bien, vous me soupçonnez d'être le pilleur de tombes ?

Cela lui allait bien de jouer les offensés ! songea Moira. C'était tout de même lui qui l'avait jetée par terre !

— Je n'ai pas dit ça.

— Vous l'avez suggéré ! s'écria-t-il en relâchant son bras d'un geste écœuré. Je n'ai fait qu'exprimer tout haut ce que vous pensiez tout bas. Vraiment, je n'ai jamais rien entendu d'aussi stupide.

Davis secoua la tête, manifestement sidéré qu'elle puisse imaginer un tel scénario. Mais Moira n'avait pas l'intention de supporter ses sermons sans rien dire. Après tout, elle avait de bonnes raisons de le soupçonner.

— Admettez quand même que c'est un peu bizarre de traîner dans un cimetière deux fois par semaine alors qu'il fait encore nuit, observa-t-elle. Si vous n'êtes coupable de rien, pourquoi avez-vous réagi aussi violemment en me plaquant au sol ?

— Parce qu'en sentant quelqu'un arriver derrière moi, j'ai cru que c'était un des types de l'autre jour.

Moira ouvrit la bouche, puis la referma.

— Ça peut se comprendre, admit-elle à contrecœur.

— Merci.

Il avait craché ce mot plus qu'autre chose. Mais Moira ne le laisserait pas retourner la situation, ni rejeter la faute sur elle.

— Cela n'explique toujours pas ce que vous faites ici — ni ce que je vous ai vu transporter.

Il la dévisagea, incrédule.

— Et qu'est-ce que vous croyez m'avoir vu transporter ?

Moira aurait voulu hurler, ou lui taper dessus, mais elle fut bien obligée de se retenir.

— Je ne sais pas exactement, il faisait trop noir, répondit-elle en détournant les yeux.

— Ah, donc vous ne m'avez pas vu entrer avec mon mini-bulldozer.

— Pardon ?

Elle comprit trop tard qu'il se moquait d'elle.

— Très drôle, marmonna-t-elle. N'empêche, vous n'avez toujours pas répondu à ma question. Qu'est-ce que vous venez faire dans un cimetière à cette heure-ci, deux fois par semaine ?

— Excusez-moi, on ne m'avait pas prévenu que je devais vous rendre des comptes.

Bien qu'à bout de patience, Moira fut forcée de reconnaître qu'à sa place elle aurait sans doute eu la même réaction.

— Je suis curieuse, c'est vrai, admit-elle. Vous ne voulez vraiment pas me répondre ?

Comme Gilroy fronçait les sourcils, elle s'attendit à se faire rabrouer une fois de plus. Sa surprise n'en fut que plus grande lorsqu'il expliqua, d'une voix qui s'était subitement adoucie :

— Je me rendais sur la tombe de mes parents. A cette heure-ci, il n'y a personne dans le cimetière. Enfin, en principe, ajouta-t-il en lui lançant un regard noir.

Pour la première fois depuis qu'elle l'avait suivi jusque-là, Moira s'intéressa à l'énorme stèle devant laquelle il s'était arrêté. Deux noms y étaient gravés côte à côte : Martha et James Gilroy.

Si les dates de naissance n'étaient pas les mêmes, celles de leur décès, en revanche, se révélaient identiques. Ils étaient morts ensemble.

Moira se sentit mortifiée de s'être ainsi immiscée dans la vie privée de Davis. Pour sa défense, elle l'avait fait en toute ignorance…

— Vous avez perdu vos deux parents d'un coup ? dit-elle avec un mélange de tristesse et de compassion dans la voix.

Davis se contenta de hocher la tête.

D'un naturel réservé, il détestait parler de lui ou révéler quoi que ce soit de personnel en dehors de son nom et de son métier. Et pourtant, en quelques jours, cette femme l'avait poussé par deux fois à enfreindre ses propres règles.

— Je suis vraiment désolée, murmura-t-elle.

— Je ne vous ai pas dit ça pour que vous soyez désolée, mais pour que vous arrêtiez de me considérer comme l'ennemi public numéro un. Maintenant, à moins que vous ayez l'intention de m'accuser d'un autre crime, j'aimerais que vous me laissiez un peu d'intimité.

— Oui, bien sûr, bafouilla Moira. Pardon.

Tandis qu'elle s'empressait de partir, elle crut entendre Gilroy grommeler. Pas question néanmoins de lui demander de répéter. Elle avait tellement honte de l'avoir interrompu en plein recueillement ! Son malaise était sans doute un peu exagéré… Gilroy n'était pas à proprement parler quelqu'un de très chaleureux, et pourtant il lui inspirait une profonde sympathie. Oui, cet homme ne la laissait pas indifférente — un phénomène qu'elle avait du mal à s'expliquer.

Au fil de la journée, et malgré ses efforts, Moira ne put se défaire du sentiment qui s'était abattu sur elle. Il planait au-dessus de sa tête tel un nuage noir, il la suivait comme une ombre et occupait toutes ses pensées pendant qu'elle tentait de résoudre l'affaire de cambriolage que Carver lui avait assignée.

Et si elle réussissait à l'oublier un moment, il revenait l'envahir avec encore plus de force l'instant suivant.

Il fallait qu'elle trouve un moyen de se racheter auprès de Gilroy pour apaiser sa conscience. Lui répéter une fois de plus qu'elle était désolée ne servirait à rien. Elle avait vu comment il réagissait aux excuses.

Ce dont elle avait besoin, c'était de lui prouver qu'elle regrettait vraiment son indiscrétion. Mais comment lui faire passer le message ?

Après avoir envisagé — et écarté — plusieurs possibilités, elle décida finalement de déposer des fleurs sur la tombe de ses parents. De ce qu'elle avait pu voir, Gilroy était le seul à leur rendre visite, et la peine qu'il se donnait pour le faire prouvait combien il avait tenu à eux et combien leur mort l'affectait encore — même s'il n'était sans doute pas près de le reconnaître.

Moira profita donc de sa pause déjeuner, qu'elle sautait le plus souvent, pour passer chez un fleuriste spécialisé dans le deuil. Là, elle prit quelques minutes pour faire son choix, qui se porta sur un bel arrangement de roses blanches présentées dans un panier en osier.

En pleine journée, le cimetière était moins désert qu'à l'aube : Moira compta quelques personnes dispersées dans les allées, certaines par groupes de deux ou de trois. Plutôt que de laisser traîner une oreille pour écouter leurs conversations, comme il lui arrivait parfois de le faire, elle se dirigea tout droit vers la section où les parents de Gilroy étaient enterrés.

Cela ne se fit pas sans peine… A la lumière du jour, les lieux lui semblaient différents, et elle se trompa plusieurs fois avant de retrouver la tombe.

La grande stèle en marbre blanc était impressionnante de pureté et de simplicité.

— Pardon pour ce matin, murmura-t-elle au couple dont les dépouilles reposaient sous la terre devant elle. Je n'avais pas l'intention de perturber un de vos moments d'intimité avec votre fils. S'il m'avait expliqué ce qu'il faisait ici, je ne l'aurais pas suivi.

Elle réprima un soupir.

— Ce n'est pas facile de le faire parler, mais ça, vous devez déjà le savoir, reprit-elle avant de déposer le panier de roses à côté du bouquet que Gilroy avait laissé le matin. Ce n'est pas grand-chose, juste un petit geste pour me faire pardonner.

Moira recula de quelques pas et contempla la tombe un long moment. Qu'aurait-elle ressenti, si ses deux parents lui avaient été arrachés le même jour ?

Elle-même avait perdu sa mère très jeune, et ce deuil l'avait profondément marquée. Mais, contrairement à Gilroy, elle avait eu la chance d'être entourée par une famille nombreuse et soudée. Si elle avait été obligée d'affronter ce chagrin toute seule, elle ne s'en serait peut-être jamais remise.

Moira se surprit à éprouver de la compassion pour son collègue d'un jour. Elle aurait voulu soulager sa peine. Mais le lui permettrait-il ? Sans doute pas, songea-t-elle.

Quoi qu'il en soit, il était grand temps qu'elle retourne au poste. Dans moins d'une heure, elle avait rendez-vous avec un témoin potentiel du vol de téléviseur.

Alors qu'elle tentait de revenir sur ses pas, Moira s'aperçut qu'elle avait pris le mauvais embranchement. Elle se trouvait à présent dans une partie du cimetière qui lui était complètement inconnue.

Tu aurais dû semer des petits cailloux blancs derrière toi, pensa-t-elle amèrement. Fichu sens de l'orientation…

Elle s'arrêta et regarda autour d'elle. Peut-être pourrait-elle demander son chemin à quelqu'un. Sans cela, elle risquait de tourner en rond pendant des heures.

Mais les personnes qu'elle avait croisées en entrant avaient toutes disparu.

Elle n'avait plus qu'à se débrouiller seule.

Tandis qu'elle errait dans cette zone du cimetière — la plus ancienne, visiblement — Moira se figea. Devant elle, une tombe avait subi le même sort que celle qu'ils avaient fait exhumer trois jours plus tôt. Une tombe qui, comme l'autre, datait de vingt ans.

Or, son père lui avait appris à ne pas croire aux coïncidences.

Moira sortit son téléphone et fit ce qu'elle avait fait la première fois : elle prit des photos du site sous tous les angles, en tournant autour de la stèle, afin de disposer d'une vision panoramique de l'ensemble une fois rentrée au poste.

Concentrée sur sa tâche, elle ne vit pas le manche de bois qui dépassait d'un buisson de genévrier. Elle faillit tomber en trébuchant dessus.

Moira rangea son téléphone et prit un mouchoir pour pouvoir manipuler le manche sans y laisser d'empreintes. En le tirant à elle, elle dégagea la lame d'une pelle.

De toute évidence, quelqu'un s'était servi de cet outil pour creuser la tombe, et avait oublié de le remporter après avoir récupéré ce qu'il cherchait — ou enterré ce qu'il voulait cacher.

Ayant fini de photographier le rectangle de terre, Moira prit un dernier cliché de la pelle, en s'assurant que le genévrier apparaissait bien dans le cadre.

— OK, murmura-t-elle. Et maintenant ?

Comment allait-elle convaincre sa hiérarchie d'exhumer un deuxième cercueil ?

Cela ressemblait fort à la fable du petit garçon qui criait au loup. Même avec ces nouvelles photos, elle ne réussirait jamais à persuader le lieutenant Carver de lui laisser une seconde chance…

Bien sûr, elle pourrait retourner voir le gardien du cimetière. L'homme s'était montré hostile et très peu coopérant la première fois, mais peut-être réussirait-elle à le gagner à sa cause en lui présentant ce deuxième cas de profanation. Alors, il signalerait le crime à la police, et une fois la plainte déposée Carver n'aurait pas d'autre choix que de rouvrir l'enquête.

Mais si c'était le gardien, le coupable ? S'il était impliqué dans l'affaire d'une manière ou d'une autre ? En l'alertant, Moira se tirerait une balle dans le pied…

— Chaque chose en son temps, se dit-elle. Pour commencer, tu ferais mieux de trouver une sortie à ce labyrinthe.

Tandis qu'elle jetait un regard circulaire sur la multitude de tombes qui l'entouraient, Moira se demanda comment diable elle allait bien pouvoir faire.

9

Finalement, elle dut se résigner à appeler à la rescousse sa plus jeune sœur, Valri.

Recrutée depuis peu par les services de police d'Aurora, Valri Cavanaugh était une magicienne de l'informatique doublée d'un véritable GPS vivant. Moira ne doutait pas un seul instant que sa petite sœur était capable de guider à bon port toute une flotte de navires perdus dans la brume, et qu'elle y parviendrait même avec une main attachée dans le dos.

En outre, contrairement à leurs frères, Valri ne s'amuserait pas à faire des commentaires sur le sens de l'orientation déplorable de Moira. Pas plus qu'elle ne passerait les trente prochaines années à lui rappeler sans cesse ce fâcheux épisode, pour le seul plaisir de se moquer d'elle.

Le plus difficile, c'était de réussir à capter son attention. Valri avait tendance à s'absorber complètement dans son travail, au point d'en oublier tout le reste.

Fidèle à elle-même, il lui fallut dix minutes pour répondre au SMS de Moira. Celle-ci lui demanda de la localiser grâce à son téléphone portable, puis de lui indiquer le chemin pour ressortir du cimetière par l'entrée est, où elle avait garé sa voiture.

Cinq minutes plus tard, Moira était au volant et repartait en direction du poste de police.

Soulagée d'avoir enfin quitté ce lieu — elle commençait à se sentir claustrophobe dans ce dédale de tombes — elle se prépara à relever le défi suivant : affronter son chef.

Carver ne lui laissa pas le temps d'avancer le moindre argument. A peine avait-elle abordé le sujet qu'il la coupa net :

— Je croyais que les Cavanaugh étaient des gens intelligents. Qu'est-ce que vous ne comprenez pas, dans le mot « non » ?

— Mais, chef, j'ai découvert qu'une deuxième tombe avait sans doute été profanée. Ça ne peut pas être une coïncidence !

— Je refuse d'accorder une minute de plus à cette quête futile. Ce n'est pas parce que le gardien du cimetière fait mal son boulot qu'on doit prendre la relève.

Les choses n'étaient pas aussi simples, mais cela ne servait à rien de le souligner. Moira préféra formuler sa demande autrement :

— Si je pouvais juste avoir un peu plus de temps…

— Non, c'est non. Maintenant, retournez vous occuper de l'affaire que je vous ai demandé de résoudre. A moins que vous ayez subitement envie de prendre un congé sans solde ?

Moira eut toutes les peines du monde à contenir son exaspération. Mais elle n'allait pas renoncer aussi facilement.

— J'ai des photos, lieutenant…

Carver agrippa les accoudoirs de son fauteuil et inspira profondément.

— Vous auriez un film de deux heures avec mille figurants que cela ne changerait rien ! C'est non, un point c'est tout.

Moira fit une dernière tentative.

— Vous ne trouvez pas cela bizarre que les deux tombes abritent les restes de personnes décédées il y a vingt ans ?

— Il y a plein de choses que je trouve bizarres, répliqua Carver, furibond. Les chips au goût bacon, par exemple. Ce n'est pas pour autant que je vais dépenser les sous du service pour enquêter là-dessus. Quant aux deux cercueils qui vous fascinent tant… Au cas où cela vous aurait échappé, les gens mouraient aussi il y a vingt ans. Il fallait bien faire quelque chose de leurs corps. Les enterrer, par exemple.

Sa voix se fit encore plus dure.

— Où en êtes-vous de l'enquête sur le cambriolage ?

— J'y travaille, répondit Moira en réprimant un soupir.

— Eh bien il va falloir travailler un peu plus que ça. Et arrêter de traîner dans les cimetières.

Il lui montra la porte.

— Fermez bien derrière vous.

Une fois sortie du bureau, Moira compta lentement jusqu'à dix. Elle était descendue dans l'arène en sachant pertinemment qu'elle risquait de ne pas obtenir ce qu'elle voulait.

Sa frustration n'en était pas moins grande.

Moira donna le maximum d'elle-même pour résoudre l'affaire du cambriolage. Cependant, au bout de trois heures passées à étudier les différents éléments de preuve et à prospecter dans le quartier où le vol avait été commis, elle n'avait toujours pas de réponse. Elle décida d'élargir ses recherches aux boutiques de prêteurs sur gages.

Elle se rappela qu'il n'existait pas de mont-de-piété à Aurora. Les deux organismes les plus proches du lieu du cambriolage se trouvaient à Rosewood, une petite ville située à quelques kilomètres de là.

Moira s'y rendit en voiture. La première boutique se révéla être une impasse : elle ne prenait que les bijoux. La seconde, en revanche, était plus prometteuse. En regardant à travers la vitrine, Moira aperçut, posé sur une étagère au fond du magasin, un vieux poste de télévision qui ressemblait à s'y méprendre à celui qui avait été dérobé.

— Une pièce unique, commenta le prêteur sur gages lorsqu'elle lui fit part de son intérêt pour l'objet.

Il tapota le téléviseur avec affection, comme un vendeur de voitures qui essaie de refourguer un véhicule à son client.

— On n'en fait plus, des comme ça. Vous l'avez bien vu, d'ailleurs : c'est une perle rare.

Il fit mine de jauger la pièce.

— Je peux vous la laisser pour… disons, cent dollars.

Moira se retint de lui rire au nez. L'homme n'avait pas dû l'acheter plus de vingt-cinq dollars au cambrioleur.

— Quand êtes-vous entré en possession de cette « perle rare » ? s'enquit-elle.

— Très récemment, en réalité. Vous pouvez prendre la nuit pour réfléchir, mais je ne vous garantis pas qu'elle sera encore là demain.

Moira leva les yeux vers la caméra fixée au mur juste au-dessus du comptoir.

— Elle fonctionne, cette caméra ?

— Tout fonctionne, ici, répliqua le prêteur sur gages, un brin vexé.

Moira lui montra enfin sa plaque.

— Oh… Pourquoi voulez-vous me gâcher ma journée, madame l'agent ? se lamenta-t-il.

— Si ça peut vous consoler, vous venez peut-être d'illuminer la mienne, répondit-elle en rangeant sa carte. Auriez-vous noté par hasard le nom de la personne qui vous a vendu cette « pièce unique » ?

De mauvaise grâce, l'homme ouvrit un fichier sur son ordinateur, et retrouva rapidement le reçu de la transaction.

— Voilà : il s'appelle Andrew Jackson.

— Comme le président ? Très original, ironisa Moira.

Le monde comptait plus de criminels stupides qu'on ne l'imaginait volontiers… Pour sa part, Moira allait enfin pouvoir cesser de tourner en rond sur cette banale affaire de vol, et se concentrer sur l'énigme qui la taraudait depuis plusieurs jours.

— Si ce n'est pas trop vous demander, j'aimerais voir l'enregistrement vidéo datant du jour de la vente.

— Bien sûr.

Avec un soupir résigné, le prêteur sur gages la conduisit jusqu'à son bureau minuscule.

— Vous croyez que je pourrai garder la télé ? demanda-t-il d'un ton plein d'espoir.

Moira sortit un papier de son portefeuille et le lui montra.

— C'est le numéro de série de l'objet volé. Vous pensez vraiment pouvoir le garder ?

— J'imagine que non.

Il lui indiqua le carton où étaient rangés les DVD de surveillance de la semaine précédente.

— Je crois que je ferais bien de commencer à exiger de mes clients qu'ils me montrent une carte d'identité, murmura-t-il.

— Sage décision.

Une fois qu'elle eut repéré la séquence qui l'intéressait, Moira l'envoya par mail à Valri, en lui demandant de lancer une recherche dans le logiciel de reconnaissance faciale du laboratoire. Avec un peu de chance, elle retrouverait ainsi la véritable identité du voleur, et peut-être même son adresse. Dès lors, elle n'aurait plus qu'à boucler l'enquête, après quoi elle pourrait enfin passer à la suite.

Et la suite, elle la connaissait déjà.

De retour au poste de police, Moira n'alla pas immédiatement présenter son rapport à Carver. Au lieu de cela, elle fit une chose qu'elle n'approuvait pas en temps normal, et qui la mettait franchement mal à l'aise.

Elle court-circuita son supérieur en s'adressant directement au grand chef.

Brian Cavanaugh écouta patiemment sa petite-nièce, et étudia avec intérêt les photos qu'elle avait prises des deux tombes.

Lorsqu'elle eut fini de plaider sa cause, Moira rangea son téléphone et répéta ce qu'elle avait déjà commencé à dire au chef des inspecteurs en entrant dans son bureau :

— Habituellement, je m'applique à respecter la voie hiérarchique. Mais…

— Mais ton instinct te souffle qu'il y a quelque chose qui cloche, la coupa-t-il avec un sourire bienveillant.

Moira rougit.

— Ça doit vous paraître idiot…

— Pas du tout. Je crois profondément aux intuitions, Moira. Tout comme la grande majorité des membres de cette famille.

Brian devinait qu'en disant cela, il ne lui apprenait rien. Mais il y avait peut-être un détail qu'elle ignorait encore.

— Je ne sais pas si tu es au courant de ce qui est arrivé à l'ancien chef de la police.

— Je le suis, répondit-elle, consciente qu'il faisait allusion à son frère, Andrew Cavanaugh.

— Alors que tout semblait prouver le contraire, il était persuadé que sa femme, portée disparue, était encore en vie. Il n'a pas cessé de chercher des indices et de les recouper. Et cela a fini par payer. S'il n'avait pas suivi son instinct, Rose n'aurait peut-être jamais recouvré la mémoire, elle n'aurait peut-être jamais su qui elle était vraiment, et ses enfants auraient continué de penser que leur mère était morte. Je crois qu'après ça, *tous* les Cavanaugh ont été convaincus de l'importance des intuitions.

— Donc, je peux retourner enquêter au cimetière ?

Moira osait à peine y croire. Décidément, cela avait du bon de faire partie de cette grande famille.

Le chef des inspecteurs acquiesça sans la moindre hésitation.

— Il te faudra quand même un autre mandat du juge.

— Ça, ce n'est pas un problème, lui assura-t-elle.

Brian n'en doutait pas. La jeune inspectrice lui semblait très compétente — et pleine de ressources.

— Et pour toute la durée de cette enquête, ajouta-t-il, quelle que soit la direction qu'elle prendra, j'aimerais que tu continues à travailler avec l'inspecteur Gilroy.

Moira sentit son sourire s'effacer. Les choses prenaient un tour qu'elle n'avait pas prévu… Si elle avait évoqué sa courte collaboration avec Gilroy, c'était seulement pour offrir à Brian Cavanaugh un tableau complet de la situation, pas pour qu'il les réunisse à nouveau.

— Ça, par contre, ça risque de poser problème, prévint-elle.

Le chef sembla surpris. Dans son récit, sa petite-nièce n'avait pas mentionné de frictions entre elle et l'inspecteur des crimes majeurs.

— Tu n'as pas envie de travailler avec Gilroy ? lui demanda-t-il.

— Oh ! Moi, ça ne me dérange pas. C'est lui que ça dérangerait, je pense.

— Et pourquoi donc ?

Moira hésita un instant, ne sachant pas ce qu'elle pouvait dire au chef sans passer pour une rapporteuse.

— Gilroy n'aime pas travailler en équipe. Quelque

chose à voir avec le fait qu'il a perdu deux coéquipiers en trois ans, se contenta-t-elle d'expliquer.

Si Brian Cavanaugh désirait en savoir plus sur le sujet, il n'aurait qu'à en parler directement avec Gilroy. Après tout, cela ne la regardait pas.

Brian joignit l'extrémité de ses doigts d'un air pensif.

— Quand c'est possible, je fais en sorte de m'adapter aux désirs de chacun. Mais il me semble tout aussi important de confier une enquête aux personnes les plus à même de la résoudre. Et, dans le cas présent, l'inspecteur Gilroy et toi avez travaillé sur l'affaire depuis le début. Je crois qu'il est dans l'intérêt de tous que vous continuiez à faire équipe.

Moira serra les lèvres.

— J'ai bien peur que Gilroy ne partage pas votre avis.

— Ne t'inquiète pas pour Gilroy. Je lui parlerai — et au lieutenant Carver aussi. Concentre-toi sur l'enquête, et essaye de découvrir ce qu'il y a de si intéressant dans ces vieilles tombes pour que quelqu'un ait eu envie de les visiter.

Moira se leva de sa chaise.

— Merci beaucoup, chef, dit-elle en s'enhardissant à lui tendre la main.

Il la lui serra chaleureusement.

— Ne me remercie pas, Moira. Suis ton instinct, et obtiens-nous des réponses.

Tandis qu'elle sortait du bureau, Brian décrochait déjà le téléphone.

Au même instant, celui de Moira vibra dans sa poche. En regardant le message qui s'affichait à l'écran, elle faillit pousser un cri de joie. Valri lui avait envoyé une photo du permis de conduire d'un certain Robert Anthony Ullman, dont le visage correspondait en tout point à celui qui avait été immortalisé sur la vidéo de surveillance du prêteur sur gages.

— Pas très futé, le Robert, murmura Moira.

Elle rédigea un bref texto à sa sœur pour la remercier. Une chose était certaine : Carver ne la porterait pas dans son cœur dans les temps à venir — non pas qu'elle ait eu la moindre chance au départ de mériter cet honneur. Mais, au moins, elle avait résolu l'affaire qu'il lui avait confiée. Et un petit grand-père de quatre-vingts ans allait enfin retrouver sa télévision.

— C'est quoi, cette histoire ?

La question — et l'homme qui la lui avait posée — l'attendait à la sortie de la salle de brigade, une heure plus tard.

Moira venait déjà de subir les foudres de Carver, qui, bien qu'elle ait bouclé l'affaire du cambriolage dans un délai plus que raisonnable, était extrêmement mécontent qu'elle soit allée voir le grand chef afin d'obtenir l'autorisation de rouvrir « cette foutue enquête imaginaire ».

Plutôt que d'essayer de lui réexpliquer son raisonnement, Moira avait gardé le silence et laissé son lieutenant déverser sa colère, jusqu'à ce qu'il finisse par s'essouffler tout seul.

Alors, il lui avait ordonné de quitter son bureau. Et au lieu de lui demander, comme d'habitude, de fermer la porte, il s'en était chargé lui-même en la claquant violemment derrière elle.

Moira avait traversé la salle de brigade en sentant le regard furieux de son chef et les yeux de tous ses collègues braqués sur elle.

C'est ce moment que Davis Gilroy avait choisi pour l'attaquer.

— Il va falloir être un peu plus précis que ça, lui répondit-elle, les mâchoires serrées.

Elle avait toutes les peines du monde à se retenir d'exploser — ou de fondre en larmes. Mais elle gardait à l'esprit que c'était contre Carver qu'elle était en colère, pas contre Gilroy.

— Ne jouez pas l'innocente avec moi, gronda-t-il.

— Je ne joue pas. De quoi parlez-vous, exactement ?

Alors qu'il allait rétorquer, Davis prit le temps de l'observer et vit toute la frustration et la lassitude qu'elle tentait désespérément de cacher. Il se surprit à éprouver de la compassion pour elle, ce qui ne manqua pas de l'agacer encore davantage. Bon sang, qu'y avait-il chez cette femme qui le touchait à ce point ?

— Ça va ? lui demanda-t-il d'un ton bourru.

— En dehors du fait que tout le monde me hurle dessus, super.

— Qui d'autre vous a crié dessus ?

— Mon lieutenant.

— Et pour quelle raison ?

— Sans doute la même que vous, mais je ne le saurai avec certitude que quand vous m'aurez précisé de quelle « histoire » vous parlez.

Davis était persuadé qu'elle le savait très bien, mais il se plia quand même à sa volonté.

— Le chef des inspecteurs a appelé mon capitaine, qui m'a convoqué ensuite dans son bureau pour m'annoncer qu'il me réaffectait à l'affaire du cimetière. Je croyais qu'on s'était mis d'accord sur le fait qu'il n'y avait *pas* d'affaire. Vous avez changé d'avis ?

Moira haussa les épaules en fuyant son regard inquisiteur.

— Je n'ai pas eu trop le choix.

— Qui vous y a obligée ?

— C'est plus quelque chose que quelqu'un.

Gilroy resta silencieux un moment.

— OK, vous avez toute mon attention. Quoi, alors ?

Il se montrait bien plus conciliant qu'elle ne l'aurait imaginé…

— J'ai trouvé une autre tombe qui avait été profanée, expliqua-t-elle.

Gilroy parut à la fois surpris et soupçonneux.

— Quand ?

— Ce midi.

— Vous surveillez encore le cimetière ?

— Pas exactement.

Moira préféra s'en tenir à cette réponse, aussi vague soit-elle. Si elle avait déposé des fleurs sur la tombe des parents de Gilroy, ce n'était pas pour s'en vanter auprès de lui par la suite, ni pour qu'il la remercie. Elle avait simplement voulu se faire pardonner son indiscrétion.

— Je suis passée au cimetière un peu par hasard, pour voir si je pouvais trouver d'autres éléments qui justifient de rouvrir l'enquête, prétendit-elle. J'ai vraiment le sentiment qu'il s'y trame des choses pas nettes.

— Je vois, répondit Davis, l'air pensif. Et cette deuxième tombe, vous l'avez trouvée avant ou après avoir laissé les roses sur celle de mes parents ?

Moira resta sans voix.

10

— Quelles roses ? s'enquit-elle innocemment, lorsqu'elle fut remise de sa surprise.

Davis laissa échapper un rire sec.

— Maintenant, au moins, je sais que vous ne savez pas mentir. Rendez-moi service, Cavanaugh : si on est amenés à monter un bateau pour soutirer des informations à un suspect potentiel, laissez-moi parler.

Moira ignora la remarque et se concentra sur le message qu'il venait subtilement de lui faire passer.

— Alors vous êtes partant pour mener l'enquête avec moi ? demanda-t-elle d'une voix pleine d'espoir.

Gilroy lui coula un regard en coin.

— Partant, partant… Ce n'est pas comme si on m'avait laissé le choix. Mais je vais travailler avec vous, si c'est la question. Et avant de me remercier, n'oubliez pas que je n'ai pas eu mon mot à dire.

— Merci quand même.

Sachant qu'il n'aimait pas perdre du temps, elle lui exposa son plan :

— Je me disais qu'on pourrait essayer de voir si

l'occupant de notre nouvelle tombe a encore de la famille en vie.

— Pour ça, on va être obligés de rendre visite à Weaver, remarqua Davis.

Visiblement, cette perspective l'enchantait autant qu'elle…

— Sauf si on a de la chance et qu'on tombe sur un autre employé du cimetière.

— Vous vous sentez chanceuse, vous ?

Moira ne répondit pas tout de suite ; elle se laissa le temps d'observer son collègue un moment. Elle s'était attendue à ce qu'il freine des quatre fers à l'idée de reprendre l'enquête avec elle, mais il avait accepté — ou du moins, il s'était résigné — avec une étonnante facilité. Sa bonne volonté la confortait dans sa certitude qu'il se passait quelque chose d'anormal au cimetière.

— Très chanceuse, dit-elle finalement.

— Alors allons-y. Vous voulez conduire, cette fois-ci ? s'enquit Davis alors qu'ils s'avançaient dans le couloir.

— Non, ça me va très bien comme ça. En plus, je ne déteste pas avoir mon chauffeur personnel.

— Ça ne m'étonne pas.

Il appuya sur le bouton de l'ascenseur.

— Prenons plutôt les escaliers, suggéra soudain Moira.

Cette proposition lui valut un regard surpris, suivi d'un hochement de tête approbateur.

— Pour ça, pas besoin de me forcer la main, murmura Davis en poussant la porte des escaliers.

Outre le gain de temps, il y voyait l'avantage non

négligeable d'échapper à l'intimité gênante d'une cabine d'ascenseur.

— Dommage, plaisanta-t-elle. Et moi qui me faisais une joie de vous faire mal.

Leurs regards se croisèrent un bref instant.

— Une autre fois, peut-être, dit-il d'une voix un peu rauque.

— Peut-être, répéta-t-elle, en tentant d'ignorer le bond inattendu que son cœur venait de faire.

Arrivé le premier en bas des escaliers, Davis ouvrit la porte et s'effaça pour laisser passer Moira. Sous ses airs revêches, l'homme savait se montrer galant…

— Merci, dit-elle.

— De rien. Au fait, elles étaient très belles.

Elle leva les yeux vers lui, confuse.

— Qui ça, « elles » ?

— Les fleurs que vous avez déposées sur la tombe de mes parents.

— Comment avez-vous deviné qu'elles venaient de moi ? Je n'avais pourtant pas mis de carte dans le panier.

Davis planta son regard dans le sien.

— Vous avez vraiment besoin d'un dessin ?

Fallait-il en conclure que personne d'autre que lui ne laissait jamais de fleurs à ses parents ? A bien y réfléchir, Moira ne se rappelait pas avoir vu d'autre bouquet sur leur tombe que celui déposé par Gilroy. Elle trouvait cela triste, mais elle se garda bien de le dire tout haut.

— Je crois que j'ai compris, murmura-t-elle.

— Ma voiture est là-bas.

Le sujet était clos.

— Tu parles d'une chance, marmonna Moira tandis qu'ils ressortaient de la vieille chapelle et pénétraient dans le petit bureau d'accueil.

Celui-ci était désert. Néanmoins, à travers la fenêtre, ils apercevaient Weaver qui travaillait sur la propriété.

— On n'est même pas sûrs qu'il sache se servir d'un ordinateur, observa Davis. Or, le renseignement qu'on cherche se trouve sans doute dans les archives informatiques du cimetière.

Moira réfléchit un instant.

— A mon avis, ce type a moins de cinquante ans, et il est moins bête qu'il n'en a l'air. Tout n'est pas perdu.

— Je vous trouve bien optimiste, répliqua Davis. Il n'est pas bête, certes, mais il nous a aussi prouvé la dernière fois qu'il n'avait pas l'intention de lever le petit doigt pour nous.

C'était très vrai. Cependant, la situation avait évolué, et Moira envisageait une solution radicale pour convaincre Weaver de changer d'attitude…

— Peut-être que la perspective de passer un moment derrière les barreaux pour entrave à enquête policière l'aidera à se montrer plus coopérant ?

— Peut-être, concéda Davis.

Ils trouvèrent le gardien occupé à ratisser quelques feuilles mortes près de la première rangée de tombes.

— Excusez-moi, lança-t-elle en s'approchant de lui.

— Oui ?

Le demi-sourire de Weaver s'effaça complètement lorsqu'il se retourna.

— Encore vous !

— On vous a manqué ? demanda Moira d'un air faussement enjoué.

Le gardien fronça ses épais sourcils.

— Non.

— Eh bien, je crois que ce sentiment est partagé. Bref, plus vite on en aura fini, mieux on se portera, monsieur Weaver, nous aurions besoin de renseignements concernant Marjorie Owens.

— Je ne sais pas qui c'est.

Sur ces mots, il tourna le dos aux deux policiers et se remit à ratisser les feuilles.

— Qui *c'était*, le corrigea Moira. Cette femme est enterrée dans votre cimetière.

— Beaucoup de gens sont enterrés ici. Je ne connais pas tous leurs noms par cœur.

— Evidemment.

Moira vint se placer devant lui pour l'obliger à lui parler en face.

— Mais on ne vous demande pas si vous l'avez fréquentée. On veut juste savoir qui a payé la concession, qui a fait les démarches auprès du responsable de ce cimetière pour que Mme Owens soit enterrée.

Weaver garda les yeux rivés au sol tandis qu'il continuait à manier son râteau.

— Je n'en ai pas la moindre idée.

Faisait-il exprès de ne pas comprendre ? Ou bien avait-il une raison de vouloir leur cacher cette information ? Une chose était certaine, il avait décidé de leur compliquer la tâche.

— On ne s'attend pas à ce que vous nous disiez ça de mémoire, grommela Davis.

Moira vit le gardien tressaillir.

— Le cimetière doit bien conserver des archives quelque part, continua son collègue, et je suis prêt à parier qu'on peut les trouver sur le joli petit ordinateur que j'ai aperçu dans le bureau à côté de la chapelle.

— Je n'ai pas le droit de toucher à cet ordinateur, répliqua Weaver.

Moira croisa le regard de Davis. Elle n'avait pas l'impression que le gardien mentait. Et avec ses airs de fouine, elle non plus ne l'aurait jamais autorisé à s'approcher de son ordinateur.

— D'accord, dit-elle en s'exhortant à garder son calme. Qui a le droit d'y toucher, alors ?

— Le directeur.

— Qui est ?

Gilroy semblait presque avoir atteint les limites de sa patience.

— M. Montgomery, répondit Weaver, en évitant toujours de les regarder en face.

Moira serra les mâchoires. Visiblement, l'homme ne se rendait pas compte qu'il était à deux doigts de se faire arrêter pour obstruction.

— Et ce M. Montgomery, il a un prénom ? lui demanda-t-elle.

— Ouais.

Le gardien continua de ratisser l'allée, alors qu'il n'y avait plus la moindre feuille morte.

Une fois encore, Moira lança un coup d'œil à Gilroy, et devina à son expression qu'il entretenait les mêmes pensées qu'elle. Bientôt, ils allaient devoir tirer au sort pour savoir qui étranglerait Weaver en premier.

— Vous pouvez nous donner son prénom ? reformula Moira.

Le gardien daigna enfin répondre, quoique à contrecœur :

— Robert.

Puis il fit mine de vouloir s'éloigner, mais Davis s'empara du râteau pour l'en empêcher.

— Dites-nous où on peut trouver ce Robert Montgomery, ordonna-t-il d'une voix dure.

Weaver leva les yeux, puis les rebaissa aussitôt, comme s'il n'osait pas soutenir le regard de Gilroy.

— Je ne l'ai pas vu aujourd'hui.

— Il a peut-être un numéro où on peut le joindre ?

— Sûrement.

— On aimerait beaucoup que vous nous le donniez, insista Moira.

Elle avait dit cela poliment, mais quelque chose dans son intonation suggérait qu'il y aurait de graves conséquences si Weaver ne se pliait pas tout de suite à leur demande. Aussi incroyable que cela puisse paraître, il tenta une dernière fois de les faire attendre.

— Je n'ai pas son numéro.

Mais son insolence fut de courte durée, car Davis venait de s'avancer vers lui.

— Bien sûr, je peux vous le trouver, précisa-t-il aussitôt en lançant un coup d'œil nerveux vers la chapelle.

Moira lui offrit un sourire forcé.

— Ce serait très aimable à vous.

Laissant tomber son râteau, Weaver fila vers l'accueil du cimetière, les deux enquêteurs sur les talons.

Arrivé dans la petite pièce, il se dirigea tout droit vers le bureau et s'empara d'un carnet d'adresses relié de cuir qui était posé à côté de l'ordinateur. Il le feuilleta nerveusement, tant et si bien qu'il dut revenir en arrière pour trouver le nom de son chef.

— Voilà, dit-il en leur tendant le livre comme s'il s'agissait d'une offrande.

Moira se contenta de mémoriser le numéro de téléphone avant de rendre le carnet d'adresses au gardien, qui l'observait curieusement.

— Vous n'avez pas eu besoin de le noter ? demanda Davis pendant qu'elle composait le numéro de tête sur son portable.

— Non. J'ai tendance à me souvenir de tout ce que je lis.

— Vous voulez dire que vous avez un genre de mémoire photographique ? s'enquit Weaver, fasciné.

— Quelque chose comme ça.

Elle leur fit signe de se taire. Son correspondant venait de décrocher.

Moins de cinq minutes plus tard, après s'être présentée à M. Montgomery et lui avoir expliqué la raison de son appel, Moira raccrocha.

— Il est en route, annonça-t-elle à Gilroy, qui l'interrogeait du regard. Apparemment, il n'habite pas très loin d'ici.

— Est-ce que je peux partir, maintenant ? demanda timidement le gardien.

Il avait posé la question à Davis.

— Partir du bureau, ou partir du cimetière ?

— Du bureau, bien sûr.

Weaver observait Davis d'un œil craintif, comme s'il s'attendait à se faire mordre d'un instant à l'autre. Quand celui-ci lui montra la porte, il décampa sans demander son reste.

— Ça vous arrive souvent d'inspirer une telle terreur aux gens, ou bien c'est un passe-temps que vous vous êtes trouvé récemment ? s'enquit Moira d'un ton amusé.

— Parfois, ça peut servir, répondit Davis.

Il s'approcha d'elle en la fixant des yeux.

— Vous ne m'avez pas l'air terrorisée.

Moira faillit éclater de rire.

— Moi ? Ça ne risque pas. J'ai grandi avec quatre frères, alors autant vous dire que je ne crains plus grand-chose. En tout cas, certainement pas vous, Gilroy.

Ça, c'était un mensonge. Car elle avait bel et bien peur de lui, même si ce n'était pas dans le sens où on l'entendait habituellement. Il la rendait nerveuse. Et il lui faisait désirer des choses qui, si elles venaient à se réaliser, nuiraient immanquablement à leurs relations de travail.

Sous le regard scrutateur de son collègue, Moira avait de plus en plus de mal à conserver son aplomb. De son côté, Gilroy restait impassible.

— Je tâcherai de garder ça en tête, conclut-il.

En observant la pièce autour de lui, Davis constata que le ménage n'était pas une priorité pour Robert Montgomery. Même si chaque chose semblait être rangée à sa place, une bonne couche de poussière recouvrait toutes les surfaces visibles.

Il passa deux doigts sur le bureau, laissant derrière eux une traînée plus sombre.

— A votre avis, qu'est-ce qui se trafique dans ce cimetière ? demanda-t-il avec désinvolture à sa collègue, tout en se frottant les mains sur son pantalon pour se débarrasser de la saleté.

D'ordinaire, Moira n'hésitait pas à exprimer tout haut ses idées, même les plus folles. Mais dans le cas présent elle ne voulait pas donner la moindre chance à Gilroy de la ridiculiser si jamais elle se trompait.

— Il est trop tôt pour échafauder des théories, répondit-elle prudemment. La seule chose que je peux affirmer avec une quasi-certitude, c'est que personne ne vient chercher des morceaux de corps ici pour les revendre au marché noir.

— Vous dites ça parce que le cadavre était intact, dans le cercueil qu'on a exhumé l'autre jour ?

Moira jeta un coup d'œil à sa montre. Montgomery ne devait pas tarder à arriver.

— C'est une preuve supplémentaire, en effet. Mais je le dis surtout parce que les deux défuntes ont été enterrées il y a vingt ans. Personne n'aurait l'idée d'aller découper des cadavres aussi vieux ! A moins de vouloir fabriquer un zombie, bien sûr, ou je ne sais quelle autre créature du même genre.

Davis la vit réprimer un frisson.

— Si je comprends bien, vous n'aimez pas les zombies, observa-t-il avec une pointe d'amusement dans le regard.

Moira ne voyait aucune raison de le cacher. Toute jeune, on lui avait appris à reconnaître ses peurs et à les dominer.

— Je ne les aime sous aucune forme, affirma-t-elle. Déjà, gamine, je détestais les histoires de fantômes.

— Et maintenant ?

Gilroy semblait sincèrement intéressé. Peut-être était-il humain, après tout. A tout le moins, il faisait l'effort d'engager la conversation.

— Maintenant, je trouve que c'est une perte de temps. Les vivants nous causent assez de soucis comme ça sans que je doive en plus me préoccuper des morts.

— C'est pour ça que vous ne travaillez pas à la brigade criminelle ?

— Pour ça, et parce que j'aime bien déjouer les plans des bandits.

A cet instant, la porte s'ouvrit sur un grand type d'une quarantaine d'années. Ses cheveux grisonnaient aux tempes, et il arborait une petite moustache bien taillée, un peu trop brune pour ne pas être teinte.

Ses yeux d'un bleu vif balayèrent la pièce, s'arrêtant sur Moira, puis sur Davis, comme pour les jauger.

— Je suis Robert Montgomery, annonça-t-il.

11

Moira fut la première à s'avancer vers lui, la main tendue.

— Merci d'être venu aussi vite, monsieur Montgomery.

— Mais je vous en prie, répondit ce dernier en gardant sa main dans la sienne un peu plus longtemps que nécessaire. Après tout, c'est mon bureau.

Il laissa errer son regard sur Moira sans la moindre gêne.

— Vous avez eu de la chance, confia-t-il. Vous auriez appelé dix minutes plus tard, vous m'auriez manqué. J'allais partir.

Moira comprit le message : il était pressé. *Réponds correctement à nos questions, et ça ira très vite*, lui promit-elle silencieusement.

— Je suis navrée de perturber votre emploi du temps, monsieur Montgomery. On ne vous prendra que quelques minutes.

L'homme eut un sourire charmeur. Il n'avait d'yeux que pour elle, ignorant complètement Davis.

— Vous pouvez m'appeler Robert. Et ne vous inquiétez pas, c'était juste une partie de golf. Venir ici ne fait que retarder l'inévitable.

— C'est-à-dire ?

— Ma défaite contre mon beau-frère ! Ça fait vingt-deux ans qu'on joue ensemble, lui et moi, et mes victoires se comptent sur les doigts d'une main.

— Dans ce cas, pourquoi continuez-vous à jouer ? intervint Davis.

A sa place, il aurait renoncé depuis longtemps. Mais encore aurait-il fallu pour cela qu'il s'intéresse à ce jeu, beaucoup trop lent à son goût… Pour occuper son temps libre, il y avait sans doute mieux à faire que d'essayer d'envoyer une petite balle blanche plus loin que son adversaire.

— L'air frais, l'exercice, tout le monde me dit que c'est bon pour moi, répondit Montgomery avec désinvolture.

Il adressa un petit clin d'œil à Moira.

— Et quand il gagne, mon beau-frère est de très bonne humeur : il m'offre un coup à boire.

— Nous aurions besoin d'un service, monsieur Montgomery, annonça Moira pour couper court à son badinage. Nous cherchons le nom de la personne qui s'est occupée des démarches pour l'enterrement d'une de vos « occupantes ».

Montgomery s'assit à son bureau.

— Puis-je vous demander pourquoi ? s'enquit-il.

— Nous souhaiterions la contacter, si possible. Nous…

Moira interrogea Gilroy du regard, s'attendant à ce qu'il se désolidarise d'elle sur ce point du récit. Comme il n'en faisait rien, elle continua :

— Nous avons découvert que la tombe de la défunte avait été dérangée, et nous aimerions savoir pourquoi.

Montgomery fronça les sourcils.

— Je croyais que ce problème avait déjà été réglé.

Ne l'ayant jamais rencontré auparavant dans le cimetière, Moira s'était imaginé qu'il n'avait pas été informé de l'exhumation du premier cercueil. Elle prévoyait de lui en parler plus tard, une fois la seconde tombe examinée.

— Vous êtes donc au courant, conclut-elle.

— Je joue peut-être au golf plus que de raison, mais rien de ce qui se passe ici à Saint-Joseph ne m'échappe, répondit-il avec un brin de suffisance.

Il tourna la tête vers la fenêtre du bureau, qui donnait sur l'intérieur du cimetière.

— M. Weaver m'a averti que le cercueil d'une de nos « occupantes », comme vous le dites si plaisamment, avait été exhumé, et que rien d'anormal n'avait été observé. La situation a-t-elle changé depuis ?

— C'est possible, répondit Moira. Une deuxième sépulture a été profanée.

— Une deuxième ? répéta Montgomery, à la fois sceptique et un peu inquiet.

— Oui. Et il y en a peut-être d'autres que nous n'avons pas encore découvertes.

Le directeur du cimetière ne semblait pas convaincu par cette hypothèse.

— Pourquoi quelqu'un viendrait-il déterrer des cercueils ici ?

— C'est ce que nous essayons de savoir, justement, répondit Davis avant que Moira ait eu le temps d'ouvrir la bouche.

Les deux hommes se mesurèrent du regard, tels deux cerfs qui s'apprêtent à combattre pour un même territoire. Montgomery céda le premier.

— Bien sûr, murmura-t-il. Je ferai tout ce qui est en mon pouvoir pour vous aider. De quelle tombe s'agit-il ?

Il pivota vers son ordinateur, les mains suspendues au-dessus du clavier.

Moira décrivit rapidement l'emplacement de la tombe, avant de lui indiquer le nom de la défunte et la date de son décès.

— C'était avant que j'arrive ici, prévint Montgomery, tout en lançant une recherche dans la base de données de la machine. A l'époque, le cimetière appartenait à la famille Valli. Je crois que c'est le neveu qui gérait tout. Mais quand ils ont vendu, ils ont laissé tous les dossiers… Ah, la voilà ! s'exclama-t-il d'un ton triomphant. Marjorie Owens. Apparemment, c'est sa fille, Janice, qui s'est occupée d'organiser les obsèques. J'ai une adresse.

Un clic et quelques secondes plus tard, l'imprimante se mit en marche derrière lui.

— Mais après tout ce temps, qui nous dit que la fille est toujours dans les parages ? observa-t-il en tendant la feuille à Moira. Pour ça, il faudrait déjà qu'elle soit encore vivante.

Il n'avait pas tort, mais Moira préféra garder le silence. Pour l'instant, cette Janice Owens constituait leur seule piste.

Après avoir lu l'adresse, elle plia le papier et le glissa dans sa poche.

— Merci, vous nous avez été d'une grande aide.

— Puis-je faire autre chose pour vous ? s'enquit Montgomery d'une voix caressante, en se levant de son fauteuil.

Davis vint se placer entre Moira et lui.

— On vous le fera savoir. Il faut qu'on parte, Cavanaugh.

Il avait beau avoir raison, Moira n'appréciait pas sa façon de s'interposer. Elle se retint néanmoins de le contredire devant le directeur du cimetière, qu'elle remercia en lui promettant qu'ils reviendraient bientôt.

Pendant qu'ils se dirigeaient vers la voiture de Gilroy, Moira ne put s'empêcher de lui faire remarquer qu'il s'était montré impoli.

Davis haussa les épaules.

— Il vous draguait, se défendit-il.

— Je ne savais pas que vous aviez autant d'imagination.

— Je croyais que les femmes avaient un détecteur intégré pour ce genre de chose.

— C'est le cas, répliqua-t-elle. C'est bien pour ça que je sais qu'il ne me draguait pas. Tout au plus, il flirtait.

Davis poussa un soupir en ouvrant sa voiture.

— Draguer, flirter… Désolé, mais je ne vois pas trop la différence. En tout cas, je sais reconnaître un type mielleux quand j'en vois un.

— Pourquoi êtes-vous si protecteur avec moi, inspecteur Gilroy ?

— Montez dans la voiture, grogna-t-il.

Moira ne bougea pas d'un pouce.

— Montez dans la voiture, *s'il vous plaît*, corrigea-t-elle.

Et elle attendit qu'il se reprenne.

Davis semblait prêt à exploser. Mais lorsque plusieurs

secondes se furent écoulées sans que Moira montre le moindre signe de lassitude, il se résigna à répéter :

— Montez dans la voiture, s'il vous plaît.

— Voilà qui est mieux.

Moira ouvrit la portière et se glissa sur le siège passager. Alors qu'elle attrapait sa ceinture, elle remarqua que ses doigts étaient couverts de poussière.

— Vous n'avez jamais songé à faire un tour à la station de lavage ?

— On est en période de sécheresse, rappela-t-il d'un ton brusque.

S'il était soulagé qu'elle ait changé de sujet, il n'appréciait pas pour autant qu'elle souligne un de ses défauts, aussi insignifiant — et réel — soit-il.

— Une petite toilette rapide, alors, rectifia-t-elle malicieusement.

— On n'a pas mieux à faire que de parler de la propreté de ma voiture ?

— Et de directeurs mielleux. Vous avez raison.

Davis lui lança un regard noir tandis qu'il quittait sa place de stationnement. Mais il ne répondit pas. Il avait bien compris que cela ne servait à rien de s'engager dans une joute verbale avec cette femme.

— Où est-ce qu'on va, maintenant ? s'enquit-il, à peu près sûr qu'elle déciderait de rentrer au poste.

Sa réponse le surprit.

— Cela vous dirait d'aller manger un morceau ? Je pourrais appeler ma sœur, la championne de l'informatique, pour lui demander de vérifier que l'adresse qu'on vient de récupérer est bien celle de la fille de Marjorie Owens.

— Comme vous voudrez. C'est vous la chef.

— Ça, on le savait déjà, observa patiemment Moira. Dois-je comprendre que cela vous est égal de manger, ou que vous avez faim mais que vous ne voulez pas confesser une sensation aussi terre à terre ?

Davis haussa les épaules.

— Si vous, vous avez faim, ça ne me dérange pas de manger.

Moira ferma brièvement les yeux. Cet homme éprouvait ses nerfs, plus encore que ses frères n'en étaient capables. D'ailleurs, elle était certaine qu'ils l'adoreraient s'ils avaient l'occasion de le rencontrer.

— Un jour, Gilroy, il faudra que vous appreniez à répondre simplement aux questions simples. Vous le savez, n'est-ce pas ?

— Ce jour n'arrivera pas, répliqua-t-il. A votre place, je me ferais une raison.

En d'autres termes, ils ne travailleraient pas ensemble assez longtemps pour qu'il consente le moindre effort de ce côté-là…

— Vous ne commencez même pas à m'apprécier un tout petit peu ? demanda-t-elle innocemment.

Il lui lança un bref coup d'œil.

— Autant qu'on peut apprécier une tique.

Moira se retint de rire. Cet homme avait de l'humour, il fallait au moins lui accorder cela.

— Vous avez quelque chose contre Le Paradis du Hamburger ? s'enquit-elle, faisant référence à un fast-food situé non loin de là.

— Non.

— Devant cet enthousiasme débordant, allons-y, alors… Je vais vous guider, si vous voulez. C'est dans la rue de Yale.

— Je sais où c'est, Cavanaugh.

— Vous y mangez souvent ?

— De temps en temps.

Moira le regarda en opinant du chef.

— C'est bien, ça.

— Que j'aille au restaurant ?

— Non, ce qui se passe entre nous. Vous savez, je vous pose une question, vous me répondez spontanément. Au cas où ça vous aurait échappé, ça s'appelle une *conversation*.

Le regard qu'il lui jeta était éloquent. Pour lui, elle avait tout simplement perdu la tête.

— Si vous le dites, marmonna-t-il.

Moira affichait un sourire satisfait. Au cours des quatre-vingt-dix dernières minutes, elle avait décidé, outre de faire la lumière sur les actes étranges qui étaient commis au cimetière, de prouver à son grand et sombre coéquipier qu'il faisait bien partie de l'espèce humaine.

Et ce, que cela lui plaise ou non.

— Tu sais que j'ai du travail, fit remarquer Valri.

Moira avait profité de ce qu'ils attendaient leur commande pour appeler sa sœur.

— Du *vrai* travail, précisa cette dernière. Du travail *officiel*.

— Mais *c'est* du travail officiel ! protesta Moira.

— Pas le mien, en tout cas.

Comme son collègue la regardait en haussant un sourcil, Moira lui tourna le dos et baissa la voix.

— Je n'y peux rien si je ne suis pas experte en

ordinateurs. On n'est pas tous nés avec une connexion wi-fi intégrée.

— Ce n'est pas inné, rétorqua Valri. Il suffit d'ouvrir un manuel d'initiation à la programmation et de le potasser un peu.

— Qu'est-ce que tu as dit ?

Moira imita un bruit de parasites.

— Désolée, Val, mais ça passe très mal. J'essaierai de te rappeler plus tard.

Et elle raccrocha. Quand elle se retourna vers Gilroy, il l'observait d'un air sceptique.

— Quoi ? grogna-t-elle.

— Ça passait très bien.

Techniquement, Davis n'avait aucun moyen de le savoir, mais il commençait à connaître Cavanaugh. Elle avait probablement inventé cette excuse parce qu'elle s'était sentie coincée.

Moira ne prit même pas la peine de le contester.

— Bien sûr que ça passait très bien. Et ma sœur n'est pas dupe. Mais c'est mieux que de lui raccrocher au nez directement.

A cet instant, une serveuse sortit de derrière le comptoir avec un plateau dans les mains.

— Numéro trente-trois ! cria-t-elle en regardant autour d'elle.

— C'est ici, répondit Moira.

Alors qu'elle se levait de la banquette, Gilroy posa une main sur son bras pour la retenir. Sans un mot, il alla prendre le plateau lui-même.

Les hamburgers et les frites qu'ils avaient commandés étaient emballés dans des sacs, et non présentés sur des assiettes.

— Je ne savais pas si vous vouliez manger sur place ou à emporter, expliqua Gilroy en revenant vers leur table.

— Je vous laisse choisir.

Moira faisait son possible pour que leur collaboration se passe au mieux. Lors des rassemblements familiaux chez son oncle Andrew, il y avait toujours quelqu'un pour parler de la force et de la richesse de ses relations de travail. Moira écoutait ces histoires avec envie. Jusque-là, elle n'avait jamais connu un tel sentiment de satisfaction avec ses coéquipiers.

— Je ne suis pas sûr d'être capable de prendre une décision aussi importante, répondit Gilroy avec son ironie habituelle.

Au moins, j'aurai essayé, songea Moira.

— Dans ce cas, ce sera sur place, trancha-t-elle.

— Pourquoi ?

Elle le dévisagea, les yeux plissés. Il se fichait d'elle, ou quoi ?

— Je ne savais pas que ma réponse devait être argumentée.

— Qu'on mange ici ou dehors, moi, ça m'est égal, bougonna-t-il. J'essayais juste de faire la conversation, puisque vous y tenez tant.

— Pardon, je n'avais pas compris que vous faisiez un effort. Au temps pour moi. Pourquoi j'ai répondu « sur place » ? Parce que, comme ça, on ne salira pas votre voiture.

Voyant qu'il la regardait bizarrement, elle ajouta :

— Ben oui, vu son état, ce n'est pas la peine d'en rajouter.

Davis serra les mâchoires tandis qu'il vidait le

contenu du plateau sur la table et poussait celui-ci de côté.

— Vous mettez toujours autant de réflexion derrière toutes vos décisions ? s'enquit-il.

Elle le gratifia d'un de ses sourires lumineux dont elle avait le secret. Depuis le temps, Davis pensait qu'il s'y serait habitué, mais les réactions de son corps lui prouvaient le contraire.

— Je suis quelqu'un de très profond, affirma-t-elle.

Il laissa échapper un rire bref.

— C'est une façon de voir les choses.

— Vous n'êtes pas d'accord ?

— Disons que ce n'est pas l'adjectif qui me serait venu naturellement à l'esprit.

— Lequel auriez-vous choisi, alors ?

— Têtu, par exemple ?

Moira, qui savourait une frite, haussa les épaules.

— J'ai un avis bien arrêté sur certains sujets, c'est tout.

— Sur *tous* les sujets, vous voulez dire.

— C'est mieux que de n'avoir aucun avis sur rien.

— Là-dessus, je ne peux pas vous contredire.

Moira sourit.

— Je suis sûre que vous le pouvez, en faisant un petit effort.

Pour leur bien à tous les deux, Davis préféra ne pas répondre.

12

Ils avaient presque terminé leur repas quand le téléphone de Moira se mit à vibrer dans sa poche.

Elle prit le temps de s'essuyer les mains dans une serviette en papier avant de sortir l'appareil et de décrocher.

— Cavanaugh, j'écoute.

— Pas de chance, grande sœur, annonça Valri, qui allait toujours droit au but. Janice Owens est morte il y a deux ans. Je ne lui ai trouvé aucun parent proche ou éloigné. Cette dame qui repose au cimetière n'a donc plus personne pour fleurir sa tombe.

Tout comme la première qu'ils avaient exhumée, pensa Moira. S'agissait-il d'une simple coïncidence, ou fallait-il y voir un lien ?

Dans un cas comme dans l'autre, Valri avait rempli sa mission.

— Merci, Val. Je te revaudrai ça.

— J'espère bien !

Moira savait que sa sœur plaisantait, mais elle n'en était pas moins déterminée à lui renvoyer l'ascenseur un jour ou l'autre.

— Je suis sérieuse, tu as ma parole.

A l'autre bout du fil, la jeune inspectrice se mit à rire.

— Des promesses, toujours des promesses !

— Dis donc, c'est ton fiancé qui t'apprend à être aussi insolente ?

— A dire vrai, c'est plutôt le contraire !

— Bon, je dois te laisser. A bientôt, Val.

— Mauvaises nouvelles ? s'enquit Davis lorsqu'elle eut raccroché.

Cela dépend pour qui, songea Moira. Mauvaises, elles l'étaient assurément pour Marjorie Owens, qui n'avait plus personne pour entretenir sa tombe.

— Oui et non, répondit-elle.

— Mais encore ?

— D'après Valri, Marjorie Owens n'a plus aucune famille. Sa fille est morte il y a deux ans. Ce qui veut dire qu'il va nous falloir une autre autorisation du juge pour exhumer le corps.

— Vous ne devriez pas avoir trop de mal à en obtenir une, railla-t-il.

— Ce n'est pas aussi simple que vous le sous-entendez.

— Ce n'est pas trop compliqué non plus, d'après ce que j'ai pu constater. Est-ce que j'aurai l'honneur de voir ce mandat se matérialiser, ou est-ce que vous m'obligerez à rester sagement assis dans la voiture ?

Moira aurait juré qu'une seule visite chez le juge lui aurait amplement suffi. Décidément, cet homme lui réservait bien des surprises.

— Vous voulez m'accompagner ?

Gilroy haussa les épaules avec une indifférence un rien forcée.

— Pourquoi pas.

— Je vous en prie, contenez votre enthousiasme, inspecteur !

Il la fusilla du regard.

— Si vous vouliez de l'enthousiasme, vous n'aviez qu'à faire équipe avec une pom-pom girl.

— Ah ! Donc, vous reconnaissez qu'on forme une équipe ?

— Je ne reconnais rien du tout, à part qu'on m'a collé sur cette enquête contre mon gré. Plus vite on aura déterminé ce qui se passe, plus vite je pourrai reprendre ma vie.

Moira ne put résister : il venait de lui tendre une perche en or.

— C'est vrai, elle est tellement excitante.

— Elle me convient comme elle est, répliqua-t-il.

Et dans cette vie, il n'y avait pas de place pour une femme qui avait la manie exaspérante d'envahir ses pensées et de les détourner de leur droit chemin. Même si son sourire était aussi lumineux qu'un rayon de soleil.

Davis se leva et emporta le plateau chargé de sacs vides et de serviettes sales jusqu'à la poubelle. Puis il se dirigea tout droit vers la porte. Quand elle s'aperçut qu'il partait, Moira se dépêcha de le suivre.

Alors qu'elle pressait le pas pour le rattraper, elle songea qu'ils étaient encore loin d'une relation de travail idyllique.

— J'étais sûr que vous reviendriez, déclara Blake quand sa secrétaire fit entrer Moira et Davis dans son bureau. Une autre tombe profanée ?

Il avait posé la question comme s'il connaissait déjà la réponse.

— J'en ai bien peur, confirma Moira.

Avant de se présenter au cabinet de son cousin, elle l'avait prévenu par téléphone de leur arrivée. Devinant la raison pour laquelle Moira demandait à le voir, Blake avait déjà imprimé une autorisation d'exhumation, qu'il signa à présent d'un grand geste théâtral.

— Vous en savez un peu plus sur ce qui a bien pu se passer dans ce cimetière ?

Moira secoua la tête.

— Malheureusement, non. Mais j'espère qu'on obtiendra des réponses en ouvrant le deuxième cercueil.

Blake reposa son stylo et lui tendit le mandat.

— D'accord. Tiens-moi au courant si vous trouvez quelque chose. Je dois avouer que cette histoire a piqué ma curiosité.

— Tu n'es pas le seul, lui assura Moira.

Empochant le précieux sésame, elle remercia le juge et fit signe à Davis de la suivre dans le couloir. Une fois de plus, il n'avait pas prononcé un mot.

— Eh bien, c'était rapide, observa-t-elle tandis qu'ils se dirigeaient vers l'ascenseur.

Davis ne pouvait pas dire le contraire. A en croire ce que racontaient la majorité de ses collègues, obtenir un mandat s'avérait très souvent long et compliqué. Dans le cas présent, Moira n'avait eu qu'à demander — et encore.

— Le juge devrait lancer une chaîne de distributeurs automatiques de mandats, plaisanta-t-il.

Moira sourit. Néanmoins, elle n'appréciait pas

trop qu'il se moque de Kincannon. Rien n'obligeait ce dernier à leur rendre service — pas même ses liens de parenté avec elle. Et pourtant, il n'avait pas hésité à le faire.

— Vous auriez préféré perdre une semaine en paperasseries ? répliqua-t-elle.

Comme l'ascenseur arrivait, Gilroy attendit qu'ils soient montés dans la cabine pour répondre.

— Bien sûr que non. Par contre, j'aurais préféré tomber sur une collègue moins contrariante.

— Désolée, mais je n'existe que dans un seul modèle.

— Le modèle agaçant ?

Moira fit semblant de ne pas l'entendre. Mieux valait se concentrer sur leur prochain objectif : exhumer le deuxième cercueil.

Elle jeta un coup d'œil à sa montre.

— Vous croyez que c'est trop tard pour montrer ce papier à Weaver — ou à Montgomery — et demander à nos amis de la scientifique de déterrer Mme Owens ?

— Je ne pense pas. Ce n'était pas trop tard pour les deux individus qui se sont enfuis du cimetière, l'autre jour, fit remarquer Davis.

— Les deux individus que vous avez *chassés* du cimetière, corrigea-t-elle. Moi aussi je prendrais mes jambes à mon cou, si j'avais un grand costaud comme vous à mes trousses.

— Arrêtez de couper les cheveux en quatre.

— Vous avez raison.

Gilroy eut l'air surpris, pensant probablement qu'elle répondait à sa dernière réplique… Elle s'empressa de le détromper.

— Je veux dire : vous avez raison, il n'est pas trop tard. Le crime ne dort jamais, n'est-ce pas ?

— Et les policiers non plus, répondit Gilroy d'un ton las.

— Oh ! Allez ! A vous entendre, vous vous ennuyez.

Davis s'arrêta devant sa voiture, garée sur le parking du tribunal. A cette heure-ci, presque toutes les places étaient libres.

— J'avais tort, déclara-t-il.

— A quel propos ?

Il s'installa au volant.

— Peut-être que vous êtes perspicace, finalement.

Moira lui offrit un grand sourire.

Une fois assise à côté de lui, elle sortit son téléphone de sa poche pour appeler les techniciens de garde à l'unité de police scientifique.

— Méfiez-vous, je pourrais bien vous surprendre, dit-elle à Davis en attendant que son correspondant décroche.

— Ça m'étonnerait. Plus maintenant.

— N'en soyez pas si sûr. Vous ne me connaissez pas encore très bien.

Davis lui coula un regard en biais. Si cela ne tenait qu'à lui, il ne la connaîtrait jamais mieux que ce qu'il la connaissait déjà.

— Comme aurait dit ma mère, j'ai donc un peu de chance dans mon malheur, marmonna-t-il.

Moira leva une main pour demander le silence : à l'autre bout du fil, une voix familière venait de répondre.

— Bonjour, oncle Sean, c'est Moira. On a un autre

cercueil à te faire déterrer, annonça-t-elle en guise d'introduction.

En quelques mots, elle informa le chef de la police scientifique des derniers développements dans l'affaire du cimetière Saint-Joseph. Une fois l'appel terminé, elle se tourna vers Davis.

— On les retrouve là-bas pour pouvoir se mettre au travail au plus vite.

Mais son collègue ne semblait l'écouter qu'à moitié. Il avait mis le moteur en marche et commençait à sortir de sa place de parking. Tout en attachant sa ceinture, Moira demanda :

— Comment était-elle ?

— Qui donc ?

Davis se concentrait sur l'interminable série de flèches blanches qui indiquaient le chemin hors de ce dédale souterrain.

— Avec vous, j'ai toujours l'impression de jouer aux devinettes, ajouta-t-il d'un ton agacé.

Moira ne se formalisa pas de sa réaction ; elle commençait à le connaître, et savait qu'il était souvent — sinon tout le temps — sur la défensive.

— Votre mère, précisa-t-elle.

Les yeux rivés devant lui, Davis se raidit.

— Pourquoi cette question ?

— C'est vous qui venez d'évoquer son souvenir, en parlant de la chance que vous aviez dans votre malheur. Comment était-elle ?

Il haussa les épaules.

— Je n'en sais rien. C'était ma mère, c'est tout. Que voulez-vous que je vous dise ?

— Quelque chose de personnel, répondit-elle honnêtement.

Si elle croyait qu'il allait lui raconter sa vie, elle se fourrait le doigt dans l'œil… Davis n'avait pas l'intention de nouer ce genre de relations avec elle — ni avec personne d'autre, d'ailleurs. Se confier à quelqu'un, cela voulait dire tisser des liens. Or, quand ils se brisaient, les liens vous faisaient souffrir. L'équation était simple : pour ne pas souffrir, il ne fallait pas s'attacher.

— Ecoutez, dit-il avec une impatience palpable dans la voix, on travaille ensemble pour une durée limitée. Il n'est pas question de faire copain-copain.

— Ah ! Ça me fait penser…, l'interrompit Moira, sans s'offenser visiblement le moins du monde de ce qu'il venait de dire.

S'il n'avait pas été au volant, Davis aurait fermé les yeux pour puiser en lui ce qui lui restait de sang-froid. Car il savait d'avance qu'il n'allait pas aimer les mots qu'elle s'apprêtait à prononcer, de même qu'il connaissait déjà la réponse qu'il lui donnerait : un non ferme et définitif.

— Quoi ? grogna-t-il.

— Un de mes cousins — peu importe lequel, de toute façon vous ne retiendrez jamais tous les noms — fait baptiser son fils. Comme vous pouvez vous en douter, mon oncle Andrew organise une fête.

— Grand bien lui fasse.

L'ironie de Gilroy n'empêcha pas Moira de continuer. Dans le clan des Cavanaugh, une bonne moitié des « pièces rapportées » avaient dû être traînées de force à ce genre de réceptions. Finalement, elles étaient toutes revenues de leur plein gré. Moira était certaine qu'une petite immersion dans sa famille ferait le plus grand bien à son coéquipier maussade.

— Vous êtes invité, annonça-t-elle.

Elle vit sa mâchoire se crisper.

— Non, je ne suis pas invité.

— Ecoutez, ce serait vraiment plus simple que vous disiez « oui » tout de suite, plutôt que d'attendre que le chef des inspecteurs vous convoque dans son bureau. Croyez-moi, oncle Andrew est très apprécié, et tout le monde fait en sorte que ses désirs se réalisent. Or, tout ce qu'il veut, c'est que les gens soient bien nourris, qu'ils bavardent entre eux, et qu'ils passent un bon moment. On est loin du sinistre complot visant à dominer le monde.

Davis n'était pas convaincu.

— Qu'est-ce que vous avez, à vouloir absolument me présenter à votre famille ?

Moira avait deux possibilités : soit elle feignait l'ignorance, soit elle se montrait honnête avec lui. Elle opta pour la deuxième solution.

— Je pense que vous avez besoin d'une famille, même si ce n'est pas la vôtre.

Sa franchise lui valut un regard noir.

— Je me fiche de ce que vous pensez, Cavanaugh.

— Vous voulez finir comme Marjorie Owens et Emily Jenkins, sans personne pour fleurir votre tombe ?

— Je serai mort, bon sang de bois ! Je ne m'en rendrai même pas compte.

Moira poussa un soupir. L'espace d'un instant, Davis crut qu'elle allait enfin le laisser en paix.

C'était mal la connaître.

Pourquoi Gilroy fuyait-il la compagnie des autres humains ? se demandait-elle. Personne ne choisit la solitude par plaisir…

Moira voulait qu'il s'ouvre à elle. Qu'il se laisse approcher. Elle le voulait vraiment.

— De quoi avez-vous peur, Davis ? s'enquit-elle au bout de quelques minutes de silence.

C'était la première fois qu'elle l'appelait par son prénom, et Davis n'apprécia pas du tout l'effet que cela lui fit. Il l'apprécia d'autant moins qu'il ne se l'expliquait pas.

— De quoi j'ai peur ? répéta-t-il, comme pour se laisser le temps de réfléchir. Des inspectrices qui n'arrêtent pas de parler.

Moira le regarda innocemment.

— Désolée, je ne connais personne qui réponde à cette description.

Pendant un instant, elle crut qu'il allait lui tomber dessus. Finalement, il se mit à rire.

— Vous êtes un sacré numéro, vous.

— Vous viendrez à la fête, alors ?

— N'insistez pas, Cavanaugh. C'est non. De toute façon, on est arrivés.

Moira ne s'était même pas rendu compte qu'il venait de se garer devant le cimetière.

— On va finir par s'installer ici, marmonna-t-il.

— Avec tous les zombies ? Non merci.

Moira descendit de voiture.

— Allons trouver l'heureux destinataire du mandat, dit-elle.

Puis elle partit en tête vers l'accueil.

Davis ne put s'empêcher de noter qu'elle avait de bien longues jambes, malgré sa petite taille.

Il chassa très vite cette pensée, agacé contre lui-même. Etait-il fou, pour remarquer une chose pareille chez une collègue qui lui imposait une relation de travail dont il ne voulait pas ? Il lui tardait que l'enquête soit bouclée. Alors, il serait enfin libéré de cette sirène.

— Qu'est-ce que vous avez contre nous, inspectrice ? gémit Weaver en les conduisant vers la tombe mentionnée dans le mandat du juge.

— Absolument rien, lui assura Moira. Au contraire, nous essayons de vous protéger de criminels potentiellement dangereux.

— Vous voulez que je vous dise comment je vois les choses, moi ? Je pense que vous faites plus de mal à mon cimetière qu'une armée de taupes !

Weaver examina une nouvelle fois l'autorisation d'exhumer, puis il plia la feuille en quatre pour la glisser dans la poche arrière de son pantalon.

— Ces papiers semblent en règle, grommela-t-il. Mais vous avez intérêt à tout remettre comme c'était avant.

Il avait lancé cet avertissement d'une voix mal assurée, qui détonnait avec l'apparente fermeté de ses propos.

— A condition qu'on ne trouve rien de suspect, répliqua Moira.

La mine renfrognée, le gardien recula de quelques pas pour laisser travailler les agents de la police scientifique.

— Je ne vois rien qui cloche, déclara un des techniciens après qu'ils eurent remonté et ouvert le cercueil.

Cette fois, Moira s'obligea à regarder le corps qui reposait à l'intérieur.

— Attendez, dit-elle alors que l'agent s'apprêtait à refermer le couvercle. Laissez-moi vérifier…

O'Shea, l'autre technicien, également présent lors de la première exhumation, l'observa avec intérêt. Un regard neuf était toujours le bienvenu.

— Tu as remarqué quelque chose ? lui demanda-t-il.

Moira tourna autour du cercueil sans jamais quitter le cadavre des yeux.

— Regardez la position du corps.

Comme personne ne disait rien, elle précisa :

— Il est tassé d'un côté du cercueil.

— Et alors ? fit Davis, qui ne voyait toujours pas ce qu'elle trouvait d'incongru.

— Et alors, quand les porteurs descendent le cercueil dans la tombe, celui-ci ne penche pas d'un côté, si ? Le corps aurait dû rester bien au milieu, au lieu de rouler contre un bord.

— Quelqu'un a peut-être glissé, suggéra Davis en haussant les épaules.

— Franchement, c'est peu probable. Ces cercueils sont conçus pour éviter que le « cher disparu » ne bringuebale à l'intérieur.

Moira reporta son attention sur ce qui restait de Marjorie Owens.

— Non, je suis sûre que le corps de cette dame a été déplacé volontairement.

— Pourquoi se donner la peine de déterrer un cercueil juste pour bouger le cadavre ? fit remarquer

O'Shea, exprimant tout haut ce que les autres pensaient tout bas. C'est sacrément tordu, quand même.

— Peut-être qu'ils cherchaient quelque chose, suggéra Davis.

Il tenta d'ignorer la façon dont le visage de sa collègue s'éclairait. Et dont son propre corps réagissait en retour…

— Chercher quoi ? demanda O'Shea.

— De l'argent, j'imagine.

— Ou des bijoux volés, renchérit Moira, euphorique d'avoir enfin trouvé quelqu'un qui partageait ses suspicions.

— C'est insensé, intervint Weaver.

En entendant la conversation prendre ce nouveau tour, le gardien s'était rapproché pour regarder à l'intérieur du cercueil, les yeux écarquillés.

Moira était certaine qu'il l'imaginait rempli de billets et de bijoux.

13

— Bon, qu'est-ce que ces deux personnes ont en commun ? demanda Moira.

Elle et Davis étaient de retour à la salle de brigade. La jeune inspectrice avait réussi à réquisitionner un tableau sur roulettes qu'ils avaient placé dans un coin peu fréquenté de la pièce, près de la fontaine à eau. Moira y avait épinglé les photos des deux femmes dont les tombes avaient été perturbées.

— Elles sont toutes les deux mortes, répondit Davis, pince-sans-rire.

Il tenait à la main un gobelet de café, si noir qu'on aurait dit du goudron.

Comme il n'y avait pas de bureaux dans cette partie de la salle, ils s'étaient installés autour d'une table pliante, sur laquelle Moira avait posé son ordinateur portable. Davis se contentait de griffonner sur son calepin.

— D'accord, elles sont mortes, reprit Moira. Merci pour votre sagacité. En dehors de ça, elles ont toutes les deux été enterrées il y a vingt ans, et aucune ne semble avoir de parent proche ou éloigné encore vivant. Ce sont également toutes deux des femmes, mais je ne sais pas si cet élément a une réelle importance.

Davis réfléchit un moment.

— Le criminel aurait donc connu ces deux personnes, et aurait caché quelque chose dans leurs cercueils récemment ?

— Ça pourrait se tenir, sauf qu'on n'a rien trouvé, ni dans l'un ni dans l'autre, lui rappela Moira.

Gilroy ne semblait pas prêt à abandonner son idée.

— Peut-être que ce qu'il a caché n'était pas censé y rester longtemps.

— Ça me paraît bien compliqué, comme cachette temporaire. Vous vous imaginez déterrer un cercueil — et même deux ! — plusieurs fois en un laps de temps aussi court ?

Moira regarda fixement les photos, comme si elle en attendait des réponses.

— Pourquoi ne pas mettre ce qu'il avait à cacher dans un casier, par exemple ? poursuivit-elle. C'est beaucoup moins suspect, et ça n'impose pas de creuser.

Davis fronça les sourcils. Cela le contrariait de l'admettre, mais elle avait raison.

— Vous marquez un point, reconnut-il. Est-ce que les gars de la scientifique ont retrouvé le propriétaire de la pelle que vous avez découverte près de la seconde tombe ?

— Cela aurait été trop beau, répondit Moira. Mais cette pelle était on ne peut plus ordinaire et, malheureusement, les outils de ce genre n'ont pas de numéro de série.

— Et au niveau des empreintes ?

— Aucune. Les types devaient porter des gants.

Davis poussa un soupir de frustration.

— Ils sont donc moins amateurs qu'on ne l'imaginait.

Pendant un moment, il resta plongé dans ses pensées. Puis il releva soudain les yeux.

— Et s'il y en avait plus ?

— Plus de quoi ? demanda Moira. Plus de personnes impliquées ?

— Non, plus de tombes perturbées.

Elle n'avait pas du tout songé à cette éventualité. Or, s'ils découvraient d'autres sépultures profanées, peut-être trouveraient-ils aussi une réponse à ce mystère ?

— Je savais bien que j'avais raison de vous prendre comme coéquipier ! s'exclama-t-elle avec un grand sourire. Pardon : comme partenaire.

— Quoi ? demanda Davis d'un ton exaspéré.

Moira écarta les bras d'un air faussement innocent.

— Vous m'avez dit que vous ne vouliez pas entendre le mot « coéquipier ». Vous ne m'avez pas interdit d'employer le mot « partenaire » !

— Pas besoin de trouver un mot pour désigner notre relation, répliqua-t-il sèchement. On travaille ensemble pendant un moment, c'est tout.

— Oh ! Ne jouez pas les rabat-joie…

Reprenant son sérieux, Moira commença à planifier leur emploi du temps.

— Demain matin, dès l'aube, on retourne à Saint-Joseph pour voir si d'autres occupants ont été dérangés dans leur repos éternel.

— J'ai hâte, grommela Davis.

Assis sur la table, il décroisa les chevilles et sauta lestement par terre.

— C'est tout, chef ?

— Attention, Gilroy, vous allez finir par vous noyer dans vos sarcasmes.

— Je sais nager, répliqua-t-il. A demain, Cavanaugh.

Ils allaient donc repartir chacun de leur côté, sans plus de cérémonie… Mais pas pour longtemps, se promit-elle.

— A demain. Et tâchez de repenser à l'invitation au baptême.

— La réponse sera toujours la même, que j'y repense ou pas.

Et, au cas où elle aurait oublié, il répéta :

— C'est non.

— Si la réponse est la même, c'est que vous n'y avez pas repensé suffisamment.

— Non, c'est juste que j'avais raison dès le départ, et qu'il n'y a pas matière à réfléchir davantage.

Alors qu'il s'apprêtait à tourner les talons, Davis planta son regard dans le sien.

— Pourquoi m'obligez-vous à justifier toutes mes décisions ?

— Pour éviter les malentendus, répondit-elle du tac au tac.

Davis eut un rire bref.

— Vous parlez comme une avocate. Seuls les avocats ont besoin de cent mots quand cinq suffiraient.

— Je ne vous demande pas cent mots. Je veux juste en entendre un seul, expliqua-t-elle tandis qu'il s'éloignait. Et ce mot, c'est « oui ».

— Dans vos rêves ! lança-t-il sans même se retourner.

Davis avait beau avoir le courage de ses convictions, rien ne lui assurait que ce qu'il venait de dire avait bien été enregistré.

Cette Cavanaugh était beaucoup trop têtue pour cela.

Le fait que deux tombes aient été perturbées récemment constituait une raison suffisante pour ordonner la fermeture temporaire du cimetière. Moira, Davis et les cinq agents qui leur avaient été affectés avaient ainsi toute latitude pour rechercher d'autres sépultures profanées.

Ils en trouvèrent deux de plus.

— Seulement deux ? s'enquit Moira, presque déçue, lorsque les policiers se regroupèrent en fin de matinée. Vous êtes sûrs ?

— On peut recommencer, si vous voulez, mais ça m'étonnerait qu'on en trouve plus, répondit Jefferson Wakefield, un agent qui travaillait depuis sept ans au sein des forces de police d'Aurora.

— Je suppose que c'est mieux que rien, murmura Moira.

— Et il suffit d'une seule pour nous livrer la clé du mystère, lui rappela Davis.

— C'est vrai.

Elle se tourna vers le policier le plus proche.

— Montrez-moi où sont ces tombes.

Celles-ci se trouvaient à l'autre extrémité du cimetière, l'une dans la même section que les deux premières, l'autre dans la partie réservée aux concessions plus luxueuses. Orientées à l'est, ces dernières étaient à l'ombre durant les heures les plus chaudes de la journée — un réel avantage pendant les mois d'été. Dans cette partie du terrain, la vue était également plus agréable. Bien sûr, ces qualités avaient surtout leur importance pour les familles des défunts, plus que pour les défunts eux-mêmes…

Ce qui amenait Moira à se demander si leur nouvelle

« victime », une certaine Shirley Reynolds, avait encore des proches en vie.

— Je suis prête à parier que Shirley est moins seule que nos autres vieilles dames, déclara-t-elle.

— Pour le savoir, on a besoin de Montgomery, ou au moins de son ordinateur, observa Davis. Mais je suis d'accord, il est fort probable que cette dame ait encore de la famille — elle en avait en tout cas au moment de sa mort.

Moira jeta un regard circulaire autour d'elle.

— Où est notre sympathique gardien ?

C'est à Weaver qu'ils avaient présenté leur mandat, en arrivant le matin. Le voyant dépassé par le jargon juridique, Moira lui avait expliqué avec des mots simples que le cimetière devait être provisoirement fermé au public afin que les policiers puissent faire leur travail.

— Je ne l'ai pas revu depuis qu'on a commencé les recherches, répondit Davis. J'imagine qu'il est allé se cacher quelque part.

— Ou qu'il a carrément décampé, répliqua Moira.

Weaver s'était-il simplement isolé, furieux que les agents aient envahi son espace vital ? Ou bien avait-il fui parce qu'il avait quelque chose à se reprocher ?

Davis secoua la tête.

— Ce garçon n'est pas assez intelligent pour être associé à un projet aussi ambitieux.

— Peut-être pas pour le concevoir, admit Moira, mais il est suffisamment malin pour détourner le regard en échange d'une honnête rétribution.

— Franchement, vous prendriez le risque de lui confier un secret, vous ?

— Non, mais je suis plus futée que le criminel moyen.

Davis laissa échapper un petit rire.

— Belle, intelligente, et modeste avec ça... Décidément, vous avez tout pour plaire !

— Lequel de ces trois compliments était ironique ? s'enquit-elle en battant des cils.

Aussi exagéré soit-il, ce geste avait quelque chose de tellement séduisant que Davis eut toutes les peines du monde à cacher son émotion. Il s'obligea à sourire.

— Je vous laisse deviner.

Puis il reporta son attention sur la tombe de Shirley Reynolds.

— J'imagine qu'on va devoir retourner voir le juge...

— Oui. Sauf si Shirley et Anne ont encore des proches à qui on peut s'adresser.

— Si c'est le cas, rien ne nous dit qu'ils accepteront qu'on les exhume, fit remarquer Davis. Moi, je ne voudrais pas que mon oncle Alfred se fasse déterrer sous prétexte qu'un perdreau de l'année l'a demandé.

— Oncle Alfred ? répéta Moira, aussitôt intéressée.

Avait-il de la famille, finalement ? Une famille qu'il lui aurait cachée ? Et si oui, pourquoi lui avait-il fait croire qu'il était seul au monde ?

Une fois de plus, Davis lut dans ses pensées. Il savait très bien ce qu'elle avait derrière la tête en posant cette question.

— C'est une façon de parler, précisa-t-il. Il n'y a pas d'oncle Alfred.

— Ah. Et le « perdreau de l'année », ça faisait référence à qui ?

— Vous dirigez l'enquête, mais j'ai plus d'ancienneté, répondit-il adroitement. A vous de voir qui de nous deux correspond le mieux à cette description.

— C'est un vrai bonheur de travailler avec vous, Gilroy, vous savez ça ?

— Je n'ai jamais eu la prétention d'être quelqu'un d'agréable.

Moira ignora sa remarque.

— Installez un cordon autour des deux tombes, ordonna-t-elle aux policiers qui se tenaient non loin d'eux. L'inspecteur et moi allons demander la permission de remonter leurs occupantes au grand jour.

Davis jeta un coup d'œil à sa montre. Il était déjà midi passé.

— Ça risque de prendre du temps, observa-t-il.

— Vous avez raison. Sommerville !

L'un des deux agents rebroussa chemin ; Moira lui tendit plusieurs gros billets.

— Allez acheter de quoi manger pour vous et vos collègues. On revient le plus vite possible. En attendant, ne laissez personne approcher des tombes. Et quand je dis personne, cela concerne aussi le gardien — si jamais il refait surface.

— Vous pensez acheter leur loyauté en les nourrissant ? demanda Davis alors que les policiers s'éloignaient vers la sortie du cimetière.

— Non. Je pense qu'en les traitant comme des personnes, et non comme des subalternes j'encourage leur bonne volonté.

Tandis qu'ils rejoignaient à leur tour la voiture de Davis, elle lui lança un regard lourd de sous-entendus.

— J'aime traiter les gens comme je voudrais qu'ils me traitent.

Davis repensa à la manière dont elle le harcelait pour qu'il accepte l'invitation au baptême.

— Donc, si je comprends bien, vous aimez qu'on vous donne des ordres et qu'on vous oblige à faire des choses que vous ne voulez pas faire ?

Moira devina tout de suite à quoi il faisait allusion. Elle ne put s'empêcher de sourire.

— Vous ne me facilitez pas la tâche, Davis. Mais au cas où vous ne l'auriez pas encore compris, les Cavanaugh…

— … ne renoncent jamais. Oui, je le sais, vous n'arrêtez pas de me le répéter. Mais il y a autre chose qui caractérise les Cavanaugh, dit-il en s'installant au volant.

Moira ouvrit la portière du côté passager et le rejoignit à l'intérieur de l'habitacle.

— Quoi donc ? s'enquit-elle.

— Ce sont des emmerdeurs.

Elle éclata de rire.

— Je tâcherai de passer le message au chef des inspecteurs.

A l'instar des deux premières défuntes dont les tombes avaient été perturbées, Anne Hemmings n'avait plus aucun parent proche en vie. Davis et Moira retrouvèrent en revanche la trace d'un lointain neveu de Shirley Reynolds, Michael McFarland.

Malheureusement, ce dernier, parti en croisière en Europe, était injoignable actuellement. L'exhumation de Mme Reynolds devait donc être reportée.

Celle d'Anne Hemmings put toutefois avoir lieu, et elle donna les mêmes résultats que les deux autres.

— Eh bien, voilà : on peut officiellement dire qu'on est dans l'impasse, lâcha Davis.

Il s'apprêtait à ajouter qu'il était ravi d'avoir occupé son temps si utilement, ou autre chose d'encore plus sarcastique, mais Moira avait l'air tellement déçue qu'il n'eut pas le cœur de retourner le couteau dans la plaie.

Ma parole, je m'adoucis avec l'âge, songea-t-il.

Davis repensa à sa première théorie : que ces agissements étaient l'œuvre d'une poignée de jeunes en manque de sensations.

— C'était peut-être une blague, ou un bizutage un peu macabre, suggéra-t-il.

Sans prêter attention à ce qu'il disait, Moira s'accroupit à côté du cercueil exhumé. Elle en examina minutieusement l'intérieur en s'efforçant d'ignorer le cadavre qui y était étendu. Non seulement celui-ci avait été poussé d'un côté, mais le tissu qui capitonnait la boîte présentait également une petite déchirure.

Moira l'inspecta un long moment, puis elle se redressa et se tourna vers le chef des techniciens.

— Emmenez ça au labo.

— Et par « ça », vous voulez dire… ? s'enquit Davis avant même que l'autre homme ait eu le temps de poser la question.

— Le cercueil, répondit Moira. Regardez.

Elle s'accroupit de nouveau pour leur montrer l'entaille qu'elle avait remarquée.

— Quelque chose a été glissé là, puis retiré.

— Tu en es sûre ? demanda O'Shea en se penchant sur le cercueil. A part cette légère déchirure dans le tissu, le reste m'a l'air intact.

— C'est parce qu'ils ont été très soigneux. Méticuleux, même.

Elle se releva et s'essuya les mains sur son pantalon.

— Je crois qu'il est temps de convoquer M. Weaver pour un petit entretien, annonça-t-elle à Davis.

— Vous pensez qu'il est impliqué ?

— Peut-être, peut-être pas. En tout cas, il sait quelque chose dont il ne veut pas nous parler. Et on va lui délier la langue.

— Vous voulez que j'assiste à l'interrogatoire ? demanda Davis.

Avec elle, on ne pouvait être sûr de rien…

— Evidemment.

— Donc, on va la jouer « bon flic, mauvais flic ».

— Je dirais même plus, « bon flic et flic carrément méchant », rétorqua-t-elle avec un grand sourire. Vous savez, vous faites vraiment peur quand vous froncez les sourcils.

— Mais pas à vous, observa-t-il.

— Ça, c'est parce que je connais votre secret.

— Ah oui ? Et quel est-il ?

Elle planta l'index sur son torse.

— Au fond, vous avez un cœur d'artichaut.

— Ça ne mérite même pas de réponse, grommela-t-il.

— De toute façon, vous ne pouvez rien répondre, parce que vous savez que j'ai raison.

Davis ravala difficilement quelques mots bien choisis.

14

Assis devant la table d'une des trois salles d'interrogatoire dont disposait le poste de police d'Aurora, le gardien du cimetière Saint-Joseph semblait bien moins confiant et beaucoup plus nerveux que dans son environnement familier.

Subitement, il ne montrait plus le moindre signe d'insolence. On aurait dit un poisson hors de l'eau — un poisson paniqué qui luttait pour survivre.

L'entretien avait commencé depuis à peine dix minutes, et déjà Avery Weaver transpirait à grosses gouttes. La température ambiante n'y était pour rien : il faisait plutôt frais dans la pièce.

— Reprenons du début, le pria Moira posément. Que savez-vous à propos des quatre cercueils qui ont été ouverts illégalement ?

— Je ne sais rien du tout. Seulement que vous les avez déterrés, répondit Weaver en se balançant d'avant en arrière.

— Depuis combien de temps travaillez-vous au cimetière ?

— Presque dix ans.

Il ouvrait de grands yeux effrayés, comme s'il craignait qu'on lui tende un piège.

— Ecoutez, je dormais, bredouilla-t-il. Quel que soit le moment où ces profanations ont eu lieu, je dormais.

Davis, qui était resté appuyé contre le dossier de sa chaise, posa brusquement les bras sur la table en plantant son regard dans celui du gardien.

— Si vous ne savez pas quand les faits se sont produits, comment pouvez-vous être sûr que vous dormiez à ce moment-là ?

Contrairement à Moira, il ne se donnait pas la peine de prendre des pincettes. Sa voix bourrue et ses manières brutales intimidaient Weaver, qui se mit à trembler.

— Je le sais parce que je dors toutes les nuits, expliqua celui-ci, visiblement gêné de devoir confesser un tel manquement à ses obligations professionnelles.

Moira le regarda avec un mélange de surprise et d'exaspération.

— Vous plaisantez ?

— C'est plus fort que moi, je m'endors tous les soirs, répondit-il en baissant les yeux. Il ne se passe rien, la nuit, au cimetière. A part peut-être pour Halloween.

Il lança un regard penaud aux deux inspecteurs.

— Enfin, il ne se passait rien jusqu'à cette histoire de tombes dérangées…

— Et vous n'avez jamais rien entendu ? demanda Moira.

— Est-ce ma faute si j'ai un sommeil profond ? Ces gens qui déterrent les cercueils, ils font en sorte d'être très discrets, ajouta-t-il, comme si cela l'excusait.

— N'êtes-vous pas censé faire des rondes dans le cimetière ? s'enquit Davis.

Weaver se tortilla sur sa chaise.

— Vous savez, je ne suis pas très bien payé. Et puis je vous l'ai déjà dit : il ne se passe rien, la nuit. C'est arrivé une fois ou deux que des jeunes viennent s'amuser, ou qu'ils… Vous voyez ce que je veux dire.

— Non, on ne voit pas, rétorqua Davis.

— Ben, ils testent des trucs, quoi. Comme faire l'amour dans un cimetière.

L'idée même écœurait Moira, mais elle s'efforça de n'en rien laisser paraître.

— Vous les avez surpris ? demanda-t-elle au gardien.

— Je les ai entendus, plutôt. Comme des halètements, puis des bruits de fuite précipitée.

Moira songea qu'il s'agissait peut-être des pilleurs de tombes — Weaver n'était pas assez malin pour faire la différence. Restait à déterminer ce qui avait été pillé exactement.

— Donc, si je comprends bien, vous ne savez rien au sujet de ces profanations ?

Le gardien posa une main sur son cœur et leva l'autre en l'air.

— Rien de rien. Je vous le jure sur la tombe de ma mère.

— C'est de circonstance, marmonna Moira.

S'il avait joué le moindre rôle dans cette affaire, nul doute que Weaver aurait avoué. Pour l'heure, il semblait n'être qu'un témoin indirect.

Davis fit glisser vers lui une feuille sur laquelle étaient notés les noms des quatre personnes dont les sépultures avaient été perturbées.

— Ces noms vous disent quelque chose ?

Le gardien secoua la tête si fort que Moira craignit

que celle-ci ne se décroche. Ses petits yeux noirs roulaient d'un côté à l'autre comme des billes.

— Non, ils ne me disent rien. Je peux partir, maintenant ?

L'arrogance qu'il avait affichée au début de l'enquête, une semaine auparavant, n'était plus qu'un lointain souvenir. Weaver employait à présent un ton presque suppliant et s'adressait autant à Moira qu'à Davis ; ne sachant pas lequel des deux était aux commandes, il prenait soin de ne froisser ni l'un ni l'autre.

— Vous pouvez disposer, répondit Gilroy après un long silence. Mais ne quittez pas la ville. Si vous m'obligez à partir à votre recherche, vous risquez fort de le regretter.

— Bien sûr que non, monsieur, bafouilla Weaver, les yeux écarquillés. Enfin, je veux dire…

— Allez, dégagez, le coupa Moira en lui montrant la porte.

Lorsque le gardien eut décampé, elle se tourna vers son collègue.

— Eh bien, ça n'a pas loupé : vous l'avez proprement effrayé.

— Je voulais être sûr qu'il ne s'enfuirait pas, répondit Davis.

Moira eut un petit rire en repensant à la tête de Weaver.

— Ça ne risquait pas. Vous lui avez fait perdre tous ses moyens — et pas de la façon la plus agréable qui soit.

Davis fronça les sourcils.

— C'est censé vouloir dire quoi ?

— Oh ! Allons ! Quand on a votre physique, on

connaît forcément cette expression. Réfléchissez deux minutes : « perdre tous ses moyens », en général, ça va avec le cœur qui bat plus fort et la respiration qui s'accélère.

Davis secoua la tête. Cette femme était incroyable.

— Vous avez vraiment beaucoup d'imagination, Cavanaugh.

— J'ai peut-être juste une vie amoureuse trépidante, répondit-elle en lui lançant un clin d'œil.

Une fois encore, il fixa sur elle un regard pénétrant. Moira n'avait aucun moyen de savoir ce qui se passait dans sa tête, ni si elle avait réussi, avec cette réplique inoffensive, à attiser sa curiosité.

En vérité, elle y était bel et bien parvenue. Voilà que Davis se demandait à quoi ressemblait la vie privée de sa collègue… et s'il serait agréable d'embrasser cette bouche qui ne cessait jamais de remuer.

Jusque-là, tout en ayant conscience que la reine des casse-pieds était aussi très attirante, il ne s'était jamais posé de questions sur ce qu'elle faisait en dehors de ses heures de travail.

Bien sûr qu'elle avait une vie amoureuse, se dit-il, exaspéré. Moira Cavanaugh était une jeune femme vivante et extravertie, sûrement capable, s'il le fallait, de se lier d'amitié avec le diable en personne. Lorsqu'elle vous adressait la parole, vous aviez soudain l'impression d'être seul dans la pièce — quand bien même cette pièce était comble.

C'était sûrement un don, songea-t-il. Un don qui contribuait à la rendre populaire. Et sacrément désirable.

Davis manqua sursauter quand ce dernier mot

s'imposa à son esprit, comme surgi de nulle part, semant le feu et la confusion partout autour de lui.

Où diable avait-il la tête, de *désirer* une femme qui lui empoisonnait la vie ? La seule chose qu'il y avait à souhaiter concernant Moira Cavanaugh, c'était qu'elle parte loin, très loin de lui.

Davis s'aperçut qu'elle l'observait depuis un moment, attendant sans doute qu'il réagisse à sa remarque.

— Je tâcherai de leur envoyer mes condoléances, grommela-t-il.

— A qui ?

— A ceux qui ont partagé cette vie amoureuse avec vous. On peut se remettre au travail, maintenant ?

Il n'y avait qu'à voir le sourire de Moira pour comprendre qu'elle n'était pas dupe. Elle savait exactement ce qu'il cherchait à faire.

Davis, lui, n'était sûr que d'une chose : il n'aimait pas du tout la façon dont ce sourire s'incrustait en lui, court-circuitant tout ce qu'il rencontrait sur son passage.

— Je suis prête, si vous l'êtes, annonça gaiement Moira.

Davis plissa les yeux.

— Bien sûr que je suis prêt.

Cherchant désespérément un moyen de détourner la conversation, laquelle avait pris un chemin beaucoup trop personnel à son goût, Davis sauta sur la première idée qui lui venait à l'esprit.

— Il faut aller voir l'autre cimetière.

— Pardon ?

— Il y a bien un autre cimetière, à Aurora, non ?

Moira réfléchit un instant avant de répondre.

— Vous avez raison. Il est plus petit, et je crois qu'il existait déjà avant que Saint-Joseph soit construit. Pourquoi voulez-vous y aller ?

— Peut-être que des tombes ont été profanées, là-bas aussi. Et si c'est le cas, il se peut qu'on y trouve la clé du mystère.

Davis ne s'attendait pas à voir le visage de sa collègue s'éclairer de cette façon.

Et il s'attendait encore moins à ce que son rythme cardiaque s'emballe à ce point en conséquence.

Peut-être était-il trop stressé par cette collaboration. Travailler en équipe le rendait nerveux, ce qui expliquait sans doute ses réactions disproportionnées.

Mouais...

— Bien vu ! s'exclama Moira. Je n'y avais pas du tout pensé !

Aucune ironie dans ses propos. Elle ne cherchait pas à prétendre qu'elle avait eu la même idée mais qu'elle n'avait pas eu le temps de la suggérer. Avec sa spontanéité naturelle, elle l'avait tout simplement *complimenté*.

Il mit un moment à s'en remettre.

Ne faisant plus équipe avec personne depuis des années, Davis n'avait pas l'habitude de recevoir des éloges, sous quelque forme que ce soit. Du reste, ses deux derniers coéquipiers n'étaient pas du genre à dispenser des compliments à tour de bras... Entre eux et Davis, l'approbation avait toujours été tacite, sans qu'ils aient besoin de mots pour l'exprimer.

Or, les paroles de Moira lui étaient étrangement agréables...

Cela ne lui disait rien qui vaille.

Davis haussa les épaules dans l'espoir de chasser cette sensation importune.

— Oui, enfin, il n'y a pas non plus de quoi s'extasier, marmonna-t-il. Vous voulez qu'on prévoie des renforts ?

De son côté, il n'était pas contre le fait de rappeler les agents qui les avaient aidés précédemment à inspecter le cimetière Saint-Joseph. Pour être honnête, l'idée le rassurait d'avoir quelques personnes autour d'eux qui agiraient en chaperons silencieux.

Malheureusement, Moira secoua la tête.

— Essayons d'abord de discuter avec le responsable des lieux. Peut-être qu'on arrivera à s'en faire un copain, cette fois-ci.

— Se faire un copain, répéta Davis d'un ton réprobateur, tandis qu'ils ressortaient de la salle de brigade. On n'est pas en maternelle, bon sang.

Moira appela l'ascenseur. Comme d'habitude, elle souriait.

— Comment voulez-vous appeler ça, alors ?

— Interroger un témoin potentiel, par exemple ? rétorqua-t-il sèchement.

Elle inclina la tête.

— Si ça peut vous rendre heureux.

Davis poussa un soupir agacé. Il en avait assez de l'état de fébrilité dans lequel cette femme le plongeait.

— Vous savez ce qui m'aurait rendu « heureux », comme vous dites ? Que vous vous soyez abstenue d'aller courir près du cimetière, ce matin-là. Ou alors, que vous soyez partie une demi-heure plus tôt ou une demi-heure plus tard.

Le sous-entendu était clair : ainsi, leurs chemins

ne se seraient jamais croisés, et Davis n'aurait pas été contraint de travailler avec elle.

Nullement vexée, Moira émit un petit rire.

— Je sais que vous ne pensez pas ce que vous venez de dire.

Elle pénétra dans la cabine d'ascenseur, en prenant soin de placer une main sur le rayon lumineux pour empêcher les portes de se refermer, le temps que Davis entre à son tour.

— Pourtant, je n'ai jamais été aussi sincère de ma vie, bougonna-t-il.

A l'inverse du gardien revêche et réfractaire du cimetière Saint-Joseph, Jack Campbell, son homologue à l'ancien cimetière d'Aurora, se montra plus que disposé à leur venir en aide.

Agé d'une cinquantaine d'années, l'homme au crâne dégarni devait souffrir de solitude, car il parut ravi d'avoir trouvé des gens à qui parler — ce qu'il n'arrêta pas de faire une seule seconde, répondant avec force détails à chacune de leurs questions.

Campbell leur offrit même une visite personnalisée de son petit cimetière, durant laquelle il les abreuva de commentaires sur les occupants des lieux. A croire qu'il connaissait tout de leur vie et de leur mort…

Quand, vers la fin du tour, ils tombèrent sur une sépulture profanée, il parvint à peine à contenir son excitation.

D'après la date gravée sur la stèle, Maryanne Wilson avait été inhumée vingt ans et six mois plus tôt, ce qui faisait d'elle la première des cinq « victimes » décédées. Lorsqu'elle croisa le regard de Davis, Moira comprit qu'il avait eu la même pensée.

— Pourriez-vous regarder dans vos archives si cette dame a encore de la famille ? demanda-t-elle au gardien.

Alors qu'elle s'attendait à ce qu'il s'exécute sur-le-champ, Campbell la regarda d'un air surpris, sans bouger d'un pouce.

— Puis-je savoir pourquoi ? s'enquit-il.

Visiblement, il estimait être partie prenante dans l'enquête et, par conséquent, avoir le droit d'en connaître les détails. Moira sentit Davis se crisper à côté d'elle. Elle ne pouvait pas lui en vouloir, car cette affaire traînait décidément trop en longueur. Mais elle n'avait pas envie non plus qu'il s'en prenne à ce pauvre gardien qui se montrait malgré tout de bonne volonté.

— Nous aimerions exhumer le cercueil de cette femme pour voir s'il a été ouvert récemment, et si quelque chose en a été retiré, expliqua-t-elle calmement.

Campbell fronça les sourcils.

— Vous voulez dire que quelqu'un lui aurait volé ses bijoux ?

Ou autre chose, songea Moira.

— C'est peut-être un peu plus compliqué que ça, répondit-elle gentiment.

— Je veux bien vérifier, mais je suis à peu près certain que personne n'est venu voir Maryanne au cours de ces dernières années.

Davis lança un regard soupçonneux au gardien. A sa manière, Campbell était aussi bizarre que Weaver.

— Comment pouvez-vous savoir ça ?

— Je mets un point d'honneur à connaître toutes les personnes qui rendent visite à leurs chers disparus, répondit fièrement Campbell. Allons voir dans mon bureau.

Sans attendre de réponse, il se dirigea vers un petit bâtiment situé non loin de l'entrée du cimetière.

Le visage du gardien s'illumina lorsque ses recherches lui donnèrent raison.

Dans l'un des nombreux cahiers qu'il tenait à jour depuis qu'il travaillait dans ce cimetière, le nom du plus proche parent de Maryanne, Sheldon Wilson, était barré, et une date — novembre 1999 — avait été écrite au crayon juste au-dessus.

Selon Campbell, c'était la dernière fois que quelqu'un était venu se recueillir sur la tombe.

— Parce que vous notez ce genre de détails ? s'étonna Davis.

— Vous savez, je n'ai pas grand-chose d'autre à faire, ici, répondit le gardien d'un air penaud. J'ai bien quelques feuilles mortes à ratisser et quelques plantes à arroser, mais les feuilles, ça se ramasse vite, et les plantes, il ne faut pas non plus les noyer... Sinon, elles ne donnent pas de fleurs, et ils n'ont rien de joli à regarder.

— Qui ça, « ils » ? interrogea Moira.

Campbell posa un regard attendri sur les tombes les plus proches.

— Les gens qui reposent ici. Je les considère un peu comme ma famille.

15

— Mon Dieu, j'espère que vous ne vous sentirez jamais aussi seul, observa Moira lorsque Davis et elle repartirent du cimetière, plus de quatre heures plus tard.

Grâce au nouveau mandat signé par Blake Kincannon, et à l'efficacité redoutable des techniciens en scène de crime qui avaient répondu tout de suite à leur appel, le cercueil de Maryanne Wilson avait pu être exhumé, puis ouvert, en un temps record.

Aussitôt, il était apparu évident que le corps de la défunte avait été déplacé. Cependant, les criminels avaient agi avec beaucoup moins de soin que pour les quatre sépultures du cimetière Saint-Joseph. Non seulement la vieille dame n'avait pas été remise dans sa position initiale, mais on voyait aussi de larges éraflures sur le couvercle du cercueil, sans nul doute provoquées par un pied de biche lors de son ouverture. Les marques semblaient assez récentes — elles dataient d'un mois, tout au plus.

Moira était prête à parier que les pilleurs de tombes avaient commencé par celle de Maryanne.

Mais qu'avaient-ils pillé ?

La remarque qu'elle venait de faire à son collègue le laissa perplexe.

— De quoi parlez-vous ? grommela-t-il.

D'une manière générale, Davis se considérait comme un homme intelligent, mais tenter de suivre le fil des pensées de Moira revenait à espérer qu'un serpent se déplace en ligne droite pendant au moins quelques secondes. Ce qui était tout bonnement impossible.

— Je parle de la façon dont Campbell considère tous ces cadavres comme sa « famille ».

Davis haussa les épaules.

— Ce type est bizarre. Ce n'est pas mon cas.

— Mais vous êtes seul, répliqua-t-elle.

Il lui lança un regard d'avertissement.

— Ne commencez pas.

— Je veux bien vous laisser tranquille avec ça, promit-elle tandis qu'ils s'installaient dans la voiture. A condition que vous veniez au baptême, samedi.

Davis eut l'impression de voir rouge.

— Je croyais que la question était réglée.

— Oh que non ! répliqua-t-elle en bouclant sa ceinture.

Davis mit la clé dans le contact, sans toutefois démarrer. Il se tourna vers Moira.

— Ecoutez, on travaille déjà ensemble toute la journée. Ça ne vous suffit pas ?

— Je répète : non.

— Pourtant, il va falloir vous en contenter. Je n'irai pas à cette fête.

Il s'apprêtait à mettre le moteur en marche, mais la question de Moira l'arrêta tout net.

— Vous avez bien un téléphone fixe, n'est-ce pas ?

— Oui. Quel rapport avec le sujet ?

— Oh ! Je voulais juste savoir si vous préfériez

recevoir l'appel sur votre portable ou sur votre ligne fixe, répondit-elle d'un ton innocent.

— Quel appel ?

— Celui du chef des inspecteurs, qui vous invitera personnellement au baptême.

Davis sentit comme des fourmillements dans ses mains. Il avait terriblement envie de l'étrangler…

— Vous savez que vous êtes aussi emmerdante qu'une invasion de sauterelles ?

— Oui, mais je suis plus jolie, répliqua-t-elle en battant des cils, comme une héroïne sortie d'un film des années 1950.

Davis n'aurait su dire ce qui lui prit à cet instant. Un accès de frustration, sans doute.

Ou alors, il voulait qu'elle lui fiche la paix une fois pour toutes, et le seul moyen qu'il avait trouvé pour arriver à ses fins, c'était de lui faire peur. Lui faire peur en l'embrassant.

Toujours est-il qu'il se tourna vers elle et, sans un mot, l'attira à lui malgré sa ceinture de sécurité. Il ne se rappelait pas s'être penché au-dessus du levier de vitesses, qui rendait forcément la manœuvre inconfortable. Tout ce dont il se souviendrait plus tard, c'est de l'avoir embrassée.

Avec passion.

Jusqu'à ce que, l'un comme l'autre, ils ne puissent plus respirer, et que le seul bruit audible dans l'habitacle soit celui de leurs cœurs qui battaient la chamade.

— Eh bien… Voilà qui répond à la question, murmura Moira lorsqu'elle eut retrouvé assez de souffle pour parler.

— Quelle question ? demanda-t-il d'une voix rauque.

Elle releva légèrement la tête pour le regarder dans les yeux.

— Vous ne me considérez pas vraiment comme une sauterelle. Sinon vous ne m'auriez pas embrassée, n'est-ce pas ?

Je n'aurais pas dû vous embrasser du tout, songea Davis, en se fustigeant intérieurement pour ce monumental égarement. Il n'était même pas sûr de ce qui l'avait poussé à commettre pareille erreur — à part l'irrésistible attirance qu'elle exerçait sur lui.

Moira inspira profondément.

— Alors, est-ce que vous aurez besoin de cet appel d'oncle Brian, ou est-ce que vous allez enfin accepter de venir à ce baptême de votre plein gré ?

Cette femme lui donnait la migraine. Jamais il n'avait rencontré quelqu'un d'aussi obstiné.

— Comment pourrais-je venir « de mon plein gré » alors que vous me menacez ?

— Ça, c'est votre problème. Ce n'est qu'une question de sémantique, après tout. Alors ?

Davis mit le contact et s'engagea sur la route.

— D'accord, je viendrai, lâcha-t-il enfin, les dents serrées.

C'était la seule issue.

Moira le dévisagea, sceptique. Mais elle garda ses doutes pour elle-même et entreprit de lui donner tous les détails qu'il avait prétendument besoin de connaître pour assister à ce fameux baptême, et à la fête organisée dans la foulée. Enfin, elle lui indiqua l'adresse de l'église et celle de l'ancien chef de la police — deux fois, pour faire bonne mesure.

Le samedi matin, Davis avait prévu de partir de chez lui avant 9 heures, non pas pour arriver en avance à l'église où devait être baptisé le petit Brian Andrew Cavanaugh, mais pour être sûr d'échapper à l'événement. Ayant vu comment Moira fonctionnait, il la croyait tout à fait capable de se présenter à sa porte avec l'intention de le traîner de force au baptême.

Il avait eu raison de se méfier… Ce qu'il ne pouvait pas deviner, en revanche, c'était que Moira viendrait si tôt. Il venait à peine de se lever de son lit lorsqu'elle sonna à la porte à 8 heures tapantes.

Pensant qu'il s'agissait de sa voisine, qui lui demandait régulièrement de l'aide pour retrouver son chat fugueur — un « écaille de tortue » nommé fort à propos Donatello —, Davis alla ouvrir à contrecœur.

— Madame McBride, il faut vraiment que vous preniez l'habitude de fermer vos…

— Incorrigible, hein ? le coupa Moira, tout en se frayant un passage dans l'appartement.

Ce faisant, elle s'efforça de concentrer son attention sur l'état négligé des lieux plutôt que sur celui, tout aussi négligé et néanmoins fort séduisant, de leur propriétaire. Davis portait en tout et pour tout un vieux jean coupé au-dessus du genou qui menaçait de glisser de ses hanches. Ses cheveux étaient encore tout ébouriffés, après une nuit passée avec un oreiller récalcitrant, et sa barbe naissante faisait ressortir ses pommettes déjà saillantes en temps normal.

C'était le genre d'homme qui donnait envie aux nonnes de troquer leur vie de célibat contre un moment d'extase…

Davis soupira. Pourquoi n'avait-il pas pris la précaution

de regarder à travers le judas ? Comme d'habitude, la remarque de Moira l'avait plongé dans la perplexité.

— De qui parlez-vous ? Et d'abord, qu'est-ce que vous faites là ?

Moira referma la porte, qu'il avait laissée grande ouverte.

— Je parle de cette Mme McBride : apparemment, elle ne suit pas vraiment vos instructions. Quant à la raison de ma présence ici…

Elle se tourna vers lui, gardant les yeux fixés sur son visage pour éviter qu'ils ne dérivent plus bas. Jusque-là, elle n'avait pu qu'imaginer les abdos de Davis sous les costumes classiques qu'il portait au travail ; la réalité dépassait tous ses fantasmes.

— Je suis venue vous chercher pour vous emmener à l'église.

— Ce n'était pas la peine, répondit-il sur un ton qu'il croyait sans réplique.

— Bien sûr que si.

— Laissez-moi formuler les choses autrement : je ne veux pas y aller.

— Ça, je l'avais deviné. Allez, habillez-vous ! dit-elle gaiement. Oncle Brian a fait en sorte que nous ayons l'église pour nous tout seuls — il connaît le père Gannon depuis l'école primaire — mais il n'est pas toujours évident de se garer là-bas, et je n'ai pas envie de marcher trop longtemps.

Elle montra d'un coup de menton les sandales brillantes qu'elle portait aux pieds ; leurs talons devaient bien mesurer dix centimètres.

— Ces chaussures sont neuves, elles ne sont pas encore faites, expliqua-t-elle.

Davis resta planté devant la porte. Le sourire de Moira s'élargit.

— Si vous avez besoin d'un petit encouragement pour vous convaincre que c'est une bonne idée d'assister à cette cérémonie…

Elle sortit son téléphone de son sac à main.

— … je peux appeler oncle Brian. Il saura trouver les bons arguments, au cas où les miens n'auraient pas suffi.

Davis étouffa un juron.

— On vous a déjà dit que vous étiez une sacrée emmerdeuse ?

— Peut-être pas aussi clairement, mais on me l'a fait comprendre, oui. Et si ça peut vous rassurer, je vous trouve pénible, moi aussi.

Il la fusilla du regard. Moira Cavanaugh était bien la première personne qui ne se sentait pas intimidée face à lui. Cela ne servait à rien d'essayer de lui tenir tête.

— Je ne suis même pas lavé, objecta-t-il.

Moira fit un geste vers le fond de l'appartement, où elle supposait que se trouvaient la chambre et la salle de bains.

— Allez-y, faites comme chez vous.

Elle le suivit des yeux tandis qu'il traversait le salon d'un pas furieux. Une porte claqua. Moira s'avança dans cette direction.

— Je ne comprends pas pourquoi vous vous rebellez autant, dit-elle en élevant la voix pour se faire entendre. Vous allez bien vous amuser, vous verrez.

— Je ne m'amuse jamais ! cria Davis à travers la porte fermée.

— Je vous assure que, cette fois, ce sera différent.

Même sans la voir, Davis savait qu'elle souriait.

Cette femme commençait franchement à lui faire perdre la raison.

Lorsqu'il ressortit de sa chambre, un quart d'heure plus tard, lavé et habillé, il se prit à espérer qu'une autre tombe profanée avait été découverte dans un des cimetières — ça ou n'importe quoi, pourvu qu'il ne puisse plus assister à cette cérémonie avec Moira et sa famille. Ou, en d'autres termes, avec Moira et la moitié des membres de la police d'Aurora.

Mais son téléphone fixe comme son portable restaient obstinément silencieux.

Pas étonnant, songea-t-il, agacé. Tous ceux qui étaient susceptibles de l'appeler se trouvaient à l'église à cette heure-ci…

Soudain, un riche arôme de café vint lui chatouiller les narines, dissipant sensiblement son irritation. Davis se sentit saliver tant l'odeur était alléchante. Cédant à la curiosité, il se laissa guider par son odorat jusqu'à la minuscule cuisine.

Une cafetière était posée sur le plan de travail, à côté de l'évier.

— Qu'est-ce qu'elle fait là, elle ? s'enquit-il en montrant du pouce l'appareil qui venait de cesser son gargouillis.

— Je l'ai rapportée de chez moi, répondit joyeusement Moira, tout en lui fourrant dans les mains une tasse remplie à ras bord.

Elle avait profité de ce que Davis était sous la douche pour aller chercher la cafetière, le café, et même la tasse, dans sa voiture.

— Normalement, c'est la musique qui est censée

adoucir l'humeur, mais là, je me suis dit que le café était plus indiqué.

— Les mœurs, corrigea Davis, avant d'avaler une longue gorgée du breuvage savoureux, qui lui arracha un grognement de contentement. On dit que la musique adoucit les mœurs, pas l'humeur.

Le sourire qu'elle lui offrit était tout à la fois agaçant et captivant, à tel point qu'il se demanda si elle n'avait pas versé quelque chose dans son café. A moins qu'il ne commence réellement à perdre la raison.

— Dans votre cas, je crois que le mot « humeur » convient mieux, répliqua-t-elle.

Davis avala d'un trait le reste de sa boisson, songeant qu'il aurait bien besoin de ça pour tenir toute la matinée.

Alors qu'il reposait la tasse vide sur le plan de travail, il prit enfin le temps de regarder autour de lui. Pendant qu'il se douchait et s'habillait, Moira n'avait pas seulement préparé le café : elle avait aussi fait la vaisselle et rangé la cuisine.

Etait-elle maniaque, ou essayait-elle de se rendre indispensable ?

Dans un cas comme dans l'autre, il y avait de quoi s'inquiéter…

En outre, le désordre convenait parfaitement à Davis, qui aimait pouvoir trouver tout de suite ce qu'il cherchait. N'était-ce pas plus facile quand tout était déjà sorti ?

— Vous n'aviez pas besoin de faire le ménage, grommela-t-il.

— Je n'aime pas rester les bras croisés. Et je ne peux pas avoir les idées claires quand je suis entourée de bazar.

Davis eut un petit rire. De son côté, il n'avait jamais eu ce problème.

— Pour ça, il y avait une solution très simple, observa-t-il. Vous n'aviez qu'à pas venir.

— J'étais obligée. Il fallait bien que je passe vous chercher.

— Pourquoi tenez-vous absolument à ce que j'assiste à ce baptême ? Je n'ai jamais mis les pieds chez votre oncle.

Pourtant, il en avait eu plusieurs fois l'occasion. Il lui était arrivé de voir des affiches collées un peu partout dans les locaux de la police, annonçant que tout le monde était invité. Chez les Cavanaugh, toutes les occasions semblaient bonnes pour faire la fête.

Ils avaient peut-être besoin de boire à cause de leurs femmes, songea Davis. En tout cas, c'était un peu l'effet que Moira lui faisait.

— C'est important pour moi que vous veniez, c'est tout, répondit-elle évasivement.

Moira préférait ne pas s'attarder sur le sujet. Elle était si près du but !

— Où est votre veste ? s'enquit-elle.

Davis se figea.

— Parce que je dois porter une veste, en plus ?

— Seulement à l'église. C'est une cérémonie.

Il repartit dans sa chambre en grommelant, ouvrit brusquement son placard et choisit une veste qui allait avec son pantalon. Le cintre tomba par terre, mais il ne prit pas la peine de le ramasser.

— Je vous préviens, je ne mettrai pas de cravate, dit-il en rejoignant Moira.

— Ce ne sera pas nécessaire.

Elle recula d'un pas pour le jauger du regard.

— Vous êtes ravissant, déclara-t-elle, avant de ramasser son minuscule sac à main. Allons-y.

Davis la suivit dehors et referma la porte à clé.

— Les hommes ne sont pas ravissants, fit-il remarquer tandis qu'elle le conduisait à sa voiture.

— Toutes mes excuses. Vous êtes très beau, si vous préférez. Très viril. Ça vous va mieux ?

Elle lui lança un coup d'œil par-dessus son épaule.

Davis se contenta de grogner, n'étant pas sûr de pouvoir articuler quoi que ce soit d'intelligent.

Car, devant lui, les hanches de Moira se balançaient doucement, moulées dans sa petite robe fourreau bleu pâle.

Davis se surprit à penser que l'adjectif « ravissant » lui allait bien mieux qu'à lui.

16

— Attendez une minute, dit soudain Gilroy.

Par une chance inespérée, Moira avait réussi à trouver une place non loin de l'église où le dernier-né du clan Cavanaugh devait être baptisé.

Elle venait à peine de serrer le frein à main lorsque Davis avait rompu le silence, comme frappé par une révélation.

Moira coupa le moteur et se tourna vers son passager.

— Vous tentez encore de vous défiler ? Je dois reconnaître que je suis impressionnée par votre ténacité, mais vous feriez vraiment mieux d'économiser votre salive.

— Je ne peux pas y aller, insista Davis.

— D'accord, vous avez piqué ma curiosité. Je suis tout ouïe. Pourquoi ne pouvez-vous pas venir ? s'enquit-elle patiemment.

— Parce que je n'ai pas de cadeau. Quand on est invité, ça se fait d'apporter quelque chose, non ? Donc, je ne peux pas y aller.

L'expression amusée de Moira montrait qu'elle avait prévu le coup.

— Ne vous en faites pas pour ça. Je me doutais

bien que vous n'aviez rien acheté, puisque vous ne vouliez pas venir. Je m'en suis occupée.

— Vous avez peut-être quelque chose mais, moi, je n'ai rien, souligna-t-il.

— On dira que c'est de notre part à tous les deux.

Insinuait-elle qu'il existait entre eux un lien autre que professionnel ? Si oui, où était-elle allée chercher cette idée ? Davis ne lui avait donné aucune raison de le croire. D'accord, il l'avait embrassée, mais cela ne voulait pas dire qu'il avait l'intention de l'épouser demain.

— Il n'y a pas de « nous », dit-il fermement.

Moira le regarda comme un professeur qui tente d'enseigner une leçon à un élève particulièrement lent.

— Nous sommes coéquipiers, il y a donc bien un « nous ».

— On a déjà eu cette conversation. Nous ne sommes pas coéquipiers.

Lassée, Moira ferma les yeux en soupirant.

— Et on dit que les femmes sont compliquées... Nous sommes deux policiers assis dans la même voiture et qui partagent le même espace vital pendant une période limitée. Ça vous va, comme ça ?

Non, ça ne lui allait pas. Davis n'avait aucune envie d'être là. Il n'avait aucune envie de se retrouver plongé, même temporairement, dans une scène familiale qui lui rappellerait ce qu'il avait perdu. Il n'était pas masochiste : autant que possible, il préférait éviter de revivre les épisodes douloureux de son passé.

Alors qu'il s'apprêtait à expliquer à Moira que sa présence ici était une erreur, qu'elle pouvait aller à l'église toute seule et qu'il appellerait un taxi pour rentrer chez lui, son plan tomba à l'eau avant même qu'il ait eu une chance de le mettre à exécution.

Quelqu'un était en train de frapper à la fenêtre, de son côté du véhicule.

Davis tourna la tête. Au même moment, Moira appuya sur le bouton du lève-vitre électrique, faisant apparaître le visage d'un homme brun aux yeux verts qui arborait un sourire contagieux.

— Salut ! Moi, c'est Malloy. J'ai la malchance de faire partie de la même famille que la femme qui est assise à côté de vous.

Il ajouta plus sérieusement :

— Vous feriez mieux de vous dépêcher, la cérémonie va bientôt commencer. A votre place, j'éviterais d'arriver en retard.

— Davis, je vous présente mon adorable frère, Malloy. Malloy, voici mon collaborateur temporaire, Davis Gilroy, annonça Moira, toute fière d'avoir trouvé un substitut au mot « coéquipier ».

Malloy tendit la main à l'intérieur de l'habitacle pour serrer celle de Davis.

— Toutes mes condoléances, Gilroy. On se retrouve à l'église.

Sur ses mots, il fit volte-face et s'éloigna à grands pas.

— Il a l'air plutôt sympa, marmonna Davis en ouvrant sa portière.

— Plutôt, c'est le mot, répondit Moira. Il sait être incroyablement énervant.

— C'est de famille, alors.

— Je ne vois pas du tout ce que vous voulez dire par là. Dépêchez-vous, on va finir par être en retard.

Moira attendit qu'il se mette en route. Elle préférait

garder un œil sur lui, au cas où l'envie lui prendrait de s'enfuir en courant…

Davis réprima un soupir et s'avança vers l'église.

Puisqu'il était là, autant assister au baptême. Cela ne pouvait que faciliter ses relations avec Moira pour la suite de l'enquête. Nul doute que la jolie blonde était capable de faire de sa vie un enfer si elle le décidait…

L'église portait le nom de sainte Elizabeth Ann Seton, la première citoyenne américaine à avoir été canonisée. Du point de vue architectural, elle se révélait plutôt imposante ; et pourtant elle était comble, comme Davis put le constater en pénétrant à l'intérieur. Tous les bancs étaient occupés, et de nombreuses personnes attendaient debout dans les allées.

— Je vous avais dit qu'il fallait arriver plus tôt, chuchota Moira.

Davis haussa les épaules.

— Ça ne me dérange pas de rester debout.

— Tant mieux pour vous.

En la voyant pincer les lèvres comme si elle se retenait de jurer, Davis se rappela soudain qu'elle portait des chaussures neuves. Par sa faute, elle aurait mal aux pieds à la fin de la cérémonie.

Ce sentiment de culpabilité le surprit.

Déjà, un peu plus tôt, il s'était étonné d'avoir remarqué que le frère de Moira avait le même sourire qu'elle.

Ce n'était pas normal qu'il enregistre autant de détails au sujet de sa collègue. C'était même inquiétant.

Mais bientôt, le baptême commença, et Davis se laissa bercer par les paroles du prêtre, oubliant pour un temps ses préoccupations personnelles.

L'espace d'un instant, Davis avait espéré que sa présence à l'église suffirait à contenter Moira. C'était oublier que lorsque cette femme avait une idée en tête, elle la suivait jusqu'au bout. Dans le cas présent, cela signifiait qu'il n'avait pas d'autre choix que de l'accompagner chez Andrew Cavanaugh.

Il se consola en se disant qu'il serait noyé dans la foule et que personne ne ferait attention à lui. Après tout, il n'était pour eux qu'un étranger.

Là encore, il se trompait.

Pour commencer, l'immense maison d'Andrew Cavanaugh ne correspondait pas du tout à l'image qu'il s'en était faite. Vue de l'extérieur, elle n'avait rien de tape-à-l'œil. Elle n'était pourtant pas ordinaire non plus, car elle dégageait une impression de chaleur bienveillante avant même qu'on y ait pénétré.

Impression décuplée, une fois la porte passée…

Davis eut la sensation troublante que la maison l'étreignait. Comme si l'air qui l'entourait était chargé d'ondes positives. Jamais il n'avait vécu une expérience aussi étrange.

A peine Moira et lui s'étaient-ils avancés dans le vestibule qu'un grand homme aux cheveux blancs et à l'allure distinguée s'approcha pour les accueillir. Davis fut surpris qu'il s'adresse à lui en premier.

— Merci d'être venu, dit-il d'une voix de baryton, en lui serrant la main avec cordialité. Je suis Andrew Cavanaugh. Nous ne nous étions pas encore officiellement rencontrés.

Ni officieusement, faillit rétorquer Davis, mais il garda cette remarque pour lui. Quelque chose lui disait que le patriarche de la famille se faisait un devoir de connaître tous les membres de la police d'Aurora, même s'il n'en était plus à la tête depuis des années.

— Les chefs ne prennent jamais leur retraite, lui chuchota Moira. Ils restent chefs jusqu'à leur mort.

Le contact inattendu de son souffle contre son oreille fit courir un frisson tout le long de sa colonne vertébrale. Davis s'efforça de cacher son émotion.

— C'est un honneur de vous rencontrer, monsieur, dit-il à Andrew Cavanaugh.

Celui-ci se mit à rire.

— « Honneur », voilà un bien grand mot… Je suis ravi de faire votre connaissance, Davis. C'est une bonne chose que Moira ait réussi à vous convaincre de venir. Il n'y a que deux règles, ici : manger et prendre du bon temps. Moira, je te laisse le soin de t'occuper de notre hôte. Ah oui, une dernière chose : en ce qui concerne la nourriture, Davis, s'il n'y a pas ce qui vous plaît, il suffit de demander.

— Vous n'imaginez pas la taille de son frigo de réserve, confia Moira en guidant Davis vers l'arrière de la maison, où s'étendait un immense jardin. La première fois que je l'ai vu, j'ai cru que la porte ouvrait sur une autre pièce. Mais c'est là qu'il conserve tout ce qu'il utilise pour les grands rassemblements.

Davis était certain qu'elle exagérait.

Il changea d'avis lorsqu'il découvrit les tables alignées de chaque côté du jardin : elles disparaissaient sous une quantité impressionnante de plats et d'assiettes remplis de mets de toutes sortes.

— Et il a les moyens d'acheter tout ça ? demanda-t-il, abasourdi.

Partout, des gens mangeaient, riaient et bavardaient,

dans une ambiance chaleureuse et décontractée. On aurait dit une scène tirée d'un de ces films pleins de bons sentiments qui sont censés vous redonner le moral. Davis n'aurait jamais cru que cela existait en vrai.

— Tout le monde participe, répondit Moira d'un ton léger. Parfois, oncle Andrew accepte même que quelqu'un apporte des amuse-gueules ou un dessert. Mais c'est lui qui a préparé la plupart des choses que vous voyez ici.

— Oncle Andrew adore cuisiner, dit une blonde très séduisante qui venait de s'approcher. C'est sa passion. Je me présente : Kelly, la sœur aînée de Moira. Vous devez être Davis.

Tout en la saluant, Davis coula un regard en biais à sa collègue. Comment se faisait-il que son nom ait déjà fait le tour de la famille ?

Moira écarta les bras.

— Je n'y suis pour rien, se défendit-elle. Je n'ai rien dit à personne.

— C'est vrai, confirma sa grande sœur. C'est juste que les nouvelles vont vite au poste de police. Mais ça, vous devez déjà le savoir.

— Tu parles, il ne sait rien du tout, répliqua Moira sans laisser le temps à Davis de répondre. Cet homme-là n'ouvre presque jamais la bouche, que ce soit au travail ou en dehors.

Kelly adressa un sourire complice à Davis.

— Il va falloir que ça change, si vous voulez avoir une chance de survivre avec ma sœur. Croyez-en mon expérience.

Elle lança un regard autour d'elle.

— Bon, je ferais mieux de retrouver mon cher

et tendre avant qu'il ne se gave de nourriture à s'en faire exploser la panse. Il ne résiste pas aux petits plats d'oncle Andrew.

— Personne n'y résiste, précisa Moira tandis que sa sœur s'éloignait. C'est incroyable comme notre oncle cuisine bien ! Ce n'est pas ici qu'il faut espérer commencer un régime.

Davis comprit vite que ce n'était pas non plus l'endroit pour tenter de s'isoler du monde… Impossible de rester seul plus de quelques minutes. Il avait l'impression d'avoir un panneau dans le dos, sur lequel était écrit « Parlez-moi ». Des gens qu'il n'avait jamais vus auparavant venaient spontanément lui adresser la parole.

Seuls ou en groupe, ils engageaient la conversation avec lui, lui demandaient son avis sur tel ou tel sujet, lui racontaient des histoires qui n'avaient parfois aucun rapport avec leur métier — pourtant le seul point commun qu'ils avaient au départ. Où qu'il aille, à l'intérieur de l'immense maison comme dans le vaste jardin, Davis rencontrait toujours quelqu'un qui était disposé à échanger quelques mots avec lui. Chaque fois ou presque, on lui parlait comme à un vieil ami dont on brûlait d'avoir des nouvelles.

Lorsque vint le moment de couper le gâteau — une énorme construction sur plusieurs étages, fourrée à la crème et à la mousse de fraises — Davis regarda Moira d'un air hébété. Il avait le sentiment d'avoir subi l'assaut d'une armée miniature dont le but aurait été de le conquérir par la gentillesse. Ces gens étaient tellement sympathiques qu'il ne leur trouvait aucun défaut.

— Ça ne va pas ? s'enquit Moira tandis qu'ils attendaient de se faire servir une part du gâteau.

Elle ne pouvait croire qu'il ait pu résister au charme des membres de sa famille. C'était tout bonnement impossible.

— Ils sont toujours comme ça ? demanda Davis.

— Non. Je ne les trouve pas très en forme, aujourd'hui.

D'ordinaire, Davis savait déceler le second degré. Mais après ce qu'il venait de vivre, il n'était plus sûr de rien.

— Vous me faites marcher.

Le sourire qui se dessina sur les lèvres de Moira aurait dû l'agacer, tout comme la façon dont son regard pétillait. Bizarrement, il n'en fut rien.

— Oui, je vous fais marcher. Ils sont toujours comme ça — parfois même encore plus chaleureux. C'est ça, une vraie famille, conclut-elle fièrement.

Et elle les aimait tous autant les uns que les autres.

— Ne vous méprenez pas, ajouta-t-elle bien vite, sachant comment l'esprit de Davis fonctionnait : ils ne sont pas sirupeux. Vous ne risquez pas le coma diabétique, avec eux, car ils savent se montrer coriaces quand il le faut. Mais ils sont surtout loyaux et aimants ; c'est une chance qu'on les ait trouvés.

Davis fronça les sourcils. Que voulait-elle dire par là ? Cela n'avait aucun sens.

— Vous voulez bien préciser votre pensée ?

Moira oubliait qu'il venait tout juste d'être introduit dans le cercle des Cavanaugh — et contre son gré, de surcroît. Mais elle constatait avec plaisir qu'il semblait de plus en plus disposé à se laisser séduire.

— Un certain nombre d'entre nous a rejoint le reste du groupe sur le tard, expliqua-t-elle. Toute une branche de la famille — et j'en faisais partie — vivait dans une autre ville, à une soixantaine de kilomètres d'Aurora.

Moira s'efforça de mettre de l'ordre dans ses pensées. Elle avait conscience de ne pas être très claire.

— Je devrais commencer par le début, reprit-elle. Le père d'Andrew, Shamus, avait un frère plus jeune. Quand leurs parents ont divorcé — ça a fait scandale, à l'époque —, chacun est parti vivre de son côté avec un des enfants. Shamus a perdu son frère de vue. Il a même fini par penser qu'il était mort.

Elle poussa un long soupir avant de continuer :

— Il y a quelques années, en faisant des recherches à la demande de son père, oncle Andrew a découvert toute une horde de Cavanaugh dont personne ne soupçonnait l'existence. Ce qui est drôle, c'est que la plupart d'entre eux travaillaient aussi dans la police.

Elle eut un petit sourire contrit.

— A croire que c'est une vocation, chez nous, ajouta-t-elle. Bref, après cette découverte, les membres de cette branche « manquante » ont commencé à migrer vers Aurora pour se rapprocher du reste de la famille. Il faut dire aussi que la vie est plus sympa, ici. Au bout du compte, il se peut qu'on envahisse complètement la ville, ajouta-t-elle en lui lançant un clin d'œil. Vous feriez mieux d'apprendre à être gentil avec moi, ça pourrait vous servir plus tard.

— Je suis *déjà* gentil avec vous, répliqua Davis.

Comme elle paraissait sceptique, il précisa :

— Je suis là, non ?

Moira eut un petit rire tandis qu'elle acceptait la part de gâteau qu'on lui tendait.

— Vous marquez un point, admit-elle.

17

Il était près de minuit lorsque Moira gara sa voiture sur le parking de l'immeuble de Davis. Elle était la première étonnée de le ramener si tard…

Elle avait espéré le convaincre de rester trois heures, peut-être quatre, chez Andrew. Mais une fois ce délai écoulé, elle s'était bien gardée de faire la moindre remarque, décidant de lui laisser choisir le moment de leur départ.

Au fil de la soirée, comme il ne semblait toujours pas pressé de rentrer chez lui, Moira avait commencé à se détendre, au point de perdre toute notion du temps.

Ce n'est qu'à 11 heures du soir, alors que la moitié des invités étaient déjà rentrés chez eux, que Davis s'était tourné vers elle et lui avait glissé :

— On devrait peut-être y aller, nous aussi.

— C'est vous le chef, avait-elle répondu.

Ce à quoi Davis avait répliqué par un rire sonore.

Il leur avait fallu près d'une demi-heure pour atteindre la porte d'entrée. Même si le nombre de convives avait fortement baissé, il en restait encore beaucoup à saluer. Et quand on ne voulait oublier personne, prendre congé pouvait vite se révéler fastidieux…

Trop heureuse du succès de cette journée, Moira

avait accordé à Davis un moment de silence bien mérité pendant le trajet en voiture. Ce n'est qu'une fois qu'ils furent arrivés qu'elle s'autorisa à parler.

— Avouez que vous vous êtes bien amusé, dit-elle en faisant le tour de la voiture pour le rejoindre du côté passager.

Davis haussa les épaules.

— C'était pas mal.

— Quel enthousiasme ! J'en ai des palpitations.

Ils venaient d'atteindre la porte d'entrée ; Davis se retourna pour lui faire face. Moira s'était donné du mal pour qu'il passe un moment agréable, et il lui en était reconnaissant. Mais il fallait qu'elle comprenne qu'il n'était pas du genre expansif.

— Ecoutez, vous ne me verrez jamais m'enthousiasmer pour quoi que ce soit, dit-il d'un ton catégorique.

— Jamais ? répéta-t-elle, en écarquillant les yeux de cette façon qu'il trouvait proprement captivante.

Elle s'était rapprochée de lui, ce qui n'arrangeait pas les choses.

— Vous voulez dire que vous gardez toujours une parfaite maîtrise de vous-même ? Dois-je prendre cela comme un défi ? demanda-t-elle en levant le visage vers lui.

Une soudaine envie de l'embrasser le saisit. Il dut faire appel à tout son sang-froid pour l'étouffer.

— Pourquoi m'avez-vous raccompagné jusqu'à ma porte ? s'enquit-il d'un ton accusateur, dans un dernier effort pour la repousser.

Moira fit mine de réfléchir.

— Je suis passée vous chercher. Autant vous reposer là où je vous ai pris.

— Je vois, marmonna-t-il en insérant la clé dans la serrure. Pour vous, je suis donc un jouet qu'on peut emprunter à sa guise.

Leurs regards se croisèrent.

L'espace d'un instant, Moira eut l'impression que sa respiration restait bloquée dans sa poitrine.

— Personne n'aurait l'idée de vous considérer comme un jouet, finit-elle par dire dans un souffle.

Davis ne se rappelait pas avoir ouvert la porte, ni l'avoir refermée derrière eux. En y repensant plus tard, il fut seulement soulagé d'avoir eu la présence d'esprit de le faire — ou plutôt, le réflexe, car sur le moment une partie de lui-même semblait agir en pilotage automatique.

Il se souvenait en revanche très bien du désir qui l'avait envahi avec la vitesse de l'éclair et qui avait fait de lui son prisonnier. Mais n'était-ce pas plutôt d'*elle* qu'il était l'otage ? Davis n'avait pas les idées assez claires pour connaître la réponse à cette question.

D'ailleurs, s'il avait eu les idées claires, il n'aurait jamais commis l'erreur qu'il avait faite.

Il n'aurait pas embrassé Moira comme si la fin du monde arrivait et qu'ils vivaient leurs derniers instants. Au lieu de ça, il l'aurait poussée dehors avant de refermer la porte le plus vite possible.

Alors peut-être aurait-il pu être sauvé.

Davis était seul responsable de ce qui s'était produit ensuite. Mais sans doute y avait-il aussi une part de magie, dans l'histoire. Sinon, comment expliquer qu'en un si court laps de temps il ait pu devenir aussi insouciant, lui qui était d'ordinaire si rationnel, si prudent ?

Oui, la magie entrait définitivement en ligne de compte, car plus il embrassait Moira, plus il avait *envie* de l'embrasser. Davis n'était pourtant pas de ceux qui abusent des bonnes choses. S'il avait un défaut, c'était plutôt de trop réfléchir avant d'agir. Depuis qu'il avait atteint l'adolescence — et perdu ses parents — il ne s'était jamais abandonné au plaisir. Ni à aucune autre émotion, d'ailleurs.

Mais cette journée s'était distinguée des autres dès lors qu'il avait pénétré dans la maison d'Andrew Cavanaugh. Sans qu'il comprenne vraiment pourquoi, ses réactions n'avaient plus du tout été les mêmes. Il avait été incapable de rentrer dans sa coquille comme il le faisait habituellement. Pire, il n'en avait même pas ressenti le besoin.

Que lui avait donc fait cette femme ? se demandait-il à présent. Et pourquoi cela lui était-il égal ? A croire qu'il appréciait d'être emporté dans un tourbillon d'émotions… Pour dire vrai, cela lui plaisait en effet beaucoup. Il aurait même voulu que ça ne s'arrête jamais.

Encadrant de ses mains l'ovale délicat du visage de Moira, il l'embrassa encore et encore, tout en l'entraînant machinalement à travers la petite cuisine. Jusque dans sa chambre.

Le chemin était parsemé de vêtements. Les siens et ceux de Moira, emmêlés les uns aux autres. Seul un vague souvenir de la façon dont ils s'étaient retrouvés par terre flottait dans un recoin de son esprit.

Après s'être maîtrisé si longtemps, Davis avait désespérément besoin de cette délivrance. Et ce, avec Moira — pas avec n'importe quelle femme.

C'était un détail qu'il comptait bien emporter dans sa tombe.

Mais pour l'instant, il ne pensait pas à l'avenir : tout ce qu'il voulait, c'était lui faire l'amour.

Il devait être fou.

En toute honnêteté, Moira n'avait aucune idée derrière la tête en raccompagnant Davis jusqu'à sa porte. Elle avait simplement envie de prolonger cette belle soirée avec lui, ne serait-ce que de quelques minutes. C'était toujours mieux que de repartir aussitôt après l'avoir déposé.

Une fois devant chez lui, elle s'était laissé porter par le courant. Sans réfléchir. En faisant fi de toute prudence.

Moira n'espérait pas qu'ils se transforment en Roméo et Juliette — surtout quand on savait comment l'histoire du couple mythique avait fini. Mais cela ne l'empêchait pas de sentir l'attirance qui couvait entre eux.

Une attirance tellement forte qu'elle en devenait presque palpable.

Par conséquent, lorsque Davis plaqua sa bouche sur la sienne, Moira répondit à son baiser avec tout autant de fougue, bien décidée à lui montrer que l'émotion était partagée.

La tête lui tournait. Les mains de Davis couraient sur son corps, cherchant la fermeture Eclair de sa robe dans son dos. Un instant plus tard, il la lui retirait comme on défait l'emballage d'un précieux cadeau.

Tandis que le tissu glissait jusqu'au sol, Moira crut mourir d'impatience tant il lui tardait que Davis reprenne ses caresses. Et lorsqu'il posa enfin les mains sur sa peau nue, elle eut l'impression que celle-ci s'embrasait.

Ils tombèrent enlacés sur le lit, dévorés par le même

feu. Le cœur de Moira menaçait de bondir hors de sa poitrine. Des soupirs étouffés s'échappaient de ses lèvres à mesure que Davis explorait chaque parcelle dénudée de son corps.

Elle se cambra vers lui, absorbant les sensations qu'il faisait naître en elle, frissonnant au contact de sa bouche et de sa langue sur sa peau. Puis elle s'arracha au plaisir de recevoir et tâcha de donner à son tour, en venant se placer au-dessus de lui.

Sous ses mains fébriles, Moira sentit le désir de Davis augmenter, si tant est que cela soit possible. Et s'apercevoir qu'elle avait ce pouvoir sur lui ne fit que l'exciter davantage.

A la fin, Davis n'aurait su dire qui, de Moira ou de lui, avait le plus envie de l'autre. L'effet qu'il produisait sur elle lui procurait une intense satisfaction, tout comme de la voir s'appliquer à lui apporter du plaisir.

Jamais ses expériences précédentes en matière de sexe n'avaient atteint de tels sommets. Jamais elles ne s'étaient annoncées aussi sensationnelles. En vérité, avant ce soir, elles avaient surtout été décevantes…

Cela ne risquait pas d'arriver cette fois-ci.

Incapable de se contenir plus longtemps, Davis saisit Moira par les poignets pour faire cesser la délicieuse torture qu'elle lui infligeait. Puis il roula au-dessus d'elle, captura ses lèvres et la pénétra, non pas d'un coup de reins puissant et dominateur, mais avec respect, comme on s'unit à une égale.

C'était nouveau pour lui… Mieux valait ne pas s'attarder sur le sujet.

Au rythme de leurs mouvements de hanches, Davis sentit peu à peu qu'il se perdait en Moira — chose qu'il avait crue jusque-là impossible. Il comprenait à présent pourquoi : il n'en avait jamais éprouvé le désir. Aujourd'hui, il avait *envie* de s'abandonner dans les bras de cette femme, et il le fit, sans la moindre retenue.

La chaleur s'accumulait entre leurs deux corps fusionnés, qui bougeaient à l'unisson. Bientôt, le va-et-vient se fit plus intense, plus rapide, et leur jouissance explosa dans un cri partagé. Secoué de tremblements, Davis serra Moira dans ses bras comme s'il ne voulait plus jamais la lâcher. Et, en effet, il aurait aimé que cette sensation dure toujours.

Il percevait les battements erratiques de son cœur contre le sien. Le fait de la sentir aussi troublée que lui fit naître en lui une émotion qu'il n'avait plus éprouvée depuis bien longtemps, et qu'il finit par identifier comme étant de la tendresse.

Comment avait-elle fait pour le transformer ainsi ? Avait-il seulement une chance de retrouver son état normal ? La question méritait d'être creusée. Plus tard.

Quand Moira leva finalement les yeux pour le regarder, Davis n'avait aucune idée de ce qu'elle allait dire. Il fut vite fixé…

— Tu veux bien reconnaître que tu t'es amusé, maintenant ?

C'était la dernière chose qu'il s'attendait à entendre.

Il se mit à rire, si fort qu'il s'en étouffa presque.

— Je prends ça pour un « oui », décida Moira. Si j'avais su, je t'aurais invité chez mon oncle Andrew dès le premier jour.

Cette femme le désarçonnait. Comment raisonner avec

une personne aussi adorablement folle ? se demandait Davis. Il n'en avait aucune idée.

Alors il resta là, dans son lit, au milieu de sa chambre plongée dans l'obscurité, à caresser les cheveux soyeux de Moira, qui s'était lovée contre lui.

Au bout d'un long moment, la brume qui enveloppait son esprit commença à se dissiper, et le bon sens refit surface.

— La fête était aujourd'hui, observa-t-il. Comment aurais-tu pu m'inviter il y a deux semaines ?

Moira releva la tête pour répondre, si bien qu'il sentit son souffle tout contre ses lèvres.

— Chez mon oncle, la maison est ouverte à la famille et aux amis vingt-quatre heures sur vingt-quatre, sept jours sur sept. Il y a toujours quelque chose à manger et une place à table pour t'accueillir.

— Ça paraît impossible, murmura Davis, dont les paupières se faisaient de plus en plus lourdes.

— Les meilleures choses ne sont jamais impossibles, répliqua-t-elle.

Et elle ponctua son propos par un baiser.

Quelques secondes plus tôt, Davis avait été sur le point de s'endormir ; ce n'était plus du tout le cas. Il se découvrait soudain une réserve d'énergie insoupçonnée, alimentée par la passion qui resurgissait dans ses veines. De nouveau, il brûlait de faire l'amour à Moira.

Et c'est exactement ce qu'il fit.

18

Quand Davis y repensa le lundi matin, la journée du dimanche lui parut presque irréelle. Comme si elle avait été empruntée à l'histoire d'un autre.

Un autre qui aurait eu une vraie vie, et non pas seulement une existence.

Moira et lui avaient passé la majeure partie de cette journée au lit, avec quelques escapades du côté de la cuisine pour recharger les batteries. Une fois de plus, Moira l'avait surpris en lui dévoilant des talents qu'il n'imaginait pas. Avant de faire l'amour avec elle, Davis n'aurait jamais cru que le corps humain puisse être aussi souple et adopter autant de positions.

Non seulement elle l'avait subjugué au lit, mais elle l'avait également impressionné aux fourneaux, en composant des plats délicieux avec les quelques victuailles qu'il avait dans son réfrigérateur.

— Il va falloir que tu fasses des courses, lui avait-elle dit le dimanche soir, alors qu'elle venait d'utiliser les derniers œufs pour confectionner une sorte de frittata.

Il l'avait regardée, fasciné, tandis qu'elle mélangeait des ingrédients qu'il n'aurait jamais songé à associer.

— Il va peut-être falloir aussi que je m'achète un

nouveau corps, avait-il répliqué, tout en s'autorisant, dans un moment de faiblesse, à l'embrasser sur le haut de la tête.

Il s'était promis que dès le lendemain matin les choses reviendraient à la normale. En attendant, il avait bien l'intention de profiter au maximum de cette vie parallèle dans laquelle il s'était retrouvé aspiré.

Moira avait souri — un de ces sourires dont elle avait le secret et qui embrasaient les reins de Davis.

— Oh ! je crois que ton corps peut encore servir quelques fois.

Et elle le lui avait prouvé, là, dans sa minuscule cuisine.

Davis se souvenait d'avoir pensé qu'il avait bel et bien glissé dans un univers parallèle, et qu'il ne lui tardait vraiment pas d'en repartir.

Entre le samedi soir et le lundi matin, Davis ne dormit pas plus de quelques heures. Quand il pénétra dans la salle de la brigade des cambriolages, le corps fourbu de courbatures et l'esprit embrumé, il avait l'impression de fonctionner au ralenti.

Mais lorsque Moira arriva peu de temps après lui, il put constater qu'elle était aussi fraîche et dispose que d'habitude.

Voilà qui réglait définitivement la question, pensa-t-il en se servant une tasse du liquide visqueux qui, entre ces murs, passait pour du café. Cette femme était une sorcière. Il n'y avait pas à chercher plus loin pour expliquer les événements de ces dernières quarante-huit heures.

C'était une sorcière, et elle l'avait ensorcelé.

— Tiens, dit-elle en posant une thermos sur la table qu'ils partageaient.

— Qu'est-ce que c'est ?

— Du poison.

Elle leva les yeux au ciel.

— C'est du café, andouille. Je t'en ai préparé quelques tasses en repassant chez moi ce matin. Je me suis dit que tu en aurais bien besoin.

Moira était partie tôt de chez lui pour avoir le temps de prendre une douche et de se changer : elle ne pouvait franchement pas se présenter au travail avec la petite robe qu'elle avait portée au baptême, et que Davis lui avait enlevée chez lui.

Pour sa part, songea-t-il en avalant une gorgée du délicieux breuvage, il préférait cent fois la voir dans sa chambre, pieds nus et seulement vêtue d'un vieux T-shirt à lui…

Il faut que ça cesse, s'ordonna-t-il, en tentant de chasser de son esprit cette image obsédante. Il n'avait quand même plus quinze ans ! Où était passé le professionnel endurci qu'il croyait être ? S'il oubliait le cadre strict qu'il s'était fixé, tout son équilibre risquait d'être compromis.

Sa main se crispa sur sa tasse.

— Ça ne change rien, prévint-il à voix basse, de peur que les collègues de Moira ne l'entendent.

— Ça, ce n'est pas dit. Un bon café peut vous faire voir l'avenir sous un bien meilleur jour.

— Je ne parle pas du café. Je parle… du reste.

A sa grande surprise, Moira haussa les épaules avec indifférence.

— Pourquoi les choses devraient-elles changer ? demanda-t-elle. Tout continue comme avant, non ?

Elle se tourna vers le tableau.

— Ce qui m'inquiète, moi, c'est que le temps passe et qu'on ignore toujours pourquoi ces tombes ont été perturbées.

Davis ne savait pas s'il devait être soulagé ou vexé par cette réaction. Ses sentiments mitigés prouvaient à eux seuls qu'il n'était pas dans son état normal. Pas de doute, elle lui avait embrouillé la cervelle.

Il fit l'effort malgré tout de se concentrer sur l'enquête. Moira avait raison : pour l'heure, tout le reste devait être mis entre parenthèses.

Il se laissa aller en arrière contre le dossier de sa chaise, le regard perdu dans sa tasse de café.

— Je me demande si on ne prend pas les choses à l'envers, dit-il enfin en relevant les yeux.

Moira se rapprocha, prête à sauter sur n'importe quelle piste.

— Je t'écoute.

Avant de répondre, Davis observa les photos épinglées sur le tableau. Sous chaque visage, Moira avait noté les maigres informations qu'ils avaient réussi à récolter sur les « victimes ».

— Ces cinq femmes ont peut-être un point commun qui nous permettrait de résoudre le mystère, dit-il enfin.

— Oui, mais lequel ? répliqua Moira, avant de se lever pour examiner les photos de plus près. Elles n'ont aucun lien de parenté, elles n'étaient pas amies et étaient toutes d'âge différent. Et même si elles vivaient à Aurora, elles n'habitaient pas du tout dans les mêmes quartiers. Elles ne se connaissaient pas non plus à travers leur travail et ne sont pas mortes le même jour, ce qui exclut qu'elles aient péri ensemble au cours d'une catastrophe.

Elle dévisagea son collègue, les mains écartées.

— Qu'est-ce que je rate ?

Davis laissa échapper un soupir. Il séchait autant qu'elle. En exprimant ce qu'ils savaient déjà, il avait espéré provoquer un déclic, mais…

Soudain, c'est exactement ce qui se produisit.

— Qui s'est occupé des obsèques ? demanda-t-il à Moira.

— Dans les familles, tu veux dire ?

— Non, je pense aux funérariums. Est-ce qu'on sait quelles entreprises se sont chargées des enterrements de ces personnes ?

— Aucune idée, répondit Moira. En quoi ça nous avancerait de le savoir ?

— Je n'en suis pas encore sûr, mais j'ai l'impression de tenir quelque chose. Allons vérifier.

— Je te suis, dit-elle en attrapant sa veste sur le dossier de sa chaise.

Pour connaître les noms des établissements qui avaient préparé les corps des cinq femmes dont les tombes avaient été profanées, Davis et Moira n'avaient qu'une seule solution : rendre visite aux gardiens des deux cimetières d'Aurora.

Premier sur la liste, Avery Weaver ne sembla pas très heureux de les revoir. La peur et le ressentiment se lisaient sur son visage. Mais quand il comprit que les deux policiers n'avaient pas l'intention de l'embarquer une nouvelle fois, il s'empressa d'accéder à leur demande.

Une rapide recherche dans les archives de Saint-Joseph révéla que les quatre enterrements avaient été organisés par trois entreprises de pompes funèbres différentes, lesquelles étaient encore toutes en activité. Après leur avoir imprimé les noms et les adresses des funérariums en question, Weaver reconduisit prestement les deux enquêteurs à la porte de son bureau.

Tandis qu'ils s'éloignaient, Davis jeta un coup d'œil par-dessus son épaule.

— Si j'étais du genre sensible, je dirais que Weaver avait hâte de se débarrasser de nous.

— Heureusement que tu as un cœur de pierre, répliqua Moira.

— Oui, heureusement.

Davis se demandait toutefois si c'était vrai. Son cœur ne lui avait pas semblé si dur que ça pendant les deux jours et les deux nuits qu'ils avaient passés ensemble…

Campbell, le second gardien, ne fit aucune difficulté pour leur fournir le nom de l'entreprise qui s'était occupée de la défunte de son cimetière. C'était le même funérarium que l'un des trois dont Weaver leur avait donné les coordonnées.

— Encore une impasse, soupira Davis en montant dans sa voiture.

Moira, qui s'était déjà installée, se mordilla la lèvre pensivement.

— Ne renonce pas si vite. Peut-être que tu as vraiment mis le doigt sur quelque chose.

— Ah oui, et sur quoi ? Ces cinq femmes ont été enterrées par trois entreprises différentes.

— Peut-être. Ça n'empêche pas qu'elles aient quand même un point commun.

Etait-ce le manque de sommeil ? Davis avait du mal à la suivre.

— A quoi tu penses, au juste ?

Moira tourna les yeux vers lui. Il aurait fallu être aveugle pour ne pas remarquer à quel point ils brillaient. Davis en fut fasciné.

Décidément, il avait vraiment besoin de dormir.

— Et si dans ces funérariums il y avait eu un employé à temps partiel ? suggéra Moira. Je ne sais pas, moi, un agent d'entretien, ou un conseiller... Quelqu'un qui aurait travaillé pour les trois entreprises, et qui serait notre chaînon manquant.

Davis sentait qu'elle ne lui disait pas tout.

— Qu'est-ce que tu me caches ?

— Pourquoi penses-tu que je te cache quelque chose ?

Il eut un rire bref, tout en démarrant.

— Ça se voit comme le nez au milieu de la figure, répondit-il. Allez, parle.

— Ce n'est pas une compétition, repartit-elle, visiblement ennuyée qu'il puisse la soupçonner de garder des informations pour elle.

— Avec toi, c'est toujours une compétition.

Moira soupira.

— Je n'ai pas envie de passer pour une idiote si je me trompe.

— Je te promets de ne pas me moquer. Alors, qu'est-ce que tu sais ?

Elle remua sur son fauteuil, peinant manifestement à contenir son excitation.

— J'ai fait quelques recherches dans les journaux datant de l'époque où ces femmes ont été enterrées… Or, il y a exactement vingt et un ans, Aurora a connu le plus gros braquage de banque de son histoire. La police a tué l'un des voleurs et arrêté l'autre, mais l'argent n'a jamais été retrouvé.

Elle lança un regard de défi à Davis avant de poursuivre :

— Réfléchis. Quelle meilleure façon de cacher le butin que de le répartir dans plusieurs cercueils ? Il suffisait d'avoir un complice aux pompes funèbres.

Tout en tournant à droite au carrefour suivant, Davis considéra cette nouvelle théorie.

— Ça tient la route, reconnut-il au bout d'un moment. Qu'est-ce qu'on fait pour le prouver ?

— Une bonne vieille enquête de terrain.

Davis réprima un bâillement.

— Donne-moi l'adresse du premier funérarium, et on y va.

Deux des directeurs acceptèrent de communiquer à Davis et Moira la liste de leurs employés sur les vingt dernières années. Le troisième refusa très poliment de se plier à leur demande s'ils ne lui présentaient pas d'abord un mandat de perquisition.

Plusieurs heures s'écoulèrent avant qu'ils ne reviennent le voir, munis des documents nécessaires.

Le directeur leur livra alors les informations voulues, et ils purent rentrer au poste de police pour éplucher toutes ces données.

Leurs efforts se soldèrent par un échec. Aucun nom n'était commun aux trois funérariums.

Frustrée, Moira avait envie de lancer un objet contre le mur, juste pour l'entendre se briser. Elle frappa du poing sur la table, renversant son gobelet de café. Par chance, il était vide.

— Merde ! J'étais tellement certaine de tenir une piste !

— On a peut-être raté quelque chose, avança Davis d'un ton qui se voulait apaisant, alors qu'il éprouvait la même exaspération.

— Comme quoi ? On a examiné toutes les possibilités !

Moira s'empara des listes d'employés, prête à les déchirer rageusement. Les pages lui échappèrent et voletèrent jusqu'au sol.

C'est en s'agenouillant pour les ramasser qu'elle repéra un détail curieux.

— Davis, viens voir ça ! s'écria-t-elle en se relevant brusquement.

Elle avait presque peur d'espérer, mais elle tenait peut-être la solution du mystère.

Davis la rejoignit et se pencha sur la feuille qu'elle lui montrait.

— Qu'est-ce que je suis censé voir ?

— Regarde bien les maquilleuses que ces sociétés emploient.

Davis examina les noms en question ; dans les trois

cas, il s'agissait de femmes, ce qui en soi n'avait rien d'inhabituel.

— Et alors ? dit-il. Ce ne sont pas les mêmes personnes.

Moira était stupéfiée par la bêtise de certains criminels. Et dire qu'elle avait failli ne rien remarquer !

— Les noms sont différents, mais pas les numéros de Sécurité sociale, souligna-t-elle.

Quelques secondes plus tard, elle était en ligne avec Valri. Elle laissa à peine le temps à sa sœur de décrocher.

— Un dernier service et je te fiche la paix.

Davis entendit Valri protester à l'autre bout du fil.

— Moira, je suis en plein travail !

— Je sais, mais on est sur le point de résoudre l'affaire du cimetière. Un numéro de Sécu, c'est tout ce que je te demande de vérifier. Après, je ne t'embête plus jamais.

— Jusqu'à la prochaine fois, tu veux dire, répliqua sa sœur en riant. Allez, donne-moi vite ce numéro.

Lorsque Moira lui eut dicté les chiffres, Valri raccrocha.

Cinq minutes passèrent.

— C'est long, commenta Davis. Peut-être qu'elle n'a rien trouvé.

— Elle trouvera, répondit Moira, qui avait du mal à tenir en place. Je connais Val, elle trouvera.

Quand son téléphone sonna, elle faillit bondir.

— Oui ? cria-t-elle en décrochant.

— Je t'envoie la photo qui correspond au numéro de Sécu que tu m'as donné, annonça Valri. Bon, il faut que je te laisse.

Sans plus attendre, elle raccrocha.

— On l'a ! s'exclama Moira.

Elle tendit son téléphone à Davis pour lui montrer le visage de Sylvia Elliot, une femme qui ne remportait assurément pas la palme de l'intelligence. C'était le nom qu'elle utilisait chez Ames & Fils, une des entreprises de pompes funèbres qu'ils avaient visitées. Dans les deux autres, elle se faisait appeler Jane Andrews et Barbara Allen.

— Essayons de voir dans quel funérarium Sylvia travaille aujourd'hui, dit Moira.

Deux coups de téléphone plus tard, après avoir demandé si « la dame qui redonnait vie aux défunts » était là, Moira arborait un sourire triomphant.

— Elle est chez Ames & Fils, annonça-t-elle, tout en jetant un coup d'œil à sa montre. On ferait mieux de se dépêcher. Il se fait tard, et Sylvia pourrait bien décider de s'arrêter là pour aujourd'hui. Ou pour toujours, si elle a récupéré ce qu'elle voulait.

— Qu'est-ce que tu imagines ? lui demanda Davis tandis qu'ils dévalaient l'escalier pour rejoindre son véhicule. Qu'elle a participé au braquage et caché l'argent dans la doublure des cercueils ?

— C'est l'idée, oui.

Moira ouvrit la portière du côté passager. Elle commençait à avoir l'impression d'habiter dans cette voiture.

— Pourtant, d'après les recherches que je viens de faire sur Google, il n'y avait que deux braqueurs lors du casse dont tu parles, observa-t-il en bouclant sa ceinture.

— Elle n'était peut-être pas là en personne, mais

ça ne l'empêche pas d'être la femme, la copine ou la cousine d'un des voleurs. Ils lui auront demandé de cacher l'argent en attendant que la pression retombe.

— Ou alors, elle conduisait la voiture dans laquelle ils se sont enfuis, suggéra Davis tandis qu'ils sortaient du parking.

Moira acquiesça, un grand sourire aux lèvres.

— C'est possible aussi. Il existe plein de façons de se rendre complice d'un crime. Mais la première chose à faire, c'est de vérifier que cette femme est vraiment coupable, et qu'on n'est pas encore sur une fausse piste.

— Trois noms d'emprunt pour un même numéro de Sécu, lui rappela Davis. Ce n'est pas une fausse piste, inspectrice Cavanaugh, c'est un vrai boulevard !

— Je l'espère, répondit-elle en croisant les doigts.

19

Moira frémissait d'appréhension lorsqu'elle poussa la porte de Ames & Fils. Son instinct lui soufflait qu'ils étaient sur le point de trouver des réponses à cette énigme qui les occupait depuis deux semaines.

Coupant court à tout bavardage inutile, elle montra son insigne au directeur, au cas où ce dernier aurait oublié à qui il avait affaire.

— Votre maquilleuse est-elle encore ici, monsieur Ames ? s'enquit-elle.

Jon Ames, petit-fils du fondateur de l'entreprise, était un type sinistre pour qui le rôle de croque-mort semblait taillé sur mesure. La question de Moira parut le surprendre.

— C'est vous qui avez appelé il y a quelques minutes, comprit-il.

— L'inspectrice vous a demandé quelque chose, intervint Davis. Ce n'est pas poli de la faire attendre.

— Sylvia est en salle de préparation, mais elle va bientôt partir. Que se passe-t-il ?

— Vous le saurez bien assez tôt. Où est cette salle ? s'enquit Moira.

— Jordan peut vous y accompagner.

Le directeur faisait référence à l'agent d'entretien

qui passait le balai mécanique sur le même carré de moquette depuis leur arrivée. L'homme était tellement discret que Moira n'avait pas remarqué sa présence.

— Jordan ? Voulez-vous montrer la salle de préparation à ces deux inspecteurs ?

Le type, mince et chauve, appuya son balai contre le mur avant de les rejoindre.

— Bien sûr, dit-il. Suivez-moi.

En le voyant marcher devant eux, Moira s'aperçut qu'il boitait. Elle s'en voulut de lui imposer cet effort.

— Indiquez-nous juste le chemin, nous ne voudrions pas vous déranger dans votre travail.

— Au contraire, vous me rendez service, répliqua Jordan en riant.

Arrivé devant la pièce, il ouvrit la porte et s'effaça pour les laisser entrer.

— Vous avez des visiteurs, mademoiselle Elliot.

La petite femme brune, qui était en train de récupérer son sac à main dans un étroit placard, se retourna brusquement. Son regard se porta d'abord sur l'agent d'entretien, puis sur les deux inconnus qui le précédaient.

— Est-ce que cela peut attendre ? Je suis assez pressée, dit-elle en ajustant la sangle de son sac sur son épaule.

Elle s'y agrippait comme à une ligne de vie.

— Vous avez un avion à prendre ? lui demanda Moira avec un sourire glacial.

— Comment ? Non, en fait, je…

— En fait, la coupa Moira, vous allez devoir nous suivre.

La maquilleuse regarda tour à tour les deux inspecteurs, visiblement de plus en plus agitée.

— Vous suivre où ?

— Au poste de police, répondit Davis. Nous avons quelques questions à vous poser.

— Vous ne pouvez pas me les poser ici ?

— J'ai bien peur que non, dit Moira.

Elle hésitait à sortir ses menottes, mais elle y renonça. Tant que leur suspecte acceptait de les suivre sans faire d'histoires, il ne lui semblait pas nécessaire d'avoir recours à la force.

— Il serait plus simple pour tout le monde que vous veniez tranquillement avec nous, expliqua-t-elle. Avec un peu de bonne volonté, cette histoire peut être réglée en quelques heures, Sylvia.

Elle marqua une pause.

— Ou peut-être devrais-je vous appeler Jane… ou Barbara ?

Une lueur de panique traversa le regard noisette de la maquilleuse.

— Il doit y avoir une erreur, protesta-t-elle faiblement.

— Et c'est vous qui l'avez commise, répliqua Moira.

— Non, c'est vous, fit une voix d'homme juste derrière elle.

Pivotant sur ses talons, Moira découvrit l'agent d'entretien, qu'elle croyait parti. Il braquait un pistolet sur elle.

L'espace d'un instant, le temps sembla se suspendre. Tous les sons étaient comme amplifiés.

Alors que l'homme armait son pistolet, Moira entendit Davis hurler et sentit qu'il la tirait violemment en arrière, faisant barrage de son corps pour la protéger.

Quelques secondes plus tard, elle le vit s'écrouler devant elle, le T-shirt ensanglanté.

Moira poussa un cri horrifié. Très vite, ses réflexes lui revinrent. Avant même qu'elle n'ait eu conscience de brandir son arme et d'en faire usage, le coup de feu résonna à ses oreilles et elle vit l'agent d'entretien s'effondrer en jurant.

Le pistolet toujours serré dans son poing, il tenta de viser Moira, mais elle fut plus rapide que lui. L'homme lâcha son arme tandis que le choc et la colère s'imprimaient à jamais sur son visage grêlé.

La maquilleuse en profita pour essayer de s'enfuir. Moira tira juste devant ses pieds, ce qui la fit stopper net.

— N'y pense même pas ! gronda-t-elle.

Tout en continuant à la tenir en joue, elle s'accroupit près de Davis.

— Parle-moi ! Je t'en prie, Davis, parle-moi !

Les paupières de son collègue s'entrouvrirent.

— C'est bien… les femmes, murmura-t-il faiblement. Elles veulent toujours parler… quand ce n'est pas le bon moment.

A cet instant, le directeur du funérarium arriva en courant, attiré par le bruit des coups de feu. Les yeux faillirent lui sortir de la tête lorsqu'il découvrit la scène.

— Que s'est-il passé ? s'écria-t-il.

— Appelez la police, ordonna Moira.

— Mais vous *êtes* la police !

— Il nous faut des renforts.

Elle lui lança sa paire de bracelets.

— Menottez-la.

Le directeur regarda les cercles de métal comme s'ils contenaient à eux seuls tous les mystères de l'univers.

— Je ne sais pas comment…

— Menottez-la ! répéta Moira avec impatience. Ensuite, appelez les secours et dites-leur qu'on a besoin d'une ambulance au plus vite.

Prenant enfin conscience de l'urgence de la situation, Ames s'empressa d'exécuter les ordres qu'elle lui avait donnés. La maquilleuse jura copieusement pendant qu'il lui passait les menottes, mais Moira ne lui prêta qu'une oreille distraite. Tout son être était concentré sur Davis.

A mains nues, elle tentait de contenir le flot de sang qui s'échappait de sa blessure au thorax, tout en refoulant des larmes d'angoisse et de colère.

— Bon sang, Davis, qu'est-ce qui t'a pris ?

Le visage blême, il ne répondit pas. Moira sentit sa gorge se nouer.

— Davis ? Davis !

— Je ne pouvais pas… perdre… un autre… coéquipier, souffla-t-il, avant de sombrer dans l'inconscience.

L'ambulance et les renforts arrivèrent peu après. Moira attrapa la suspecte par le bras et la poussa sans ménagement vers le premier agent qui franchit le seuil de la pièce.

— Allez-y, emmenez-la et coffrez-la.

— Quels sont les chefs d'accusation ? s'enquit le policier.

— Appelez Brian Cavanaugh, dites-lui qu'on vient de résoudre l'affaire du cimetière. Je lui donnerai tous les détails dès que j'aurai le temps.

Moira n'avait pas une minute de plus à consacrer à la maquilleuse. Les ambulanciers avaient déjà installé Davis sur un brancard, et ils étaient en train de le transporter vers leur véhicule.

— Je dois y aller, dit-elle à l'agent.

Le laissant planté là, elle courut rejoindre son collègue blessé. Pendant que les deux secouristes chargeaient Davis à l'arrière de l'ambulance, elle se tint en retrait ; mais sitôt l'opération terminée, elle sauta dans le véhicule.

— Vous ne pouvez pas monter, protesta l'infirmier qui s'activait autour de Davis. Il n'y a pas assez de place.

— Je me ferai toute petite, lui promit Moira.

Et elle ne bougea pas d'un pouce.

Hors de question de laisser Davis partir sans elle.

L'ambulancier — Eric, à en croire son badge — l'observa un moment.

— Vous ne seriez pas une Cavanaugh, par hasard ?

— Si, répondit-elle en redressant les épaules. Pourquoi, cela vous pose un problème ?

Eric poussa un soupir.

— Non. Je comprends mieux, c'est tout. Jeff ! cria-t-il à son collègue, qui s'était installé au volant de l'ambulance. Elle vient avec nous, tu peux démarrer.

Moira prit la main de Davis dans la sienne. Sa peau était moite. Fallait-il s'en inquiéter ? Elle avait peur de penser, peur de se projeter dans l'avenir. Car dans l'avenir, il n'y aurait peut-être plus Davis.

— Tiens bon, tu m'entends ? dit-elle d'un ton sévère, en se penchant vers son oreille. Je ne veux pas avoir ta mort sur la conscience. Tu vas vivre, Gilroy, c'est compris ? Que ça te plaise ou non, tu es mon coéquipier, et tu vas vivre. Je t'interdis de mourir !

Elle eut l'impression qu'il lui serrait légèrement la main. C'était peut-être son imagination, mais elle s'accrocha à cet espoir, et à Davis, pendant toute la durée du trajet.

Huit minutes exactement, qui lui semblèrent une éternité.

Moira ne lâcha la main de son collègue que lorsqu'ils arrivèrent à l'hôpital et que les secouristes durent sortir le brancard de l'ambulance. Aussitôt après, elle la reprit dans la sienne.

Elle la tint ainsi pendant qu'ils passaient les portes des urgences, traversaient un couloir et fonçaient vers une salle d'examen. Alors, une imposante infirmière se matérialisa devant elle, lui bloquant le passage.

— Vous n'avez pas le droit d'entrer dans cette pièce, lui dit-elle d'un ton sans appel. C'est une zone strictement réservée au personnel.

Moira la fusilla du regard.

— Dans ce cas, embauchez-moi ou dégagez !

Comme l'infirmière restait sans voix, Moira la poussa pour pouvoir pénétrer dans la petite salle aseptisée, où toute une équipe de soignants s'affairait sur Davis au milieu de leurs bruyantes machines.

Moira prit un masque et le tint plaqué sur sa bouche et son nez tandis qu'elle se plaçait à l'écart du personnel médical.

Les larmes lui brouillaient la vue.

— Vous n'avez rien à faire ici, lança un médecin par-dessus son épaule, entre deux ordres donnés aux infirmières.

— Je ne vous gênerai pas, promit-elle d'une voix tremblante d'émotion.

Moira se retira dans un coin de la pièce, comme hébétée, les yeux rivés sur le torse de Davis qui se soulevait et s'abaissait régulièrement.

Elle l'adjurait mentalement de continuer à respirer.

Combien de temps resta-t-elle là, à prier pour que Davis survive ? Moira n'en savait rien. Mais au bout d'un moment, elle entendit quelqu'un approcher et sentit qu'on lui prenait le coude.

Pensant qu'il s'agissait de l'infirmière qui avait voulu l'empêcher d'entrer, elle se retourna brusquement, prête à se défendre.

Prête à *attaquer*.

Tous les prétextes étaient bons pour évacuer ce sentiment d'impuissance qui s'était emparé d'elle.

— Je ne bougerai pas d'ici, décréta-t-elle.

Mais à la place de la grosse infirmière aux sourcils froncés se tenait le chef des inspecteurs, qui l'enveloppait de son regard bienveillant.

— Je sais ce que tu ressens, Moira, mais tu ne peux pas rester ici, dit-il d'une voix douce. Laisse les médecins faire leur travail. Ils ont rafistolé plus de la moitié des policiers de cette ville au cours des vingt dernières années. Ils savent ce qu'ils font.

Moira dut soudain lutter pour ne pas s'effondrer dans les bras de son oncle. C'était comme si tous ses os s'étaient transformés en gelée.

— C'est l'infirmière qui vous a prévenu ? s'entendit-elle demander.

La tête lui tournait. Quant à son cœur, il était étranglé par l'angoisse.

— Non. L'agent Daily m'a appelé pour me dire que tu avais arrêté une femme. Il m'a rapporté tout ce qu'il savait sur l'échange de coups de feu au funérarium. Tu me donneras les détails plus tard.

Sous l'effet de la voix calme et rationnelle de son oncle, Moira sentit toutes les digues céder en elle.

— Ça devrait être moi, sur cette table ! s'écria-t-elle tandis que les larmes se mettaient à ruisseler sur son visage. Davis m'a poussée, et il a pris la balle à ma place !

Elle leva les yeux vers Brian.

— Pourquoi n'ai-je pas compris ? se lamenta-t-elle, furieuse contre elle-même. J'aurais dû comprendre.

Ce qu'elle disait n'avait aucun sens pour son grand-oncle, et pourtant il l'écoutait patiemment, lui laissant le temps de décharger son trop-plein d'émotions.

— Qu'est-ce que tu aurais dû comprendre ? demanda-t-il gentiment.

— L'agent d'entretien boitait ! Ce fameux matin, quand les deux silhouettes vêtues de noir m'ont bousculée en surgissant du cimetière, l'une d'elle a dû se faire mal : je l'ai vue repartir en clopinant. Or, quand l'agent d'entretien nous a conduits à la salle de préparation des corps, dans l'entreprise de pompes funèbres, j'ai remarqué qu'il boitait. Ça me paraît évident, maintenant : c'était lui, au cimetière !

Moira porta une main à ses lèvres pour retenir un sanglot.

— Pourquoi n'ai-je pas compris plus tôt ? répéta-t-elle.

— On ne peut pas toujours prêter attention à tous les détails, répondit Brian. Le mieux qu'on puisse faire, c'est d'essayer de survivre au jour le jour.

Il posa une main sur son épaule, comme pour lui transmettre un peu de sa force.

— Davis est costaud, il s'en sortira.

Moira savait qu'il n'y avait rien de moins sûr.

La nouvelle se propagea très vite. En une demi-heure, des dizaines de policiers, agents et inspecteurs confondus, envahirent le hall d'entrée de l'hôpital. Les infirmières avaient l'habitude de gérer cet afflux de visiteurs. Certaines d'entre elles, nouvelles dans l'établissement, tentèrent de regrouper tout ce petit monde dans les salles d'attente, mais leurs collègues qui avaient plus d'ancienneté savaient que cela ne servirait à rien. Autant essayer de faire passer un chameau par le chas d'une aiguille.

Elles les laissèrent donc se disperser où bon leur semblait ; la plupart restèrent debout dans le couloir, juste devant le bloc opératoire.

Pour s'attirer les bonnes grâces du personnel de l'hôpital, Rose et Lila, les épouses d'Andrew et de Brian, avaient apporté des roulés à la cannelle encore tièdes, en quantité suffisante pour nourrir un régiment entier. Ce geste apaisa les éventuelles rancœurs — en plus de remplir les estomacs de ceux qui attendaient.

Entourée de ses frères et sœurs et de sa famille — au sens large du terme —, Moira, quant à elle, ne pouvait rien avaler. Elle gardait les yeux rivés sur la porte du bloc opératoire où se trouvait Davis, en priant pour que les médecins le sauvent. Pour elle, le temps s'était arrêté.

— Comment ça va, Mo ? lui demanda Malloy, qui venait d'arriver.

— Repose-moi la question quand ils l'auront transféré en salle de réveil, répondit-elle d'une voix à peine audible.

Malloy échangea un regard avec Valri et Kelly. Ils connaissaient bien leur sœur. Si Davis ne s'en sortait pas, elle ne se le pardonnerait jamais.

20

— Tiens.

Brian Cavanaugh tendit un smartphone à sa petite-nièce avant de s'asseoir à côté d'elle dans la chambre de Davis. Près de vingt heures s'étaient écoulées depuis que ce dernier avait été transporté en urgence à l'hôpital. Il n'avait toujours pas rouvert les yeux.

Et Brian était prêt à parier que Moira n'avait toujours pas fermé les siens. Malgré les efforts qu'elle faisait pour le cacher, elle était épuisée.

Surprise, Moira regarda tour à tour son oncle et le téléphone qu'il lui tendait.

— Qu'est-ce que c'est ?

— Je sais que tu aurais voulu interroger toi-même la femme que tu as arrêtée, expliqua Brian. Entre parenthèses, elle s'appelle bien Sylvia Elliot. Mais je sais aussi par expérience qu'une Cavanaugh ne quittera jamais le chevet d'une personne qui lui est chère et qui a été blessée par balle. Donc, par souci de justice — après tout, c'est toi qui as insisté dès le départ pour mener cette enquête —, je t'ai apporté l'interrogatoire. La suspecte était prévenue qu'elle était filmée, évidemment.

Moira prit l'appareil, qui semblait allumé, mais dont l'écran était en veille.

— Quand elle a appris la mort de son frère, qui n'était autre que l'agent d'entretien, elle s'est aussitôt évertuée à lui mettre sur le dos tout ce qui est arrivé ces derniers jours et il y a vingt et un ans. Elle prétend qu'il l'a forcée.

Moira secoua la tête. Son esprit était embrouillé par le manque de sommeil et l'angoisse à l'idée que Davis ne soit pas encore complètement tiré d'affaire.

— Excusez-moi, chef, mais je n'ai pas les idées très claires. Je ne suis pas sûre de comprendre ce que vous me dites.

Brian lui sourit avec compassion. Moira traversait une rude épreuve, et personne ne la comprenait mieux que lui.

— Tu trouveras le film de l'interrogatoire dans ce smartphone, expliqua-t-il. Garde-le, tu pourras le visionner plus tard, une fois remise de tes émotions. Ce qu'il faut retenir, c'est que tu avais raison : il y avait bien de l'argent caché dans ces cinq cercueils. Le frère de Sylvia, Dean, et un de ses amis, Mike Calderon, ont braqué une banque il y a vingt et un ans. Calderon a été tué. Comme Dean ne voulait pas se faire prendre en possession du butin, il a remis l'argent à sa sœur pour qu'elle l'enterre en lieu sûr. Finalement, il a été arrêté et condamné à trente ans de prison, mais il a été libéré au bout de vingt pour bonne conduite. Tu peux deviner la suite — en fait, tu l'as déjà devinée.

Brian jeta un coup d'œil vers Davis, avant de reporter son attention sur Moira.

— J'imagine que ça ne sert à rien de te dire de rentrer chez toi… Tu sais, l'hôpital te préviendra dès qu'il aura ouvert les yeux.

Moira se contenta de secouer la tête.

— C'est bien ce que je pensais, conclut Brian en riant. Ça valait le coup d'essayer quand même… Bon, je tenais surtout à t'apporter ce téléphone. Et à te féliciter. Tu as fait du bon boulot. *Vous* avez fait du bon boulot.

Comme il se levait, Moira se força à sourire.

— Merci, chef. Je lui passerai le message quand il se réveillera.

Brian décida de tenter une dernière fois sa chance. Après tout, l'obstination n'était pas réservée aux jeunes générations. Et il ne s'appelait pas Cavanaugh pour rien.

— Essaie au moins de te reposer un peu.

— Je ferai de mon mieux, chef, répondit-elle en se rasseyant.

— Tu fais toujours de ton mieux.

Sur ces mots qui trahissaient la fierté qu'il éprouvait pour sa nièce, le chef des inspecteurs sortit de la chambre et referma la porte derrière lui.

Moira glissa le smartphone dans sa poche, puis tenta de trouver une position confortable dans son fauteuil. Peut-être qu'en dormant un peu elle se sentirait de nouveau elle-même…

Elle étendit ses jambes devant elle, appuya sa tête contre le dossier et se laissa aller à fermer les yeux.

— Il est parti ?

Moira rouvrit brusquement les paupières, certaine

d'avoir rêvé. C'était impossible, Davis ne pouvait pas avoir repris connaissance !

Bondissant sur ses pieds, elle s'approcha de lui pour observer son visage, s'attendant à le trouver aussi inerte que quelques minutes auparavant.

Il avait les yeux ouverts.

— Tu es réveillé ! s'écria-t-elle, partagée entre surprise et ravissement.

Elle aurait voulu le serrer très fort dans ses bras, mais elle craignait de lui arracher un de ses tubes.

— Je suis réveillé, confirma-t-il d'une voix éraillée.

— Depuis combien de temps ?

Davis réfléchit. Il lui semblait que les paroles du chef des inspecteurs l'avaient tiré peu à peu d'un sommeil de plomb.

— J'ai entendu ce que Brian Cavanaugh a dit. Du moins, en grande partie.

— Pourquoi as-tu fait semblant de dormir, alors ? s'étonna Moira.

En voulant hausser les épaules, Davis s'aperçut que les différentes sondes et perfusions auxquelles il était rattaché l'en empêchaient.

— Je n'avais pas la force de parler. Pas à un chef, en tout cas.

— Mais tu as la force de parler avec moi ?

— Avec toi, je ne fais qu'écouter, répliqua-t-il, un pâle sourire aux lèvres.

Lorsque Moira pensait à ce qui s'était passé au funérarium, et à ce qui aurait pu arriver si Davis n'avait pas été conduit à temps à l'hôpital, son estomac se nouait. Il aurait pu mourir à cause d'un geste stupide et irréfléchi.

— A quoi avais-tu la tête ? s'exclama-t-elle soudain, horrifiée à l'idée qu'elle ait failli le perdre.

— A te sauver la vie, répondit Davis d'une voix encore bien faible.

— En sacrifiant la tienne ?

Ne comprenait-il pas qu'elle n'aurait pas supporté de le voir mourir ? Ne tenait-il pas un tant soit peu à elle ? Debout à côté du lit, elle serra les poings, impuissante.

— Bon sang, je pourrais te frapper !

Le sourire qu'il affichait ne fit qu'attiser sa colère.

— Tu ne frapperais jamais un homme à terre.

— Pour toi, je ferais volontiers une exception, répliqua-t-elle. Tu te prends pour qui, au juste ? Superman ?

— Tu veux dire que je ne suis pas Superman ? Qu'est-ce que je vais faire de toutes mes capes rouges ?

— Je pourrais t'étrangler avec, par exemple.

Moira avait envie de rire et de pleurer en même temps. Davis lui lança un regard innocent.

— As-tu toujours été aussi violente ?

— Non, mais tu as une très mauvaise influence sur moi.

— Je pourrais dire la même chose de toi.

Subitement, Moira eut l'impression de se vider de sa colère, de sa peur et de son énergie. Du bout des doigts, elle effleura le visage de Davis.

— Sérieusement, tu ne devrais pas prendre de tels risques, murmura-t-elle. Tu aurais pu mourir.

Il planta son regard dans le sien, avec une gravité qu'elle ne lui avait jamais vue.

— Si ce voyou t'avait tiré dessus, je crois que j'en serais mort. Je ne voulais pas te perdre.

Moira resta sans voix. Il lui fallut quelques instants pour reprendre ses esprits.

— Ne t'inquiète pas, je ferai comme si je n'avais rien entendu. Ça doit être l'effet des antidouleur. Demain, tu ne te souviendras probablement pas d'avoir dit ça.

Mais ces mots resteraient à jamais gravés dans son cœur, elle en était certaine.

Davis lui prit la main.

— Les antidouleur n'ont rien à voir dans l'histoire, Moira.

C'était comme si une barrière avait cédé en lui, libérant un flot d'émotions trop longtemps contenu. Etre passé si près de la mort lui avait fait prendre conscience que la vie n'était pas éternelle. C'est tout naturellement qu'il avait exprimé à voix haute ce qu'il ressentait pour Moira, cette femme qui, à force de persévérance, avait réussi à lui prouver qu'il n'était pas un être insensible.

Un peu gêné de s'être livré ainsi, Davis préféra changer de sujet.

— Alors, on les a eus ? s'enquit-il.

— On les a eus, confirma Moira avec un sourire rayonnant.

— Ça veut donc dire qu'on est plus coéquipiers.

Moira n'y avait pas pensé, mais il avait raison. Au départ, Davis n'était censé faire équipe avec elle que pour la durée de l'enquête. A présent que celle-ci était terminée, plus rien ne le retenait à la brigade des cambriolages.

Et plus rien ne justifiait qu'ils travaillent ensemble.

A moins que…

— Ça dépend, dit-elle après quelques secondes d'intense réflexion.

— Ça dépend de quoi ?

Davis s'aperçut avec étonnement qu'il était prêt à écouter tout ce qu'elle avait à dire. Il n'avait pas envie de voir leur collaboration se terminer. S'ils pouvaient continuer à faire équipe, il aurait au moins une excuse pour la voir régulièrement.

— Est-ce qu'il n'y aurait pas une place pour moi aux crimes majeurs ? demanda-t-elle de but en blanc.

— Pourquoi ? Tu voudrais quitter la brigade des cambriolages alors que tu viens de résoudre une affaire classée sans suite depuis vingt ans ?

— Je l'ai fait en passant outre aux ordres de mon lieutenant, qui me demandait d'abandonner l'enquête, lui rappela-t-elle. Carver aura beau être satisfait de pouvoir ajouter une croix dans sa colonne « affaires résolues », il me fera payer le fait d'être allée voir son supérieur. C'est vraiment un type mesquin.

Elle rapprocha le fauteuil de la tête du lit.

— Je n'ai plus trop envie de travailler dans cette atmosphère. Ton capitaine, lui, a l'air assez sympa. Pas du genre à chercher des poux dans la tête de tout le monde… S'il y a un poste vacant dans ton unité, je pense pouvoir le convaincre de me l'offrir.

Davis se mit à rire, et pressa aussitôt une main contre sa poitrine.

— La vache, ça fait mal, grimaça-t-il.

Il se reprit bien vite, de peur que Moira ait l'idée d'appeler le médecin. Il ne voulait pas être interrompu dans sa conversation avec elle.

— Je suis sûr que tu pourrais convaincre saint Pierre de t'ouvrir les portes du paradis, si tu le décidais.

— Tu sous-entends que je n'arriverais pas à y entrer sur la seule base du mérite ? s'offusqua-t-elle.

— Non, je dis juste que ça te paraîtrait trop facile. Tu aimes les défis.

— Ça, c'est vrai.

Elle l'étudia du regard.

— Donc, tu serais d'accord pour que je demande un transfert aux crimes majeurs ?

— Pourquoi ne le serais-je pas ?

— Eh bien, tu m'as assez répété que tu ne voulais pas de coéquipier… Si ton chef accepte de me prendre, il risque de nous faire travailler en binôme.

— Ça ne me dérange pas, lui assura-t-il. Au cas où ça t'aurait échappé, j'ai brisé la malédiction.

Ce disant, il montra le bandage qui recouvrait sa blessure.

— Oh ! Non, ça ne m'a pas échappé, répondit Moira, en se retenant de se lover contre lui comme elle rêvait de le faire.

— Au fait, qu'est-il arrivé au fumier qui m'a tiré dessus ? s'enquit Davis. Tu l'as arrêté ?

— Je l'ai abattu.

— Waouh.

Davis regrettait de ne pas avoir vu Moira en pleine action. Cela devait valoir le coup d'œil.

— Si je comprends bien, il ne faut pas trop que je t'énerve.

— Pour ça, c'est déjà trop tard, répliqua-t-elle. Mais il y a peut-être un moyen d'éviter que je te tire dessus.

— Ah bon ?

Elle acquiesça, en se mordant la lèvre pour ne pas sourire.

— Je suis ouverte aux négociations.

Davis haussa un sourcil.

— Quel genre de négociations ?

— Celles qui se font dans l'intimité.

Elle se pencha au-dessus du lit et effleura ses lèvres des siennes.

— Oh ! Pour être efficaces, elles vont devoir être beaucoup plus intimes que ça, murmura Davis.

Moira eut un petit rire. Dieu, qu'elle était heureuse et soulagée !

— Quand tu iras mieux, Gilroy, lui promit-elle.

— Je vais essayer de guérir vite, alors.

— Tu as intérêt.

Épilogue

— Tu sais, commença Davis après avoir tenté plusieurs fois de se lancer, j'ai réfléchi à notre relation.

Leur journée avait été longue au poste de police et sur le terrain, et ils rentraient enfin à la maison. Fidèle à sa promesse, Moira avait demandé — et obtenu — un transfert à la brigade des crimes majeurs, dès que Davis avait pu sortir de l'hôpital.

Voilà un peu plus de six mois qu'ils faisaient équipe. Et, non contents de travailler ensemble toute la journée, ils ne se quittaient pas non plus la nuit.

Jusque-là, cela se passait plutôt bien. Mieux que Moira ne l'aurait espéré. Néanmoins, malgré sa nature optimiste, elle ne considérait jamais rien comme acquis. Son travail lui avait appris que tout pouvait basculer d'une minute à l'autre.

Quelque chose dans la voix de Davis la mit aussitôt sur le qui-vive.

— Ah oui ? dit-elle avec une nonchalance feinte. Et qu'est-ce que tu as pensé ?

Comme ils avaient pris la voiture de Davis, c'était lui qui conduisait ce jour-là. Il ne lui répondit pas tout de suite, attendant qu'ils soient arrêtés à un feu rouge.

— Je crois qu'il serait temps d'aller un peu plus loin, déclara-t-il.

Moira resta muette. Dans les faits, ils vivaient déjà ensemble. Même si Davis avait gardé son appartement, ils passaient la plupart de leurs nuits chez elle, et ce, depuis qu'elle avait insisté pour prendre soin de lui à sa sortie de l'hôpital. Comment pouvaient-ils aller « plus loin » ?

— Tu peux préciser ? demanda-t-elle, faisant son possible pour contenir son appréhension.

— Eh bien… Noël approche.

— Ça, je le sais. C'est dans tous les calendriers.

— Mais je ne peux pas attendre Noël, précisa-t-il en accélérant pour passer au vert.

Cela ne lui ressemblait pas. L'inquiétude de Moira monta d'un cran.

— On ne peut pas avancer Noël, fit-elle remarquer. Les magasins ont déjà essayé, ça ne marche pas.

Soudain, Davis tourna sur le parking désert d'un supermarché, où il s'arrêta.

— Je sais qu'on ne peut pas avancer Noël. Je voulais attendre les fêtes pour te la donner, mais elle me brûle à travers ma poche.

— De quoi tu parles, bon sang ?

Elle ne l'avait jamais vu aussi nerveux. Le Davis qu'elle connaissait gardait toujours son sang-froid…

— Je parle de ça, dit-il en ouvrant la main.

Moira poussa un cri aigu.

Surpris, Davis n'en fut pas moins soulagé. Peut-être que tout allait bien se passer, finalement.

— Je ne savais pas que tu étais du genre à crier.

— Ce n'est pas ma meilleure qualité, reconnut-elle.

Moira était incapable de quitter des yeux la bague en forme de cœur qui était apparue au creux de sa paume, et dont les diamants étincelaient à la lumière des réverbères. Son cœur cognait dans sa poitrine, aussi fort que le jour où Davis l'avait embrassée pour la première fois.

— Ce cri, ça voulait dire oui ou ça voulait dire non ? s'enquit-il en cherchant son regard.

— Si tu as besoin de me poser la question, c'est que tu es plus bête que je ne le pensais. Pourtant, tu es forcément intelligent, sinon je ne serais pas amoureuse de toi.

— Attends… Tu m'aimes ? demanda-t-il, incrédule.

— N'est-ce pas ce dont on parle ? Ou peut-être as-tu décidé d'offrir des bagues de fiançailles à toutes les femmes que tu croises…

— Evidemment que je t'aime aussi ! répliqua-t-il. C'est juste que je ne pensais pas que… Enfin, je n'étais pas sûr que tu… Oh ! Et puis zut ! s'exclama-t-il, tout en lui glissant l'anneau au doigt.

Moira se mit à rire, et il l'embrassa — longuement — pour sceller leur engagement.

Ne manquez pas dès le mois prochain
dans votre collection

BLACK ROSE

le premier tome de la nouvelle série

Défenseurs de la justice

Ciblés par le crime, motivés par
l'amour…

Un roman inédit
chaque mois d'août à octobre 2022

Retrouvez prochainement, dans votre collection

BLACK ROSE

Le message de l'ombre, de Maggie Wells - N°712

DÉFENSEURS DE LA JUSTICE – 1/3

Tu as de belles jambes, tu devrais en montrer plus… Harcèlement, vengeance, menace déguisée ? Troublé par Marlee Masters, la belle héritière qui, d'une main tremblante, lui montre le SMS qu'elle a reçu, Ben Kinsella s'interroge : ces messages sont-ils liés à la mort suspecte du frère de Marlee ? Et comment va-t-il s'y prendre pour enquêter dans cette petite ville pleine de secrets où il vient juste d'être nommé shérif…

Retour à Big Bend, de Lara Lacombe

Alors qu'elle examine plusieurs vaches qui ont été empoisonnées sur son ranch, Isabel entend une voix derrière elle : « Tu es revenue… » Se retournant, elle sent les battements de son cœur s'accélérer. Car l'homme qui a parlé n'est autre que Wyatt Spalding. Wyatt avec qui elle a passé une nuit de passion, dix ans plus tôt, avant de quitter la région. Wyatt qui l'enveloppe à présent de ce regard troublant qu'elle n'a jamais pu oublier…

La menace du silence, de Tyler Anne Snell - N°713

De retour à Kelby Creek, la ville de son enfance, frappée par un scandale de corruption, Foster Lovett rejoint la police locale. Mais bientôt il comprend que la quiétude retrouvée de la petite communauté n'est qu'une illusion. En effet, peu de temps après son arrivée, il recueille les confidences de Millie, sa jolie voisine. Elle lui révèle que son frère a disparu, qu'elle l'a signalé en vain à la police et qu'elle se sent elle-même menacée…

Retrouvailles en eaux troubles, de K.D. Richards

Alors qu'elle vient de découvrir un nouveau traitement contre le cancer, Mya Rochon est victime d'une série d'attaques ciblées. Vol de documents, incendie, tentative d'assassinat… La menace se précise. Soupçonnée par la police d'avoir mis elle-même le feu à son laboratoire pour camoufler l'échec de ses recherches, elle demande son aide au seul homme en qui elle a confiance : Gideon Wright, son ex-mari…

Retrouvez prochainement, dans votre collection

BLACK ROSE

Dangereux serment, de R. Barri Flowers - N°714

Fixant son smartphone, Naomi relit le message signé « la Violette bleue ». En frissonnant, elle se demande comment elle va réussir à coincer le tueur en série qui a choisi un nom de fleur pour pseudonyme et qui vient d'assassiner son oncle. Car il ne lui échappera pas, elle se l'est juré, et tant pis si pour cela elle doit faire équipe avec Dylan Hester, le détective avec qui elle a rompu deux ans plus tôt...

Une disparition troublante, de Cindi Myers

Pour Lauren Baker, la disparition de Courtney, sa belle-sœur, et Ashlyn, sa fille âgée de deux ans, ne fait aucun doute : elles ont été enlevées. Déterminée à tout faire pour les retrouver – car elle a promis à son frère de veiller sur elles avant qu'il ne soit tué en Afghanistan –, elle se rend au bureau du shérif d'Eagle Mountain. Là, elle supplie Shane Ellis, le séduisant adjoint, de l'aider dans ses recherches...

Pour l'amour d'Emma, de Julie Miller - N°715

Pas de promesses. Pas de sentiments... C'est la devise de Jake depuis qu'il a perdu la mémoire. Mais, un jour, il sauve la vie de Robin, une jeune femme qui vient d'être attaquée. Cette fois, c'en est fini de sa chère tranquillité. Car non seulement il n'a jamais croisé un regard aussi beau que celui de Robin, mais il va découvrir bientôt qu'elle est la mère d'Emma, un bébé qui le fait fondre malgré lui...

Un précieux sauveur, d'Elle James

Au loin, Jacie aperçoit une maison. Épuisée, elle descend de cheval et frappe à la porte. Elle sait qu'elle ne doit pas flancher car les criminels qui lui ont tiré dessus et ont enlevé sa sœur sont extrêmement dangereux... Par chance, un homme séduisant, visiblement surpris de la trouver là, lui ouvre et la retient avant qu'elle ne s'écroule, évanouie, dans ses bras...

Retrouvez prochainement,
dans votre collection

BLACK ROSE

À la recherche de Noah, de Barb Han - N°716

En découvrant Katherine Harper, blessée, sur les terres de son ranch, Caleb sent sa fibre protectrice se réveiller malgré lui. Car non seulement Katherine est la femme la plus séduisante qu'il ait jamais rencontrée, mais ce qu'elle lui révèle le persuade aussitôt de l'aider : Noah, le petit garçon âgé de quatre ans que sa sœur lui a confié avant de mourir, a disparu...

Séduction risquée, de Mallory Kane

Désespérée, Faith éclate en sanglots. Comment a-t-elle pu se laisser séduire par un homme qui, sous prétexte qu'il est le père de son bébé, veut lui faire vendre son restaurant pour payer ses dettes de jeu ? Mais, alors qu'elle tente de se calmer, elle sent une main rassurante sur son épaule et, se retournant, reconnaît Matt Soarez, un nouveau venu en ville, qui est loin de la laisser indifférente...